Eine Kleinigkeit

wie Vertrauen

von

Jaliah J.

D1662089

Impressum

Alle Rechte am Werk liegen beim Autor
J., Jaliah
Eine Kleinigkeit wie Vertrauen

Berlin, Juni 2017
Erstauflage
Lektorat: Günter Bast, Theresa, Srwa Latif
Cover/Bildgestaltung: Wolkenart – Marie - Katharina Wölk

© 2017
Herstellung und Verlag: BoD – Books on Demand, Norderstedt.
ISBN 978-3-7448-3631-9

www.jaliahj.de

»Lass dir eins gesagt sein, Lia, die Liebe ist niemals nur eine

Kleinigkeit.«

Cruz

Folgt mir in die Welt von Lia ...

Kapitel 1

Lia sieht der Sonne dabei zu, wie sie die Erde, die sie gerade noch mit Wasser durchtränkt hat, wieder steinhart werden lässt und das in nur wenigen Minuten.

Die Mittagshitze Puerto Ricos setzt ein und Lia geht noch einmal zum Wasserhahn, füllt die Gießkanne auf und befeuchtet das Grab ihres Vaters. Es ist eine Woche her, seit sie das letzte Mal hier war, sie hatte zu viel zu tun und hat es nicht geschafft, doch es sind gerade erst wieder neue Blumen gepflanzt und in die Vasen gestellt worden.

Lia weiß, dass auch einige Leute aus dem Dorf regelmäßig an das Grab ihres Vaters kommen, doch irgendwie kommt es ihr so vor, als würden trotzdem mehr Blumen als sonst das immer trockene Grab schmücken. Lia kniet sich noch einmal zum Kreuz, streicht darüber und lächelt. Sie fragt sich, was ihr Vater zu Lias Leben sagen würde, zu allem sagen würde, was sich bei Lia in den letzten Wochen und Monaten verändert hat.

Der Mord an ihrem Vater liegt nun etwas über vier Monate zurück und Lia ist sich immer noch absolut sicher, dass es kein Unfall war, auch wenn sie noch immer keine Beweise dafür hat. Lia verlässt den Friedhof wieder, setzt ihre Sonnenbrille auf und geht direkt zur Bushaltestelle. Normalerweise geht sie immer ins Dorf und sieht nach dem Rechten, doch sie muss gleich auf der Arbeit sein und wird das in den nächsten Tagen nachholen.

Als sie als Einzige einige Minuten später in den Bus nach San Juan steigt, muss sie lächeln. Im Dorf hat sich einiges getan, der Supermarkt ist eröffnet worden und viele der Frauen arbeiten nun dort. Ihr kleines Dorf wird immer belebter, aus allen anderen Dörfern kommen die Leute nun bei ihnen einkaufen, doch trotzdem ist die Welt der Bewohner des Dorfes immer noch gleich eingeschränkt wie zuvor.

Lia lebt nun selbst seit einigen Monaten in San Juan und hat in der großen, lauten Stadt mehr als nur einmal an das ruhige Dorfleben zurückdenken müssen, aber mittlerweile findet sie gar nicht mehr alles daran schlecht.

Wie immer zieht Lia ihr Handy aus ihrer Handtasche, als sie an einer gewissen Haltestelle zum Stehen kommen und sieht nach, was sie noch alles für den Auftrag am Wochenende erledigen muss, doch auch wie sonst kann Lia trotzdem nicht anders und sieht in die Richtung, in der das Nechas-Gebiet beginnt. Gerade biegt ein silbernes Luxusauto dorthin ab und Lias Herz schlägt schneller.

Es gibt einiges, was sie verdrängt, doch das hier liegt ihr noch immer wie Blei im Magen. Sie muss viel zu oft daran denken. Keine der Frauen aus dem Dorf arbeitet mehr hier, sie alle haben Arbeit im Supermarkt gefunden, die für sie viel praktischer und auch sehr gut bezahlt ist. Zudem verdienen sich alle noch mit Lias Hilfe hin und wieder etwas dazu.

Dora hat Lia erzählt, dass sie Cruz nur noch ein paar Mal gesehen hat, er soll damals sehr wütend und enttäuscht auf sie gewirkt haben, aber hat dennoch nichts zu ihr gesagt. Dann ist er für drei Monate nach Guatemala gegangen. Dora und die anderen Frauen und Männer haben in der Zeit aufgehört, dort zu arbeiten, für Lia ist es am besten so, je weniger sie an all das erinnert wird, umso schneller wird sie irgendwann komplett damit abgeschlossen haben.

Obwohl sie in San Juan lebt und arbeitet, hat sie auch niemanden der Nechas mehr getroffen. Vor ungefähr drei Wochen stand aber plötzlich Babsi vor ihr im Laden. Sie hat ein Kleid für die Willkommensparty von Cruz gesucht, noch immer sieht sie Caleb regelmäßig und war zu der Feier eingeladen. An dem Tag wurde die Wunde, die Lia so gut durch all die neuen Erlebnisse und Eindrücke hat verdrängen können, wieder aufgerissen und seitdem liegt sie offen und schmerzt immer wieder nach, auch wenn Lia dabei ist, sie wieder verdecken zu wollen, doch dieses Mal klappt es nicht so gut wie direkt nach ihrer Entscheidung, Cruz zu verlassen.

Sie haben zusammen ein schönes Kleid gefunden und nun weiß Lia auch, dass er zurück in Puerto Rico ist. Lia hat Babsi von ihrem neuen Leben erzählt, auch von ihrem Geschäft und hat ihr auch gesagt, dass sie Cruz und alle anderen grüßen soll. Vielleicht ist das der Grund, weswegen sie all das nicht so gut verdrängen kann wie die Wochen zuvor, da wusste sie, dass Cruz in Guatemala ist, nun ist er hier und durch Babsi weiß er, wo er Lia finden könnte, wenn er sie suchen würde, was er aber offensichtlich nicht tut.

Natürlich tut er es nicht, sie hat ihn verlassen und das ziemlich feige und das nach allem, was er für sie getan hat, doch damals konnte Lia einfach nicht anders handeln und allein, dass sie jetzt schon wieder den Bus verlässt und sie diese Gedanken an all das völlig aus der Bahn werfen, zeigt ihr erneut, dass sie richtig gehandelt hat.

Ihre Gefühle für Cruz hätten nicht zugelassen, dass sie ihn verlässt und ihm dabei in die Augen sieht, aber auch wenn er es nicht verdient hat, musste sie so handeln, um jetzt das erste Mal das Leben zu führen, zu dem sie vorher nie die Chance hatte.

Nun betrachtet Lia das bunte Treiben San Juans kaum noch, besonders heute nicht, die letzten Tage hat sie schon probiert zu ignorieren, dass heute die Wahlen sind, doch heute ist es nicht mehr möglich, überall wird dazu aufgerufen, wählen zu gehen.

Sie steigt am Strand aus, atmet tief ein und schiebt all das weit von sich, wie so oft in den letzten Wochen. Lia holt sich einen großen Muffin von dem Händler, der jeden Morgen an den Bushaltestellen steht und nimmt noch einen zweiten für Stipe mit, danach muss sie sich beeilen und läuft durch die vielen Seitenstraßen zu dem zweistöckigen Geschäft, in dem sie nun arbeitet.

»Da bist du ja, meine Rettung. Ich habe verschlafen und konnte nichts essen, sonst wäre ich zu spät gekommen und du weißt ja, wie sehr die Leute hier Verspätung hassen.« Stipe scheint schon auf Lia gewartet zu haben und gibt ihr einen Kuss auf die Wange, wobei er theatralisch die Augen verdreht und in Richtung von Lias anderer Kollegin sieht.

»Wir mussten einmal drei Stunden auf dich warten, das war das einzige Mal, dass du Ärger bekommen hast und das auch nur, weil niemand ins Geschäft gekommen ist, weil du die Schlüssel hattest und das ist auch schon drei Jahre her, langsam solltest du mal darüber hinwegkommen.«

Sonja zieht die Augenbrauen mahnend hoch und Lia begrüßt auch sie, während Stipe in den Muffin beißt. »Ich hatte ein Date mit einem Mann, der aussah wie eine Mischung aus George Clooney und Brad Pitt, da muss man auch mal Verständnis für haben.« Stipe schnipst mit dem Finger, während Lia ihre Tasche in den Schrank unter der Kasse einschließt und sich ihren Rock und ihr Top zurechtrückt.

Sie sieht noch einmal schnell in den Spiegel ihr gegenüber, seit zwei Tagen hat sie ihre dunklen Wellen mit leicht helleren, karamellfarbenen Strähnen auffrischen lassen, sie wirkt so viel moderner, es steht ihr, doch trotzdem hat sich Lia noch nicht richtig daran gewöhnt.

Stipe fängt ihren Blick auf und deutet auf ihre Lippen, um sie daran zu erinnern, dass sie sich roten Lippenstift auftragen muss. Sie müssen hier immer schwarze Röcke, weiße Tops und roten Lippenstift tragen, eine Sache, an die sich Lia erst gewöhnen musste. Stipe ist mittlerweile einer ihrer besten Freunde, er wohnt eine Etage unter Lia und er hat ihr auch diese Arbeit vermittelt, einen Tag, nachdem Lia mit nichts außer dem Scheck für ihr altes Haus und ein paar Sachen in San Juan angekommen ist.

Mit Stipe hat sie auch die Stadt kennengelernt, ihr Freund ist ein bunter, verrückter Spaßvogel, der mit seinen schwarzen Locken, die er zu einem Zopf trägt und blauen Augen, die durch seine dunkle Haut hervorstechen, so einige Männerherzen gebrochen hat. Würde er nicht auf Männer stehen und viel zu verrückt sein, wäre er sicherlich der Traum aller Frauen. Lia ist unendlich dank-

8

bar, ihn getroffen zu haben, auch mit ihren Kolleginnen Sonja und Janet versteht sie sich sehr gut, sie gehen oft nach der Arbeit noch zusammen etwas essen, manchmal begleitet sie auch ihr Chef.

»Ich weiß, dass du das nicht akzeptieren möchtest, Stipe, aber du musst in die Herrenabteilung, da warten schon zwei Kunden.« In dem Moment kommt ihr Chef Stefan auch schon um die Ecke und ein freundliches Lächeln legt sich auf sein Gesicht, als er Lia erblickt. »Hallo.« Lia grüßt zurück und muss sich ein Lachen verkneifen, als Stipe eingeschnappt nach oben in die Herrenabteilung geht, für die er eigentlich zuständig ist, doch er ist mehr als die Hälfte der Zeit bei ihnen unten.

»Warst du an dem Grab deines Vaters?« Stefan stellt sich zu ihr. Lia gibt ihre Personalnummer in der Kasse ein, während Sonja zu zwei Kunden geht, die gerade das Geschäft betreten. Stefan ist ein toller Mann. Er ist etwas älter, Mitte dreißig. Er ist vor zehn Jahren aus Italien nach Puerto Rico gekommen und hat hier seine italienische Boutique eröffnet. Seitdem läuft der Laden gut, die Frauen hier mögen die italienische Mode, die er verkauft. Stefan war schon verheiratet, doch das hat nicht lange gehalten.

Er ist ein attraktiver Mann, ein strenger, aber trotzdem sehr netter und fairer Chef und vor allem zu Lia ist er sehr aufmerksam. Natürlich spürt auch sie, dass er sich ein bisschen mehr bei ihr erhofft als nur das Verhältnis zwischen Chef und Angestellter, doch diesen Fehler wird Lia garantiert nicht noch einmal machen, nicht, wenn sie noch immer nicht über die Gefühle hinweg ist, die ihr alter Arbeitsplatz bei ihr verursacht hat.

»Ja, ich habe es endlich geschafft, danke, dass ich die Schicht tauschen konnte.« Stefan lächelt, dabei bilden sich kleine Lachfalten um seine schön funkelnden dunklen Augen. »Das freut mich, es ist gerade Ware angekommen, ich würde sie gerne mit dir durchgehen, dann kannst du sie mit nach vorne nehmen.« Lia nickt und wirft noch einen Blick zu Stipe und Sonja, die beide im Gespräch mit Kunden sind, nun beginnt ein langer Arbeitstag, der erst am frühen Abend endet.

Eigentlich würde Lia jetzt mit Stipe noch etwas essen gehen, doch sie hat einen anderen Termin, gießt sich noch etwas Kaffee in einen Becher und verlässt vor ihren Freunden das Geschäft, sie ist auch zum nächsten Termin wieder spät dran.

Lia nippt an ihrem Kaffee und eilt durch die Straßen, es hat geregnet und die Straßen San Juans haben diesen gewissen Geruch an sich, es regnet viel zu selten hier. Lia ist aber sicherlich auch einer der wenigen Menschen, die Regen mögen.

Sie geht durch die ihr mittlerweile so vertrauten Straßen und registriert, wie fast jeder stolz den 'I vote'-Button an seiner Kleidung angepinnt hat. Das haben sie sich hier von den Amerikanern abgeguckt.

Lia geht schnell in die Bäckerei, die sie so oft besucht, dass die Inhaberin und sie sogar schon ein wenig befreundet sind. Heute soll Lia die Donuts mitbringen und sie ist schon spät dran.

»Lia, hast du jetzt erst Feierabend gemacht? Deine Haare sind so schön geworden, denkst du, das bekommt man bei mir auch so hin?« Die ältere Frau fasst sich belustigt durch die grauen kurzen Locken und Lia lacht leise. »Ich werde mal nachfragen. Ich brauche zehn Donuts, gemischt.«

Lia zieht einen Schein aus ihrer Tasche. »Warst du nicht wählen?« Lia blickt hoch, sie kann sich ein sanftes Lächeln nicht verkneifen.

»Ähmm, nein, ich glaube nicht so ganz, dass das irgendetwas bringt.« Die Bäckerfrau zeigt stolz auf ihren Button, während sie ihr die Donuts in einen großen Karton legt. »Die ersten Auszählungen sind schon gemacht worden, es sieht gut aus für Prepo.« Lia nickt und seufzt leise aus. Cruz hat sich für einen guten Mann entschieden.

Sie hat die Gedanken an ihn während der letzten Monate komplett verdrängt, krampfhaft, versucht sich nicht daran zu erinnern, doch heute mit der Wahl war es kaum noch möglich.

Deswegen trägt sie auch schon den ganzen Tag diesen Kloß im Hals. »Dann drücken wir ihm die Daumen. Ich muss los.« Lia beugt sich über die Verkaufstheke und drückt der lieben Frau einen Kuss auf die Wange, nimmt die Packung Donuts und legt den Geldschein hin. »Grüß deinen Mann.«

Die Frau winkt ihr noch einmal. »Einen schönen Abend noch.« Lia beeilt sich und sieht nicht mehr zu den Menschen und deren 'I vote'-Buttons.

Sie muss drei Straßen weiter, um in das kleine rote Backsteinhaus zu kommen, zu dem Jugendtreff, wo heute der Mädchenabend ist, an dem sie jetzt schon zweimal teilgenommen hat.

Ihr macht es Spaß, mit den Mädchen zu arbeiten, ihnen einige Ratschläge zu geben und sie ein wenig von der Straße zu holen, es ist ein guter Ausgleich zu ihrer Arbeit.

Janet öffnet ihr die Tür, als sie klopft. Sie begrüßt ihre Kollegin, die heute frei hatte und die sie mit hergebracht hat, mit zwei Küsschen und sieht, dass die Gesprächsrunde, mit der sie den Mädchenabend jeden Donnerstag in der Woche beginnen, schon gestartet ist.

Gerade ist das Mädchen an der Reihe, die Lia so an ihre jüngere Schwester erinnert, von der sie nicht einmal weiß, wo sie sich gerade befindet. Auch dieses Mädchen träumt davon, ein bekanntes Model zu werden und mit Geld und Ruhm um die Welt zu reisen. Auch sie ist wie Lias Schwester wunderschön, doch fast alle Mädchen hier sind das. Man kann sein Leben doch nicht auf solchen unrealistischen Träumen aufbauen und vor allem die Menschen, die man liebt, deswegen vor den Kopf stoßen.

Lia hält sich mit Beurteilungen und Ratschlägen noch bewusst zurück, sie hat Angst, die Mädchen vor den Kopf zu stoßen, wenn sie ihnen klarmacht, wie unvernünftig sie teilweise noch sind. Sie müssen noch einiges lernen und auch Lia ist noch immer dabei zu lernen und nicht sehr viel weiser als sie.

Als das Mädchen ihre Erzählungen von einem kleinen Casting, auf dem sie war, beendet hat, wendet Janet sich an zwei Mädchen, die zwar nebeneinander sitzen, doch sich bewusst voneinander abwenden.

»Carla, Theodora, was ist los mit euch beiden? Ihr seid doch sonst immer unzertrennlich?« Janet spricht die beiden an, während Lia herumgeht und die Donuts verteilt, bevor sie sich neben Janet setzt.

Alle Mädchen lächeln sie lieb an, sie hat schon gemerkt, dass sie sehr beliebt bei den Mädchen ist, da sie von den freiwilligen Betreuern, die es hier gibt, die Jüngste ist und sie vielleicht noch am meisten verstehen kann.

»Wir haben uns gestritten, weil ich ihr meine Meinung gesagt habe, ich mache mir Sorgen um sie und Carla denkt, ich gönne ihr ihr Glück nicht.«

Man hört, wie sauer Theodora ist. »Du bist nur sauer, weil ich nicht mehr jeden Tag Zeit für dich habe.« Nach Carlas leisem Vorwurf wird Theodora nur noch wütender.

»Carla ist mit dem miesesten Gangster aus unserer Straße zusammen. Der Kerl verdient sein Geld mit Drogen und alle haben Angst vor ihm. Er hat ständig neue Autos und neue Frauen und ist mit seinen sechzehn Jahren schon zweimal im Knast gewesen, er trägt eine Waffe ... Entschuldige, dass ich mir da Sorgen mache. Das ist ein Junge, um den man lieber einen großen Bogen machen sollte.«

Alle Mädchen beginnen plötzlich aufgeregt, etwas dazu zu sagen, offenbar kennen den Jungen viele von ihnen, doch Janet hebt die Hand. »Was ist, Carla, stimmt das?« Es wird wieder ruhiger und die hübsche Carla mit den grünen Augen und den vielen kleinen schwarzen Locken, die um ihr Gesicht herum fallen, rutscht unruhig auf dem Stuhl herum.

»Aber zu mir ist er ganz anders, er kann auch ein ganz anderer Junge sein, ich meine ... Kennt das denn niemand? Natürlich weiß ich, dass ich das nicht sollte, aber ...«

Sie blickt nach oben und da Lia genau vor ihr sitzt, direkt ihr in die Augen.

»Lia, kennst du das nicht, dass man genau weiß, dass man etwas nicht sollte und es auch keine Zukunft hat und absolut unvernünftig ist, aber es sich so schön und einzigartig anfühlt, dass man gar nicht anders kann?«

Einige der Mädchen um sie herum beginnen zu kichern, doch sofort treten Lia Bilder vor ihr inneres Auge. Bilder von dunkler goldbrauner Haut, zärtlichen Händen, die ihre Tränen wegwischen, Lippen, die sanft ihre berühren, ein Lächeln, welches ihr Herz allein bei der Erinnerung daran zum Schmelzen bringt und Augen, die sie auch nach so langer Zeit noch immer fesseln.

Ihre Hand, wie sie über seine Tätowierungen streicht und sich an ihn kuschelt, wie gut sich all das angefühlt hat und wie schwer der Kampf gegen all diese Erinnerungen jeden Tag ist und besonders heute bricht all das wieder auf.

Lia räuspert sich und schluckt die aufkommenden Tränen schnell herunter. »Doch, ich kenne das, aber Theodora hat nicht ganz unrecht, Carla. Manchmal muss man auf seinen Verstand vertrauen, egal wie sehr das Herz sich danach sehnt!«

Auch wenn das junge Mädchen nickt und vielleicht sogar den Sinn ihrer Worte versteht, bezweifelt Lia, dass ihre Worte etwas ändern werden, doch dafür sind sie da. Sie sind hier, um all diese jungen Mädchen ein wenig auf ihrem Weg zu unterstützen, deswegen hören sie sich noch eine ganze Weile die Probleme der Mädchen an, danach suchen sich alle eine Beschäftigung, manche spielen Basketball, manche setzen sich in eine Ecke und reden, einige lesen ein paar Jugendmagazine.

Janet und zwei Mädchen bereiten eine Suppe zu, die sie noch zusammen essen, bevor Janet und Lia den Jugendtreff abschließen und sich an der Kreuzung verabschieden. »Willst du mit zu mir kommen? Die Wahllokale sind zu und bald wird das Ergebnis verkündet.«

Lia schüttelt den Kopf, sie will nur noch nach Hause und all das ausblenden. »Nein danke, ich bin fix und fertig. Wir sehen uns morgen.« Lia umarmt Janet noch einmal und macht sich dann langsam auf den Weg nach Hause. Sie will nur noch die Augen schließen und kann nur hoffen, dass sie in ihren Träumen nicht auch noch die Erinnerungen an Cruz einholen werden, wie so oft in letzter Zeit.

Der Tag heute war zu viel und sie kann nur hoffen, dass es besser wird, irgendwann wird sie hoffentlich nur noch mit einem leichten Lächeln an Cruz zurückdenken und nicht mit solch einem Schmerz im Herzen, wie es zur Zeit noch der Fall ist.

Kapitel 2

Als Lia vor ungefähr vier Monaten mit dem Bus nach San Juan gekommen ist, hatte sie kaum etwas bei sich außer einigen Erinnerungen an ihre Zeit im Dorf und an Cruz. Sie ist einfach durch die Straßen gelaufen, bis sie ein Schild mit 'Wohnung frei' in ihr jetziges Miethaus geführt hat und das Schicksal konnte es nicht besser meinen.

Lia ist gern in der Gegend, es sind die hinteren Gassen in der Nähe des Strandes, manchmal bildet sich Lia ein, in ihrer Wohnung das Salz des Meeres riechen zu können. Ihre Wohnung besteht nur aus einem Schlafzimmer, einem Wohnraum mit Küche und einem Bad, doch es ist mehr, als Lia sich erhofft hatte. Sie zahlt nicht viel Miete und durch den Scheck von ihrem alten Haus konnte sie sich ein paar Möbel und Stoffe kaufen und nun hat sie es sich sehr gemütlich gemacht.

Außerdem hat sie so Stipe getroffen und sofort Arbeit gefunden, und langsam tut sich vor Lia noch ein weiterer Weg auf, von dem sie nie geahnt hat, dass sie ihn gehen wird.

Hier war ein kleiner Kiosk drinnen, doch der Besitzer ist zu alt geworden und hat das Geschäft aufgegeben. Der Hauseigentümer, der im Erdgeschoss des Hauses lebt, möchte in ungefähr einem Jahr, vielleicht zwei, das ganze Haus erneuern und die Wohnungen dann teurer verkaufen.

Das Geschäft soll dann auch vergrößert werden, deswegen möchte er es so lange nicht mehr vermieten, wer würde schon ein Geschäft eröffnen, wenn er weiß, dass es nur für ein oder zwei Jahre zu haben ist?

Lia würde es, sie hat ihren Vermieter um das Geschäft gebeten, sie weiß, dass sie irgendwann die Wohnung und das Geschäft räumen muss, doch solange reichen ihr die kleinen Räume, um sich etwas aufzubauen und dann kann sie sich nach etwas Größerem umsehen, sollte es klappen. Lia selbst weiß noch nicht, ob das wirklich ein festes Standbein ist, was sie zur Zeit betreibt, doch es läuft gut und sie möchte es zumindest probieren.

Alles hat damit angefangen, dass Lia vor einigen Wochen das Gespräch von zwei Kundinnen mitbekommen hat. Bei ihnen kaufen meistens nur Frauen mit viel Geld ein und die Frauen wollten eine Feier zu einem runden Geburtstag ausgerichtet haben und haben keinen guten Caterer dafür gefunden, es war ihnen auch zu kompliziert, Essen, Feuerwerk, Kuchen und alles andere an so vielen verschiedenen Stellen zu besorgen.

Als sie sich darüber ausgelassen haben, dass man hier kaum noch alte traditionelle Küche bekommt, hat Lia immer aufmerksamer zugehört und sich irgendwann getraut, die Frauen anzusprechen.

Lia hatte schon einige Ideen für die Feier, doch sie kannte noch zu wenig Leute hier, Stipe allerdings schon und so hat Lia es gewagt und diesen Auftrag angenommen. Sie hatte knapp eine Woche Zeit, hat die Frauen aus dem Dorf beauftragt, Essen zuzubereiten und einen wunderbaren Laden für Kuchen, Cupcakes und alles rund um die besten Candybars aufgetan.

Zudem hat sie im Haus zwei ältere Herren, die früher in der Branche gearbeitet haben und nun in Rente sind. Sie besitzen aber noch einen Transporter und einige Möbel, Tische und Bänke.

Lia hat mit allen Preise ausgemacht und am Ende noch mit Stipes Hilfe eine kleine Band und ein Feuerwerk organisieren können. Lia war unglaublich aufgeregt, doch alles hat geklappt. Die beiden Herren aus ihrem Haus, Pepe und Augustos, haben das Essen vom Dorf geholt, die Kuchen abgeholt und die Tische, Bänke und das Buffet aufgebaut, während Lia und Stipe den Garten und alles andere geschmückt haben.

Die Band war wunderbar und das Feuerwerk ein voller Erfolg, Lia hatte, nachdem sie alles bezahlt hat, an diesem Tag fast vierhundert Dollar verdient.

Es hat sich schnell herumgesprochen und Lia hatte mittlerweile schon so einige Aufträge, es klappt alles immer besser und Lia macht es richtig Spaß, alles zu planen und zu organisieren. Mittlerweile verdient sie pro Event, das sie plant, 500-700 Dollar, je nachdem wie groß die Feier ist. Morgen ist der erste Kindergeburtstag, den sie geplant hat und wenn das gut klappt und sich herumspricht, werden die Aufträge vielleicht noch mehr.

Es wäre toll, wenn sie den Laden als Anlaufstelle und zum Planen haben könnte, wenn sie zwei Aufträge pro Woche erreicht, kann sie die Arbeit im Laden von Stefan aufgeben und sich nur noch darum kümmern, doch erst einmal braucht sie dafür mehr Aufträge und den Laden.

Deswegen klopft sie an die Haustür des Vermieters, bevor sie zu sich nach oben geht. Natürlich weiß er ganz genau, was Lia möchte und kratzt sich über seine Glatze, als sie ihn fragt, wie er sich nun entschieden hat.

»Es spricht nichts dagegen, dass du den Laden nutzt, ich würde auch nur die Hälfte der Miete wie sonst für den Laden nehmen, sonst würde er ja jetzt leer stehen, ich habe nur Bedenken, dass du dich weigerst, den Laden aufzugeben, wenn es vielleicht grad gut läuft und ich aber mit den Renovierungen anfangen möchte.«

Lia versteht das vollkommen und erklärt ihm noch einmal, wofür sie das Geschäft braucht und dass sie sich danach wirklich nach etwas anderem umsehen wird, sollte es tatsächlich dabei bleiben, dass sie weiterhin Veranstaltungen plant. Der Vermieter verspricht, es sich bis morgen Abend zu überlegen und ihr Bescheid zu geben.

Lia geht in den zweiten Stock in ihre Wohnung, als sie die Haustür hinter sich schließt, atmet sie tief ein. Auch wenn sie nun alles hat, was sie wollte, ein eigenes, selbstbestimmtes Leben, rast die Zeit trotzdem an ihr vorbei und Lia hat noch immer nicht das Gefühl, angekommen zu sein.

Sie findet es toll, was sie hier hat, sich selbst aufgebaut hat, doch das Gefühl, dass das hier der Inhalt ihres Lebens ist und dass es sie vollkommen erfüllt, hat sie noch nicht.

Sie blickt auf die Blumen, die Cruz ihr zum Geburtstag geschenkt hat und die auf ihrem kleinen weißen Tischsofa stehen. Sie halten wirklich immer noch, Lia bringt es nicht übers Herz, sie zu entfernen, auch wenn es für sie besser wäre, um endlich komplett zu vergessen.

Sie sieht zu der Schublade, in der sie die Bilder von Cruz und sich hineingelegt hat, die sie sich nur sehr selten ansieht, genauso selten wie das Bild, was auch darin liegt, von ihrem Vater, Lorena und ihr. Sie wollte erst Lorena wegschneiden, um es aufstellen zu können, doch Lia hat es sein lassen und das Bild auch in die Schublade gesteckt.

Egal wie gut sie sich hier einlebt, die Schatten aus ihrer Vergangenheit wiegen noch zu viel, um das alles dauerhaft ausblenden zu können, das spürt sie heute besonders stark.

Lia lässt ihren Schlüssel auf der kleinen Kommode am Eingang fallen, streift die Pumps ab und geht zu ihrem kleinen Balkon, auf den gerade mal zwei kleine Stühle und ein Bistrotisch gepasst haben. Trotzdem hat sich Lia als Einzige hier im Haus den Balkon voll mit Pflanzen und Blumen gehängt. Sie hat alle möglichen Kräuter und sogar Tomaten auf ihrem Balkon, es duftet herrlich und die frische Luft zieht in die Räume.

Lia hat eine einfache weiße Holzküche, doch sie hat alles, was man braucht, auch eine kleine Theke, an der man essen kann. Allerdings macht es sich Lia lieber auf dem großen roten Stoffsofa bequem, das Teuerste, was sie sich geleistet hat und der Mittelpunkt ihrer kleinen Wohnung ist.

Sonst hat sie noch ein kleines Regal, einen Tisch und einen Fernseher, der an der Wand hängt. Keine Bilder, keine weitere Deko, Lia ist noch nicht dazu gekommen, mehr zu besorgen, doch sie fühlt sich trotzdem wohl.

Im Schlafzimmer hat sie ein weißes Regal, das ihr als Kleiderschrank dient und eine Kleiderstange aus dem Laden. Dazu ein einfaches, aber großes weißes Bett mit vielen Kissen, sie hat es sich sehr gemütlich gestaltet und im Bad hat sie eh kaum Platz, um viel zu verändern, dort gibt es ein Waschbecken mit Regalen, worin alles verstaut ist, was Lia zur Pflege braucht. Eine Dusche und eine Toilette, es ist alles klein und überschaubar, doch es ist alles, was Lia braucht.

»Ich bin schwer beleidigt.« Lia ist gerade mal zum Schrank gekommen, um sich ein Glas zu holen und nimmt gleich zwei heraus, bevor sie zur Tür geht und Stipe die Tür öffnet, der sich lauthals beschwert hat. »Weswegen?« Ihr mittlerweile sehr guter Freund trägt zwei Pappkartons in den Händen und eine Flasche Limonade unter dem Arm. Er hat den Anzug, den er auf der Arbeit tragen muss, gegen eine Stoffhose und ein weißes Shirt getauscht und sich einen hohen Zopf gebunden.

»Du bist einfach hoch, anstatt zu mir zu kommen. Ich dachte, wir sehen uns die Wahl an.« Stipe geht an Lia vorbei, legt die Kartons, die das gesamte Zimmer mit dem Duft nach frischem indischen Essen füllen, auf den Tisch und schaltet den Fernseher ein. Lia schließt die Haustür wieder und setzt sich zu Stipe.

»Ich habe morgen den Kindergeburtstag und wollte früher schlafen, außerdem interessiert mich ...« Lia nimmt sich einen Karton und mischt den gelben Reis mit der leckeren Joghurtsoße, dabei sieht sie zum Fernseher.

Der Sender überträgt direkt von der Wahlfeier von Prepo, offenbar hat er gewonnen, was Lia nun wirklich nicht sehr überrascht und sobald sie daran denkt, wer in Wirklichkeit entscheidet, stockt sie und verschluckt sich.

»Alles in Ordnung?« Stipe klopft Lia auf den Rücken, doch sie kann ihren Blick trotz des Hustens nicht von dem Bildschirm wenden. Die Kameras schwenken zwischen einigen Tischen hin und her, offenbar hat Prepo gerade eine Rede gehalten und am vordersten Tisch sitzen Cruz, Jomar, Caleb und Dariel.

Für einige Sekunden wird Cruz in Nahaufnahme gezeigt und in Lia beginnt es zu brennen. »Trink einen Schluck.« Lia reagiert nicht, sie sieht in das ihr so vertraute, wunderschöne Gesicht, das sie die letzten Monate immer wieder in ihren Erinnerungen verfolgt hat.

Cruz sieht gut aus, er wirkt noch etwas dunkler, noch etwas breiter, er hat das freche Grinsen im Gesicht, was Lia so gemocht hat, offenbar hat Jomar neben ihm gerade etwas gesagt, worüber er sich amüsiert.

Lia saugt in Sekundenschnelle alles in sich auf. Sie sieht, dass seine Haare kurz geschnitten sind und er frisch rasiert ist, wie gefährlich dunkel seine Augen aufblitzen und sie erkennt sogar die kleine Narbe an seiner Lippe. Er ist sehr hübsch und trotzdem umgibt ihn diese Aura, die Lia die ersten Tage kaum hat atmen lassen in seiner Nähe.

Lia schluckt schwer, er wirkt vollkommen unbeschwert und glücklich, in der nächsten Sekunde wird ein weiterer Tisch gezeigt, an dem irgendwelche Filmstars sitzen. »Nein!« Lia will noch einmal Cruz sehen, doch plötzlich prickelt Kohlensäure in ihrer Nase von der Limonade, die Stipe ihr hinreicht. »Trink! Was ist denn los? Du siehst aus, als hättest du einen Geist gesehen, sag nicht, du warst für den anderen Schwachkopf.«

Lia versucht sich zusammenzureißen und trinkt das gesamte Glas mit einem Schluck leer, doch ihre Augen brennen sich in den Bildschirm. Sie hat Stipe und den anderen nichts von Cruz erzählt, eigentlich redet sie kaum von ihrem vorherigen Leben.

Sie wissen, dass ihr Vater gestorben ist und Stipe weiß als Einziger von Lorena, doch ihre kurze Zeit mit Cruz hat sie nie erwähnt und hat es auch nicht vor.

Lia stellt das Glas wieder ab und deutet zum Essen. »Das war nur etwas scharf gerade.« Stipe zieht die Augenbrauen hoch, widmet sich aber wieder seiner Box, auch Lia beginnt weiter zu essen, doch ihr Herzschlag rast. Sie sieht zum Bildschirm, doch jetzt wird die Bühne gezeigt, auf der gerade der alte Präsident mit seiner Frau dem Neuen gratuliert.

»Wenigstens ist die neue Präsidentenfrau mal ein richtiger Hingucker.« Stipe pfeift leicht durch die Zähne und Lia sieht zu der Frau, die neben der Frau des alten Präsidenten steht, der Frau, mit der Cruz eine Affäre hatte und wegen der sie auf einer Feier so sauer wurde und es so zu ihrem ersten Kuss kam.

Lias Gedanken schweifen ab und sie sieht sich deren Nachfolgerin an. Im Gegensatz zu der alten Präsidentenfrau ist die Frau des neuen Präsidenten viel jünger und auch viel auffälliger. Sie hat platinblond gefärbte Haare, die ihr bis zum Po gehen, sie trägt ein hautenges Kostüm, welches nicht versteckt, wie gut gebaut sie ist und sie zwinkert in die Kamera.

Lia schüttelt leicht den Kopf, was für eine Show sie alle dort abziehen, dabei weiß Lia mittlerweile ganz genau, dass dort alle nur auf einen Mann hören, es gibt eine Werbepause und Lia atmet tief durch. Stipe beginnt ihr zu erzählen, was Stefan mit ihnen nach Feierabend noch besprochen hat, doch Lia ist ganz woanders.

Die ganzen letzten Wochen hat sie die Zeit mit Cruz gut verdrängt, es kamen immer mal wieder Erinnerungen hoch, besonders die ersten Nächte ist Lia oft wach geworden und hat sich nach den starken Armen gesehnt, die sie die Nächte zuvor immer gehalten haben, doch sie hat durch all die neuen Dinge, die sich ereignet haben, alles gut verdrängen und beiseite schieben können.

Doch langsam merkt sie immer mehr, dass sich diese Gefühle für Cruz, wenn sie an ihre gemeinsame Zeit denkt, nicht ändern, im Gegenteil, ihre Hoffnung, dass sich all das langsam mal gibt, wird vor allem jetzt, nachdem sie ihn das erste Mal wieder gesehen hat, immer weniger.

Sie hat sich geweigert, darüber nachzudenken, wie stark die Gefühle sind, die sich in der kurzen Zeit, die sie beide hatten, aufgebaut haben. Doch da ist dieses eklige Gefühl, das sie jetzt in diesem Moment in ihrem Bauch spürt und das sie nicht deuten kann, sie kennt dieses Gefühl nicht, es ist so ähnlich wie das, was sie spürt, wenn sie an Lorena denkt, eine Sehnsucht, sie vermisst die beiden und gleichzeitig auch eine Traurigkeit. Bei Lorena ist noch eine deutliche Portion Wut dabei, während bei Cruz noch etwas Bedauern dabei ist.

Lia weiß, dass sie so handeln musste, sie könnte all das, was sie jetzt macht, nicht tun, wenn sie an Cruz' Seite geblieben wäre, doch sie hätte es vielleicht anders beenden sollen, vielleicht hätten sie weiter Kontakt haben können, doch Lia macht sich auch da nichts vor, so sehr, wie sie Cruz vermisst, hätte sie ihn wahrscheinlich nicht verlassen können, nicht, wenn er ihr dabei in die Augen gesehen hätte.

Lia versucht, gegen die aufkommenden Gefühle anzukämpfen, das heute wird sie wieder einige schlaflose Nächte kosten. Das Programm geht weiter und Lia zieht ihr Handy heraus, um noch einmal die Liste für morgen durchzugehen, sie sollte sich das nicht mehr antun. »Also man kann sagen was man will, aber die Männer der Nechas sind schon sehr sexy.«

Natürlich hält das nicht lange und Stipes Bemerkung lässt Lia aufblicken, denn wieder wird der Tisch von Cruz gezeigt. Dieses Mal sitzt der neue Präsident an seinem Tisch, sie essen gerade und Cruz sitzt neben der Frau des neuen Präsidenten, sie beugt sich gerade zu ihm und beide unterhalten sich.

Natürlich, Lia sollte das nicht verwundern, schnell greift sie nach der Fernbedienung und schaltet das Programm aus. »Hey, wieso ...« Lia spürt selbst, wie aufgesetzt das Lächeln ist, das sie jetzt zeigt, doch sie kann nicht anders, sie will das nicht mehr sehen. »Du hast mir noch gar nichts von dem Kerl erzählt, den du am Montag bedient hast. Wirst du ihn jetzt anrufen?«

Zum Glück ist es nicht schwer, Stipe abzulenken, kurze Zeit später ist er auf ihrer Couch eingeschlafen. Lia hat sich die ganze Nacht im Bett hin und her gewälzt, sie hat keine Ruhe gefunden, sie musste ständig an Cruz denken und was wohl passiert wäre,

wäre sie wirklich mit ihm nach Guatemala gegangen. Sie wird es nie wissen und je schneller sie all das vergisst, umso besser.

Lia ist sehr müde, als sie einige Stunden später die letzten Dekorationen anhängt und die Candybar im Garten der Leute überprüft, die sie für den Geburtstag ihrer Tochter gebucht haben. Lia hat sich selbst übertroffen und alles in einen rosa Traum verwandelt.

Es gibt sogar eine rosafarbene Einhorn-Hüpfburg, einen Einhorn-Kuchen und Regenbogenmuffins. Die Cakepops sind mit rosa Kronen besetzt und Lia konnte sogar drei Schauspielerinnen auftreiben, die als verkleidete Prinzessinnen durch den Garten laufen und den Kindern immer wieder Süßigkeiten anbieten.

Die Leute geben viel Geld für den Geburtstag ihrer Tochter aus, wenn Lia daran denkt, dass sie sich schon über Erdbeerkuchen und Paella gefreut hat, sieht sie all das hier in einem anderen Licht, doch ihr steht es nicht zu, zu urteilen, sie sieht zufrieden auf das Gesamtwerk, eigentlich müsste sie nicht einmal mehr kommen, es klappt alles reibungslos, doch da das ihr erster Kindergeburtstag ist, wollte sie lieber noch einmal alles genau überprüfen.

Lia wird auch schnell von anderen Müttern umringt und ausgefragt und verteilt fleißig die Visitenkarten, die sie erst vor zwei Wochen hat drucken lassen.

Das war eine Aktion, Stipe und Lia haben sich Stunden darüber den Kopf zerbrochen, wie sie sich oder den Veranstaltungsservice, den sie jetzt anbietet, nennen soll. Lias Party, Partys à la Lia, Lias Feste, Feste mit Lia, Ohne Lia keine schöne Feier … es gab tausend Ideen, doch am Ende ist es ein feiner fliederfarbener Schriftzug geworden: Lia's.

Es ist ihr Werk, kurz und knapp, Lia's. Dazu hat Stipe eine wunderschöne Blume gezeichnet und diesen Schriftzug mit dem Untertitel 'Eventplanerin für Feste und Veranstaltungen aller Art' und ihrer Handynummer. Die Visitenkarten erreichen hoffentlich viele neue Kunden.

Da der Geburtstag in einem Vorort San Juans stattfindet, kommt Lia erst relativ spät nach Hause und schafft es in der Nacht, wenigstens ein wenig zu schlafen. Doch bereits am nächsten Tag hat sie das Gefühl, es geht ihr wieder besser.

Es ist ihre letzte Schwimmstunde. Sie hat sich sehr schnell, nachdem sie nach San Juan gezogen ist, angemeldet, um schwimmen zu lernen, es war ihr unglaublich wichtig, endlich mal im Meer schwimmen zu können und nun ist der Tag da.

Lia und ihr Schwimmlehrer haben sich angefreundet, Lia kann schon lange schwimmen, doch sie haben es sich nicht nehmen lassen, den ganzen Tag zusammen am Meer zu verbringen und mehrere Male ziemlich weit ins Meer hinauszuschwimmen.

Das ist Freiheit, in diesem Moment hat sich Lia frei und wunderbar gefühlt. Die Sonne und den Sand auf der Haut, die Musik und Klänge Puerto Ricos im Ohr und das Meer vor sich und auf den Lippen, dieses Gefühl ist pure Freiheit.

Mit viel positiveren Gedanken und Gefühlen und immer noch sandig kommt Lia bei sich um die Ecke, als langsam die Sonne untergeht und sie stockt, als sie auf den geschlossenen Laden blickt. Der Laden, der vollgestellt mit Müll war, ist komplett ausgeräumt und die Ladentür steht offen, Stipe kommt mit Sonja und Janet aus dem Laden und deutet auf das fliederfarbene Schild, das über dem Laden hängt:

Lia's

Es sieht genauso aus, wie Lia es sich gewünscht hat, es ist wunderschön und Lia kommt aus dem Staunen nicht mehr heraus, als der Vermieter aus dem Fenster sieht und ihr lächelnd zunickt. »Sie ist schon wieder so blass wie letztens. Lia! Atmen!«

Lia wird von Stipe in die Luft gehoben und beginnt zu lachen und zu weinen gleichzeitig, während sie ihren verrückten Freund auf die Wange küsst. »Überraschung!« Lia sieht auf den Laden, ihren Laden und spürt, dass sie endlich auf dem richtigen Weg ist.

Sie ist bereits in einem neuen Leben angekommen, aber um das nun richtig genießen zu können, muss sie nur noch lernen, ihre Vergangenheit komplett zu vergessen und hinter sich zu lassen. Lia kann nur hoffen, dass sie das schaffen wird.

Kapitel 3

Lia möchte Stefan noch nichts von ihrem Laden erzählen, sie braucht die Arbeit in seinem Modegeschäft noch, doch sobald sie Feierabend hat, arbeitet sie an ihrem Laden und an einem neuen Auftrag, den sie in knapp zwei Wochen hat, eine Hochzeit, ihre erste Hochzeit, die sie ausrichtet und es soll ein noch größerer Erfolg als der Kindergeburtstag werden. Sie hat bereits zwei neue Anfragen für Kindergeburtstage, wenn alles so weiter läuft, kann sie bald auf das regelmäßige Einkommen bei Stefan verzichten und sich voll und ganz auf das Geschäft konzentrieren.

Stipe und Lia haben den kompletten Laden gestrichen. Es ist nur ein kleiner Raum, in den sie zwei Sofas, einen Tisch und einen Schreibtisch stellen möchte. Ihre Kunden sollen sich wohlfühlen und sie brauchen lange für die Planungsgespräche. Zudem suchen sie gerade Bilder aus, die sie an die Wand hängen und für Werbe-mappen nehmen. Lia hat immer auf allen Veranstaltungen genug Bilder vom Buffet und allem anderen gemacht, so kann sie ihren Kunden alles genau zeigen.

Hinten gibt es noch einen Lagerraum, wo alles gelagert wird, was sie so unterbekommen, eine kleine Kundentoilette, eine Miniküche und einen direkten Durchgang zu ihrem Hausflur. Perfekt! Mehr braucht sie nicht, doch um das alles so herzurichten, dass sie ihre ersten Kunden hier empfangen kann, dauert es sicherlich noch etwas.

Sie hat noch ein wenig von dem Geld übrig, das sie für das Haus bekommen hat, Lia hat es extra zur Seite gelegt, da sie geahnt hat, dass sie es brauchen könnte und nun kann sie darauf zurückgrei-fen. Sie muss sich auch einen Laptop besorgen, auf dem sie die ganzen Planungen machen kann, Stefan ist ein Genie bei allem, was Technik betrifft und Lia kann nur hoffen, dass er es ihr nicht übel nimmt und ihr hilft, sich damit zurechtzufinden.

Genau eine Woche nachdem Lia Cruz im Fernsehen gesehen hat, ist es ihr schon wieder relativ gut gelungen, das Thema von sich zu schieben, sie hat mit dem neuen Laden genug zu tun. Doch dass ihr das nun nicht mehr so gut gelingen wird, weiß sie genau, als am Mittag die Klingel zum Modegeschäft läutet und Lia von einer hellen Stimme daran erinnert wird, dass man vor gewissen Sachen nicht davonlaufen kann, schon gar nicht, wenn sich alles in einer Stadt abspielt.

»Lia, wie schön dich wiederzusehen!«

Lia starrt ungläubig zu Savana, die, perfekt gestylt wie immer, freudig in den Laden kommt und Lia umarmt. »Wow, du bist ja noch schöner geworden, die Farbe steht dir, du siehst sehr gut aus.« Lia sieht Cruz' Schwester in die Augen, sie hat sie während der Zeit, die sie zusammen verbracht haben, schon ein wenig in ihr Herz geschlossen und mag sie. Auf Anguilla, als sie alle zusammen im Paradies waren, haben sie viel gelacht und Spaß gehabt.

»Was machst du denn hier? Danke, wie geht es dir? Du siehst auch sehr gut aus.« Lia ist völlig überfordert, umarmt aber Savana zurück. Das lenkt natürlich die Aufmerksamkeit aller auf sie beide. Sonja bringt ein Glas Champagner, alle wissen offenbar sofort, mit wem sie es hier zu tun haben.

»Oh danke, aber ich habe keine Zeit zum Einkaufen, es gibt hier aber schöne Kleider, das nächste Mal bringe ich mehr Zeit mit.« Savana nimmt das Glas und trinkt einen Schluck, selbst Stipe sieht nun vom oberen Stockwerk zu ihnen nach unten, zum Glück ist Stefan gerade nicht da.

Lia kann immer noch nicht fassen, dass plötzlich Savana hier vor ihr steht. Cruz' Schwester lächelt sie freundlich an und Lias Magen zieht sich zusammen, als sie die gewisse Ähnlichkeit zu Cruz erkennt. »Babsi hat mir letztens von eurem zufälligen Treffen erzählt und was du jetzt so machst und wo du arbeitest. Sie hat auch erwähnt, dass du Veranstaltungen planst und dich um das Essen kümmerst, typisch traditionelle Küche und das ist genau das, was ich brauche ... deswegen bin ich hier.«

Lia ahnt schon Schlimmes und atmet tief ein. »Ja … na ja, also ich fange gerade damit an. Ich arbeite hauptsächlich hier, das ist eher so nebenbei …« Savana und sie gehen automatisch ein Stück zur Seite, als weitere Kunden eintreten und Lia ist froh darüber, da sie nun nicht mehr alle Aufmerksamkeit auf sich haben.

Sie sieht durch die Frontscheibe auf ein schwarzes Auto, wie immer wartet derselbe Mann vor dem Laden auf Savana, der sie fast immer fährt, er spürt Lias Blick und lächelt ihr zu. Lia würde sich am liebsten die Augen reiben, plötzlich ist sie wieder mittendrin in dem, was sie so gut es geht zu verdrängen versucht hat.

»Wer bereitet das Essen zu, die Frauen aus dem Dorf?« Lia nickt und Savana atmet erleichtert durch. »Gott sei Dank, bitte Lia, du würdest mir einen großen Gefallen tun. Wir geben nächsten Freitag eine große Feier für den neuen Präsidenten bei uns. Es kommen viele Geschäftspartner von überall her, du weißt ja, dass meine Brüder solche Feiern nicht sehr ernst nehmen, doch ich möchte, dass es perfekt ist.

Wir haben Ersatz für die Arbeiter aus den Dörfern, aber alle vermissen die gute alte Küche, wir haben letztens ein Fest gegeben und das war nicht mal halb so gut wie die alten. Könntest du dich darum kümmern? Es ist egal, wie viel du dafür verlangst, wir …«

Lia räuspert sich, als weitere Kunden hereinkommen und sieht zur Uhr, Stefan muss auch jeden Moment kommen. »Ich weiß nicht, ob ich das hinbekomme, ich müsste erst einmal wissen, was genau ihr braucht und …« Savanas Handy klingelt. »Du bist ein Schatz und meine Rettung. Ich muss los, kann ich dich morgen irgendwo aufsuchen, hast du ein Büro?«

Lia spürt, dass das keine gute Idee ist. »Nein, noch nicht, es wird gerade fertiggestellt.« Savana deutet dem Fahrer, dass sie kommen will. »Okay, dann bei mir. Da kann ich dir auch genau zeigen, wo was passieren soll und wir können alles in Ruhe besprechen. Wann hast du morgen Zeit?« Lia seufzt leise aus, Savana ist schon Feuer und Flamme und sie hat nicht das Gefühl, dass sie da noch herauskommt.

»Ich habe morgen Spätdienst. Ich könnte um zehn Uhr bei dir sein, dann haben wir genug Zeit, alles durchzugehen. Ich weiß aber wirklich nicht, ob das, was ich euch bieten kann, reicht.« Savana gibt ihr einen Kuss auf die Wange. »Ich bin mir sicher, das wird es. Bis morgen, ich freue mich schon!« Savana ist schon halb aus dem Laden hinaus, da überkommt es Lia doch.

»Savana! Was ist mit Cruz? Hat er nichts dagegen, wenn ich mich darum kümmere?« Cruz' Schwester stockt und lächelt dann mild. Fast so als würde sie genau überlegen, was sie jetzt sagt, um Lia nicht zu verletzen. »Ähm, ich weiß nicht. Ich habe ihn nicht gefragt. Du weißt ja, dass meine Brüder das alles nicht so interessiert und ich meine, er hat dich, denke ich, schon sehr gemocht, es ist selten, dass er sich so um eine Frau gekümmert hat wie um dich und als du gegangen bist, war er wirklich schlecht gelaunt, doch dann ist er nach Guatemala und ja … meine Brüder sind sehr schnelllebig. Ich glaube nicht, dass er noch etwas dagegen hat. Er hängt nicht sehr lange an Sachen fest, die vorbei sind, Männer sind doch alle am Ende so, oder?«

Savana sieht Lia fragend an, sie will ihr nicht wehtun, das sieht man, doch natürlich hat Savana recht, wie kommt Lia darauf, dass Cruz all das nach dieser Zeit noch interessiert? Er weiß, wo er sie finden kann und hat es nicht getan, sie hat gesehen, wie glücklich er ist und sie war es auch, die alles beendet hat. Wieso treffen sie Savanas Worte so?

Lia zwingt sich zu lächeln und nickt. »Okay, dann ist gut. Ich wollte nur sichergehen. Ich bin morgen um zehn Uhr da und wir können dann alles besprechen.« Savana winkt noch einmal und schon ist sie weg. Lia hört ein leises Pfeifen von Stipe von oben, was bedeuten soll, dass sie zu ihm kommen soll, doch Lia geht erst einmal auf die Toilette, schießt die Tür hinter sich und atmet tief ein.

Herrgott, was hat Lia sich da bloß vorgemacht? Darüber hinweg zu sein? Allein Savanas Worte lassen dicke Tränen über Lias Wangen laufen und sie kann nicht einmal richtig erklären warum. Es ist doch vollkommen normal, dass Cruz sein Leben weiterführt, sie wollte all das doch so, wieso schmerzt es sie nur so sehr?

Lia schüttelt den Kopf, sie hat schon viel Schlimmeres durchgestanden und wird sich dadurch nicht kleinkriegen lassen. Sie wird morgen zu Savana gehen und mit eigenen Augen sehen, dass sich die Welt weitergedreht hat, nachdem Lia das Nechas-Gebiet vor vier Monaten verlassen hat. Sie wird so eine Veranstaltung wahrscheinlich gar nicht planen können, doch sollte es so sein, wäre es das beste, was ihr passieren kann, wieso sollte sie diese Chance nicht nutzen?

»Lia? Ist alles okay?« Stipe klopft an der Tür, Lia wischt sich schnell die Tränen weg, kühlt ihr Gesicht und tritt dann strahlend vor die Tür. »Ja, alles bestens. Hast du das mitbekommen? Ich habe vielleicht wieder einen großen Auftrag. Ich würde sagen, es läuft ganz gut!« Stipe sieht sie ein wenig misstrauisch an, doch dann hebt er die Hände.

»Das war doch Savana Nechas? Wie kommt die denn auf dich?« Lia geht zurück in den Verkaufsbereich und Stipe folgt ihr, sie bemüht sich, so unbedeutend wie nur möglich zu tun. »Kennst du die Nechas? Sie hat wohl von mir gehört, du bist doch derjenige, der sagt, bald wird ganz Puerto Rico von mir wissen.«

Stipe sieht zu einer Kundin, die Janet gerade bedient. »Das geht gar nicht, Süße, du musst da eine andere Hose zu probieren oder am besten einen Rock.« Janet schiebt Stipe zur Seite und Lia sieht ihn mahnend an, er darf in der Frauenabteilung nicht bedienen, Stefan flippt deswegen regelmäßig aus. »Natürlich wird ganz Puerto Rico bald von dir wissen, du musst mal etwas selbstbewusster werden, meine Süße. Die Nechas kennt jeder, Schatz, na gut, vielleicht jeder, der nicht wie du vom Dorf kommt.«

Lia muss lachen und sortiert einen Stapel neuer Shirts ein, Stipe nimmt sie regelmäßig damit auf den Arm. »Ich habe mal einen Typen getroffen, der mit den Nechas Geschäfte gemacht hat. Herrje, der war so sexy, sag ich dir und im Bett war er ...« Lia lacht laut auf, sie liebt Stipe einfach. »Okay, okay, keine Details und dann hast du die Nechas getroffen?«

Stipe reicht ihr weitere Shirts. »Nein, die geben sich doch nicht mit jedem ab. Mein Bekannter hat gut gelebt, doch irgendwie wollte er immer mehr. Ich habe mitbekommen, wie er zu gierig wurde und immer mehr angefangen hat, die Nechas zu hintergehen, ich habe ihn damals noch gewarnt, doch er wollte nicht hören. Irgendwann ist er weggezogen und ich habe gehört, einen Monat später wurde er erschossen. Ich weiß nicht, ob das stimmt, doch ich kann es mir vorstellen.

Du hast sie doch letztens selbst im Fernsehen gesehen, wenn die Nechas ihre Partys von dir ausstatten lassen, dann kannst du dich bald nicht mehr vor Aufträgen retten. Ich steige dann bei dir ein und werde dein persönlicher Berater oder so etwas.« Stipe träumt zu viel. »Mal sehen, ob das überhaupt klappt.« Stefan betritt den Laden und sieht direkt zu Stipe, der sofort nach oben geht. »Das wird klappen, du wirst sehen!«

Lia weiß nicht einmal, ob sie überhaupt möchte, dass sie den Auftrag bekommt. Sie sucht den restlichen Tag Stipes Nähe, um abgelenkt zu sein und nicht über Savana, morgen und ihre Worte wegen Cruz nachzudenken. Nach der Arbeit gehen sie Wandfarbe kaufen und die Möbel für das Büro bestellen, Lia kratzt währenddessen alte Tapete von den Wänden im Laden, bis sie todmüde ins Bett fällt.

Mittlerweile ist sie wirklich eine Meisterin im Verdrängen geworden, doch ihr Körper macht das nicht mehr so mit wie sie möchte. Am nächsten Morgen ist sie schon viel zu früh wach und geht duschen.

Sie sollte sich beruhigen, all dem gelassen entgegensehen. Die Wahrscheinlichkeit; Cruz zu treffen, ist eher gering und dass ihn das ganze interessiert, noch geringer, trotzdem ballt sich ihr Magen so sehr zusammen, dass sie kaum etwas essen kann und sich dreimal umzieht. Letzendlich bleibt sie bei einer engen Jeans, einem weißen Shirt und den ersten Pumps in rot, die sie sich gekauft hat.

Auch wenn Lia jetzt in der Stadt lebt, hat sich ihr Kleidungsstil und dass sie sich wenig schminkt kaum verändert. Nur auf der Arbeit muss sie sich verstellen, und sie hat sich angewöhnt, auch auf den Besprechungen zu den Veranstaltungen etwas feiner zu erscheinen, doch nie so zurechtgemacht, wie sie es jetzt tut. Sie weiß, dass es Unsinn ist und doch kann sie es nicht lassen.

Lia benutzt Wimperntusche, Rouge und Lipgloss und macht aus ihren leichten Wellen große Locken. Sie nimmt sich ihre Tasche mit und die Arbeitsmappe mit den Bildern, die sie bereits hat, steckt sie sich unter den Arm, atmet tief ein und geht dann mit klopfendem Herzen zur Bushaltestelle des Busses, der sie ins Nechas-Gebiet bringt.

Die Fahrt vergeht viel zu schnell, Lia überlegt wirklich eine Sekunde, sitzen zu bleiben, ans Grab ihres Vaters zu fahren und all das wieder zu vergessen, doch sie steht auf, nimmt all ihren Mut zusammen und läuft die sandige Straße hinauf, bis sie fester wird und sie das erste Wachhäuschen sieht. Savana hat recht, es ist schon einige Monate her und nur, weil ihr das noch so schwer im Magen liegt, bedeutet es nicht, dass es für Cruz noch eine Bedeutung hat. Sie sind ja auch nicht im Streit auseinandergegangen und Lia hatte auch nie vor, ihn niemals wiederzusehen.

Im Wachhaus sitzen zwei Männer, einer davon ist der Mann, der dabei war, als das neue Bett bei Cruz aufgebaut wurde und der so nett zu ihr war. Er sieht sie verwundert an. »Hi, willst du zu Cruz? Weiß er, dass du kommst?« Wieder ein Stich in ihr Herz, Lia räuspert sich. »Nein, ich bin mit Savana verabredet.« Der andere Mann nickt. »Sie hat mir Bescheid gegeben. Weißt du, wo du hinmusst oder sollen wir dich bringen?« Lia sieht in die Straßen, die zum Glück noch relativ leer sind. »Ich kenne mich aus.«

Und das tut sie. Lia läuft die ihr so bekannten Straßen entlang und muss daran denken, wie eingeschüchtert sie die ersten Tage hier langgelaufen ist. Mit Flipflops, einer wilden Schwester zu Hause und einem Vater, dem sie es nie recht machen konnte. Nun läuft sie in Pumps, einer eigenen Geschäftsidee und einigen neuen

Freunden hier entlang, doch wirklich viel glücklicher als damals ist sie auch nicht. Lia weiß nicht einmal, ob sie sich bereits wirklich gefunden hat, sie hat immer noch das Gefühl, nicht angekommen zu sein auf einer Reise, von der sie nicht einmal weiß, wohin sie führen soll.

Ein Auto fährt an ihr vorbei und Lia zwingt sich, nicht hinzusehen. Sie steuert direkt auf den Brunnen und die größten und prunkvollsten Häuser zu und sieht zu Cruz' Haus. Die Jalousien sind geschlossen, er ist da und schläft, wahrscheinlich, vielleicht ist er auch verreist.

Lia erinnert sich an die Zeit zurück, wo sie in dem Haus ein- und ausging, wie verschreckt sie am Anfang war und wie Cruz es nach und nach geschafft hat, zu ihr durchzudringen und am Ende war er, vor dem sie solch eine Angst hatte, ihr Halt in ihrer allerschwersten Zeit. Lia wird ihm das nie vergessen und sie wird sich wahrscheinlich auch ihr ganzes Leben lang fragen, was passiert wäre, wenn sie nicht gegangen wäre. Wenn er aufgewacht und sie zurückgehalten hätte, sie wird es nicht herausbekommen, doch sie wird diese Frage wahrscheinlich immer im Hinterkopf behalten.

Lia zwingt sich weiterzugehen und klingelt bei Savana an der Haustür. Savana ruft sie hinein, die Schwester von Cruz sitzt in ihrem Garten an einem großen Holztisch und hat mehrere Papiere vor sich ausgebreitet. »Wie schön, dass du kommen konntest, komm, ich zeige dir gleich mal, wo die Feier stattfinden soll.« Lia kommt nicht dazu, sich zu setzen, da bringt Cruz' Schwester sie schon wieder auf die Straße, sie gehen gemeinsam in Richtung des Gemeinschaftshauses, wo sie schon einmal eine Feier ausgerichtet haben, doch sie biegen vorher auf eine steinige Straße ab, an der wieder ein Wachhaus ist und zwei Männer sitzen, die ihnen nur zunicken.

Gleich danach führen mehrere Steintreppen zu einem wunderschönen großen Strandabschnitt. Lia traut ihren Augen nicht, sie hatte keine Ahnung, dass das Nechas-Gebiet eine eigene kleine Bucht hat. Doch der Strand ist hochmodern ausgestattet, neben

34

unzähligen Jetskis, einem Beachvolleyballfeld und drei größeren Schiffen, die an einem Steg liegen, sind auch mehrere Strandhäuser aufgebaut. Savana zeigt Lia, dass man dort grillen und Buffets aufstellen kann, es gibt viele runde Strandbetten, die zum Ausruhen einladen, es ist hier wirklich wunderschön. In Lias Kopf beginnt es sofort zu arbeiten, hier ist wirklich alles möglich, auf der anderen Seite gibt es auch ein Stück Rasen, der hervorragend als Tanzfläche geeignet wäre, dort kann man auch die Tische und Stühle aufbauen. Als Lia Savana ihre Vorstellungen schildert, klatscht diese begeistert in die Hände. »Ich sehe, wir verstehen uns!«

Kapitel 4

Und das tun sie wirklich. Lia und Savana setzen sich nach der Besichtigung des Strandabschnittes in Savanas Garten und besprechen alles. Lia erklärt ihr, was möglich ist, was für Essen sie zubereiten lassen kann und zeigt ihr die Bilder dazu. Savana ist begeistert, sogar die Idee, neben dem traditionellen Essen auch noch indische Speisen anzubieten, findet sie großartig. In Puerto Rico ist indisches Essen nicht so verbreitet, doch Lia hat damit nur gute Erfahrungen gemacht und besonders neben den traditionellen puertoricanischen Leckereien passen indische Häppchen besonders gut auf ein Buffet.

Sie einigen sich darauf, dass zusätzlich eine große süße Theke eingerichtet wird, mit Kuchen, Torten, Keksen und Cupcakes, die ganz in den Farben Puerto Ricos gehalten sein werden. Die ganze Feier soll das als großes Motto tragen.

Lia und Savana einigen sich auf ein paar Dekorationen, die aber eher schlicht gehalten werden, darum geht es nicht, was viel wichtiger ist und was Lia ihr nur dank Stipe anbieten kann, ist ein DJ, der momentan in Puerto Rico zwar überall ausgebucht ist, aber ein Freund von Stipe ist und der sich natürlich nach einem Anruf sofort bereit erklärt hat, auf der Feier aufzulegen.

Lia kann sich das alles schon bildlich vorstellen, wie alle Leute zusammen am Stand essen und tanzen und der DJ zum Sonnenuntergang die Party richtig in Gang bringt. Sie schlägt noch vor, den Strand mit Lampions zu beleuchten und im Wasser kleine Boote mit Kerzen einzulassen, sie hat so etwas schon mal gesehen, das sieht fantastisch aus.

In jedem Punkt einigen sich die beiden und als Lia grob überschlägt, was all das kosten würde, lächelt Savana und sagt ihr, dass Lia das doppelte bekommt, dazu wird sie in Zukunft immer auf Lias Hilfe zurückgreifen, wenn alles gut läuft und sie allen empfehlen. Lia kann das gar nicht abschlagen und am Ende hat Savana wirklich recht, wieso sollte sie auch. Es gibt keinen Grund, sich vor Cruz und seiner Familie zu verstecken.

Lia erklärt Savana, dass sie einige Details abklären und prüfen muss, ob alles klappt, sie wird ihr am Abend Bescheid geben, ob sie es schafft, das alles bis nächste Woche hinzubekommen.

Nachdem all das geklärt ist, lehnen sich beide zurück und Savana lacht. »Ich hätte nie gedacht, dass uns die Arbeiter aus den Dörfern mal so fehlen werden, doch jeder hier vermisst vor allem das gute Essen. Die werden alle über das Buffet herfallen.«

Lia sieht Savana neugierig an. »Wer führt denn jetzt die Haushalte?« Cruz' Schwester gießt Lia noch einen Schluck Eistee ein. »Wir haben eine Firma, die jeden Tag im Gemeinschaftsraum ist, wenn jemand das Haus verlässt und es gereinigt werden soll, gibt man Bescheid und sie kümmern sich darum. Es ist ganz okay, so hat man nicht mehr die ganze Zeit jemanden im Haus, wir bemerken die Leute kaum, doch trotzdem fehlt etwas. Wir haben drei großartige Köche, die auch im Gemeinschaftsraum alles zubereiten, was wir möchten, es wurden extra neue Küchen und Lagerräume dafür eingerichtet, doch trotzdem ist es nicht das gleiche.«

Lia lächelt und sieht in den Himmel. »Mein Leben lang habe ich mich gefragt, wie es ist, in der Stadt zu leben, ein aufregendes Leben zu haben, eine eigene Wohnung, richtige Arbeit, die mir Spaß macht und alles andere … doch auch wenn ich all das jetzt habe … muss ich immer wieder an das Dorf zurückdenken, auch wenn alles gut ist … es ist niemals das gleiche.«

Savana lächelt auch und Lia ist froh, dass, was auch immer mit Cruz und Lia war, sie sich noch immer gut mit Savana versteht. Savana möchte Lia auch gleich zeigen, was der Koch kann und sie essen noch zusammen leckere Tagliatelle mit Rinderfilet, das Essen ist wirklich sehr gut. Lia erzählt Savana von ihrem neuen Geschäft und der Arbeit im Laden und Savana ihr, dass sie noch immer nicht so wirklich an die richtigen Dinge in der Familia herangelassen wird, doch sie beide sind auch sehr vorsichtig und umgehen sehr geschickt alles, was mit Cruz zu tun hat und Lia ist Savana unendlich dankbar dafür.

Lia hat ein gutes Gefühl, als sie das Haus wieder verlässt, weil sie zur Arbeit muss. Sie verspricht, sich am Abend zu melden, wenn sie alles abgeklärt hat und läuft zurück in Richtung Haltestelle. Mittlerweile sind die Straßen hier natürlich viel gefüllter und Lia beeilt sich, als sie immer wieder verwunderte Blicke auf sich spürt. Einige hier werden sie ja nicht nur als alte Hausangestellte sondern auch als Cruz' …. was war sie eigentlich? Um sich Cruz' Freundin zu nennen, war das wirklich zu kurz, eher eine …

Lia schreckt zusammen, als plötzlich ein Wagen schlitternd neben ihr zum Stehen kommt.

»Was tust du hier?« Cruz steigt aus und knallt seine Autotür zu, Lia entfällt alles, was ihr gerade noch im Kopf herumgegangen ist. Cruz in ihren Erinnerungen zu sehen oder durch den Fernseher ist etwas ganz anderes als das, was in ihrem Körper vor sich geht, als er nach dieser Zeit wieder vor ihr steht.

Cruz ist wütend, sehr wütend, seine schönen dunklen Augen sehen sie von oben bis unten an, auf der Straße sind einige stehengeblieben, so scharf war die Frage an Lia gestellt und doch kann Lia kaum atmen, so sehr trifft es sie jetzt, plötzlich wieder vor ihm zu stehen.

Er scheint gar nicht zu merken, wie perplex sie ist und baut sich vor Lia auf, erst da kommt sie wieder zu sich und atmet tief ein, sie muss sich zusammennehmen und einen klaren Kopf behalten. »Was tust du auf einmal wieder hier, Lia?« Cruz betrachtet sie ganz genau, auch wenn er dieses Mal leiser gesprochen hat, ist seine Stimme noch genauso scharf wie vorher, wenn Lia gedacht hat, dass Cruz wegen dem, wie sie gegangen ist, nicht sauer auf sie ist, hat sie sich offenbar getäuscht.

Sie atmet tief ein und fängt sich wieder, ignoriert, wie gut er aussieht, wie sie seinen vertrauten Duft wieder wahrnimmt und sieht ihm nicht in die Augen. »Deine Schwester hat mich hergebeten, ich soll für euch eine Feier organisieren und ...« Cruz verschränkt die Arme vor der Brust und schnalzt belustigt die Zunge. »Du? Soll das heißen, du hast all das hier aufgegeben, um eine Partyveranstalterin zu werden?«

Nun blickt Lia ihm das erste Mal in die Augen, Cruz' Augen sind wütend zu schmalen Schlitzen gezogen, er betrachtet sie ganz genau, doch auch in Lia fängt es an zu brodeln, was fällt ihm ein? »Ich dachte, du verstehst, wieso ich damals gegangen bin, zumindest hast du das behauptet.« Lia sieht zur Seite und erst jetzt bemerkt sie, dass im Auto eine Frau sitzt. Sie sieht asiatisch aus, Lia erkennt nicht viel, doch es ist klar, dass sie sicherlich sehr hübsch und sexy ist.

Sie hat das Fenster heruntergefahren und bekommt ihre Auseinandersetzung hier mit, genau wie die Männer, die auch gerade auf der Straße sind. Lia wollte das nie, sie wollte genau dieses Aufeinandertreffen um jeden Preis vermeiden, doch Cruz interessiert das alles nicht, er behält Lia ganz genau im Blick.

»Ich weiß nicht, ob meine Schwester da wirklich weiß, was sie tut, nicht dass dir das alles zu viel wird und du einfach verschwindest, darin bist du nämlich sehr gut.« Lia reicht es, sie weiß, dass das nicht die beste Aktion war, wie sie gegangen ist, doch sie hatte ihre Gründe und sie hatte gedacht, Cruz würde diese verstehen und sie hätte auch nicht damit gerechnet, dass er wegen all dem noch so sauer ist.

Lia legt den Kopf ein wenig schief, sie wird wütend, gleichzeitig verletzen sie die harten Worte von Cruz und sie antwortet genauso kalt. »Wie du meinst, mir ist das egal. Savana hat mich gefragt, nicht andersherum. Ich verstehe nicht, was dein Problem ist, es ist ja offenbar nicht so, als wärest du gerade am Trauern ...« Sie deutet auf das Auto und das macht Cruz nur noch wütender. »Das interessiert mich nicht!« Lia streicht sich ihre Haare nach hinten und geht einfach weiter. »Wie du meinst. Rede mit Savana, ich rufe sie später an, dann kann sie mir sagen, für was ihr euch entschieden habt.«

Lia will einfach weitergehen, doch noch einmal hört sie Cruz' Stimme. »Weißt du was? Mir ist es egal, richte doch die Feier aus, du kennst es ja, für uns zu arbeiten.« Lia schließt einen Augenblick die Augen, Worte sind manchmal wirklich schmerzhafter als Taten, sie versteht einfach nicht, wieso Cruz so wütend reagiert. Noch einmal blickt sie sich um und noch immer sind Cruz' Augen auf sie gerichtet. Er zeigt an ihr herunter. »Ist das jetzt die neue Lia? Die Lia, die ihr eigenes Leben lebt?«

Lia sollte gehen, doch sie sieht Cruz noch einmal in die Augen, Bildfetzen ihrer gemeinsamen Zeit steigen vor ihr inneres Auge und eine Sekunde lang sieht sie die gleiche Zärtlichkeit in seinen Augen aufblitzen, die sie damals zu spüren bekommen hat, doch in der nächsten Sekunde ist da wieder diese Wut und Lia schüttelt nur traurig den Kopf. Das ist nicht mehr der Cruz, in den sie sich verliebt hat, vielleicht hilft ihr diese Erkenntnis, endlich komplett mit diesem Thema abzuschließen.

»Es gibt keine neue Lia, mein Leben hat sich geändert, ich nicht ...« Sie zeigt an ihm herunter. »Du aber offensichtlich schon!« Sie wendet sich um. »Kläre das mit deiner Schwester!« Mehr hat Lia nicht zu sagen, sie geht direkt an den Wachhäuschen vorbei, auch die Männer müssen diese laute Auseinandersetzung mitbekommen haben und in dem Augenblick, als Lia an ihnen vorbeigeht, rast Cruz mit seinem Auto vorbei.

Lia sieht Cruz' Auto hinterher und steigt in den Bus, der zum Glück gerade kommt, erst als sie sich in die hinterste Reihe gesetzt hat, lässt sie die gefallenen Worte und die tiefe Enttäuschung zu und kann ihre Tränen nicht mehr zurückhalten.

Lia weiß nicht, was sie sich vorgestellt hat, wie sie sich ein Aufeinandertreffen mit Cruz vorgestellt hat, sie wollte es auf jeden Fall vermeiden, doch wenn sie daran gedacht hat, dann sicherlich nicht so. Sie hat sich nicht richtig verhalten, da macht sich Lia nichts vor. Cruz war vom ersten Tag an sehr nett, lieb und hilfsbereit zu ihr. Über die Hilfe mit der Anzeige, den Abend bei dem Präsidenten, sie ist schon einmal gegangen, aber er war ohne mit der Wimper zu zucken sofort für sie da, als ihr Vater gestorben war, und damals hat er schon gesagt, dass er Angst hätte, sie würde einfach wieder gehen.

Vielleicht hat sie sich das alles wirklich selbst zuzuschreiben, Lia hat ihn enttäuscht, sie kann nicht erwarten, dass er sie jedes Mal mit offenen Armen begrüßt, wäre sie an Cruz' Stelle, hätte sie das jetzt auch nicht mehr getan.

Cruz' Worte haben Lia verletzt, sie hätte nicht damit gerechnet, ihn jemals so gegen sich zu haben, doch als sie am Strand wieder aus dem Bus aussteigt, sind ihre Tränen getrocknet und sie weiß, dass sie Cruz das nicht einmal übel nehmen darf.

Lia hat sich für ein neues, selbstbestimmtes Leben entschieden, sie bereut diesen Schritt auch nicht, doch sie musste Cruz dafür verletzen und das bereut sie.

Cruz' Worte und sein wütender Blick begleiten Lia den ganzen Nachmittag im Geschäft. Stipe sagt sie nur, dass sie Savana ein Angebot erstellt hat und sie sich das überlegt. Lia schnappt sich alle Kunden, nur um nicht zu viel Zeit zum Nachdenken zu haben, als sie dann am Abend in ihren Laden kommt, geht Stipe schnell Essen besorgen und Lia ruft Savana an.

Cruz' Schwester ist von Cruz' Wut nur wenig beeindruckt, sie erzählt Lia ehrlich, dass er sie sehr angemeckert hat, wieso Savana den Kontakt wieder aufgenommen hat, doch am Ende ist es ihm egal, ob Lia die Feier ausrichtet, er will mit all dem nichts zu tun haben. Savana bittet Lia noch einmal, den Auftrag zu übernehmen. Lia zögert einen Augenblick, doch dann vereinbaren sie, dass Lia alles plant und organisiert, sie selbst aber am Tag der Feier nicht vor Ort sein wird.

Lia überlässt den Aufbau und das Organisieren vor Ort immer mehr den beiden Rentnern aus ihrem Haus. Sie kennen sich auf dem Gebiet bestens aus und die Männer lieben die Arbeit und freuen sich über das extra Geld zur Rente. Lia vertraut ihnen, sie wollte das ohnehin so einführen, damit sie nicht mehr auf allen

Veranstaltungen persönlich sein muss, nun beginnt sie das erste Mal damit und das auf der Feier der Nechas. Ihr wäre es anders lieber, doch sie hat keine Wahl, unter keinen Umständen würde Lia noch einmal freiwillig auf deren Gebiet gehen und es riskieren, Cruz über den Weg zu laufen.

Somit hat Lia zwei große Veranstaltungen am nächsten Wochenende, die Hochzeitsfeier und die große Feier der Nechas. Lia ist froh, dass sie auf der Hochzeitsfeier ein komplett anderes Essen haben als auf der Feier der Nechas, sonst würde das nicht gehen. Auf der Hochzeitsfeier wird es nur Kuchen geben, dazu soll gegrillt und à la carte bestellt werden, was von der Festhalle vor Ort übernommen wird.

Lia kommt aus dem Planen und Telefonieren nicht mehr heraus, sie muss sich sogar einen Tag frei nehmen, sonst wäre das nicht machbar, doch sie liebt es einfach. Lia hat wirklich ein Talent dafür, Dinge zu organisieren, zu planen, zu dekorieren und vorzubereiten, vielleicht hilft ihr dabei die Erfahrung, die sie dadurch bekommen hat, dass sie für das Überleben ihrer Familie allein verantwortlich war.

Lia ist so mit der Arbeit beschäftigt, das sie die Gedanken an Cruz sehr gut unterdrücken kann, auch wenn sie durch ihn richtig angespornt ist, die Feier für die Nechas perfekt werden zu lassen. Sie gibt sich bei allen Veranstaltungen Mühe, doch noch nie hat sie sich so ins Zeug gelegt wie für dieses Fest. Lia kränkt Cruz' belustigtes Gesicht und das Wort Partyveranstalterin immer noch, aber so hat sie wenigstens etwas Genugtuung, wenn sie ihn mit ihrer Arbeit ein klein wenig überzeugt.

Lia arbeitet am Wochenende durch, da sie verkaufsoffenen Sonntag haben, doch am Montag hat sie frei und fährt, nachdem sie ausgeschlafen hat, in ihr Dorf, um das Grab ihres Vaters zu besuchen, aber auch, um bei allen nachzufragen, ob die Vorbereitungen gut laufen und alles gut geht. Dora organisiert zusammen mit Crista alles, was Lia für ihre Veranstaltungen braucht. Es helfen insgesamt fünf Frauen aus den Dörfern und verdienen sich so noch gutes Geld neben der Arbeit im Supermarkt.

Dora und die anderen Frauen haben gerne bei den Nechas gearbeitet und nur, weil es einfach praktischer und zeitsparender ist, diese Arbeit aufgegeben. Als Lia erzählt hat, für wen der neue Auftrag ist, haben sie sich wahnsinnig gefreut und gesagt, was sie noch alles dazu zubereiten werden. Lia weiß, dass sie alle sich besonders viel Mühe geben werden, trotzdem möchte sie auf Nummer sicher gehen und noch einmal mit allen reden und alle Details besprechen.

Lia liebt es, statt Pumps und Rock zieht sie eine weite schwarze Sommerhose und ein enges schwarzes Top an. Sie schminkt sich nicht, trägt Flipflops und bindet sich einen hohen Zopf. Mittlerweile genießt sie ihre kleine Auszeit auf dem Dorf sogar wieder richtig, sobald der Bus an der Haltestelle hält, steigt sie aus, atmet tief ein, setzt sich die Sonnenbrille auf und geht an das Grab ihres Vaters.

Sie hat einen kleinen Olivenbaum gekauft. Ihr Vater hat Oliven geliebt und Lia möchte dem Grab so gern Schatten schenken, wenn der Baum erst einmal gewachsen ist. Lia stockt erneut, als sie auf das Grab ihres Vaters blickt. Es wird immer etwas daran getan, doch wieder ist hier viel mehr als sonst passiert, es sind viele neue Blumen gepflanzt und Lia sieht sich verwundert um.

Es ist merkwürdig, Lia holt eine Schaufel und Wasser und buddelt einige Meter vor dem Grab den kleinen Olivenbaum ein, es ist anstrengender, als sie es gedacht hätte, da die Erde durch die Sonne so ausgetrocknet ist, doch als Lia sieht, dass der kleine Baum, der nun hinter dem Grabstein wächst, sogar schon einen ganz kleinen Schatten auf den Grabstein wirft, ist sie sehr zufrieden. Bald wird sie am Olivenbaum im Schatten bei ihrem Vater sitzen können.

Lia geht danach direkt ins Büro von Edmundo, der sie umarmt. Sie hat den Polizisten schon lange nicht mehr gesehen und bittet ihn gleich, alle zwei Tage ihren Olivenbaum zu gießen, er verspricht es ihr.

»Hast du mit Lorena gesprochen? Sie sah nicht sehr gut aus die letzten Tage.« Lia stockt, als Edmundo ihr etwas zu trinken eingießt und ganz nebenbei nach ihrer Schwester fragt. »Lorena? Sie ist wieder hier?« Edmundo stellt die Flasche ab und sieht sie verwundert an. »Nicht hier, sie lebt auch in der Stadt, sie ist seit zwei, drei Wochen immer mal wieder am Grab eures Vaters gewesen. Ich musste ihr sagen, dass euer Vater gestorben ist, als sie plötzlich vor dem Supermarkt stand und euer Haus nicht mehr vorgefunden hat. Ich dachte, du wüsstest, dass sie zurück ist.

Sie ist zusammengebrochen, als ich ihr alles gesagt habe, ich habe ihr verraten, wo du arbeitest, sie wohnt auch in San Juan, deswegen dachte ich, sie hat sich schon längst bei dir gemeldet. Sie ist immer mal wieder hier und am Grab deines Vaters, genau wie du, außer seinen Freunden, Dora und Crista war auch Cruz Nechas einmal da.«

Lia traut ihren Ohren nicht, sie weiß, dass sie Edmundo mit offenem Mund anstarrt. Lorena? Cruz? »Er war auch da, wann? Und warum?« Edmundo zuckt die Schultern. »Ich weiß nicht warum, aber das muss vor ungefähr zwei Wochen gewesen sein, ich bin zufällig am Friedhof vorbeigefahren, da habe ich sein Auto gesehen und ihn am Grab. Er hat da gehockt und Blumen dagelassen. Ich habe aber nicht gehalten und mit ihm gesprochen, ich will keine Probleme haben, das zwischen euch ist doch schon wieder vorbei, oder?«

Lia nickt und versucht, all die neuen Informationen zu ordnen. »Ja, ist es, aber Cruz ist in Wirklichkeit gar nicht so furchteinflößend wie man denkt, oder doch, aber nicht zu allen, zumindest … egal! Lorena hat sich nicht bei mir gemeldet, wahrscheinlich ist das auch besser so, sie ist gegangen und hat Papa und mich alleine zurückgelassen und uns sogar das letzte Geld geklaut.«

Lia steht auf, sie trinkt ihr Glas zu Ende und hängt sich wieder ihre Tasche um. »Sie ist deine Schwester, rede mit ihr, sie sieht gar nicht gut aus. Ich habe ihr von dir erzählt, was du machst und wie stolz alle hier auf dich sind.« Lia lächelt und gibt Edmundo zum Abschied einen Kuss auf die Wange, bevor sie weiter ins Dorf geht. »Ich denke nicht, dass Lorena all das noch interessiert.«

Lia geht an den Felsen vorbei in ihr Dorf und an dem alten Laden von Yandiels Familie vorbei, sie mussten vor einem Monat schließen und nun hat sich das Blatt hier im Dorf für sie ziemlich geändert. Tabea und die anderen weiblichen Mitglieder der Familie arbeiten im Supermarkt und halten die arroganten Männer somit über Wasser. Yandiel und sein Bruder sollen hin und wieder Autos klauen und wieder verkaufen und somit an etwas Geld kommen, doch von ihrem früheren Reichtum ist schon lange nichts mehr übrig.

Es fühlt sich immer noch merkwürdig an, das Dorf verändert sich, wird moderner, ist viel voller, da von allen anderen Dörfern die Leute zum Einkaufen hierher kommen. Lia trifft alte Nachbarn und grüßt sie, geht Baily besuchen, der zusammen mit der Hündin ihrer Freundin gerade Welpen bekommen hat, die Lia alle knuddelt, während sie bei ihrer Freundin zu Mittag isst.

Danach geht sie in den Supermarkt, wo sie Tabea und einige andere Frauen aus dem Dorf besucht. Tabea wirkt immer unglücklicher in ihrer Ehe und fragt Lia, ob sie sie demnächst mal in der Stadt besuchen kann. Sie wird sich einen Tag freinehmen und einen Vorwand finden, um Lia zu besuchen. Lia versichert Tabea, dass sie immer zu ihr kommen könne, sie solle sie anrufen, wenn sie es schafft.

Lia weiß wie es ist, wenn man sich mit Vorwänden und Lügen aus dem Dorf herausschleichen muss und wird Tabea immer in allem unterstützen. Lia bespricht sich noch mit zwei Arbeiterinnen, die sie im Supermarkt trifft, wegen dem Buffet und geht dann noch schnell ins Nachbardorf, wo sie bei Crista auf der Terrasse zusammen mit Maria und Dora Kuchen isst und frisch gepressten Orangensaft genießt.

Lia erzählt nur eine sehr knappe Zusammenfassung von dem Treffen mit Savana und Cruz, sie sagt ihnen aber, dass Cruz nicht gut auf sie zu sprechen ist und sie nur alles plant und organisiert, bei der Feier selbst aber nicht dabei sein wird.

»Du hast den mächtigen Cruz schwer getroffen. Ich habe ihm das damals angesehen. Stell dir doch mal vor, genau er, der jede Frau haben kann, die er möchte. Er ist der mächtigste Mann Puerto Ricos, vielleicht der ganzen Welt und dann kommt unsere kleine Dorfschönheit, raubt sein Herz und verschwindet wieder. Es ist doch normal, dass er in seinem Stolz verletzt ist.«

Lia sagt zu all dem nichts mehr, während Crista, Maria und Dora sie mild lächelnd anblicken. »Tief in seinem Herzen bedeutest du ihm bestimmt immer noch viel, man kann nur wütend über einen Menschen sein, der einem etwas bedeutet, sonst wäre ihm all das wirklich egal.«

Kapitel 5

Lia kreist dieser Satz noch eine ganze Weile im Kopf umher. Die Vorbereitungen für die beiden Feiern laufen sehr gut, Lia hat für die Nechas-Feier noch einige weitere Highlights eingebaut. Während der DJ auflegt, wird es eine Lichtshow geben, sobald es dunkel ist. Sie hat einen riesigen Schokoladenbrunnen bestellt, der mit der leckersten Schokolade und den saftigsten Früchten zusammen geliefert wird.

Je näher die Feiern rücken, umso weniger hat Lia zu tun und ihre Gedanken kreisen immer wieder um Cruz und auch um Lorena. Ihre Schwester wohnt kaum zehn Minuten von ihr entfernt und hat sie nicht einmal aufgesucht. Und natürlich haben Dora und Crista recht, Cruz wäre sicherlich nicht so ausgerastet, wäre ihm das egal gewesen, doch am Ende war es ihm dann doch so unwichtig, dass sie die Feier ausrichten durfte, wahrscheinlich war es in dem Moment wirklich sein Stolz, der aufgeflammt ist.

Seit dem Besuch im Dorf ist Lia noch unruhiger, die Nächte wirken immer länger, egal wie sehr sie sich davor verausgabt und Lias Gedanken kreisen unaufhörlich um Lorena und Cruz, sodass sie tagsüber immer müder wird. Lia verbringt den Freitagabend, an dem die Feier der Nechas stattfindet, in ihrem neuen Laden und bringt die neuen Tapeten an. Sie sind zu nichts weiter während der Woche gekommen und Stipe und sie sind die halbe Nacht damit beschäftigt.

Lia wird von ihrem Nachbarn, der auf der Feier ist und alles vor Ort leitet, mit Bildern und Berichten auf dem Laufenden gehalten, Lia ist mehr als zufrieden. Es klappt alles, die Leute tanzen und amüsieren sich, das Buffet ist ein riesiger Erfolg und der DJ macht bis tief in die Nacht Stimmung.

Lia will gar nicht viele Details erfahren, mitten in der Nacht bekommt sie eine Nachricht von Savana, mit der sie natürlich die

Nummern ausgetauscht hat, mit einem Daumen hoch und einem Danke.

Trotzdem kann Lia nicht besonders gut schlafen und steht am nächsten Tag nach nur drei Stunden Schlaf auf der Hochzeitsfeier, um wenigstens dort selbst nach dem Rechten zu sehen. Auch diese Feier läuft gut, zwar ist irgendwann ein Onkel so betrunken, dass er gegen den Buffettisch läuft und die Hälfte umschmeißt, doch sie können das schnell wieder richten und auffüllen, aber für solche Missgeschicke kann Lia nichts und sie kann so etwas auch nicht verhindern.

Todmüde, doch sehr zufrieden fährt Lia am späten Abend nach Hause, doch sie geht nicht zu sich, sondern läuft einige Straßen weiter in eine etwas heruntergekommenere Gegend und sucht die Hausnummer, die Edmundo ihr genannt hat. Sie kann nichts gegen ihre Gedanken um Cruz machen, doch wenigstens das hier kann sie klären und vielleicht wieder ein wenig besser schlafen.

Lia sieht an dem Haus hoch, überall hängen Wäscheleinen aus dem Fenster und es ertönt laute Musik. Zwei junge Männer kommen aus dem Haus. »In welchem Stockwerk wohnt Lorena? Kennt ihr sie?« Lia spricht die beiden einfach an. »Wir kennen keine Lorena.« Lia sieht den Männern in die Augen, wenn sie sie kennen, müsste ihnen spätestens jetzt die Ähnlichkeit auffallen. »Sicher nicht? Etwas kleiner als ich, kurze Haare, grüne Augen ...«

Nun grinst einer von ihnen und nickt. »Ach du meinst die heiße Schnecke aus der dritten Etage? Die wohnt ganz links.« Lia würde am liebsten die Augen verdrehen, verkneift es sich aber und geht die Treppen hinauf bis in die dritte Etage. Lias Haus ist schon nicht eines der besten, doch das hier ist ihr noch ein wenig unheimlicher.

Lia sieht auf die karge Holztür, nicht einmal ein Namensschild ist dran, deswegen klopft sie erst einmal vorsichtig an. Keine Reaktion, sie klopft lauter und hört, dass sich etwas in der Wohnung tut, doch es dauert recht lange, erst beim dritten Klopfen öffnet ihr Lorena vollkommen verschlafen die Tür.

Lia hat eine ungeheure Wut auf Lorena, immer noch, doch sie hat ständig an ihre jüngere Schwester gedacht und als sie ihr jetzt nach so langer Zeit ins Gesicht sieht, löst das sofort wieder den angeborenen Beschützerinstinkt in ihr aus.

Ihre kleine Schwester sieht nicht gut aus, natürlich, Lorena ist bildhübsch wie immer, doch sie ist dünner geworden, dunkle Augenringe liegen unter ihren Augen, sie ist blass und sieht ihr überrascht entgegen.

»Du siehst beschissen aus!« Lorena schließt ihren Mund wieder und macht Platz, damit Lia in die Wohnung treten kann. »Danke, so fühle ich mich auch, wie hast du mich gefunden?« Lia atmet tief ein, als sie in die Wohnung tritt, in der alles abgedunkelt ist. Lorena geht zu einem Fenster und zieht die Jalousien nach oben. »Edmundo hat mir gesagt, wo du wohnst und dass du seit drei Wochen zurück bist und es nicht einmal für nötig gehalten hast, dich bei mir zu melden.«

Lia sieht sich in der Wohnung um. Sie ist sauber, fast genauso klein wie ihre, die Möbel sehen aber alle gut und relativ neu aus, Lorena hat es sich hier ähnlich gemütlich gemacht wie sie. Sie hat dunklen Holzfußboden und helle Möbel, nur die Couch ist in einem weichen Samtbraun gehalten, offenbar hat Lorena hier gerade geschlafen.

»Mich bei dir melden? Ich bin doch nicht lebensmüde, ich bin zurück ins Dorf und habe von Papa erfahren, ich wusste im gleichen Moment, dass du mir das niemals verzeihen wirst und du hast recht. Ich habe mich absolut falsch verhalten. Es tut mir unendlich leid und wenn ich es rückgängig machen könnte, würde ich es tun, doch das geht nicht und damit muss ich jetzt leben. Wegen mir ist unser Vater gestorben und ich habe dich mit all dem alleine gelassen und das, um mich von einem kranken Psychopathen verarschen zu lassen.«

Lia legt ihre Tasche auf der Couch ab, dann kommen sie direkt zum Punkt, ohne groß um den heißen Brei herumzureden, ist Lia eh lieber so. »Papa ist nicht wegen dir gestorben. Er wurde umgebracht.« Lorena stockt, als sie gerade zu ihrer Küche möchte, um eine Flasche Wasser und zwei Gläser zu holen, nun sieht man ein wenig Hoffnung auf ihrem Gesicht, vielleicht, weil Lia hier ist, sie nicht anschreit und bereit ist, mit ihr zu reden. »Edmundo meinte, das waren Tiere ...« Lia winkt ab und erzählt Lorena die ganze Geschichte, was alles nach dem Tag von Lorenas Weggehen passiert ist.

Ihre jüngere Schwester wird immer blasser um die Nase und schüttelt ungläubig den Kopf, nachdem Lia ihr alles erzählt hat. »Und was hast du dann getan? Bist du direkt nach San Juan gezogen?« Lia stockt. Sie hatte nicht vor, das mit Cruz zu erzählen, doch sie wird ihre Schwester auch niemals anlügen. »Nein, ich war noch einige Tage bei Cruz, er hat mir bei allem geholfen, erst ein wenig später bin ich hergezogen, habe angefangen, in einem Geschäft zu arbeiten, mir eine Wohnung genommen und jetzt versuche ich gerade, mich selbstständig zu machen ...«

Auf Lorenas Lippen bildet sich ein Lächeln, wie sehr Lia ihre Schwester vermisst hat, wird ihr erst jetzt bewusst. »Das hat Edmundo erzählt, sie sind alle sehr stolz auf dich. Bist du noch mit Cruz zusammen?« Lia schüttelt den Kopf. »Nein, wir haben keinen Kontakt mehr, was war bei dir? Wieso bist du ohne ein Wort zu sagen gegangen? Und wieso hast du uns das Geld genommen, Lorena, ich hätte dir das niemals zugetraut, du hast dich wie SIE verhalten.«

Lorena setzt sich Lia gegenüber und reicht ihr ein Glas. »Wahrscheinlich habe ich wirklich mehr von ihr in mir, als mir selbst lieb ist. Ich weiß auch nicht, was damals in mich gefahren ist, ich wollte einfach weg. Ich hatte das Gefühl, dass wenn ich es jetzt nicht probiere, ich niemals herausfinden werde, was ich alles in meinen Leben erreichen könnte.

Der Fotograf, Pascal, hat mir ein Leben eingeredet, von dem ich immer geträumt habe, ich war einfach so geblendet von seinen Worten und den Vorstellungen von solch einem Leben, dass ich wie besessen davon war. Dann war die Sache mit Mama und ich hatte das Gefühl, du wirst mich nie verstehen.

Du bist meine ältere Schwester, doch weil dein Leben so hart war, wolltest du meines komplett bestimmen, aber ich wollte das einfach nicht zulassen. In dem Moment, wo ich das Geld genommen habe und ins Flugzeug gestiegen bin, zusammen mit Pascal, wusste ich eigentlich, dass ich einen riesigen Fehler begehe, doch ich wollte diese Gedanken nicht zulassen.

Wir sind nach Mexiko geflogen zu einem angeblich riesigen Shooting, es waren ein paar Poolaufnahmen für einen Katalog, bei dem mich mindestens zwei Männer versucht haben zu begrapschen und Pascal nur über meinen Protest gelacht hat, da habe ich schon gespürt, dass das alles andere als eine normale Modelkarriere wird, doch ich wollte immer noch an diesen Traum glauben.

Wir haben uns von Shooting zu Shooting durchgequält, es waren meist Bikiniaufnahmen oder für Unterwäsche. Mein Highlight war, dass ich ein Brautkleid auf einer Messe in Tijuana präsentieren durfte, das war wirklich das einzig Positive in dieser Zeit. Wir haben nur von diesem Geld gelebt, Pascal und ich waren so etwas wie ein Paar, obwohl man das nicht einmal richtig sagen kann, es war alles merkwürdig.

Manchmal hatten wir zwei Tage nichts zu essen, dann sind wir nach Paris geflogen und waren in einem der teuersten Restaurants. Ich habe in der kurzen Zeit so viel Mist gesehen und erlebt, dass es für zwei Leben reicht und ich bin sehr schnell müde davon geworden. Es ist nicht schön, von jedem Menschen, der einem begegnet, nur auf das Aussehen reduziert zu werden.

Pascal hat angefangen zu trinken und immer wieder gekifft, unser Geld wurde immer knapper und er hat immer öfter versucht, mich zu Nacktaufnahmen zu überreden, oder dass ich in einem Video mitmachen soll.« Lia schließt die Augen, bitte mach, dass Lorena das nicht getan hat. »Ich wollte nicht und deswegen hat er mich immer öfter grob behandelt, bis er richtig zugeschlagen hat.«

Lorena stockt und sieht Lia in die Augen, es tut Lia leid, was sie mitmachen musste.

»Ich wusste da bereits, dass ich abhauen muss, doch ich wusste nicht wohin. Ich hätte mich niemals zurück ins Dorf getraut, also wo sollte ich hin? Vielleicht wäre ich sogar immer noch bei ihm, wenn ich nicht plötzlich bemerkt hätte, dass ich schwanger bin. Pascal hatte mich an dem Abend gerade erst geohrfeigt, ein paar Stunden später habe ich den Test gemacht und wusste, dass sich damit alles ändern muss.

Auch dann wusste ich noch nicht, was ich tun sollte, doch ich wusste genau, dass ich das nicht zulassen kann. Es ist egal, was mit mir ist, aber plötzlich war da noch jemand, deswegen habe ich mitten in der Nacht mein Zeug geschnappt, habe alles Geld genommen und bin zurück nach Puerto Rico geflogen.«

Alles hat Lia erwartet, aber das nicht. »Du bist schwanger?« Ihre Schwester nickt nur betrübt. »Scheinbar, zumindest laut Test und ich bin auch ständig müde.« Lia sieht auf Lorenas Bauch, doch da ist nichts zu sehen, ihre Schwester ist sehr dünn. Lia weiß nicht, ob sie weinen oder lachen soll, also atmet sie tief durch, um Lorena ihr Gefühlschaos nicht zu zeigen, Lorena scheint mit all dem selbst noch nicht zurechtzukommen.

»Ich bin direkt ins Dorf gefahren und habe alles erfahren, dass du weg bist und Papa tot. Zwei Nächte bin ich bei unserer Nachbarin geblieben, doch die Aussicht auf den Supermarkt hat mich so gequält, dass ich unbedingt dort weg wollte. Die Nachbarin hatte Mama getroffen, als sie dich gesucht hat und konnte mir sagen, wo sie wohnt. Sie lebt nur eine halbe Stunde von San Juan entfernt in einer kleinen Vorstadt.

Du hättest ihre Augen sehen sollen, als ich da aufgetaucht bin, sie hat mich sofort von ihrem Haus weggezogen und gefragt, was ich will. Du hast so recht gehabt, sie hat wirklich keinerlei Interesse an uns. Ihre einzige Sorge war, dass ihr neuer Typ erfährt, dass sie Kinder hat und sie verlässt.

Immerhin hat sie mir diese Adresse genannt, sie kennt den Haus-eigentümer und der lässt mich hier umsonst wohnen, doch Mama hat sich nicht einmal mehr gemeldet.

Sie hat auch nicht gefragt, was mit mir los ist, warum ich Hilfe brauche oder was mit dir oder Papa ist.

Ich habe dann auch gleich Arbeit in einem Restaurant gefunden, wo man alte notgeile Säcke bedienen darf, doch so komme ich ganz gut klar. Ich hätte mich gerne bei dir gemeldet, Lia, es war für mich von allem was passiert ist, dass schwerste, von dir getrennt zu sein, ich bin es einfach nicht gewohnt, ohne dich zu sein. Doch ich weiß selbst, wie falsch ich mich verhalten habe und habe mich einfach nicht getraut, dir gegenüberzustehen.«

Lia atmet tief ein, sie muss all das erst einmal verdauen, sie wusste nicht, ob sie sich mit Lorena versöhnen wird, doch jetzt gerade kann sie ihr nicht mehr böse sein. »Komm her, du dumme Nuss.« Lorena springt Lia förmlich in die Arme und sie muss lachen, es fühlt sich wunderbar an, ihren kleinen Wirbelwind wieder um sich herum zu haben. »Nicht so stürmisch, wir müssen jetzt auf noch jemanden aufpassen. Weißt du schon was es wird, in der wievielten Woche bist du denn?«

Lorena zeigt stolz auf ein Glas, welches mit Geldscheinen gefüllt ist. »Ich spare gerade für die erste Untersuchung, mir war bis vor einer Woche ständig übel, also sicher noch relativ am Anfang und ich habe auch nur einen Minibauch.« Lorena hebt ihr Shirt hoch und Lia fasst auf eine Miniwölbung, die man kaum sieht.

»Ich kann es nicht fassen.« Lorena sieht sie ernst an. »Ich auch nicht und ich weiß auch nicht, wie ich das alles schaffen soll, doch eines weiß ich ganz genau: Ich werde dieses Baby nicht im Stich lassen, so wie Mama uns. Niemals!«

Lia lächelt und steht auf. »Komm mit!«

Lorena und Lia gehen zusammen zur Strandpromenade, an der Lias Bank ist. Es war ein merkwürdiges Gefühl, das erste Mal im Leben ein eigenes Bankkonto zu besitzen, doch es ist wieder ein

Stück Freiheit, das Lia nicht missen möchte. Sie sieht auf ihrem Konto nach und bemerkt, dass Savana die Rechnung nicht nur schon bezahlt hat, sondern wirklich die doppelte Summe überwiesen hat. Lia hebt dreitausend Dollar ab. So viel hat sie noch vom Hausverkauf übrig. »Das ist dein Anteil von unserem Haus, ich habe den Rest schon ausgegeben für das Geschäft und meine Wohnung, ich wusste ja nicht, dass ich dich wiedersehe.«

Lorena hebt die Hände. »Ich will das Geld gar nicht, mach damit deinen Laden fertig und ...« Lia will es Lorena in die Hand geben, doch sie weigert sich. »Doch, es ist dein Anteil, das Haus hat uns beiden gehört. Du solltest dafür alles für das Baby kaufen und Geld zur Seite legen.« Lorena streicht über ihren Bauch. »Dann behalte du es, bis ich die Sachen kaufen gehe, nicht dass ich es für irgendwelchen Quatsch ausgebe.«

Lia sieht sich um und geht dann zu einem Schalter, sie eröffnen ein Konto für Lorena und zahlen das Geld ein. Lia behält die Karte vorerst und als sie die Bank wieder verlassen, hakt sich Lorena bei Lia ein, sie kaufen sich ein Eis und laufen langsam zu Lias Haus, sie möchte Lorena unbedingt ihren Laden zeigen.

Lia wollte Lorena wenigstens das Geld für einen Termin beim Arzt gleich auszahlen, doch ihre Schwester möchte unbedingt selbst für diesen Termin aufkommen und das Geld selbst verdienen, ihr ist das sehr wichtig und Lia spürt schon jetzt, dass diese Erfahrung und die Schwangerschaft Lorena verändern. Lia kann nur hoffen, dass es so bleibt und Lorena mit dieser Verantwortung umgehen kann, doch egal was kommt, Lia ist nun wieder an Lorenas Seite und wird für sie und das Baby da sein.

Als sie an ihrem Haus und ihrem Laden ankommen, ist die Tür offen, Stipe und der Vermieter haben bereits zu streichen angefangen. Offenbar hat er sich dazu entschlossen, ihnen zu helfen und Lia lächelt den Mann dankbar an. Es sieht wunderschön aus, langsam nimmt alles Gestalt an.

Stipe entdeckt sie. »Wen haben wir denn da?« Lia legt den Arm um Lorena. »Meine jüngere Schwester hat den Weg zurück in mein

Leben gefunden.« Stipe umarmt Lorena und malt ihr einen beigen Punkt auf die Wange, was Lorena sofort zum Lachen bringt, die beiden werden sich sehr gut verstehen, da ist sich Lia absolut sicher.

»Na dann willkommen in Lias Leben!«

Lorena sieht sich begeistert im Laden um und Lia fällt ein Stein vom Herzen, dass sich eine Sache in ihrem Leben wieder zum Guten gewendet hat und dass sie endlich ihre Schwester wieder an ihrer Seite hat.

Kapitel 6

Auch in den nächsten Tagen kommen sie gut voran. Fast so, als hätte es die letzten Monate nicht gegeben, verbringen Lia und Lorena sofort wieder viel Zeit miteinander, doch lebt jeder auch weiter sein Leben und Lia möchte das auch nicht ändern. Lorena soll nicht wieder das Gefühl haben, dass Lia ihr nichts zutraut und sie bevormundet, deswegen hält sie sich oft zurück, wo sie früher sicherlich etwas dazu gesagt hätte.

Das Restaurant, in dem Lorena arbeitet, ist wirklich widerlich, es ist mehr als klar, dass die Typen da nur hinkommen, um die hübschen jungen Kellnerinnen zu betrachten, und dass Lorena nicht mehr allzu lange in knappen Shorts und Top die Tische bedienen kann, ist Lia auch klar, doch sie lässt das Thema sein, ihre Schwester wird schon allein eine Lösung finden.

Lia hat mit zwei kommenden Kindergeburtstagsfeiern und einem Firmenjubiläum einiges zu tun, dazu steckt sie noch jede freie Minute in den Laden, der immer mehr Form annimmt. Sie haben bereits alles gestrichen und die meisten handwerklichen Dinge erledigt, als Lia eines Morgens herunterkommt und der Laden aufgebrochen ist, die gesamte restliche Farbe, Geschirr und die übriggebliebenen Tapetenrollen sowie eine Bohrmaschine sind gestohlen worden.

Lia ist wütend, sie haben Glück, dass noch nicht viel im Laden stand. Sie beauftragt einen Schlosser, ein Supersicherheitsschloss und eine Alarmanlage an der Tür anzubringen, was sie einiges kostet, doch Lia will bald die Möbel, die zum Glück noch in der Wohnung von Stipe gelagert sind, aufbauen und sich auch bald den Laptop kaufen, also muss das alles sehr sicher sein.

Lia fühlt sich besser, mit Lorena ist ein wichtiger Teil ihres Lebens zu ihr zurückgekehrt, doch trotzdem liegt sie oft nachts wach und noch immer muss sie sich ständig dazu zwingen, Cruz aus ihren Gedanken zu verbannen.

Savana hat sie eine Woche nach der Feier noch einmal angerufen und sich nochmals bedankt. Die Feier war ein voller Erfolg und alle waren mehr als begeistert, sodass Lia jetzt alle Feste für die Nechas ausrichten soll, als nächstes steht bald die Geburtstagsfeier von Cruz an. Lia hat nicht zugesagt und auch noch nicht abgelehnt, wenn es ihr bis dahin aber nicht gelingt, etwas mehr Distanz zum Thema Cruz zu halten, wird sie das Angebot ablehnen, egal wie wichtig das für ihren Laden ist.

Vielleicht auch, um etwas mehr Distanz zu bekommen, hat Lia die Einladung zum Essen von Stefan angenommen. Lia hat ihm endlich von ihrem kleinen Unternehmen erzählt und in diesem Gespräch erneut bemerkt, was für ein netter und aufrichtiger Mann Stefan ist. Er hat Lia sofort zu ihrer Idee gratuliert und ihr angeboten, nur noch Teilzeit bei ihm zu arbeiten. Zweimal die Woche für ein paar Stunden, so hat sie genug Zeit für ihre Aufträge und muss trotzdem ihr festes Einkommen nicht aufgeben, auch wenn es sich natürlich reduziert.

Lia hat zugestimmt, ihm aber auch gleich gesagt, dass sie möglicherweise komplett mit der Arbeit aufhören muss, wenn die Aufträge mehr werden. Stefan hat vollstes Verständnis, sie haben sich lange über Lias Pläne unterhalten und sind zusammen ein Stück nach Hause gelaufen, als Stefan Lia dann um ein Abendessen gebeten hat, konnte sie einfach nicht nein sagen und sie weiß auch, dass sie wahrscheinlich am besten alles um Cruz vergisst, wenn sie ihr Herz auch wieder für andere Männer öffnet, so wie Cruz das ja auch bereits getan hat.

Lia und Lorena haben einen tollen Trödelmarkt entdeckt, nachdem sie zusammen am Grab ihres Vaters und im Dorf waren. Dieser Trödelmarkt ist am Sonntag immer kurz vor San Juan und Lia hat gleich eine schöne Vase und Bilderrahmen entdeckt. Außerdem haben sie zusammen eine wunderschöne alte Nähmaschine gefunden, und nun kauft sich Lorena nach und nach Stoffe und näht wieder. Zuerst sind es nur Kissen und Decken für ihre und Lias Wohnung, doch dann wagt sie sich auch das erste Mal an einen kleinen Babystrampler und Lia kann das süße kleine Kleidungsstück gar nicht mehr aus der Hand legen. Es ist unfassbar, dass Lorena ein Baby bekommt.

Langsam nimmt alles in Lias Laden Form an, sie bauen die Schränke auf, schließen das Telefon und den Laptop an, nun muss nur noch dekoriert werden, dann kann Lia rein theoretisch schon die ersten Kunden hier empfangen, Testessen veranstalten und muss nicht immer alles bei den Kunden im Haus machen.

Auch zwei Wochen nachdem sich die Schwestern wieder vertragen haben, kann man nicht erkennen, dass Lorena schwanger ist, wenn man es allerdings weiß, dann sieht man, dass die Miniwölbung am Bauch immer mehr wächst, zudem ist Lorena ständig müde und schläft überall ein. Im Bus, bei Lia im Laden und sogar bei Stipe in der Wohnung ist sie bereits einige Male eingeschlafen.

Noch immer war sie nicht beim Arzt, Lorena sagt, sie hätte das Geld noch nicht zusammen. Lia möchte auch keinen Druck machen, doch so langsam sollte sie wenigstens einmal einen Arzt nachsehen lassen, ob alles in Ordnung ist.

Am Samstag war die erste Kindergeburtstagsparty, die so pompös war, dass Lia selbst mitgegangen ist und auch Stipe ihr geholfen hat. Als Lorena von der Ritterparty des dreijährigen Geburtstagskindes mit echten Feuerspuckern, mehreren Hüpfburgen, Ritterburgenattrappen und einem gigantischen Süßigkeitbuffet erfahren hat, hat sie nur den Kopf geschüttelt und gesagt, dass sie ihr Kind niemals so verwöhnen wird, egal wie reich sie eines Tages sein werden und ihre Schwester geht noch immer davon aus, dass sie irgendwann ein Leben in purem Luxus führen werden.

Erschöpft, müde, aber unheimlich erleichtert, kommen Stipe und Lia spät am Abend wieder nach Hause. Lia ist so müde, dass sie es fast übersieht, doch dann bemerkt sie doch, dass im Laden eine kleine Lampe brennt, die sie nicht angeschaltet hat. Sie schließen auf, doch an der Tür ist alles gut, auch das Alarmsystem ist eingeschaltet.

Sobald Lia allerdings das Licht komplett einschaltet, steigen ihr Tränen in die Augen. Alle Schubladen sind geöffnet, alle Dekorationsartikel, die sie schon zurechtgelegt hatten, sind weg. Der neue Laptop, weg, zwei Stühle in der Küche zertrümmert, überall ist Verwüstung, als hätten die Diebe alles in Windeseile durchsucht. Es sind noch Büroartikel und einige Lebensmittel weg.

Sie bemerken schnell die zerbrochene Fensterscheibe im Bad und Lia flucht laut auf. Wieso passiert ihr so etwas? Auch Stipe ist sauer, er hilft ihr, das Gröbste wegzumachen, doch Lia und er sind beide so müde, dass sie das am nächsten Tag machen wollen. Lia schließt das Bad von außen ab, dass, selbst wenn jemand in der Nacht zurückkommt, er nicht mehr ohne viel Krach in den restlichen Laden gehen kann.

Enttäuscht laufen sie zusammen die Treppen hoch, dabei erklärt Stipe Lia, dass hier in San Juan ständig eingebrochen wird, auch Lia ist das natürlich klar, doch dass es sie gleich zweimal trifft, macht sie sauer und dass das Ganze sie finanziell so zurückwirft, lässt sie schwer gegen ihre Tränen ankämpfen.

Stipe verspricht ihr, sich etwas einfallen zu lassen, doch Lia liegt trotz aller Müdigkeit die halbe Nacht wach und hört auf jedes Geräusch im Treppenflur. Am nächsten Morgen kommt sie dafür nur schwer aus dem Bett, geht unter die Dusche und zieht sich einfach nur eine schwarze kurze Sportshorts und ein schwarzes Top an, dazu Flipflops. Sie wird heute nichts weiter machen, als ihren Laden wieder in Ordnung zu bringen, sie wird sich von so ein paar Straßenkriminellen nicht unterkriegen lassen.

Da Lia gestern die Haare zur Seite geflochten hat und es sehr schwül auf der Feier war, hat sie heute statt ihrer typischen Wellen viele kleine Locken. Lia lässt ihre Haare offen und schminkt sich nicht, sie hat es nicht geschafft einzukaufen und geht direkt in Stipes Wohnung, doch der ist nicht da. Sie findet ihn zusammen mit Lorena, leckeren Muffins und Orangensaft in ihrem Laden. Sie beseitigen den ganzen Papierkram, der durch den Laden fliegt.

Lorena erzählt, dass in ihrem Restaurant auch alle paar Wochen eingebrochen wird oder sie sogar überfallen werden. Der Inhaber ist zu geizig für irgendwelche Sicherheitsvorkehrungen, dass es so viel mehr Verlust macht, ignoriert er völlig.

Lia und Lorena kümmern sich danach um die Küche und das Bad, sie überlegen, wie sie das Fenster erst einmal schließen können, bis ein Glaser vorbeikommen kann, während Stipe sich vorn um die herausgerissenen Telefonleitungen kümmert. Sie haben gestern nicht gemerkt, dass auch diese geklaut wurden.

Auch wenn es nicht die beste Lösung ist, geht Lorena bei ihrem Vermieter nach Holz fragen, womit sie das Fenster erst einmal zunageln können, eine bessere Möglichkeit haben sie auf die Schnelle nicht.

Lia sucht in der Werkzeugkiste schon mal alles zusammen, als Stipe sie nach vorne ruft und Lias Herz stolpert und zu rasen beginnt, als sie, sobald sie vor ihren Laden tritt, in Cruz' Augen sieht.

»Was … ?« Cruz lehnt an seinem Auto, neben ihm steht Jomar auf der Straße und unterhält sich mit Stipe. »Lia, das sind Cruz und ...« Lia kann das nicht glauben, ihr Magen zieht sich zusammen, als sie weiter auf Cruz starrt, der ihr unbeirrt in die Augen sieht. Er trägt eine lockere Jeans und ein weißes Shirt mit V-Ausschnitt, man kann seine Muskeln genau erkennen, auch wenn das Shirt nicht eng anliegt, doch Cruz' Arme scheinen noch geformter zu sein, als Lia es in Erinnerung hat. Sie sieht auf den Schriftzug 'La Familia' und wieder in seine dunklen Augen, die sie betrachten.

Lias Herz rast, doch Cruz ist die Ruhe selbst und dieses Mal liegt auch nicht die Wut in seinem Blick, wie beim letzten Mal, doch sobald Lia wieder an seine Worte denkt, kommt bei ihr diese Wut wieder hoch. »Ich weiß, wer das ist, aber was tut ihr hier?« Lia wendet sich an Jomar, sie hat nicht vor, noch einmal mit Cruz zu sprechen.

»Ähm Lia, weißt du wirklich, wer das ist? Tut mir leid, sie ist nicht aus San Juan, sie weiß sicherlich nicht genau … wer ihr seid und sie ist eh ein wenig lebensmüde manchmal …«

Stipe wirft ihr einen Blick zu, der Lia wohl andeuten soll, dass sie genau überlegen sollte, was sie sagt, doch er ahnt ja nicht, dass Lia sehr genau weiß, wer das hier ist und sie verschränkt die Arme vor der Brust, doch Stipe lässt sie lieber nicht noch einmal zu Wort kommen. Auf Jomars Gesicht bildet sich ein leicht amüsiertes Grinsen, er sieht seinem Bruder sehr ähnlich und deswegen wird Lia noch wütender, all das darf doch nicht wahr sein, sie sieht erst gar nicht mehr zu Cruz.

»Ich habe die Nechas um Hilfe gebeten, ich habe heute Morgen angerufen und sie haben uns sogar die Anführer persönlich geschickt. Hier ist es am sichersten, wenn man sich ihren Schutz kauft, wenn du nicht möchtest, dass dein Laden ständig ausgeraubt wird. Ich habe ihnen schon gesagt, was alles passiert ist und …«

Nun stoppt Lia ihn und sieht Jomar in die Augen. »Keine Sorge, ich kenne die Nechas. Tut mir leid, Jomar, wenn eure Zeit verschwendet wurde. Ich brauche keine Hilfe, ich finde schon alleine eine Lösung …« Lia hört, wie sich Cruz von seinem Auto entfernt und sieht nun doch wieder zu ihm. Auf seinem Gesicht liegt ein zufriedenes Lächeln, was in Lia noch mehr Wut aufkommen lässt.

»Natürlich tust du das, Lia, du schaffst das alles alleine! Ich habe zufällig mitbekommen, wie der Laden heißt, um den es geht und musste mit das mal mit eigenen Augen ansehen, was du dir hier so aufgebaut hast, scheint ja sehr gut zu laufen.« Cruz deutet auf den Boden im Laden, auf dem man noch einige wenige Spuren des Einbruches sieht. »Ja, als einfache Partyplanerin sollte ich mich nicht beschweren.« Nun kann sich Lia nicht mehr zurückhalten und funkelt Cruz böse an. Ja, sie hat sich nicht gut verhalten, doch wieso kommt er extra hierher, um sich mit ihr anzulegen?

»Oh, was für eine gute Stimmung hier ist, habe ich etwas verpasst?« Lorena tritt zu ihnen und Cruz hebt die Augenbrauen, als er Lias jüngere Schwester sieht, während Jomar sofort zu strahlen beginnt und Lorena freundlich begrüßt, die ihm ebenfalls ihr schönstes Lächeln schenkt und Cruz nur leicht zunickt, sie spürt, dass Lia kurz davor ist, auszurasten.

»Ich habe die Nechas gerufen, damit sie uns wegen der Sicherheit helfen, doch ich wusste nicht, dass ...«, Stipe ist völlig überfordert mit all dem und deutet zu Cruz und Lia, »... die beiden sich kennen.« Lorena lacht leise und Lia geht zurück in ihren Laden. »Oh ja, sie kennen sich. Ich arbeite in einem Restaurant, dem Boleo. Da müsstest ihr mal für Sicherheit sorgen, ich rede mal mit meinem Chef.«

Lia reicht das alles. »Tu das, ich brauche die Nechas jedenfalls nicht!« Sie geht zurück in den Laden und direkt nach hinten, keine Minute später hört sie einen Motor aufbrummen und dann stehen Stipe und Lorena hinter ihr. »Ich höre ... und zwar jedes Detail!« Lia würde am liebsten die Augen verdrehen, als sie in Stipes neugieriges Gesicht sieht und Lorena hinter ihm in die Hände klatscht. »Die Geschichte ist eigentlich so romantisch ... also jetzt gerade nicht, doch sie hat so schön begonnen ...«

Kapitel 7

Und genau das liegt Lia danach auch so schwer im Magen, dass sie kaum mehr spricht. Sie machen Pause und Lia erzählt Stipe genau, was zwischen Cruz und ihr gewesen ist, wie sie bei ihm gearbeitet hat und sie sich näher gekommen sind. Wie er sie für eine kleine Weile in eine traumhafte Welt mitgenommen hat, wie sie Gefühle für ihn entwickelt hat, wie er für sie da war, als alle anderen nicht mehr da waren und wie sie ihn verlassen hat, verlassen musste, um endlich ihren eigenen Weg zu gehen.

Es tut Lia so weh, dass aus der wirklich schönen Geschichte, bei der sie allein beim Erzählen wieder Schmetterlinge im Bauch spürt und dieses Kribbeln, was Cruz in ihr auslöst, und dass daraus nun so etwas Hässliches, Wütendes und Feindseliges geworden ist, wie das heute und das bei ihrem ersten Aufeinandertreffen. Stipe ist völlig gerührt und der absoluten Meinung, dass Cruz Lia liebt und all das nur sein verletzter Stolz ist und überhaupt fragt er sich, wie Lia einen so sexy Mann wie Cruz verlassen konnte.

Lorena und er diskutieren noch eine Weile über das Thema, während sie den Laden größtenteils wieder in Ordnung bringen. Jomar hat Lorena nur gesagt, dass er sich mal das Restaurant angucken kommt, in dem sie arbeitet, und Cruz ist einfach, ohne noch etwas zu sagen, eingestiegen und sie sind weggefahren.

Lia zieht sich zurück, ist in sich gekehrt, sie möchte nicht, dass die Geschichte zwischen Cruz und ihr so böse endet, doch irgendwie hat sie sich selbst auch so wenig im Griff, wenn es um Cruz geht und er ist so voller Wut, dass sie wohl einfach mit solch einem Ende leben müssen.

Lorena geht am Abend zur Arbeit, und Stipe hat ein Date mit einem Kunden, auch wenn Stefan ihm das schon so oft verboten hat. Es dämmert langsam, als wieder alles so hergerichtet ist, dass sie nur noch abwaschen muss und dann schlafen gehen kann. »Du solltest wenigstens abschließen, wenn du alleine für deine Sicherheit sorgen möchtest!«

Cruz' raue, unverwechselbare Stimme reißt Lia aus ihren Gedanken und lässt ihr Herz sofort wieder schneller schlagen.

Sie geht schnell nach vorn in den Laden, wo er etwas an ihre Scheibe klebt. »Was tust du da?« Cruz geht zur Seite und Lia sieht, dass er einen schwarzen Aufkleber mit einem goldenen N an die Fensterscheibe unten in die Ecke geklebt hat. »Was ist das?« Lia sieht zu Cruz, der beginnt, sich im Laden umzusehen. »Deine Garantie für keinen weiteren Einbruch.« Lia setzt an, etwas zu sagen, doch Cruz hebt die Hand und kommt ihr zuvor.

»Ich weiß, du brauchst das nicht!« Lia verschränkt die Arme vor der Brust, wappnet sich innerlich für den nächsten Streit mit Cruz, den sie gar nicht haben möchte. »Und wie viel bekommt ihr dafür?« Nun hat sie Cruz' ganze Aufmerksamkeit. Er sieht sie wieder wütend an. »Denkst du im Ernst, dass ich Geld von dir annehmen würde?« Lia legt den Kopf ein wenig schief, sie muss sich ein Schmunzeln verkneifen.

Cruz ist wütend, aber lange nicht so wie kürzlich, als er sie bei sich im Gebiet entdeckt hat, er sieht sogar richtig niedlich aus, wenn er sie so sauer anfunkelt. Sie steht hier vor dem gefährlichsten, gefürchtetsten und einflussreichsten Mann Puerto Ricos, sicherlich auch halb Lateinamerikas und sie findet ihn niedlich? Lia schüttelt unmerklich den Kopf über ihre eigenen Gedanken. »Das ist ja eine fast genauso gute Geschäftsidee, solche Schilder in die Läden zu kleben, wie Partys zu veranstalten ...«

Nun verfliegt das Wütende aus Cruz' Gesicht und er lacht leise auf. »Aber nur fast, deine Idee ist besser.« Er sieht sich um. »Du hast dir hier viel Mühe gegeben.« Cruz geht zum Sideboard und blättert in einem der Kataloge, die Lia erstellt hat und in denen verschiedene Buffets und andere Dinge ihrer Veranstaltungen bildlich festgehalten sind, damit sie es neuen Kunden besser erklären und zeigen kann.

Lia ist ein wenig verwundert über Cruz' plötzlichen Stimmungswandel und räuspert sich. »Danke.« Er sieht sich die Bilder an. »Das hast alles du organisiert?« Lia kommt ein Stück näher, hält aber ein, als sie sein so vertrauter und anziehender Duft wieder einzuhüllen beginnt. »Ja, ich veranstalte ja nicht wirklich Partys, ich organisiere Veranstaltungen, Geburtstage, Firmenfeiern, Hochzeiten. Mir macht es einfach Spaß, ein perfektes Fest zu erschaffen. Ich bin eher zufällig dazu gekommen, es ist nicht so, dass ich das mein Leben lang vorhatte. Den Laden brauche ich eigentlich nur, um Kunden empfangen zu können, es bietet sich an, da ich oben drüber wohne.«

Wieso rechtfertigt sie sich vor Cruz? Lia bereut ihre Worte sofort wieder, doch Cruz blickt sie an. »Du kannst das wirklich sehr gut, die Feier, die du für uns organisiert hast, war eine der besten und wir hatten wirklich schon viele Feiern. Lass mich raten, du wohnst dort, wo die ganzen Blumen auf dem Balkon sind.« Lia sieht Cruz in die Augen und lächelt matt. »Ja, das ist mein Balkon und danke. Savana hat mich gefragt, ob ich deinen Geburtstag planen kann.«

Cruz klappt den Katalog wieder zu. »Ich bin eigentlich nicht wirklich in Stimmung, um zu feiern, aber meine Schwester wird sich davon garantiert nicht abhalten lassen, also würde es mich freuen, wenn du es übernehmen würdest. Du bist ja offensichtlich die Beste auf diesem Gebiet. Wann ist deine Einweihungsparty?«

Lia sieht sich im Laden um. »Ich hoffe, nächsten Montag aufmachen zu können, doch es wird keine Feier geben, der Laden ist auch nur nachmittags eine Stunde offen und sonst nur nach Terminvereinbarungen. Es ist wirklich nichts Großes.« Cruz schmunzelt. »Also feiert die Eventmanagerin selbst keine Party?« Lia schüttelt nur leicht den Kopf.

»Und du hast einen neuen Freund?« Nun muss Lia lachen, Cruz hat sie ja heute zusammen mit Stipe hier vorgefunden. »Stipe? Er hat mir bei allem sehr viel geholfen und ich habe ihn sehr lieb, aber er steht nicht auf mich. Du bist eher sein Typ ... aber dir scheint es gut zu gehen. Du hast offenbar auch jemand anderes gefunden.

Wie war es in Guatemala?« Cruz schmunzelt leicht und sieht ihr in die Augen.

»Ich habe niemanden gefunden, bei dem es für mich eine Bedeutung hat. Guatemala ist sehr schön, wir haben alles aufgebaut und unsere Arbeit dort unten lohnt sich jetzt schon sehr. Außerdem ist es ein wunderschönes Land. Erinnerst du dich an das Haus in Anguilla? An das Haus, in dem wir geschlafen haben? So ähnlich habe ich dort drei Monate gelebt, es war wirklich schön, es hätte dir gefallen.«

Lia sieht zu Boden, es ist deutlich zu spüren, dass die Stimmung zwischen ihnen umschlägt und sie muss automatisch an die letzte Nacht zurückdenken, die sie zusammen verbracht haben. Es ist ihr so schwergefallen, ihn zu verlassen. »Bist du glücklich?« Cruz' Frage lässt Lia wieder aufblicken, sie sieht ihm direkt in die Augen, die ruhig auf ihrem Gesicht liegen.

»Ich … habe mir selbst einiges aufgebaut und es geht mir gut.« Cruz' Blick ändert sich nicht. »Aber bist du glücklich?« Lia versucht sich daran zu erinnern, wann sie das letzte Mal wirklich Glück empfunden hat, ein tiefes Glücksgefühl, das mitten aus dem Herz in den Magen wandert und das war, als sie in Cruz' Armen gelegen hat, deswegen wird sie ein wenig leiser »Ich bin zufrieden.«

Lia ist völlig durcheinander von dieser Stimmungsänderung bei Cruz. »Ich weiß, dass es nicht richtig war, wie ich damals gegangen bin, doch ich wusste damals keinen anderen Weg. All das hier wäre nie passiert, wenn ich an deiner Seite geblieben wäre, doch es … es ist jetzt auch egal. Ich habe verstanden, dass du wütend auf mich bist, doch ich hätte auch nicht gedacht, dass diese Wut noch so stark ist und gleichzeitig erfahre ich aber auch, dass du am Grab meines Vaters warst …«

Es ist das allererste Mal, dass Cruz ihrem Blick ausweicht, auch wenn es nur kurz ist, registriert Lia das sofort. »Ich schätze, das liegt einfach daran, dass ich nicht damit gerechnet habe, dich wiederzusehen und als du dann vor mir standest, ist so viel wieder hochgekommen, dass ich mich nicht im Griff hatte, es tut mir leid,

70

ich wollte dich nicht so angreifen. Ich habe in dem Moment einfach gespürt, wie sehr mir das zwischen uns die ganze Zeit gefehlt hat, ich hatte das alles sehr gut verdrängt, aber als du plötzlich wieder da warst, kam das alles hoch. Ich war sogar zweimal am Grab deines Vaters, weil ich ein schlechtes Gewissen hatte. Ich habe ihn damals, als ich das erste Mal da war, versprochen, ab jetzt auf dich aufzupassen … doch ich konnte es nicht, weil du mich nicht gelassen hast.«

Lia nickt und versucht krampfhaft, die aufkommenden Tränen zurückzuhalten. »Mir hat das auch sehr gefehlt und die ganze Zeit quält mich die Frage, ob ich richtig gehandelt habe, ob es das alles wert war, wie du es schon gesagt hast, das, was wir hatten, aufzugeben … Du brauchst deswegen kein schlechtes Gewissen zu haben. Ich habe dir nicht die Chance dazu gegeben …«

Lia versucht sich zu erklären, doch so wirklich kann sie das Chaos, was schon so lange in ihr, zwischen ihrem Herzen und ihrem Verstand herrscht, nicht in Worte fassen. Cruz ist ganz still geworden, er sieht ihr in die Augen. Lia kommt es so vor, als würden sie beide gerade auf die Scherben blicken, die von ihrer gemeinsamen Zeit übriggeblieben sind und nicht genau wissen, was sie damit anfangen oder wie sie damit umgehen sollen.

»Herrgott, der Kerl, mit dem ich ein Date hatte, wollte nur an meine Personalrabatte ran. Lia, wo bist du? Ich brauche Eiscreme und Wodka.«

Sie beide werden aus der Situation geholt, als Stipe zu ihnen in den Raum tritt und verwundert stehen bleibt. Lia sieht zu Boden und Cruz räuspert sich. »Ich fahre dann mal wieder. Pass auf dich auf, Lia!« Lia muss schmerzlich lächeln, als Cruz die Worte zum Abschied wählt, die er ihr schon so oft gesagt hat. Sie sieht ihm hinterher, bis Stipe ihr die Sicht versperrt. »Und ich dachte, ich hatte einen aufregenden Abend.«

Lia umschreibt Stipe das erneute Aufeinandertreffen mit Cruz nur ein wenig und auch ihre Schwester erfährt am nächsten Tag nicht viel mehr. Das ist eine weitere Sache, die Lia über sich selbst lernt.

Wenn ihr etwas wirklich nah geht, wirklich weh tut und sie sich selbst vor diesen aufkommenden Gefühlen schützen möchte, redet sie nicht darüber, nicht mit Stipe und auch nicht mit ihrer Schwester. So wie der Tod ihres Vaters immer seltener zur Sprache kommt, redet Lia auch die nächsten Tage nicht mehr von Cruz.

Das hält sie aber nicht davon ab, an ihn zu denken und das ständig. Lia stellt ihren kleinen Laden fertig und es scheint fast so, als müsste sie dank des Aufklebers von Cruz wirklich keine Angst mehr vor einem Einbruch haben, sie vergisst sogar einen Abend abzuschließen und es passiert nichts.

Doch nicht nur das fällt ihr auf, sie sieht in sehr vielen Geschäften diesen Aufkleber, selbst in dem Laden von Stefan gibt es ihn, Lia ist das vorher nie aufgefallen, all diese Leute bezahlen für den Schutz der Nechas und so muss Lia nur durch die Straßen laufen und denkt ständig an Cruz.

Vielleicht hatte sie auch ein klein wenig die Hoffnung, dass er noch einmal vorbeikommt, sie würde das sicher nie zugeben, doch tief in ihrem Inneren hat sie öfter mal ein klein wenig Herzrasen bekommen, wenn ein lauter Motor in der Nähe ihres Ladens zu hören war, doch auch wenn sie sich am Ende ein wenig ausgesprochen und sie beide sich auch eingestanden haben, dass ihnen ihre gemeinsame Zeit fehlt, heißt das ja nicht, dass sie nun wieder beginnen, Zeit miteinander zu verbringen.

Lia ist zweimal gegangen, ohne dass Cruz etwas dafür konnte oder auch nur etwas dazu sagen konnte. Cruz hat sie einmal zurückgeholt, ohne ihr einen Vorwurf zu machen, dieses Mal wird das nicht passieren und es ist auch nicht das, was Lia möchte. Sie hat sich ja bewusst gegen das Leben an Cruz' Seite entschieden und auch, wenn sie mittlerweile nicht mehr so genau weiß, ob diese Entscheidung die richtige war, sollte sie jetzt zu dieser Entscheidung stehen und damit leben.

Lia stürzt sich in die Arbeit und nimmt das erste Mal ihre Schwester zu den wöchentlichen Treffen mit den Mädchen im Jugendhaus mit. Sie hat sie gebeten, ihre Geschichte und Erfahrung mit Pascal und dem Leben als Model zu erzählen, da es einige Mädchen hier in Puerto Rico gibt, die davon träumen, als Model durch die Welt zu reisen, einigen gelingt das sicherlich auch, doch die meisten werden ausgenutzt und ihnen geschehen schlimme Dinge.

Während Lorena ihre Geschichte erzählt, bemerkt Lia, dass die Freundin von Theodora fehlt und sie sehr traurig allein in einer Ecke sitzt. Als Lia sie später beim gemeinsamen Essen vorsichtig danach fragt, erfährt sie, dass Carla nur noch Zeit mit ihrem Freund verbringt und immer weiter in diese Welt der Straßenbanden hineingezogen wird. Lia tut es so leid, sie sieht, dass sich Theodora wirklich Sorgen macht und alles, was sie ihr raten kann ist es, sich selbst davon so weit wie möglich fernzuhalten und doch gleichzeitig immer die Hand zu ihrer Freundin ausgestreckt zu halten, dass, wenn sie Hilfe braucht, sie diese auch findet.

Janet und Lia beraten sich, ob sie eingreifen sollten, Carla suchen und ein Gespräch mit ihr führen sollten, doch sie wissen, dass das automatisch gefährlich für Theodora werden kann, die eigentlich nicht von diesen Straßenbanden erzählen darf.

Lia freut sich trotzdem, dass Lorena mit ihrer Geschichte bei den Mädchen gut angekommen ist und sie vielleicht so dafür gesorgt hat, dass das ein oder andere Mädchen in Zukunft etwas vorsichtiger sein wird.

Es wird immer leichter, in die Zukunft zu blicken und sich ein genaues Bild davon machen zu können. Sie hätte vor einem halben Jahr noch nicht daran geglaubt, dass sie jemals etwas anderes tun wird, als für Lorena und ihren Vater zu sorgen, doch jetzt steht sie hier, hat neue Freunde, lebt in der Stadt und hat einen eigenen kleinen Laden, manchmal wacht sie morgens auf und kann all das immer noch nicht glauben, da wartet sie, dass Bayli ins Zimmer kommt und sie wachschleckt und dass die Hühner gackern, doch all das wird sie nicht mehr erleben.

Doch es fehlt Lia gleichzeitig auch, wenn sie damals auf dem Dach ihres Hauses gesessen und auf das Dorf geblickt hat. Sie hätte niemals damit gerechnet, dass ihr das einmal fehlen wird, niemals, und doch fehlt ihr das Leben wirklich oft.

Deswegen fährt sie am Sonntag, einen Tag bevor ihr Laden das erste Mal am Nachmittag öffnet, auch mit Lorena in ihr Dorf. Der Supermarkt ist geschlossen und nachdem sie am Grab, bei Edmundo und einigen Freunden waren, schleichen sich Lia und Lorena über eine Feuerleiter auf das Dach des einstöckigen Gebäudes.

Sie setzen sich ganz an den Rand, lassen ihre Beine herunterbaumeln und sehen über das Dorf und es ist wirklich fast so, als würden sie auf dem Dach ihres Hauses sitzen. Keiner von ihnen redet viel, sie schließen beide die Augen und lassen die frische Landluft über ihre Nasen streichen.

Es brechen neue Zeiten an, Lorena wird Mutter, Lia Geschäftsfrau, morgen nach Feierabend in ihrem Laden hat Lia ihr Abendessen mit Stefan. Lia und Lorena müssen mit vielem aus ihren Vergangenheit abschließen, wenn sie neue Wege gehen wollen, doch als Lorena aufseufzt, sich zwei Tränen wegwischt und ihren Kopf an Lias Schultern legt, wissen sie beide, dass es manchmal einfach nicht so leicht ist, altes hinter sich zu lassen, um unbeschwert in die Zukunft zu blicken.

Kapitel 8

Am nächsten Tag schläft Lia lange, sie arbeitet immer weniger bei Stefan, dieses Wochenende hat sie gleich zwei Kindergeburtstage und am nächsten eine Firmenfeier, sie hat genug Aufträge, doch je länger sie sich damit beschäftigt, desto leichter fällt es ihr und sie braucht nicht mehr so lange, um die Veranstaltungen zu planen und zu organisieren.

Nachdem sie eine Kleinigkeit gegessen hat, beschießt sie, sich schon jetzt fertig zu machen, sodass sie vom Laden aus direkt zum Abendessen gehen kann. Lia zieht ein schwarzes knielanges, eng-anliegendes Kleid an, dazu schwarze Ballerinas, die Pumps für spä-ter nimmt sie mit in den Laden. Sie steckt sich Perlenohrringe an, flechtet sich ihre Haare zur Seite, trägt Wimperntusche, Rouge und Lipgloss auf und nimmt sich sogar die Zeit, sich die Finger und Fußnägel in einem schönen Korallton anzumalen.

Lia ist gespannt, ob spontan heute schon die ersten Leute in ihren Laden kommen werden, sie hat ja kein Geschäft, das für Lauf-kundschaft interessant ist. Die Leute gucken sich zwar jetzt schon die Bilder von den Buffets und Attraktionen, die Lia anbietet, im Schaufenster an, die mit großen Fotos in goldenen Rahmen dort gezeigt werden, dort steht auch ihre Telefonnummer und Emailad-resse für Rückfragen, doch wirklich in den Laden kommen werden eher die Kunden, mit denen sie vorher Termine vereinbart.

Als sie vom Hausflur die Tür zum Laden aufschließen will, stockt sie. Eigentlich wollte sie den Laden aufschließen, sie hatte nichts weiter geplant, doch offenbar haben andere das, denn im Laden sind Luftballons aufgehängt, es riecht überall nach leckerem Essen und Lia muss lachen, als sie auf Stipe, ihre anderen Kolleginnen und auch auf Edmundo, Dora, Maria, Crista, Tabea sowie noch zwei weitere Nachbarinnen blickt.

Lia begrüßt alle, sie haben ein großes Buffet aufgebaut, mit allen Köstlichkeiten aus dem Dorf, draußen gibt es Zuckerwatte und

Popcorn für die Kinder, es liegen Flyer aus, und nach und nach kommen immer mehr Leute von der Straße und sehen sich neugierig um. »Ihr seid verrückt, ich wollte doch gar nichts Großes heute machen.« Lia bedankt sich bei allen, Sonja umarmt sie. »Wir haben heute Nachmittag alle frei bekommen, Stefan wollte alleine im Geschäft bleiben, er scheint sehr nervös zu sein.«

Sie zwinkert Lia zu und erinnert sie somit an das Abendessen, zu dem sie heute noch verabredet ist. Stipe umarmt Lia und dreht sie so, dass sie auf Lorena blicken kann, die mit dem Vermieter und einer riesigen Torte mit Lias Schriftzug in den Laden kommt. »Herzlichen Glückwunsch, Schwesterherz!«

Lia muss lachen, sie wollte keine Eröffnungsfeier, doch nun ist sie froh, dass alle da sind. Sie schneidet die zweistöckige Torte an und somit bekommt jeder ein Stück, auch für einige Besucher reicht es noch, die anderen haben am Buffet noch genug Auswahl. Es kommen immer mehr Menschen und Lia zeigt stolz ihren Laden und die Bilder der Feiern, die sie bisher ausgerichtet hat.

Der Laden ist wirklich schön geworden. Er ist mit hellen Beige- und Fliedertönen und anderen hellen Pastelltönen richtig einladend und gemütlich geworden. Sie hat eine kleine Beratungsecke, in die sie sich mit den Kunden zurückziehen und planen kann, einen Schreibtisch und einige Auslagen und Bilder, auf denen das Wichtigste festgehalten ist. Sie hat fast alle Möbel in weiß gehalten, auch das kleine Bad und die kleine Küche sind in weiß und sehr schlicht, nur ein paar pastellfarbene Accessoires zeigen, dass hier alles zusammengehört.

Lia fühlt sich wohl hier, auch allen anderen scheint es zu gefallen, die Kinder aus den umliegenden Straßen kommen sich Popcorn und Zuckerwatte holen und beginnen, vor Lias Laden zu spielen. Die Zeit verfliegt förmlich, natürlich hat nicht jeder hier in der Gegend das Geld für solche Feiern, doch Lia hatte sich von Anfang an vorgenommen, auch Hochzeiten und andere Feste auszurichten mit geringerem Budget und das zeigt sie den Leuten.

Natürlich werden diese Feste dann nicht ganz so pompös wie die anderen, doch deswegen nicht schlechter, Lia kommt vom Dorf, sie weiß, wie man auch mit wenig Geld gute Feste feiern kann. So bekommt sie auch gleich zwei weitere Buchungen für Hochzeiten, die nicht ganz so luxuriös ausfallen werden.

Die Zeit für ihre Verabredung rückt immer näher, wirklich nervös ist Lia nicht, sie geht noch einmal ins Bad und zieht ihren Lipgloss nach, als sie wieder herauskommt, steht ein Bote im Laden mit einem gigantischen runden Pappkarton und wunderschönen bunten Blumen darin. Alle betrachten die Blumen fasziniert, Lia hat noch nie solch einen schönen Strauß Blumen gesehen, obwohl Strauß das falsche Wort ist, man könnte diese Menge kaum in der Hand halten, auch der Lieferant hat Probleme und fragt, wo er das absetzen kann.

Lia deutet auf den Tisch, der für Kundengespräche gedacht ist und der Blumenstrauß passt perfekt dorthin. »Viel Spaß damit, die Blumen halten ein Jahr.« Mit diesen Worten geht der Lieferant wieder und Lias Herz beginnt sofort zu rasen. Sie sieht, dass im Strauß eine Karte steckt und geht schnell hin um nachzusehen, ob ihre Vermutung stimmt.

Wilde Landblumen

*Ich habe die Blumen gesehen und musste sofort an dich denken.
Ich wünsche dir von Herzen alles Gute mit deinem Geschäft.
Pass auf dich auf,
Cruz*

Lia liest die Karte zweimal, sie atmet tief ein und bemerkt erst dann, dass sie Tränen in den Augen hat. Als sie die Karte noch einmal lesen möchte, steht plötzlich Stipe hinter ihr. »Lia, Stefan ist da!«

Lia schließt die Augen für eine kleine Sekunde, erlaubt sich die Erinnerung daran, wie Cruz ihr strahlend das erste Mal die Blumen und das Essen zu ihrem Geburtstag gebracht hat. Dann öffnet sie die Augen wieder, legt die Karte auf den Tisch und dreht sich um.

Stefan ist da, er trägt einen schwarzen Anzug, natürlich passt alles perfekt zusammen, er hat ja einen ganzen Laden zur Auswahl. Er sieht wirklich gut aus und lächelt Lia nervös entgegen. Er hat einen Strauß Rosen in der Hand. »Herzlichen Glückwunsch, Lia. Ich hoffe, dass das alles hier gut laufen wird, es sieht sehr gut aus, du hast dir viel Mühe gegeben und wenn nicht, dann weißt du ja, wo du immer hinkommen kannst.«

Lia umarmt Stefan, er riecht frisch und männlich, Lia sieht, dass er rasiert ist und sich viel Mühe für den Abend gegeben hat. »Dankeschön und danke auch für dein Verständnis und deine Hilfe.« Er reicht Lia die Blumen, Stipe kommt schon mit einer Vase an und nimmt sie ihr ab. »Sehr schön, soll ich sie auch dorthin stellen?« Er deutet zu den wilden Landblumen von Cruz.

»Nein!« Das war wohl etwas zu laut und zu schnell, denn nicht nur Stipe hebt die Augenbrauen, auch Lorena sieht neugierig zu ihnen und Lia lächelt schnell, aber sicher auch zu künstlich. »Leg sie lieber … auf den Schreibtisch, da sind sie … da passen sie perfekt hin.« Stipe kann sich mal wieder ein wissendes Lachen nicht verkneifen. »Klar doch.«

Lia weiß, dass sie weder Stipe noch Lorena etwas vormachen kann, doch sie versucht, all das beiseite zu schieben und stellt sich zu Stefan. Sie stellt ihn den Leuten aus ihrem Dorf vor und Dora und Maria deuten Lia mit einem versteckten 'Daumen hoch' an, dass sie begeistert von ihm sind. Lia und Stefan bleiben noch einen kurzen Augenblick, auch er sieht sich erst einmal den Laden richtig an, als dann aber die meisten langsam gehen und Stipe und Lorena versprechen, aufzuräumen und abzuschließen, gehen auch Lia und Stefan langsam zu Stefans Auto.

Er hält ihr die Tür auf und Lia steigt ein, doch sobald Stefan losfährt, spürt Lia, dass Stefan so aufgeregt ist, dass er sich kaum ein Wort zu sagen traut. Lia versucht, die Stimmung ein wenig aufzuheitern und erzählt ihm von den Arbeiten in dem Laden und was ihre nächsten Aufträge sind, zum Glück steigt Stefan dankbar in das Gespräch ein.

Lia mag Stefan, sie weiß nicht, ob es für mehr reicht, doch sie möchte es an diesem Abend herausfinden und vielleicht auch gleichzeitig, wie stark ihre Gefühle für Cruz noch sind und ob sie trotz dieser Gefühle etwas Neues anfangen kann, denn dass dort noch Gefühle sind, ist klar, die Frage ist nur: Wie stark sind sie noch und kann Lia sich für etwas Neues öffnen? All das möchte Lia versuchen herauszufinden. Die Blumen von Cruz haben sie zurückgeworfen und als Stefan jetzt einen Berg hochfährt, atmet Lia wieder tief ein.

»Kennst du das Restaurant? Es ist das beste in ganz San Juan.« Sie fahren zu dem Restaurant, in dem Lia mit Cruz war, nachdem er ihr mit der Anzeige und ihrem Vater geholfen hat. Lia kann das alles nicht glauben, doch sie versucht es zu überspielen. »Ja, ich glaube, ich war hier schon einmal, ich erinnere mich nicht mehr so genau.« Als würde sie all das je vergessen.

Sie steigen aus und betreten das Restaurant. Lia und Cruz wurden damals direkt auf die Terrasse mit dem unglaublichen Ausblick geführt, heute werden Lia und Stefan in eine ruhige Ecke gebracht und setzen sich an einen kleinen Tisch im Inneren des Restaurants.

Lia weiß, wie hoch die Preise hier sind und sucht sich auf der Karte eines der günstigeren Gerichte aus. Als sie beide ihre Bestellung aufgegeben haben, sitzen sie sich wieder etwas unbeholfen gegenüber, deswegen fragt Lia Stefan über sein Leben in Italien aus und sofort haben sie wieder ein Gesprächsthema.

Lia hört Stefan gerne zu, sie mag es, wenn er von seiner Heimat und dem Essen seiner Mutter schwärmt, wenn seine Augen zu funkeln anfangen und er sie anlächelt, doch gleichzeitig muss Lia an den Nachmittag mit Cruz denken.

Sie waren so neugierig aufeinander, Lia hatte das Gefühl, die Zeit rast und dass sie kaum zwei Atemzüge machen konnte und schon war der Nachmittag wieder um, aber jetzt und hier sieht sie immer wieder auf die Uhr und die Zeit scheint kaum zu vergehen.

Lia weiß, dass wenn ihr Vater sie jetzt hier sehen könnte, er zufrieden wäre, Stefan wäre jemand, der ihrem Vater gefallen hätte, auch wenn er kein Puertoricaner ist, wenn sie hingegen daran denkt, was er von Cruz halten würde, seufzt sie leise auf und rügt sich selbst, sie kann nicht den ganzen Abend die beiden vergleichen.

Das Essen schmeckt lecker und sie teilen sich noch das Dessert, das Lia so gemocht hat, ganz zum Schluss bleiben sie sogar noch ein wenig länger sitzen und reden über das Geschäft, doch als Stefan sie dann wieder nach Hause fährt, herrscht ein Schweigen, das auch Lia nicht mehr brechen kann. Es ist auch nicht das angenehme Schweigen, was man ruhig mal haben kann, es ist ein anstrengendes Schweigen, jeder scheint darüber nachzudenken, wie man erneut ein Gespräch aufkommen lassen kann.

»Es war ein schöner Abend.« Erst als Stefan vor Lias Haus hält, findet Lia wieder Worte. Stefan wendet sich zu ihr und lächelt matt, er ist ein wirklich schöner Mann. »Ja, das war es. Ich mag dich sehr, Lia, ich habe bei dir von der ersten Sekunde an gespürt, dass du etwas Besonderes bist, doch auch wenn du es vielleicht möchtest, habe ich heute doch gespürt, dass du nicht so weit bist, uns beiden eine Chance zu geben.«

Lia senkt den Blick, sie hatte sich wirklich Mühe gegeben, Stefan ihre gespaltenen Gefühle nicht bemerken zu lassen, doch offenbar ist ihr das nicht gelungen, Lia war noch nie eine gute Schauspielerin. Stefan hebt vorsichtig ihr Kinn an. »Das ist nicht schlimm, vielleicht hast du zu viel um die Ohren oder es ist noch zu frisch, dass du für mich gearbeitet hast, im Grunde tust du das ja immer noch. Vielleicht muss da einfach Zeit vergehen, dass du mich als Mann und nicht als Chef wahrnehmen kannst.«

Lia nickt, auch wenn sie weiß, dass es nicht das ist, was Lia ihr Herz nicht öffnen lässt. »Es tut mir leid, Stefan, ich mag dich wirklich auch, doch du hast recht, ich bin noch nicht so weit und wenn ich etwas anderes behaupten würde, wäre das einfach unfair. Trotzdem habe ich den Abend sehr genossen.«

Stefan nickt. »Ich auch, du bist eine ganz besondere Frau und der Mann, der dich an seiner Seite haben darf, ist wirklich zu beneiden. Wer weiß, vielleicht werde ich ja eines Tages der Glückliche sein.«

Stefan lächelt und Lia beugt sich vor, um ihn zum Abschied auf die Wange zu küssen, doch Stefan dreht seinen Kopf so, dass sich ihre Lippen treffen. Lia stockt einen winzigen Augenblick, doch als Stefans Lippen neugierig ihre liebkosen, gibt sie sich noch einmal einen Ruck, schließt die Augen und versucht, sich darauf einzulassen.

Stefan streicht über Lias Wange, er ist zärtlich zu ihr, doch in Lia zieht sich alles schmerzlich zusammen. Sobald sie die Augen schließt, kommen ihr die Bilder vor Augen, wie Cruz sie damals geküsst hat. Lia hatte das Gefühl, keinen festen Boden mehr unter den Füßen zu haben und der einzige Halt, den sie hatte, war Cruz. Seine Nähe, seine Wärme, sein Geruch und Geschmack, Lia war nach allem verrückt, konnte nicht genug davon bekommen, sie denkt daran, wie er ihr in die Augen gesehen und gelächelt hat, nachdem er einen Kuss beendet hat, Lia vermisst all diese Kleinigkeiten.

Nun spürt Lia genau, dass sie das lassen sollte. Bevor der Kuss intensiver wird, löst Lia ihn vorsichtig und lächelt noch einmal. »Schlaf gut, Stefan.« Sie steigt aus und sieht zu, wie Stefan davonfährt, doch anstatt nach Hause zu gehen, zieht sich Lia die Pumps aus, läuft zu einem Nachtkiosk und holt sich um vier Uhr am Morgen eine kalte Limonade.

Sie ist noch viel zu aufgebracht um zu schlafen und hofft, dass sie sich am Meer ein wenig beruhigt, ihre Gedanken und Gefühle einordnen kann.

Sie setzt sich an die Strandpromenade, die trotz der Uhrzeit nicht leer ist. Es gibt einige Liebespaare und Jugendliche, die sich hier herumtreiben, doch Lia ignoriert all das, setzt sich hin und genießt den Blick auf das wilde schwarze Meer. Es ist nicht kalt, der warme Wind weht ihr um die Nase und Lia atmet tief ein.

Nun weiß sie, dass sie sich nichts mehr vorzumachen braucht, sie liebt Cruz und diese Gefühle haben sich auch nicht geändert. Lia hat geahnt, dass es mehr als eine kleine Liebelei für sie ist, doch erst jetzt spürt sie so wirklich, wie viel mehr es doch ist. Sie hat sich gegen Cruz, gegen sein Leben, seine Familia, gegen eine Beziehung, eine feste Bindung und Verantwortung entschieden und ihr Verstand sagt ihr trotz allem immer noch, dass diese Entscheidung richtig war, doch das erste Mal fragt sich Lia: Was ist, wenn sie darüber nicht einfach so hinwegkommt?

Wenn sie all das vielleicht nicht mehr einfach verdrängen und wieder einen Schritt auf Cruz zugehen sollte. Doch was ist überhaupt mit Cruz? Dass er nach all dem überhaupt noch daran denkt, ihnen beiden eine Chance zu geben, bezweifelt Lia, auch wenn er sie sicherlich immer noch mag, hat sie ihn zweimal zu sehr vor den Kopf gestoßen, er kann viele Frauen haben, wahrscheinlich jede, die er möchte. Wieso sollte er noch einmal das Risiko eingehen und mit ihr etwas anfangen, wo sie ihm zweimal gezeigt hat, dass sie nicht gerade sehr zuverlässig ist?

Doch selbst wenn er ihr noch eine Chance geben würde, was will sie überhaupt von jemandem wie Cruz? Cruz Nechas? Denkt sie, sie könnte mit ihm etwas haben, was sie vielleicht mit einem Mann wie Stefan haben könnte? Wie soll eine richtige Beziehung mit ihm funktionieren? Und wenn sie sich wieder näher kommen und wieder etwas miteinander haben, wie schwer wird es ihr dann wieder fallen, all das hinter sich zu lassen? Cruz ist sicherlich vieles, aber kein Mann, der eine richtige Beziehung führt.

Lia könnte wieder in sein Leben, für einige Tage, vielleicht Wochen, doch irgendwann wird ihm das sicherlich zu langweilig und Lia muss mit noch mehr Erinnerungen klarkommen, wo ihr das jetzt schon so schlecht gelingt.

Jede weitere Erkenntnis, die Lia bekommt, beinhaltet viele neue Fragen, deswegen geht Lia auch genauso durcheinander wieder zu ihrem Haus zurück, nachdem sie den Sonnenaufgang beobachtet hat. Lia holt Croissants und klingelt Stipe aus dem Bett, der eh bald aufstehen und arbeiten muss.

Natürlich möchte er alle Einzelheiten erfahren und Lia erzählt ihm alles. »Aber es wird nichts daraus, weil dein Herz einem der gefährlichsten Männer Puerto Ricos gehört.« Lia verschluckt sich fast, als Stipe sie kurz vor Beenden der Geschichte unterbricht. »Wie ... na ja, also es ist nicht so, dass ich Stefan nicht mögen würde, aber ...« Stipe steht auf und küsst Lia auf die Wange, bevor er in sein Bad zum Duschen geht.

»Lia, wenn man dich ein wenig besser kennt, merkt man sehr schnell, dass da zwischen Cruz und dir noch einiges ungesagt ist, vielleicht solltest du das erst richtig abschließen oder versuchen wieder aufzubauen, bevor du daran denkst, etwas Neues zu beginnen. Ich wusste das schon, als ich dein Gesicht gesehen habe, nachdem der Blumenstrauß gestern kam.«

Lia sieht ihrem besten Freund hinterher und zieht dann ihr Handy heraus. Sie weiß noch immer nicht, was genau sie tun soll, was sie eigentlich möchte oder was sinnvoll wäre, doch dass sie etwas tun muss, weiß sie. Es klingelt und auch wenn es noch früh ist, geht Savana schnell ans Telefon.

»Hey, hier ist Lia. Ich habe mich jetzt entschieden, Cruz' Geburtstag auszurichten. Wann können wir uns treffen und mit den Planungen beginnen?«

Kapitel 9

»Du hast was?« Lia zieht sich ihr weites blaues Shirt aus, wirft es auf Lorenas Wäschekorb und durchsucht Lorenas Sideboard nach dem weißen Häkeloberteil, das ihre Schwester erst vor zwei Tagen fertiggestellt hat. »Jetzt guck nicht so erschrocken, wir waren nur etwas essen, es war ganz harmlos.«

Lia findet es und zieht es sich über, sie ist schon spät dran. »Harmlos? Wie kommt es, dass du Jomar getroffen hast?« Sie kann nicht glauben, was Lorena ihr da erzählt. »Ich habe ihm doch letztens vor deinem Laden gesagt, dass er mal in unserem Restaurant nach der Sicherheit gucken soll und gestern ist er wirklich aufgetaucht, genau zu dem Zeitpunkt, als ich Feierabend hatte. Er war alleine und hat sich das Restaurant kurz angesehen, dann hat er gefragt, ob er mich nach Hause bringen kann, dann, ob wir erst etwas essen gehen wollen … ja, so kam das halt.«

»Lorena, das ist Jomar Nechas …« Ihre Schwester lacht laut los und deutet Lia sich umzudrehen, sie hilft ihr, die Haare durchzukämmen, nimmt das Glätteisen und zaubert ihre große Wellen in die Spitzen. »Oh, das sagt die Richtige, wieso machst du dich so zurecht, wenn du einfach nur zu einem Planungsgespräch zu Savana gehst und wieso noch einmal gehst du zu ihr? Weswegen kommt sie nicht in dein Büro?«

Lia sieht in den Spiegel und wirft ihrer jüngeren Schwester dabei durch den Spiegel einen mahnenden Blick zu. »Ich habe, als ich den Termin gemacht habe, vergessen, dass mein Büro schon eröffnet ist und Savana wollte mir eh etwas zeigen und ja …« Lorena lächelt wissend und zuckt die Schultern. »Natürlich, auf jeden Fall ist Jomar ein sehr lieber Kerl. Ich habe ihm alles erzählt was passiert ist, als ich unterwegs war und wie es war, als ich wieder herkam. Wenn ich so recht überlege, hat er kaum geredet. Herrgott, der denkt bestimmt, ich bin eine Plappertante und meldet sich nie wieder.«

Lia dreht sich zu ihr um. »Weiß er, dass du schwanger bist?« Lorena lächelt und streichelt über ihnen Bauch, so ganz langsam beginnt man, ihn nun wirklich zu erkennen. Sie waren gestern endlich bei einem Frauenarzt. Leider haben sie nicht den besten erwischt. Er hat Lorena untersucht und festgestellt, dass sie in der 13. Woche schwanger ist. Er hat nur ganz kurz einen Ultraschall gemacht, man hat nur in vielem Grau etwas noch dunkleres Graues gesehen. Er sagt, es sieht alles gut aus, die Praxis war sehr schlecht ausgestattet und all das hat sie fast 200 Dollar gekostet.

Lia will sich unbedingt informieren und einen besseren Arzt finden. Trotzdem war es schon eine Erleichterung, dass alles in Ordnung zu sein scheint.

»Nein, was denkst du? Ich habe nicht vor, etwas mit Jomar anzufangen. Ich hatte gestern mal wieder Lust auf einen schönen Abend und den hatten wir, wir haben uns nicht einmal geküsst oder sonst etwas. Er hat mich sehr gut behandelt und dann zuhause abgesetzt. Wir haben uns auch nicht noch einmal verabredet, er hat mir heute morgen geschrieben und gefragt, wie es mir geht, mehr nicht.«

Lia muss los, ihre Schwester hat noch immer nur Blödsinn im Kopf, wobei, vielleicht sollte sie sich doch etwas mehr zurückhalten, sie kann, seitdem sie weiß, dass sie heute wieder in das Nechas-Gebiet geht, kaum mehr an etwas anderes denken. Sie schnappt sich ihre Mappe mit den Ordnern und Unterlagen und sieht noch einmal in den Spiegel.

Es ist verdammt schwer, sich zurechtzumachen und dabei zu versuchen so auszusehen, als hätte man nicht stundenlang darüber nachgedacht. Lia trägt eine schwarze enge Hose und dazu weiße Leinenschuhe, sie wollte nicht schon wieder mit Pumps dort auftauchen, sie möchte nicht, dass Cruz denkt, sie wäre nun eine ganz andere Person. Dazu hat sie ein gehäkeltes weißes Top von Lorena an, das einen schönen Ausschnitt hat und etwas Bauch zeigt, aber wirklich nur einen Hauch, es ist so viel, dass es sexy aber nicht billig wirkt. Ihre Schwester ist noch immer sehr begabt im Umgang mit der Nähmaschine und ihre Sachen werden immer besser.

Lia gibt Lorena noch schnell einen Kuss. »Ach übrigens findet Jomar genau wie du, dass ich so schnell wie möglich nicht mehr in dem Laden arbeiten soll, er sagt, der Laden ist das Letzte.« Lia nickt zustimmend, bevor sie die Tür hinter sich schließt und schnell zum Bus eilt. »Die Nechas-Brüder sind auf jeden Fall alles andere als dumm. Hör auf ihn!«

Lia kommt gerade rechtzeitig zur Bushaltestelle und zwanzig Minuten später steigt sie beim Nechas-Gebiet aus. Ihr Herz rast, sie hat gerade noch einmal in den Spiegel gesehen, ihre Wimpern sind nur leicht getuscht, ihre Haare hat sie offen, aber sonst hat sie sich gar nicht geschminkt und doch fühlt es sich anders an, als sie jetzt wieder das Nechas-Gebiet betritt.

Auch wenn Lia versucht, sich so wie früher zurechtzumachen, es funktioniert nicht mehr, weil sie einfach nicht mehr die gleiche Person ist. Sie ist nicht mehr das Mädchen vom Dorf, doch sie ist auch noch keine Frau aus der Großstadt, irgendwie schwebt Lia dazwischen und kann sich nirgendwo zuordnen, doch vielleicht muss sie das auch gar nicht. Sie ist Lia und sollte aufhören, sich über alles andere Gedanken zu machen.

»Hallo, ich habe einen Termin mit Savana.« Die Wachleute, die heute im ersten Häuschen sitzen, kennt Lia nicht. Sie nicken und sehen auf ein Blatt vor sich, wobei einer sie interessiert anlächelt. »Wie heißt du?« Lia sieht auf die Waffen, die vor ihnen auf dem Tisch liegen und entdeckt auch zwei Maschinenpistolen hinter den Männern.

»Lia.« Der Mann lehnt sich zurück. »Und was für einen Termin hast du mit Savana? Was tust du, Lia?« Lia räuspert sich, eigentlich stellen die Wachen nicht so viel Fragen, sie sehen auf der Liste, dass Lia eingetragen ist, das wars. Der Mann versucht mit ihr zu flirten und Lia überlegt einen Augenblick, etwas wegen Cruz zu sagen, doch was sollte sie dazu sagen?

Ich hatte mal was mit deinem Chef? Ich war mit ihm zusammen? Waren sie das? Lia hat nicht das Gefühl, dass man das so nennen könnte und streicht sich die Haare nach hinten. »Wir planen die Geburtstagsfeier für Cruz und sie erwartet mich sicher ...« Ein Auto hält neben ihnen und Caleb lässt seine Scheibe herunterfahren.

»Lia, versucht Mario mit dir zu flirten?« Er lacht und deutet zu dem Mann im Wachhaus. »Die Kleine gehört zu Cruz oder gehörte, verbrenn dir lieber nicht die Finger! Steig ein, ich bringe dich zu ihm.« Lia mag den Cousin von Cruz, mit dem sie auch den Tag auf der Feier des Präsidenten verbracht hat.

»Ich bin mit Savana verabredet.« Caleb beugt sich über den Sitz und öffnet ihr die Tür. »Dann setze ich dich eben dort ab.« Lia steigt ein und bedankt sich. Caleb fragt natürlich auch, was sie bei Savana möchte und Lia erzählt es ihm, sie bleiben noch einen kurzen Augenblick bei Savana vor dem Haus stehen und unterhalten sich. Lia fragt nach Babsi und erfährt, dass die gerade bei Caleb noch im Bett liegt.

»Also seid ihr ein richtiges Paar geworden mittlerweile?« Caleb lächelt und sieht zu seinem Haus. »Ich glaube nicht, dass man das so nennen kann, wir sehen uns hin und wieder. Ich glaube, dass weder ich noch einer meiner Cousins in der Lage ist, eine richtige Beziehung zu führen, das funktioniert nicht so wirklich. Wir sollten mal zusammen essen gehen, zu viert.«

Lia sieht zu Cruz' Haus, in dem die Jalousien noch heruntergefahren sind, obwohl es bereits Mittag ist. »Mal sehen, Cruz und ich reden gerade wieder miteinander, ob das schon für ein Essen reicht, weiß ich noch nicht.« Sie muss selbst leise lachen und Caleb schmunzelt. »Cruz ist ein guter Kerl und er hat dich wirklich gerne gehabt.« Lia lächelt. »Ich weiß.«

Sie verabschieden sich und Lia geht zu Savana, die im Garten schon auf sie wartet. Cruz' Schwester trägt ein schwarz-weiß gestreiftes enges Minikleid und sieht aus, als wäre sie gerade einem Modekatalog entsprungen. Lia fragt sich, ob es einen Mann an

Savanas Seite gibt, sie hat noch keinen gesehen oder davon gehört. Zwar verstehen sich Lia und Savana, doch dass sie danach fragen würde, so weit geht es dann doch noch nicht.

Lia kann sich gar nicht vorstellen, wie Savana Cruz jemanden vorstellt, der ihr Freund ist. Lia hat schnell gemerkt, dass Cruz seine Schwester über alles liebt, der arme Mann, der versucht, Savana für sich zu gewinnen, kann einem da nur leidtun. Lia kann nicht aufhören, Savanna in ihr perfektes Gesicht zu sehen, die Männer müssen doch Schlange stehen bei ihr.

Savana bestellt ihnen beiden wieder Essen und zusammen überlegen sie, was genau bei Cruz' Geburtstag alles passieren sollte. Nun hat Savana ja gewisse Vorstellungen, wie die Feiern sind und sie einigen sich schnell auf ein ähnliches Buffet, Savana hat schon eine Zeichnung für eine Torte angefertigt. Cruz wird 26, es soll eine Schokoladentorte mit den Verzierungen der Nechas darauf sein. Savana möchte auch den DJ nochmal und das Ganze soll statt am Strand in dem Gemeinschaftshaus stattfinden. Dort gibt es einen riesigen Pool und genug Rasenfläche. Es werden um die dreihundert Personen kommen, wobei die engsten hundert schon früher kommen.

Savana zeigt Lia ihre Überraschung: Sie hat von einem berühmten Künstler ein Bild anfertigen lassen, das Cruz und sie zusammen mit Jomar zeigt. Das Bild ist wirklich schön, die Farben sind sehr gut gewählt und man sieht deutlich die Ähnlichkeit der Geschwister, Lia kann sich vorstellen, dass es sehr gut in Cruz' Haus passt und dass es eine Menge gekostet haben muss. Sie besprechen noch ein paar weitere Highlights.

Savana möchte eine Art Schaumparty gegen Mitternacht, Lia hat davon gehört, es soll eine farbenfrohe und glitschige Angelegenheit sein und ist momentan total angesagt. Sie verspricht, sich darum zu kümmern, auch wenn sie selbst nicht viel davon hält, doch ihr ist klar, dass die Party nicht gerade harmlos werden wird und Savana sagt auch ganz klar, dass es bis Mitternacht eher familiärer ist und danach die Männer zu feiern beginnen, es werden viele

Frauen da sein und das ist dann auch der Zeitpunkt, an dem Savana sich verabschiedet, doch da es Cruz' Geburtstag ist, möchte sie natürlich vor allem, dass er Spaß hat.

Lia schreibt alles auf, auch wenn sich dabei ihr Magen umdreht. »Ich hatte noch eine Idee, also ich habe das auf einer Feier gesehen und denke, es wäre eine schöne Überraschung für Cruz.« Lia erzählt Savana von dem Film, den sie gerne für Cruz erstellen würde.

Es ist eine Zusammenfassung seines Lebens, mit eingeblendeten Bildern von seiner Geburt bis jetzt, die wichtigsten Personen, in dem Fall Savana. Jomar und die Cousins sagen ein paar Worte oder erzählen eine lustige Geschichte aus der Vergangenheit, alles zusammen ergibt eine sehr schöne Erinnerung und Savana ist sofort begeistert.

»Kannst du alles zusammensuchen, Bilder, vielleicht Videoaufnahmen von früher, Jomar und alle Aufnehmen und mir alles per Mail schicken? Ich erstelle zusammen mit einem Bekannten den Film.« Savana lehnt sich ein wenig zurück. »Das ist sehr lieb von dir, dass du dir so viel Mühe gibst mit dem Film. Die Rechnung kannst ...«

Lia hebt die Hand. »Dafür nehme ich kein Geld. Cruz hat mir damals viel geholfen und eine schöne Geburtstagsfeier ist das Mindeste, was ich ihm zurückgeben kann.« Savana zieht die Augenbrauen hoch. »Mein Bruder bedeutet dir noch immer sehr viel, oder?«

Lia lächelt leicht und räumt langsam die Unterlagen ein. »Ich bin nicht gegangen, weil er mir egal ist, ich musste gehen, um das erste Mal in meinem Leben auf eigenen Beinen zu stehen. Um zu lernen, alleine zu leben.« Savana nickt und lächelt ebenfalls. »Mein Bruder ist ein großartiger Mann und man hat auch gemerkt, dass er dich sehr mag, doch ich bin mir sicher, dass du richtig gehandelt hast. Cruz und Jomar ... eigentlich alle Männer hier, sind nicht für feste Beziehungen gemacht. Die Frauen stehen Schlange bei ihnen und sie führen ein unruhiges Leben ... sie stehen immer unter

Strom, sie können keine Sicherheit bieten, ich kann mir keinen von ihnen in einer Ehe mit Kindern vorstellen. Besonders nicht meine Brüder, die die Anführer dieses verrückten Haufens sind und sie sind so schnelllebig.

Auch wenn sie vielleicht zwei, drei Monate Gefallen an etwas finden, irgendwann wird es ihnen langweilig und darauf sollten Frauen nicht alles setzen und ihr Leben aufgeben. Du bist die erste Frau, die ich an der Seite meines Bruders gesehen habe, die gegangen ist. Sonst schickt er alle irgendwann weg, doch du hast ihn nicht genommen, weil er der mächtige Cruz Nechas ist, oder hast von seinem Ruhm und Geld profitiert wie die meisten Frauen, deswegen mag ich dich von allen auch am meisten.«

Lia lacht leise und nimmt noch einen Schluck. »Du weißt ja noch nicht, wer da noch alles kommen wird. Wo wir gerade davon sprechen, was ist mit Cruz, natürlich soll er nichts von den ganzen Überraschungen erfahren, aber sollten wir ihn nicht fragen, ob er sich noch etwas Bestimmtes für seine Feier wünscht?« Savana bekommt eine Nachricht.

»Also momentan ist es ziemlich ruhig bei ihm, was Frauen angeht, zumindest bekomme ich nicht viel mit. Ich muss los, ich habe in fünfzehn Minuten ein Essen mit einer alten Freundin. Ich bezweifle, dass Cruz irgendetwas auf seiner Feier haben möchte, ihm ist das sicherlich egal, aber frag ihn lieber noch einmal. Er ist zuhause.«

Natürlich hat Lia darauf gehofft, Cruz zu sehen, da braucht sie sich ja nichts vorzumachen, doch sie dachte, dass sie zusammen mit Savana zu ihm geht oder er herkommt. »Oh, lieber nicht, nicht dass er Besuch hat und ich störe oder sonst irgendwas.« Lia und Savana stehen auf. »Hat er nicht, du kannst rübergehen. Ich war gestern Abend noch bei ihm.« Savana will Lia noch zu Cruz fahren, doch die drei Schritte kann sie auch laufen.

Cruz' Schwester verspricht, ihr alles per Mail zu schicken und Lia, dass sie sich um alles kümmern wird. Als sie dann von Savana zu Cruz' Haus hinübergeht, wird ihr doch mulmig. Was ist, wenn er dieses Mal wieder wütend ist? Er wird doch garantiert gewusst haben, dass sie da ist, hätte er sie sehen wollen, hätte er ja kommen können.

Aber Lia kann sich auch gleich für die Blumen bedanken und ...« Bevor sie sich weiter verrückt macht, klingelt sie. Die Jalousien sind hochgefahren, also sollte er wach sein. »Was?« Cruz' Stimme donnert durch das Haus und Lia öffnet die Tür, sie hat vergessen, dass hier niemand klingelt oder klopft, alle kommen meistens einfach herein.

»Ich bin's, Lia.« Sie kündigt sich lieber vorher an, nicht dass Savana sich vielleicht doch getäuscht hat und sie Cruz stört, doch als sie in den Wohnbereich tritt, steht Cruz in der Küche und sieht ihr verwundert entgegen. Lia sieht sofort, dass etwas nicht stimmt. Cruz ist blasser als sonst, es liegen Verbände auf dem Küchentresen und unter seinem Shirt zeichnen sich wieder Verbände ab.

»Du bist verletzt!« Lia blickt Cruz in die Augen, der sie misstrauisch ansieht. »Verletzt ist relativ, ich habe etwas abbekommen. Hat dich meine Schwester etwa deswegen angerufen?« Lia spürt, wie Cruz' Blick einmal an ihr hochwandert und sie hält ihre Papiere hoch. »Nein, ich war gerade bei ihr und habe deine Geburtstagsparty geplant und wollte dich noch einmal fragen, was du haben möchtest, worauf du Wert legst ... immerhin ist es deine Feier.«

Cruz geht zum Kühlschrank, dabei sieht man ihm an, dass ihm das Laufen schwerfällt. »Mir ist diese Feier egal.« Lia atmet laut aus, als Cruz sich einen Orangensaft eingießt und für Lia die Limonade, die sie so gerne trinkt. Dabei sieht er sie sauer an. »Okay, entschuldige die Störung. Ich dachte, wir sind über diesen Punkt hinaus, dass du mich am liebsten töten möchtest. Danke übrigens für die Blumen.«

Lia will sich abwenden und gehen, es war eine dumme Idee herzukommen, doch Cruz ist schneller und hält sie am Arm zurück, dabei beißt er schmerzhaft die Zähne zusammen, die schnelle Bewegung muss ihm wehgetan haben. »Nein, ich meinte es nicht so, Lia. Ich bin nicht sauer … nicht mehr zumindest. Ich habe nur Schmerzen und bin genervt, wieder ruhiggestellt zu sein. Lass uns in den Garten setzen und erzähle mir, was ihr alles geplant habt … immerhin ist das meine Party, oder?«

Lia traut dem Ganzen nicht, doch sie geht zusammen mit Cruz in den Garten, dabei sieht sie sich im Haus um, zumindest das, was sie sehen kann, doch es ist alles genau so, wie es zu dem Zeitpunkt war, als sie gegangen ist. Nichts hat sich geändert, Lia kann auch sehen, dass die Bilder, die sie ihm von sich beiden gelassen hat, nicht zu sehen sind, wer weiß, was er damit getan hat.

Es steht Geschirr auf dem Tisch, ein paar Crêpes, die nicht angerührt wurden, Cruz hat Eier und ein Croissant gegessen. »Willst du etwas essen?« Lia setzt sich Cruz gegenüber und sieht sich auch im Garten um. Sie denkt daran, wie Cruz und sie sich auf einer seiner Liegen näher gekommen sind und unterbrochen wurden und wie sauer er darüber war, dabei muss sie lächeln.

Cruz hat ihren Blick verfolgt und sieht ihr in die Augen. »Es ist komisch, wieder hier zu sein, ich komme mir fast so vor, als müsste ich noch schnell die Wäsche aufhängen und den Boden wischen.« Cruz schiebt ihr den Teller mit den Crêpes hin. »Zum Schluss warst du für so etwas nicht mehr verantwortlich.« Lia legt ihre Unterlagen auf den Tisch und fährt sich durch die Haare, um die ein wenig nach hinten zu bändigen. »Nein danke, ich habe mit Savana gegessen.«

Nun lehnt sich Cruz zurück, seine Augen liegen auf ihrem Gesicht und jetzt erlaubt sich auch Lia einen genaueren Blick auf ihn. Er trägt ein hellblaues Shirt mit V-Ausschnitt und eine schwarze Jogginghose, man sieht ihm an, dass etwas nicht stimmt, trotzdem sieht er sehr gut aus. Er trägt einen leichten Dreitagebart und Lia muss zugeben, dass ihm das sogar noch sexyer aussehen lässt, noch geheimnisvoller.

»Meine Schwester und du, ihr versteht euch langsam richtig gut.« Lia zuckt ein wenig die Schultern. »Ich mag sie und sie organisiert eure Feiern. Sie gibt sich viel Mühe, damit du eine schöne Feier zu deinem Geburtstag bekommst.« Cruz sieht ihr in die Augen. »Mir ist momentan nicht nach feiern zumute.« Lia weicht seinem Blick nicht aus. Es ist gefährlich hier an diesem Ort, wo alles zwischen ihnen begonnen hat, wieder solch eine Nähe aufzubauen, wenn keiner von ihnen so wirklich weiß, was das alles bringen soll, deswegen unterbricht Lia den Augenkontakt als erste. »Was ist passiert? Wieso bist du verletzt?«

Cruz hingegen sucht diesen Augenkontakt immer wieder. »Wir haben jemanden mit dem Auto verfolgt, er ist zu schnell abgebogen und ich bin aus dem Auto gesprungen, um ihn nicht zu verlieren, das Auto war noch ziemlich schnell, deswegen die Verletzungen. Wir haben ihn aber bekommen, also ist es halb so wild.« Lia sieht auf seinen Arm, auf dem auch einige Schrammen zu erkennen sind. »So sieht es aber nicht aus.«

Cruz ist schon wieder ganz woanders. »Die neue Haarfarbe steht dir.« Lia greift sich in die Haare, sie möchte nicht, dass Cruz denkt, sie hätte sich sehr verändert. »Danke und danke auch für die Blumen, sie sind wunderschön.« Cruz lächelt. »Wilde Landblumen, ich konnte gar nicht anders.« Lia muss auch lächeln und genießt diesen Augenblick.

Dieser kleine Augenblick, so friedlich wieder in Cruz' Nähe, lässt ihr Herz schon zufrieden aufjauchzen und Lia spürt immer mehr, wie sehr ihr all das mit Cruz wirklich fehlt. Sein Handy klingelt und Cruz sieht auf das Display. »Der Arzt kommt gerade ...« Lia nickt und endlich gibt sie sich einen Ruck. Sie fasst über den Tisch an Cruz' massigen Oberarm und streicht vorsichtig einige kleine Körner von den Kratzern weg. »Du solltest die besser verbinden lassen, nicht dass da etwas reinkommt und sich die Wunden entzünden.«

Cruz hält still und wieder sieht er ihr in die Augen, dabei greift seine Hand nach ihrer, die sie langsam von seinem Arm wegzieht. »Du solltest lieber auf dich selbst mehr aufpassen.« Lias Hand liegt in seiner und er streicht mit seinem Daumen über einen blauen Fleck, den sie am Handgelenk hat. Er ist schon fast verheilt, war aber riesig und stammt noch von den Arbeiten am Laden. Man merkt gar nicht, wie schnell Cruz alles registriert, ihm fallen in Sekundenschnelle Dinge auf, die andere nie sehen würden.

Lia stockt, als Cruz' Daumen über ihre Haut streicht und sie sieht ihm in die Augen. Das zwischen Cruz und Lia ist noch nicht vorbei, die Gefühle, die zwischen ihnen funken, kann man spüren und förmlich sehen, es ist noch nicht vorbei, für keinen von ihnen, egal wie sehr sie beide sich das eingeredet haben.

Lia setzt an, etwas zu sagen, da klopft es und der Arzt und zwei Krankenschwestern treten in das Wohnzimmer. Cruz wendet sich zu ihnen um. »Ich bin gleich da.« Lia räuspert sich. »Jetzt haben wir gar nicht besprochen, was du für die Feier möchtest.« Das Knistern zwischen ihnen ist durch das kühle Auftreten des Arztes sofort wieder weg.

Cruz lässt Lias Hand los, sieht ihr aber weiter in die Augen. »Ich bin mir sicher, dass meine Schwester und du das hinbekommen werdet.« Lia nickt, das gerade war so intensiv, obwohl es nur eine winzige Berührung war, sie ist nun noch mehr durcheinander, wobei Cruz ganz normal wirkt, fast als hätte er all das gerade nicht gespürt, doch Lia hat in seinen Augen gesehen, dass er es genauso empfunden hat wie sie.

»Okay, machen wir … pass auf dich auf, Cruz.« Lia steht auf und will hinausgehen, sie ist sich nicht einmal sicher, ob es so eine gute Idee war, überhaupt herzukommen, sie wird nun noch mehr alles in Frage stellen, doch Cruz hält sie noch einmal auf, als sie gerade an den Ärzten vorbeigehen will und ihnen zunickt.

»Ach Lia, weißt du, was ich mir wirklich wünsche zu meinem Geburtstag?« Lia dreht sich zu ihm um und sieht ihn fragend an. »Bananenbrot, du hast keine Vorstellungen, wie sehr mir das fehlt!«

Lia lächelt und hebt die Hand, ihr Herz schlägt schneller und in diesem kleinen Augenblick spürt sie das, was sie all die Monate, seit sie Cruz verlassen hat, nicht mehr richtig verspürt hat: Ein

Glücksgefühl, das sich in ihrem Bauch aufbaut und direkt in ihr Herz wandert. »Das bekommst du.«

Kapitel 10

Lia plant die nächsten zwei Tage Cruz' Geburtstag komplett durch, aber auch Savana ist fleißig und schickt ihr einige Bilder und die Videoaufnahmen. Lia geht nun kaum noch auf die Veranstaltungen, die sie plant, oder sie geht zum Anfang hin, überprüft alles, macht Bilder und lässt dann andere den Ablauf koordinieren. Sie ist für die Planungen und Bestellungen verantwortlich und da die Nechas immer nur das Beste vom Besten wollen, kann man mit dem Planen gar nicht früh genug anfangen. Vor allem ist es Cruz' Geburtstag und Lia möchte, dass er perfekt wird.

Sie bekommt sogar Maschinen für die Schaumparty und dazu gleich einen Mann, der diese bedienen kann. Als sie Dora die Bestellung für das Buffet durchgibt und sagt, für wen die Feier ist, plant diese freudig einige weitere Highlights, die sie dazufügen möchte.

Am Vormittag muss Lia dann das erste Mal wieder bei Stefan arbeiten, sie hat es jetzt immer wieder verschoben, und sobald sie dort auftaucht und ständig Stefans Blick auf sich spürt, weiß sie, dass es besser wäre, den Job ganz aufzugeben. Wenn die Aufträge so bleiben wie jetzt, kann sie auf diese Arbeit verzichten und wenn es noch mehr werden, dann umso besser.

Das Unberechenbare daran ist einfach, dass Lia für ungefähr einen Monat im Voraus Aufträge hat, doch sie weiß natürlich auch nicht, ob das immer so bleibt und um groß etwas zur Seite zu legen, falls schlechtere Zeiten kommen, reicht es noch nicht. Also wird sie auch weiterhin bei Stefan arbeiten, um auf ganz sicher zu gehen.

Lia ist schon am Mittag fertig und will bei Lorena vorbeigehen, sie hat sie in den letzten Tagen nur kurz gesprochen, irgendwie hat Lia die Vermutung, es könnte etwas mit Jomar zu tun haben, dass ihre Schwester ihr aus dem Weg geht, deswegen wird sie sie besuchen. Lorena hatte gestern Nacht Schicht und wird sicher gerade erst aufgestanden sein.

»Lia?« Lia hat gerade erst den Laden verlassen und sich von Stipe und Sonja verabschiedet, die in die Mittagspause gehen, da ruft Stefan sie zurück. »Ich habe mich ausgetragen in der Kasse ...« Stefan lächelt und stellt sich vor sie. »Nein, alles in Ordnung. Ich bin sehr zufrieden. Ich dachte, du hättest vielleicht Schwierigkeiten wegen ... dem, was mit uns ist, wieder zur Arbeit zu kommen, doch du hast heute sehr gut gearbeitet. Die Frauen haben nur wegen dir vorhin so gut eingekauft.«

Lia zieht ihre Ballerinas aus der Tasche. Sie trägt noch immer den engen schwarzen Rock, das weiße Top und den roten Lippenstift. Wegen ihnen, Lia dachte, sie hätten sich darauf geeinigt, dass das nicht funktionieren wird. »Nein, es ist alles in Ordnung, Stefan. Wir haben ja gesagt, dass das wohl eher nicht klappen wird und deswegen ...« Stefan lacht und hält Lia seine Hand als Stütze hin, als sie sich ihre Pumps auszieht und gegen die Ballerinas tauscht.

»Ja, aber na ja, der Kuss war dann ja doch noch eine Änderung in die andere Richtung, wir müssen vielleicht einfach ein wenig ...« Lia hält in ihrer Bewegung ein: ihr Kuss? Lia hat ihn abgebrochen ... was? Stefan wird zurück in den Laden gerufen, da ein wichtiger Anruf auf ihn wartet. Er lächelt noch einmal und lässt Lias Hand vorsichtig los. »Ich rufe dich an, vielleicht können wir einfach am Wochenende noch einmal essen gehen und über all das sprechen.«

Lia starrt ihm hinterher, plötzlich kommt ihr Yandiel wieder in die Gedanken, auch wenn Stefan natürlich nichts mit ihm gemeinsam hat, aber vielleicht hat Lia doch ein wenig ein Problem damit, Männern deutlich zu machen, was sie eigentlich will, irgendwie verstehen sie sie falsch.

Lia dreht sich um und läuft die paar Straßen zur Wohnung ihrer Schwester. Und wieder hat Lia gemerkt, dass das zwischen Cruz und ihr nichts ist, was einfach so vergeht. Cruz hat nur ihre Hand berührt, drübergestreichelt und in Lia haben die Gefühle verrückt gespielt, und Stefan hält sogar ihre Hand und für Lia ist es wie ...

nichts, da ist nichts und sie weiß nicht, was Stefan bei dem Kuss gespürt haben will.

Lia wird Cruz sicherlich erst an seinem Geburtstag wiedersehen, sie hatte die kleine Hoffnung, dass er vielleicht in ihrem Laden vorbeischauen würde, sich melden würde, doch wegen ein paar Worten und Gesten sollte Lia sich nicht zu viele Hoffnungen machen. Cruz ist nicht der Typ, der an dem, was er mit Lia hatte, festhalten würde, wenn sie es jedes Mal so schnell aufgegeben hat.

Lia klopft an Lorenas Tür und ihre Schwester öffnet mit einer Tüte Chips in der einen und einem Glas mit weißem Inhalt in der anderen Hand. »Was ist das?« Lorena verdreht verzückt ihre Augen. »Meine Nachbarin war bei ihrer Familie in Deutschland und hat mir das mitgebracht. Sie sagt, das hat sie als Schwangere verschlungen, man nennt es Sauerkraut. Lia, es ist soooo lecker, probiere mal.«

Lorena steckt einen Chip in das Glas und holt weißes Kraut heraus. »Ähmmm, nein danke. Was hast du die Tage getrieben?« Lia legt sich auf die Couch, auf der Lorena offensichtlich gerade geschlafen hat, sie wollten eine Matratze für Lorena kaufen, sie muss unbedingt von der Couch herunter, ein Bettgestell haben sie schon günstig bekommen, es steht bereits da, es fehlt nur noch die Matratze, nur wie bekommen sie sie hier nach oben? Lia wird gleich mal nach diesen jungen Kerlen suchen, die sie hier im Haus öfter trifft und die jedes Mal mit Lorena und ihr flirten.

»Ich wollte so viel tun, aber ich … bin zu nichts gekommen, ich bin nur am Schlafen, es ist furchtbar. Sieh mal.« Lorena zeigt ein halbfertiges hellblaues Jäckchen hoch. »Ich schaffe es nicht einmal zu nähen, ich komme mir vor wie ein kleines verschlafenes, verfressenes Monster.« Lia lächelt und greift nach der Jacke. »Wieso hellblau? Du weißt doch gar nicht, was es wird.«

Lorena holt etwas zu trinken. »Ich bin mir sicher, dass es ein Junge wird, ein starker Junge. Mädchen haben es zu schwer, sieh dir doch uns beide an. Wären wir Männer, wäre einiges leichter.« Lia kommt nicht dazu, etwas zu sagen, da klopft es laut an der Tür.

»Erwartest du noch jemanden?« Lorena gießt Wasser ein und Lia geht die Tür öffnen. »Vielleicht ist das die Nachbarin, sie wollte mir noch so eine Dose von diesem Sauerkraut bringen, es ist unglau ...« Lia öffnet die Tür und sieht in die wütenden Augen eines fremden Mannes.

Seine Augen sind Blut unterlaufen und er sieht aus, als würde er jeden Moment platzen, sein Kopf ist rot und er atmet schwer. »Wo ist sie? Noch eine von euch.« Lia versteht gar nichts, es sind nur Millisekunden und Lia kann nicht reagieren.

Gläser zerspringen und Lia dreht sich zu Lorena um, die geschockt in ihre Richtung sieht und vor Panik die Gläser fallen lässt. In dem Moment sieht auch der Mann Lias Schwester, schleudert Lia zur Seite, sodass sie gegen eine Kommode fällt und rennt auf Lorena zu. »Du verdammte Hure, klaust mein Geld und haust ab und jetzt denkst du, du kannst still und heimlich ein Baby bekommen und mich danach finanziell ausbluten lassen, dieses verfluchte Ding wird es nicht auf die Welt schaffen!«

Lia rappelt sich auf und schreit qualvoll auf, als sie mit ansehen muss, wie der Mann sein Bein hebt und Lorena in den Bauch tritt, ihre Schwester steht noch so unter Schock, dass sie gar nicht reagieren kann und fällt nach hinten. Auch sie schreit vor Schmerzen auf und alles, an was Lia denken kann, ist das Baby.

Sie muss das Baby schützen! Lia steht blitzschnell auf, sie sieht eine Pfanne auf dem Küchentisch stehen und greift nach ihr, um dem Mann mit voller Wucht in den Rücken zu schlagen.

Zum Glück hat Lia hart genug zugeschlagen und ihn ins Taumeln gebracht, doch lediglich so, dass sie nur wenige Sekunden zum Reagieren hat. All die Jahre, in denen ihr Vater immer wieder betrunken seine Wut an ihnen ausgelassen hat, kommen ihr jetzt zugute, denn Lia kann in solchen Situationen denken und handeln. Sie zieht Lorena an der Hand hoch, sieht ihre Schwester bluten und greift nach dem Handy von Lorena, dass bei der Pfanne gelegen hat.

Sie schaffen es nicht zur Haustür, doch direkt neben der Küche ist eine kleine Abstellkammer, in der Lorena ihr Nähzeug aufbewahrt, es passt nur eine Person hinein und das nicht mal richtig, doch Lia stößt Lorena hinein und gibt ihr das Handy. »Ruf die Polizei!«

Lia schließt die Tür und verschließt sie, den Schlüssel zieht sie ab und krallt ihn fest in ihre Hand. Sie wird ihre Schwester und das Baby schützen, egal was ist, das war schon immer so und wird auch immer so bleiben.

»Lia nein, er bringt dich um!« Lorena schreit, doch Lia ist das egal, er wird nicht an das Baby herankommen. Der Mann stellt sich wieder gerade hin und wischt sich Schaum vom Mund. Er muss Drogen zu sich genommen haben. »Du verfluchte Schlampe, lass mich durch. Ich bringe sie um!« Lia sieht es, sie sieht in den Augen des Mannes, dass er es ernst meint, aber auch wenn ihr vor Angst die Beine wegbrechen, sie schüttelt den Kopf und sieht ihm in die Augen. »Verschwinde von hier, meine Schwester ruft die Polizei und ...« Der Mann kommt mit schnellen Schritten auf sie zu, Lia hört durch die Tür, dass Lorena mit jemandem am Telefon spricht, doch sie kann die Worte nicht verstehen und der Mann ist zu schnell bei ihr.

»Die Polizei? Wir sind hier in Puerto Rico, du Miststück. Verschwinde von der Tür ...« Er greift nach Lias Haaren, um sie dort wegzuziehen, doch Lia kann seinen Händen entwischen, da sie aber nicht von der Tür weg weicht, packt er sie am Arm und schleudert sie auf den Boden. »Bist du die ältere Schwester, ja? Du bist ja genauso hübsch wie deine verdorbene Schwester, wenn nicht noch schöner, vielleicht willst du auch einfach das Geld deiner Schwester abarbeiten.«

Lia liegt so schnell am Boden, dass sie gar nicht reagieren kann. Der Mann reißt ihr das Top herunter und den Rock hoch und als sein gieriger Blick über sie fährt und Lia seine Hände an ihren Beinen spürt, weiß sie, dass sie etwas machen muss. Sie hört, wie Lorena wild gegen die Tür schlägt und zu Lia will. Der Mann ist von Lias Körper abgelenkt und Lia hebt blitzschnell ihr Knie hoch, sodass es genau seine Mitte trifft, er hat sie mit seinem stinkenden Körper zu Boden gedrückt, jetzt flucht er auf und bäumt sich auf und Lia drückt ihn mit ihren Händen von sich, dabei kratzt sie ihn einmal quer im Gesicht. »Du verfluchte ...«

Lia schafft es nicht mehr aufzustehen, sie kommt gerade mal auf die Knie, da spürt sie bereits seine Faust auf ihrem Brustkorb. Ihr bleibt die Luft weg und sie schlägt gegen die Tür, die Lorena schützt und die Lia mit all ihrer Kraft verteidigen wird. Sie hört ihre Schwester schreien, kann gerade wieder atmen, da trifft sie die Faust erneut, dieses Mal im Gesicht.

Instinktiv kauert sich Lia zu Boden und schützt mit ihren Armen ihren Kopf, im selben Moment tritt der Mann so fest zu, dass Lia erneut der Atem geraubt wird. Sie schließt die Augen und alles, woran sie denken kann ist, dass sie Lorena und das Baby beschützen muss, sie spürt ihre Tränen und dass sie immer wieder getroffen wird, aber als sie merkt, dass alles um sie herum schwarz wird, weiß sie, dass sie nun nichts mehr für Lorena und das Baby tun kann.

Das nächste, was Lia bewusst wahrnimmt, ist ein stetiges Piepen, langsam kommt sie wieder zum Bewusstsein, sie weiß, dass sie zwischendurch immer wieder wach war, sie hat Lorenas Gesicht über sich gesehen und Ärzte, die sie auf eine Matte gelegt und gesagt haben, dass sie ihr etwas gegen die Schmerzen geben, doch sie hatte solche Schmerzen, dass sie immer wieder in einen tiefen Schlaf gefallen ist, der sie vor den Schmerzen geschützt hat.

Jetzt spürt sie ein Brummen in ihrem Körper und beginnt, langsam die Augen zu öffnen, es ist nicht mehr so hell, Lia schließt die Augen wieder und zwingt sich, sie zu öffnen, dieses Mal erkennt sie, dass sie in einem Krankenhauszimmer liegt, es ist ein großes Zimmer und es dämmert draußen, sie sieht, dass Kabel an ihren Armen angebracht sind und eine Uhr zeigt an, dass es acht Uhr am Abend ist.

Lias Blick fällt neben ihr Bett, sie sieht auf Cruz, der auf einem herangezogenen Sessel sitzt und schläft. Lias Herz schlägt augenblicklich schneller, was tut Cruz hier? Wo ist Lorena? Was genau ist passiert? Wie geht es dem Baby?

Lia bekommt Panik, will sich aufsetzen und stöhnt schmerzvoll auf, als sie plötzlich wieder alle Knochen spürt. Im gleichen Augenblick wacht Cruz auf und ist sofort bei ihr am Bett, er setzt sich neben sie und legt seine Hand auf ihre Schulter. »Langsam, du darfst dich noch nicht so viel bewegen.«

Lia sieht ihm in seine dunklen Augen, die sorgenvoll auf sie gerichtet sind und ihr Magen zieht sich zusammen, doch sie legt sich wieder auf das weiche Kissen und sofort lassen die Schmerzen nach. »Was ist passiert? Ich habe solch einen Durst.« Cruz greift nach einer Wasserflasche, die neben dem Bett auf einem Tisch steht, öffnet sie, steckt einen Strohhalm hinein und gibt sie Lia.

Sobald Lia einen Schluck getrunken hat, fühlt sie sich wacher und sieht Cruz fragend an, der sich wieder zu Lia setzt, nach ihren Haaren greift und sie nach hinten schiebt. »Wie bin ich hergekommen, wo ist Lorena und wie kommst du her? Was ist passiert?« Lia hört nur auf zu trinken, um Fragen zu stellen und trinkt danach sofort weiter, dabei sieht sie an sich herunter. An ihrem Arm erkennt sie einen dunklen Fleck, der wird sicherlich noch sehr blau, sie kann ihre Beine bewegen.

»Lorena ist nebenan, ihr habt zwei Zimmer nebeneinander bekommen, sie muss sich ausruhen und schläft vermutlich, ich soll ihr Bescheid sagen, wenn du wach bist. Jomar ist bei ihr. Lorena hat ihn angerufen, sie hat ihm gesagt, dass ihr Ex-Freund da ist und sie töten will und dass er dich hat … wir haben nicht alles verstanden, aber wir waren zum Glück nur ein paar Straßen von Lorenas Haus entfernt und konnten Schlimmeres verhindern …

Wären wir woanders gewesen, Lia, hätte das ganz anders ausgehen können, der hat dich gerade zusammengetreten, meine Männer haben sich um ihn gekümmert und Jomar und ich haben euch ins Krankenhaus gebracht.

Du hast viele blaue Flecken und Verstauchungen, der Kerl hat dich überall getroffen, aber du wurdest schon geröntgt, es ist nichts Schlimmes verletzt, du brauchst Ruhe, dann wird es bald besser.«

Lia hat die Flasche komplett geleert und Cruz dabei zugehört. »Und Lorena? Was ist mit dem ...« Cruz unterbricht sie. »Baby? Es ist alles in Ordnung, Lorena soll viel liegen, es wird noch eine genau Untersuchung gemacht, doch die Herztöne des Babys waren in Ordnung, sie hat sich beim Sturz an der Hand verletzt und etwas geblutet, aber du hast sie und das Baby gerettet.«

Lia versucht sich wieder aufzusetzen, sie ist unendlich erleichtert. Wieder durchfährt sie der Schmerz. »Du musst langsam machen.« Cruz' sanfte Stimme lässt sie aufblicken. »Und der Mann, hat die Polizei ...?« Lia sieht sofort, dass Cruz' Blick hasserfüllt wird. »Er wird dir oder deiner Schwester und dem Baby nie wieder etwas antun können, wir haben uns darum gekümmert!«

Lia sieht Cruz einen Augenblick in die Augen, er hebt die Hand und legt sie an Lias Wange und Lia kann nicht anders, sie schließt für einen kurzen Moment die Augen, sie genießt diese Nähe viel zu sehr. Als Cruz ansetzt, etwas zu sagen, ist seine Stimme viel rauer und leiser als sonst. »Als ich dich da ...«

Kapitel 11

Die Tür geht auf und Lorena kommt ins Zimmer, hinter ihr Jomar. »Ich wusste doch, dass ich sie gehört habe ...« Ehe Lia sich versieht, liegt Lorena neben ihr auf dem Bett und umarmt sie. »Ich dachte wirklich, er würde dich umbringen, wieso hast du mich eingeschlossen? Ich bin halb verrückt geworden und als du dann da lagst und ...« Lorena weint und Lia stöhnt schmerzvoll auf, als Lorena sie zu fest drückt.

»Ich wollte nicht, dass er dem Baby etwas tut ... und am Ende hast du uns gerettet, weil du Jomar angerufen hast.« Lorena lacht leise. »Du bist schon jetzt die beste Tante der ganzen Welt.« Lia küsst ihre jüngere Schwester auf die Wange und spürt die Blicke von Jomar und Cruz auf sich.

Sie sieht sich ihre Schwester genau an, sie hat viel geweint und ist etwas blass um die Nase, doch ihr scheint ansonsten wirklich nicht viel zu fehlen. Jomar setzt sich auf den Sessel, auf dem Cruz zuvor gesessen hat, während Cruz bei Lia am Bett sitzen bleibt. »Ihr braucht euch auf jeden Fall keine Gedanken mehr um ihn zu machen.« Auch Jomar versichert ihnen das. Lia weiß nicht, was sie davon halten soll, soll sie genau nachfragen? Will sie überhaupt wissen, was sie mit ihm gemacht haben? Kann sie damit leben? Wäre es besser gewesen, wenn sich die Polizei darum gekümmert hätte? Dann wären ihre Schwester und das Baby vielleicht niemals wirklich sicher gewesen.

Ihre Schwester macht es sich in Lias Bett bequem und Lia widmet sich lieber ihr, als all den Fragen in ihrem Kopf. »Solltest du nicht liegen bleiben? Was ist jetzt mit dem Baby?« Lorena deutet auf ihre Beine. »Ich liege doch, ich wollte eigentlich sofort bei dir bleiben, aber die Ärzte sagen, so bekommen wir mehr Ruhe und wir beide brauchen dringend Ruhe ...« Lorena wedelt mit der Hand und trägt ein Schmunzeln im Gesicht. »Sie kennen uns halt nicht.«

Nun muss auch Lia leise lachen und bereut es sofort, wieder durchfährt der Schmerz ihren Körper.

Eine Krankenschwester kommt ins Zimmer und sieht zu Lia. »Wie geht es Ihnen? Der Arzt kommt auch nochmal, Sie sollten probieren kurz aufzustehen, damit Ihr Kreislauf sich wieder festigt, falls es die Schmerzen erlauben.« Sie kommt, nimmt ihr die Drähte und Kabel ab und hilft Lia aus dem Bett, dabei bemerkt Lia, dass sie eine Jogginghose und ein weites weißes Shirt trägt, nicht mehr die Klamotten von vorhin und ihr fällt wieder ein, dass der Mann sie ihr fast vom Körper gerissen hat.

Lia ist noch ein wenig schwindelig, wenn sie lacht oder zu schnell redet, hat sie starke Schmerzen, beim Laufen geht es eigentlich, sie muss nur langsam gehen, dann ist es auszuhalten und zusammen mit der Krankenschwester geht sie auf die Toilette, die zu ihrem Zimmer gehört.

Lia war noch nicht oft in einem Krankenhaus, doch sie sieht sofort, dass das hier kein normales Krankenhauszimmer ist, das Bett ist riesig, alles ist luxuriös eingerichtet, selbst das Bad ist groß und sieht sehr edel aus, sie hat einen Flachbildfernseher vor dem Bett, das alles hier wirkt eher wie ein teures Hotelzimmer.

Im Badezimmer stehen gut riechende Seifen und Shampoos, Lia wäscht sich und sieht sich das erste Mal im Spiegel an. Hier gibt es einen für das Gesicht aber auch einen Ganzkörperspiegel. Lia ist ein wenig blass und unter ihrem rechten Auge ist die Wange ein wenig gerötet, sie hat auf der Stirn Kratzer, aber ansonsten sieht sie ganz normal aus, ihr Körper ist jedoch nicht so glimpflich davongekommen. Sie hat ja ihren Kopf und ihr Gesicht mit den Armen geschützt.

Lia zieht sich das Shirt hoch und sieht sofort dunkle Verfärbungen an ihren Rippen, an den Armen, sie fasst darüber und besonders an den Rippen tut es sehr weh. Lia zieht sich die Hose herunter und sieht auf ihren Beinen rote und dunkel gefärbte Stellen, doch am meisten tun ihr die Rippen weh. Er muss sie mehrmals heftig getroffen haben und Lia weiß, dass Cruz recht hat. Wären sie nicht so schnell bei ihr gewesen, wäre all das noch viel schlimmer ausgegangen.

Lia denkt an die Nähe, die gerade wieder zwischen Cruz und ihr war, wieder hat sie jemanden gebraucht und wieder war Cruz für sie da. Sie würde so gerne wissen, was Cruz ihr sagen wollte. Die Krankenschwester bringt ihr frische Handtücher, zwei bequeme Jogginghosen, eine Pyjamahose, zwei Tops und zwei T-Shirts, genauso wie noch eingepackte weiße Unterhosen und Hausschuhe. In was für einem Krankenhaus sind sie hier?

Lia macht sich frisch, es gibt hier sogar eine Haarbürste, Lia wischt sich den Rest des roten Lippenstiftes ab, jetzt trägt sie nur noch ein wenig Wimperntusche, sie wird später duschen. Die Schwester gibt ihr eine Salbe, die sie auf die schmerzenden Stellen auftragen soll, es ist erst ein paar Stunden her, doch schon jetzt färben sich viele Flecken blau.

Lia läuft danach sehr langsam zurück zu ihrem Bett, Cruz' Blick liegt weiter auf ihr, er hat sich jetzt einen Stuhl ans Bett gezogen und sitzt neben Jomar neben dem Bett. Jomar und Lorena unterhalten sich gerade. Lia sieht zu Cruz, der ihr unbeirrt in die Augen sieht, sie müssen einiges klären, das scheint beiden klar zu sein, doch wahrscheinlich wird das hier und jetzt nicht gehen.

Lia kommt gerade am Bett an, Cruz steht auf und hält ihr die Hand hin, um ihr zu helfen und Lorena rückt wieder zur Seite, da kommen ein Arzt und zwei weitere Krankenschwestern ins Zimmer, die Schwestern haben einen großen Monitor bei sich und der Arzt lächelt sie alle überfreundlich an.

»Ich habe Sie in Ihrem Zimmer gesucht, mir aber gedacht, dass ich Sie hier bei Ihrer Schwester finden werde.« Er sieht zu Lorena, dann zu Lia. »Sie sind ja auch wieder wach, geht es Ihnen gut? Brauchen Sie irgendetwas? Haben Sie noch starke Schmerzen?«

Lia legt sich hin und räuspert sich, sie spricht extra leise, damit sie nicht zu starke Schmerzen hat. »Es geht, die Schmerzen sind auszuhalten.« Der Arzt sieht in eine Akte, die ihm die Schwester gibt, dann geht sein Blick zu Lia. »Wenn Sie Schmerzmittel brauchen, sagen Sie Bescheid. Wir bringen Ihnen auch gleich das Abendmenü, Sie können jederzeit auf den roten Knopf neben dem Bett drücken und sofort ist jemand bei Ihnen.« Lia nickt und sieht zu Lorena, die nicht sehr beeindruckt zu sein scheint, vielleicht hat sie all das schon gesagt bekommen.

Lia kann sich noch daran erinnern, dass sie mit ihren Eltern wegen ihres Blinddarms im Krankenhaus war, da mussten sie trotzdem noch mehrere Stunden warten und dann lag sie mit fünf anderen Kindern in einem viel zu kleinen Raum und hat nur Suppe und Brot mit Wurst und Gurken bekommen, während sie hier von einem Menü reden.

Der Arzt nimmt die nächste Akte heraus und sieht aber erst zu Cruz und Jomar. »Es ist uns eine sehr große Ehre, dass Sie uns Ihr Vertrauen schenken, ich hoffe, es ist alles zu Ihrer Zufriedenheit bisher gelaufen, wenn nicht, geben Sie einfach Bescheid und ich kümmere mich persönlich darum.« Cruz setzt sich wieder auf den Stuhl. »Um uns braucht sich niemand zu kümmern, den beiden soll es gut gehen, mehr nicht.« Jomar sagt gar nichts und sofort wendet sich der Arzt lächelnd an Lorena.

»Ich wollte jetzt noch einmal ganz genau nach dem Baby sehen. Vorhin haben wir ja nur das Nötigste gemacht, doch alle Werte und Ergebnisse sehen gut aus. Ich habe hier einen speziellen Ultraschall, mit dem man wirklich alles sehr gut sehen kann und ich würde gerne nachsehen, wie es Ihrem Baby geht. Ist das in Ordnung, wenn wir das hier machen oder wollen Sie zurück in Ihr Zimmer?«

Lorena sieht etwas eingeschüchtert zu dem Gerät, das der Arzt ans Bett fährt. »Nein, ist schon in Ordnung, wir können das hier machen. Es kann ruhig jeder … das Baby sehen, es ist ja … ein Baby und bald wird es eh jeder sehen und ja … machen Sie ruhig.« Lorena wirkt nervös, Lia bemerkt den unsicheren Blick, den sie Jomar zuwirft, doch Cruz und sein Bruder scheinen beide gerade eine wichtige Nachricht auf ihr Handy bekommen zu haben und lesen sie.

Der Arzt bereitet alles vor, der Monitor wird genau vor dem Bett aufgebaut, sodass sie ihn alle genau einsehen können. Eine Krankenschwester rollt Lorenas Shirt hoch und verteilt eine klebrige Masse auf ihrem Bauch. Lia sieht auf die kleine Wölbung und denkt daran, wie der Mann da hineingetreten hat. Vielleicht hat er es verfehlt oder sie hatten irgendwie Glück, Lia ist einfach nur froh, dass es dem Baby offenbar gut geht.

Der Arzt beginnt mit dem Gerät auf Lorenas Bauch entlangzustreichen und da sehen auch Cruz und Jomar auf den Bildschirm. Man sieht sofort einen deutlichen Unterschied. Da ist nichts grau, es ist alles ganz genau und farblich in braunen und beigen Tönen angezeigt.

Der Arzt zeigt und erklärt ihnen alles genau, dann sehen sie das Baby und Lia treten Tränen in die Augen, während Lorena neben ihr sich ein wenig versteift. Man erkennt kleine Beine, einen Minikörper, man sieht sogar schon eine kleine Stupsnase und Hände, es ist Wahnsinn. »Ihrem Baby geht es wunderbar und es ist alles genau wie es sein sollte. Haben Sie schon ein Wunschgeschlecht? Sie sind ja in der 14. Woche, genau sagt man es eigentlich erst in der 16., aber mit dem Gerät erkenne ich es jetzt schon.«

Lia greift nach Lorenas Hand, die einfach nur auf den Bildschirm starrt und nickt. »Ja, sagen sie, was es ist ... wird.« Der Arzt bewegt das Gerät auf Lorenas Bauch und Lia sieht das erste Mal zu Cruz und Jomar, seitdem sie angefangen haben, das Baby zu betrachten. Die Brüder sehen auch beide auf den Bildschirm und Lia kann sich ein leichtes Lächeln nicht verkneifen.

»Es ist eindeutig ein Mädchen.«

Der Arzt lenkt Lias Blick wieder auf den Bildschirm, nun zeigt er noch einmal das ganze Baby und Lias Herz schlägt schneller, sie hat sich verliebt. »Sie ist wunderschön!« Lia hat Tränen in den Augen, sie kann nicht glauben, dass das ihre kleine Nichte ist. Sie sieht zu Lorena, die fast schon regungslos auf den Bildschirm starrt.

Lia stupst ihre Schwester leicht an, was keine so gute Idee ist, da sich bei der Bewegung ihre Schmerzen wieder melden, doch nur so bekommt sie eine Reaktion von ihrer Schwester. »Ein Mädchen.« Lia sieht, wie entsetzt ihre Schwester darüber ist. »Ist doch egal, Lorena, sie ist gesund und wir ...«

Der Arzt packt alles zusammen und ihre Schwester wischt sich das glibberige Gel vom Bauch. »Du weißt doch genau, wie schwer es Frauen haben, besonders in unserem Leben. Sie wird es immer schwer haben. Die Jungs werden sie ärgern, sie wird nicht so leicht Arbeit finden wie Männer und nur auf ihr Aussehen reduziert werden, dann wird sie geschwängert und landet am Ende genau wie ich hier in San Juan und ... das ist ein ewiger Kreislauf.«

Lorena meint das wirklich ernst, man sieht richtige Panik in ihr aufkommen, vielleicht hat sie auch jetzt erst richtig begriffen, was diese Schwangerschaft bedeutet. Lia würde das lieber mit ihrer Schwester alleine klären, sie wird später noch einmal in Ruhe mit ihr darüber sprechen, doch so kann sie das auch nicht stehen lassen.

»Wir sind da und passen auf, dass sie ein schönes Leben haben wird. Du wirst eine gute Mutter.« Der Arzt misst noch einmal bei Lorena den Puls. »Das ist ganz normal, es passiert oft, dass Frauen bei diesen Untersuchungen in Panik geraten und dann erst merken, wie weit sie sind und dass es langsam ernst wird. Man muss sich auch erst einmal daran gewöhnen, dass man ein Baby bekommt, besonders wenn es nicht geplant war.«

Lorena lächelt, Lia kennt das süße, zu freundliche Lächeln, das ihre Schwester jetzt zeigt, das hat sie nur, wenn sie gleich eine Bombe platzen lässt, bevor Lia aber eingreifen kann, atmet Lorena schon tief aus und sieht dem Arzt in die Augen.

»Bei mir ist das keine Panik, wissen Sie, die Frauen in unserer Familie sind nicht gerade mit Glück überschüttet, sie sind alle sehr hübsch, daran besteht kein Zweifel und gleichzeitig haftet das Unglück an ihnen.

Meine Mutter ist noch nie wirklich glücklich gewesen, wir waren ihr nur im Weg und haben sie von ihren Träumen abgehalten, sie hat so auch das Leben meines Vaters und meiner Schwester zerstört, die übrigens die Hübscheste von uns ist und immer, ihr ganzes Leben, nur für andere da war.

Da sieht man, was passiert, die Jungen und Männer, die sich in sie verlieben, drehen komplett durch, einer hat wahrscheinlich unseren Vater auf dem Gewissen und jetzt ist gerade ihr Chef in sie verliebt, der jedes Mal fast zu sabbern beginnt, wenn er sie sieht und ich will gar nicht wissen, was aus dieser Geschichte noch für eine Katastrophe wird und der erste Mann, für den sie auch etwas empfindet ...« Ihre Schwester sieht zu Cruz und zuckt die Schultern. Lia würde am liebsten die Hände vor die Augen schlagen, doch Lorena ist nicht mehr zu stoppen.

»Na wer weiß, da ist glaube ich noch nicht das letzte Wort gesprochen, doch dann bin ja da auch noch ich, die auch nur lauter Idioten um sich herum hatte und mich kaum bewegen konnte, so streng hat mein Vater auf alles geachtet was ich tue und dann bin ich so dumm und haue ab, nur um geschwängert wieder hier zu landen und wissen Sie, was der Höhepunkt der Geschichte ist ...?«

Lorena zeigt zwischen Lia und sich hin und her, man sieht dem Arzt deutlich an, dass er schockiert ist. »Meine Schwester und ich sind nur hier, weil der Vater des Kindes versucht hat, das Baby und mich umzubringen und meine Schwester und die beiden haben uns gerettet ... also denken Sie immer noch, dass ich einfach nur panisch bin? Frauen in unserer Familie sind einfach dazu verdammt, unglücklich zu sein.«

Es ist still im Zimmer, Lia kann Lorena nicht einmal böse sein, sie hat das nicht gesagt, weil sie wütend ist oder weil sie nicht darüber nachgedacht hat, das ist, was sie wirklich denkt und man sieht ihr an, dass sie unglücklich darüber ist.

»Wie Ihre Schwester es gesagt hat, Sie haben das Leben Ihrer Tochter in der Hand und auch Ihr Leben liegt noch vor Ihnen, und wenn ich sie beide so ansehe, sehe ich zwei Frauen, die sich sicherlich nicht unterkriegen lassen. Er wollte sie umbringen? Sie haben gerade den Beweis gesehen, dass es ihm nicht gelungen ist, sehen Sie die positiven Dinge, nicht nur die negativen.«

Der Arzt lächelt und nimmt den Pulsmesser ab, Lorena sagt nichts mehr dazu, Cruz und Jomar sind beide leise, Lia traut sich nicht einmal, in ihre Richtung zu sehen.

»Wir würden Ihnen gerne einen Mutterpass ausstellen, da kommt auch das erste Bild Ihrer Kleinen rein, kommen Sie bitte dafür mit mir mit?« Lorena sagt nichts mehr, auch nicht zu Lia, sie steht auf und folgt dem Arzt aus dem Zimmer, auch Jomar steht auf. »Meine Jacke ist noch drüben. Mach's gut, Lia.« Er verabschiedet sich und Lia nickt ihm zu. »Ich komme gleich.« Auch Cruz erhebt sich, doch er bleibt an ihrem Bett stehen. Erst als Jomar die Tür hinter sich schließt, blickt Lia zu Cruz hoch, direkt in seine Augen.

»Wir müssen los, es warten einige Geschäftspartner auf uns.« Lia nickt. »Danke, dass du für mich da warst ... mal wieder.« Cruz antwortet nicht darauf, er sieht ihr in die Augen und Lia würde sich am liebsten in seine Arme kuscheln, sie erinnert sich daran, wie gut es ihr getan hat, nachdem das mit ihrem Vater passiert ist, doch gleichzeitig weiß sie auch, dass sie ihm nicht guttut.

Das erste Mal nimmt sie Cruz heute richtig wahr, er hat sich die Haare geschnitten und ist frisch rasiert, auch er sieht nicht sehr fit aus, ihr fällt ein, dass er selbst ja noch verletzt ist. Aber offenbar ist er auch schon wieder unterwegs und am arbeiten. Sie sieht in sein Gesicht, seine dunklen Augen, seine schönen Lippen, die Narbe an der Lippe und das perfekte Gesicht, für sie ist er einfach nur wunderschön.

»Deine Nichte ist zuckersüß.« Cruz lächelt und Lia ist ihm dankbar, dass er seine Leichtigkeit behält. »Ja, ich hoffe, meine Schwester wird sich damit abfinden, dass es ein Mädchen wird.« Cruz steckt sich sein Handy ein. »Das wird sie, ihr seid sehr starke Frauen, auch wenn es euch gar nicht so bewusst ist.« Lia lächelt dankbar, doch sie weiß ja, dass die Worte ihrer Schwester stimmen. »Sie hat recht, die Frauen in meiner Familie … haben es nicht leicht. Ich wünsche mir, dass die Kleine ein anderes Leben führen kann.«

Cruz blickt ernst zu ihr herunter. »Ihr seid nicht dazu verflucht, unglücklich zu sein. Ich glaube eher, ihr steht euch manchmal selbst im Weg. Ihr habt euer Leben in der Hand und es liegt an euch, was für Entscheidungen ihr für eure Zukunft trefft, daran solltest du immer denken, Lia.«

Lia unterbricht den Augenkontakt, sie weiß, dass sie damals wahrscheinlich eine falsche Entscheidung getroffen hat, zumindest, wenn es nach ihrem Herzen geht. »Ich muss los, ich komme morgen noch einmal vorbei, ruh dich aus.« Lia räuspert sich. »Danke, Cruz.« Er hebt die Hand und wendet sich um. »Du brauchst mir nicht zu danken … pass auf dich auf, Lia.«

Lia legt sich zurück und schließt die Augen, nachdem Cruz die Tür hinter sich geschlossen hat und sie alleine in diesem Luxuskrankenzimmer zurückgeblieben ist. Sie würde am liebsten aufstehen und zum Strand gehen, versuchen ihren Kopf freizubekommen, der brummt und in dem sich immer mehr Fragen auftun, besonders was Cruz und sie betrifft.

Es fühlt sich immer schlechter an, sie fühlt sich immer schuldiger und sie vermisst ihn immer mehr, gleichzeitig passiert so viel um sie herum und nun wurde sie auch noch vom Ex ihrer Schwester zusammengetreten und ihr ganzer Körper schmerzt.

Lia hört ihr Handy vibrieren, irgendwo hier muss ihre Tasche sein, die sie mit bei ihrer Schwester hatte, Stipe weiß sicher noch nicht Bescheid und sucht sie schon, doch Lia lässt noch immer ihre Augen geschlossen und atmet gegen die Schmerzen an, die Schmerzen am Körper und die in ihrem Herzen. Sie lässt sich Cruz' Worte durch den Kopf gehen, bis eine Krankenschwester hereinkommt und ihr einen Teller Suppe, einen Teller mit Rinderfilet und Salat und frischem Brot bringt.

Lia spürt erst jetzt, was für einen Hunger sie hat und als ihre Schwester zu ihr ins Zimmer kommt, hat sie schon alles aufgegessen, dem besorgten Stipe eine Nachricht geschrieben und sich leckeren Schokoladenpudding als Nachtisch bringen lassen. Lorena sieht sie schuldbewusst an, als sie zu ihr unter die Decke schlüpft. »Ich wollte nicht vor allen so ausrasten, ich glaube, das war wirklich eine Überreaktion.«

Lia legt den Arm um Lorena und lehnt sich zurück, sie gibt ihrer Schwester den Schokoladenpudding weiter, den sie gleich zu Ende isst. »Schon gut, du hattest ja nicht unrecht. Hast du schon gegessen?« Lorena nickt. »Ja, vorhin. Jomar hat drauf bestanden ...« Lia wendet ihr Gesicht zu Lorena um.

»Jetzt weiß er, dass du schwanger bist, wie hat er darauf reagiert?« Lorena sieht an die Decke. »Eigentlich gar nicht, es war alles so ... vorhin ging alles so schnell. Ich wusste, dass die Polizei nicht kommt und dann habe ich ihn angerufen, zum Glück.

Sie sind sofort gekommen. Als sie mich aus dem Schrank geholt haben, war Pascal schon weg, ich weiß nicht, was genau sie mit ihm getan haben. Vielleicht ist es besser so, Jomar hat mit versprochen, dass er mir nie wieder zu nahe kommen wird. Als sie mir die Tür geöffnet haben, lagst du in Cruz' Armen.

Ich hatte so eine Angst um dich, sie haben uns sofort mit ihrem Auto hierher gebracht. Ich bin mit Jomar in einen Raum gegangen und wurde untersucht und Cruz war bei dir. Als wir beide fertig waren und klar war, dass es nicht so schlimm ist, haben die beiden sich um die Papiere gekümmert. Sie haben auf die Lounge-Zimmer bestanden und alles übernommen.

Als ich dem Arzt gesagt habe, dass ich schwanger bin, habe ich nicht zu Jomar gesehen, es war mir in dem Moment auch egal, ich konnte nur daran denken, was mit dir und dem Baby ist, doch als

114

dann Ruhe eingekehrt ist, sollte ich mich bei mir im Zimmer ausruhen.

Cruz hat mir versprochen, mich zu holen, wenn du wach wirst. Jomar ist bei mir geblieben, er hat mich gefragt, wieso ich ihm nicht gesagt habe, dass ich schwanger bin, eine richtige Antwort hatte ich nicht darauf. Ich meine, ich habe das mit uns nur als kleine Abwechslung gesehen, ein kleiner Flirt, ein schöner Nachmittag, doch als ich Hilfe brauchte, habe ich als erstes ihn angerufen, ist schon komisch, oder?«

Lorena seufzt leise auf, sie wartet erst gar keine Antwort ab. »Na ja, das wird sich jetzt eh erledigt haben, nun hat er ja alles mitbekommen, wie verrückt und krank unsere Leben sind und dass ich in den nächsten Jahren sicherlich andere Dinge zu tun habe, als jemanden kennenzulernen oder sonst etwas.« Lia lacht leise. »Oh je, diese Nechas-Brüder, weißt du noch, als du dir das Bild angesehen hast, als ich das Handy mit nach Hause gebracht habe? Wer hätte damals gedacht, dass wir heute hier liegen und über sie sprechen.«

Lorena lacht, auch Lia mag das Geräusch, sie schließt die Augen, ihr Körper schmerzt und braucht Ruhe.

Auch Lorena spricht müde und leiser. »Das zwischen Cruz und dir ist noch nicht vorbei, oder?« Lia hat nicht die Kraft, ihre Augen wieder zu öffnen. »Doch, ich denke schon.« Sie spürt, wie ihre Schwester ihren Kopf zu ihr dreht. »Er liebt dich, Lia, ich habe es heute in seinen Augen gesehen, ich habe die gleiche Sorge in seinen Augen gesehen, die ich um dich hatte und ich sehe, wie er dich ansieht.«

Lias Herz zieht sich erneut schmerzhaft zusammen, nun passt auch das zum Rest des Körpers. »Manchmal reicht Liebe allein vielleicht nicht aus und ich glaube auch nicht, dass es Liebe ist, was Cruz empfindet, nicht nach alldem, was war.« Lorena dreht ihren Kopf wieder weg, Lia sieht es nicht, sie hört es.

»Da ist noch nicht das letzte Wort gesprochen, höre einmal auf deine jüngere Schwester!« Lia lächelt und spürt, wie sie in einen tiefen Schlaf gleitet, der sie von den Schmerzen und den vielen unbeantworteten Fragen befreit.

Kapitel 12

Am nächsten Tag werden sie von den Sonnenstrahlen geweckt, die sich in Lias Krankenhauszimmer ausbreiten. Lia steht als Erste auf, Lorena hat neben ihr im Bett geschlafen, sie dreht den Sonnenstrahlen einfach den Rücken zu und schläft weiter.

Lia geht duschen, es tut gut, das warme Wasser auf sich zu spüren, gleichzeitig erschreckt sie, als sie im Spiegel die vielen dunklen Flecken sieht. Lia wäscht sich die Haare und flechtet sie danach zu einem Zopf, sie benutzt die gut riechende Creme und geht dann zurück zu Lorena. Ihre Schwester ist nun auch aufgestanden, die Krankenschwester kommt und sagt ihr, dass bei ihr im Zimmer bereits Frühstück wartet.

Somit geht Lorena wieder zu sich, sie will duschen und frühstücken und dann zu Lia zurückkommen. Lia bekommt ebenfalls Frühstück. Rührei, Croissants, Caffè Latte, man könnte meinen, man ist in einem Fünf-Sterne-Hotel. Nach dem Frühstück kommt der Arzt, kontrolliert noch einmal alle Wunden und gibt ihr erneut eine Salbe, mit der die Wunden schneller abheilen sollen. Lia kann morgen die Klinik schon wieder verlassen, sie soll sich aber schonen und einige Zeit nicht zu sehr anstrengen.

In dem Moment, als der Arzt das Zimmer wieder verlässt, kommen Stipe und Stefan mit einem riesigen Blumenstrauß durch die Tür. »Meine Güte, was macht ihr denn für Sachen?« Lias Handy hat gestern Nacht so oft gepiept, dass sie Stipe irgendwann angerufen hat, nur um danach wieder schlafen zu können. Sie hätte nicht damit gerechnet, dass er Stefan mitbringt.

Stipe und Stefan setzen sich, nachdem sie die Blumen verstaut haben, Stipe hat Lia auch ihren Laptop mitgebracht, sie hat ihn darum gebeten. Lorena kommt zu ihnen und sagt, dass sie schon jetzt entlassen ist. Ihr und dem Baby geht es gut und sie soll sich zuhause weiterhin ein wenig schonen. Stipe und Stefan werden sie mitnehmen und nach Hause bringen, doch zuerst bleiben sie alle bei Lia am Bett sitzen und Lorena erzählt ein wenig von dem, was gestern passiert ist. Sie erzählt nicht alle Details und Lia ist ihr dankbar dafür, Stipe wird sie alles sagen, doch Stefan muss nicht alles wissen. Sie sagt auch nur, dass Freunde ihnen geholfen hätten.

Stefan macht sich offenbar auch Sorgen, er erzählt von seinem guten Freund, einem Anwalt und dass Lorena und Lia ihn aufsuchen und Pascal anzeigen sollen. Da mischt sich Lia ein und versichert ihm, dass man sich wegen Pascal keine Sorgen mehr zu machen braucht, ihre Freunde haben sich darum gekümmert, und als sie das sagt, sieht Stipe sie mit hochgezogenen Augenbrauen an.

Sie sind schockiert von Lias vielen blauen Flecken und dass er versucht hat, das Baby in Lorenas Bauch zu töten. Stipe und Stefan bleiben eine Weile, sie reden über das Geschäft und wie sich Lias Selbstständigkeit entwickelt, da sie morgen das Krankenhaus verlassen darf und jetzt den Laptop hat, muss sie nichts absagen, es wird alles klappen. Lia spürt, dass Stefan gerne mit ihr alleine sprechen würde, doch sie wirft Lorena und Stipe warnende Blicke zu, sodass das gar nicht passiert.

Lorena packt am Mittag alles zusammen, nachdem sie beide noch Lachsfilet auf Salat zum Mittag bekommen haben. Stipe und Stefan wollen sich gerade verabschieden, da sie in den Laden müssen, da geht die Tür auf und Cruz tritt ins Zimmer. Lia sieht an Stefans Gesichtsausdruck, dass er ihn sofort erkennt, natürlich, er bezahlt ihn für den Schutz des Ladens.

Cruz sieht sich ruhig im Zimmer um, als er eintritt, es ist auf einmal komplett ruhig. »Okay, wir gehen dann mal, komm morgen direkt zu mir!« Stipe reagiert als Erster, er begrüßt Cruz mit einem Nicken und einem Hallo und verabschiedet sich gleichzeitig mit einem Kuss auf Lias Wange. Stefan ist nicht wirklich zu einer Reaktion fähig und Stipe nimmt ihn mit aus dem Raum, wieder einmal kann Lia Stipe einfach nur dankbar sein, dass er die Situation gerettet hat.

Lorena hingegen geht zu Cruz und umarmt ihn, womit sie Lia überrascht, ihre Schwester hat Cruz nun einige Male gesehen und auch schon mit ihm geredet, doch das hätte sie nicht erwartet.

»Danke für gestern und für alles. Ist Jomar auch da?« Cruz lächelt und umarmt Lias Schwester zurück. »Du brauchst dich nicht zu bedanken ... und nein, ich soll dich aber schön von ihm grüßen, er hatte einige Termine.« Lorena nickt, aber auch, wenn Lorena und Cruz noch an der Tür stehen, erkennt Lia, dass Lorena enttäuscht ist, trotz ihres Lächelns. »Pass auf dich und das Baby auf.« Cruz scheint auch zu merken, dass Lorena wohl doch gehofft hatte, Jomar noch einmal zu sehen.

Lorena bedankt sich nochmals und wirft Lia einen Luftkuss zu, dann schließt sie die Tür hinter sich und Cruz und Lia sind allein. »Hi.« Lia kann nicht verhindern, dass ihr Herz schneller schlägt, als Cruz auf das Bett zukommt, in dem sie sitzt. Er trägt eine hellblaue Jeans, ein weißes Poloshirt und weiße Sneakers. Er sieht gut aus, seine gebräunte Haut wird durch das Weiß seines Shirts noch unterstrichen.

Seine dunklen Augen sehen sie an und Lia erkennt, dass er nicht sehr viel geschlafen hat. Auch wenn sie wie immer gefährlich dunkel aufblitzen, sieht man, dass Schatten unter ihnen liegen. »Wie geht es dir?« Cruz hat eine Tüte in der Hand und holt jetzt einen kleinen Karton heraus, als er bei ihr am Bett ankommt. Es ist das Dessert, das sie so gemocht hat, aus dem Restaurant. Lia muss lächeln, auch wenn sich in ihrem Magen sofort ein leises Grummeln meldet, als hätte sie ein schlechtes Gewissen, da sie nun auch mit Stefan da war, was völlig unbegründet ist, Cruz und sie sind kein Paar und sie kann essen gehen mit wem und wohin sie möchte, doch auch wenn ihr das bewusst ist, meldet sich dieses schlechte Gewissen doch leise.

»Danke, das wäre gar nicht nötig gewesen, die haben hier sehr gutes Essen.« Cruz reicht ihr den Karton zusammen mit einer Gabel und Lia kann nicht widerstehen und probiert. »Ich weiß, das ist das beste Krankenhaus in San Juan.« Lia bietet ihm auch etwas an, doch Cruz schüttelt den Kopf. Er setzt sich auf das Sofa neben dem Bett, nicht wie gestern zu ihr aufs Bett. »Aber du kommst hier nicht hin?« Lia weiß ja, dass er Krankenhäuser eigentlich meidet. Sie kann sich noch genau an den Tag erinnern, als er blutend in sein Haus gebracht wurde und sie seine Wunden abpressen musste. »Ich hasse Krankenhäuser. Der Chefarzt aus dem Krankenhaus hier behandelt mich immer zuhause, du hast ihn schon ein paar Mal gesehen.« Das stimmt, Lia hat schon öfter bei Cruz einen Arzt gesehen.

Cruz' Handy klingelt, er sieht kurz darauf und steckt es wieder ein, dann zieht er eine Waffe aus seinem Hosenbund, legt sie auf den Tisch und setzt sich bequemer hin, wie merkwürdig, dass sich Lia schon so schnell an den Anblick von Waffen gewöhnt hat, zumindest erschreckt sie sich nicht mehr. Erst da fällt Lia an Cruz' linkem Arm ein neuer Schriftzug auf. Es ist ein Datum. Das Datum war vor zwei Wochen vor drei Jahren. Es ist nicht so groß und auffällig wie der La Familia-Schriftzug am rechten Arm, doch das Tattoo ist neu.

»Was bedeutet das?« Lia weiß nicht, ob sie das Recht hat, das zu erfahren, doch sie genießt es, dass Cruz hier ist und sie miteinander ungestört reden können, außerdem möchte sie nicht, dass er so schnell geht, sein Handy klingelt aber immer wieder und so wie sie ihn kennt, muss er bald wieder los.

Cruz streicht unbewusst über die Zahlen. »Es ist das Datum, an dem mein Vater ermordet wurde. Ich habe immer Rache dafür geschworen, doch bisher hatten wir keine Ahnung, wer dahinter stecken könnte. Nun gibt es eine neue Spur und ich hoffe, dass wir ihn bald rächen können. Ich werde dieses Datum nie vergessen und alles dafür tun, dass ich diesen Tag rächen kann.«

Lia sieht Cruz in die Augen und muss automatisch an ihren Vater denken. Was würde sie tun, wenn sie erfahren würde, was genau in dieser Nacht passiert ist, würde sie so etwas wie Rache zufriedenstellen? Würde sich danach etwas anders anfühlen? »Es wird ihn dir nicht zurückbringen.« Man sieht Cruz die Entschlossenheit an.

»Nein, das wird es nicht, aber ich werde mich danach besser fühlen.«

Lia weiß, dass sie besser das Thema wechseln sollten, sie werden in solchen Sachen nie die gleiche Meinung haben und Lia will sich nicht streiten. »Wusstest du, dass dein Bruder und meine Schwester sich getroffen haben?« Lia kann nicht anders, sie kann das enttäuschte Gesicht von Lorena gerade nicht vergessen.

»Erst, nachdem sie gestern angerufen hat, Jomar erzählt mir nicht jedes Mal, wenn er eine neue Frau trifft. Er hat mir gestern aber gesagt, dass sie essen waren und er sie mag. Sie hat ihm ja von Anfang an gefallen, sie ist ja auch eine sehr hübsche Frau ... wie ihre Schwester.« Cruz lächelt ein wenig und auch Lia muss leicht schmunzeln.

»Aber er wusste nicht, dass sie schwanger ist.« Cruz schüttelt den Kopf. »Das hat er auch erst gestern erfahren.« Lia wagt sich weiter vor. »Deswegen hat sich das für ihn sicherlich eh erledigt.« Cruz sieht sie einen kleinen Augenblick an, dann zuckt er kurz die Schultern. »Er mag sie sicherlich immer noch, doch ich kann mir Jomar nicht in einer richtigen Beziehung vorstellen und deine Schwester hat momentan sicherlich auch andere Sachen im Kopf. Manchmal ist es halt einfach nicht der richtige Zeitpunkt.«

Lia nickt. Natürlich schreckt Jomar ein Baby ab. Da werden sicherlich viele Männer so denken. »Ich weiß es aber nicht genau, ich schätze einfach, dass mein Bruder so denkt, vielleicht irre ich mich auch, aber es ist natürlich eine relativ ernste Sache, eine schwangere Frau kennenzulernen, und nach einem gemeinsamen Essen wird Jomar noch nichts Festes im Sinn haben, schätze ich. Er ist aber gerade wirklich bei einem Termin, wir treffen uns gleich am Flughafen.« Cruz scheinen aber ganz andere Sachen zu interessieren. »Der Mann gerade, neben deinem komischen Freund ...«

Lia legt den Kopf ein wenig schief und den Karton zurück auf den Tisch, sie hat den Nachtisch komplett aufgegessen, dabei rutscht ihr das zu große T-Shirt über die Schultern und sofort wird ein großer blauer Fleck darauf entblößt. Lia sieht, wie Cruz' Blick wütend wird, als er ihre Wunden betrachtet, sie schiebt das Shirt wieder nach oben. »Stipe, er heißt Stipe und er ist ein toller Mensch, du würdest ihn mögen, wenn du ihn kennenlernen würdest.«

Cruz lacht leicht auf. »Ich habe ihn vor einigen Tagen nachts auf der Straße mit einem anderen Mann gesehen, nun glaube ich wenigstens, dass er sich nicht einfach nur an dich heranmachen möchte.« Lia lacht auf. »Keine Angst, Stipe hat mich zwar lieb, aber niemals auf diese Art.« Cruz beugt sich vor, so ist er ihr ein wenig näher. »Und der andere Mann ist der Chef, von dem Lorena gesprochen hat? Der so verliebt in dich ist?«

Lia würde das Thema am liebsten vermeiden, doch im Grunde muss sie das gar nicht. Sie hat ja mit eigenen Augen gesehen, dass er nach Lia noch andere Frauen hatte. »Ja, das ist Stefan, ich arbeite aber nur noch sehr selten für ihn, ich schätze, jetzt hat sich das eh erledigt.«

Cruz tippt mit den Fingern auf der Sofalehne, sein Blick liegt ruhig auf ihr, doch irgendetwas darin ist anders. »Hast du etwas mit ihm?« Lia öffnet den Mund automatisch, aber dann hält sie doch kurz ein und zieht die Augenbrauen zusammen. »Nein, wir waren zusammen essen, dabei ist es geblieben. Die Frau, die ich mit dir zusammen getroffen habe, war das die einzige nach mir, oder gab es da mehrere?«

Cruz hat sie in diese Richtung gedrängt und wieso sollte sie ihn das nicht auch fragen? Sofort geht Cruz wieder ein Stück zurück, er sieht ihr in die Augen. »Du bist gegangen, Lia, ich wollte nicht, dass du gehst!« Nun sind sie an dem Punkt, wo es beginnt wehzutun und Lia weiß, dass sie sich zusammenreißen muss, um nicht sofort wieder Tränen in die Augen zu bekommen.

»Ich weiß, ich wollte auch nur wissen, wie leicht es dir gefallen ist, wieder weiterzumachen. Einfach jemand anderes an deiner Seite zu haben, ich meine, ich weiß ja, dass das, was wir zusammen hatten, nicht lange war und du sicherlich schon andere Frauen länger getroffen hast als mich ...«

Cruz unterbricht sie. »Ich habe dir von Anfang an gesagt, dass du in vielen Dingen eine Premiere für mich bist und das meinte ich auch so. Nur ich konnte nichts tun, ich war für dich da, habe mich das allererste Mal wirklich um eine Frau bemüht, ich wollte dich wieder glücklich sehen nach dem, was dir passiert ist und ich war bereit für Sachen, die ich bei keiner anderen Frau gemacht hätte. Ich hätte mir wirklich gewünscht, du hättest uns diese Zeit in Guatemala gegeben, doch du wolltest nicht und man kann niemanden zwingen.

Ich wollte dich auch nicht zu etwas überreden und damit leben, dass du dich dann vielleicht immer gefragt hättest, was wäre, wenn. Deswegen habe ich deine Entscheidung hingenommen, ich hätte ja eh nichts tun können, ich bin wachgeworden und du warst weg, du hast zum zweiten Mal den Kontakt abgebrochen, irgendwann muss man das dann auch akzeptieren und weitermachen.«

Lia nickt und sieht auf die Bettdecke, diese dummen Tränen brennen in ihr, doch sie zwingt sich, sie herunterzuschlucken. »In dem Moment dachte ich wirklich, es ist die richtige Entscheidung, im Grunde denke ich das immer noch, ich meine, ich musste einfach mein eigenes Leben aufbauen, wie du es vorhin schon gesagt hast, vielleicht war es der falsche Zeitpunkt, doch ich habe mir diese Frage trotzdem immer wieder gestellt, auch wenn ich mich anders entschieden habe.«

Cruz' Handy klingelt wieder, doch er sieht ihr in die Augen. »Welche Frage?« Lia kann nun nicht mehr anders, ihr entwischt eine Träne, die sie sich sofort wieder wegwischt. »Was wäre, wenn? Denn auch jetzt frage ich mich das? Was wäre passiert, wenn ich bei dir geblieben wäre?«

Cruz sieht ihr in die Augen und in diesem Moment ist er wieder der Cruz, der sie jedes Mal so zärtlich angesehen hat, der Cruz, der sie fest in seinen Armen gehalten hat, mit dem sie den gleichen Humor geteilt hat und der sie so liebevoll berührt und geliebt hat. Das Klingeln seines Handys zerreißt diesen kleinen Augenblick wieder. Er sieht auf das Handy und räuspert sich und der Cruz aus ihren Erinnerungen ist wieder verschwunden.

»Manchmal muss man damit leben, dass man nicht auf alle Fragen eine Antwort bekommen wird.« Lia nickt, ja, das müssen sie wohl, Lia hat sich entschieden und das kann man nicht einfach wieder rückgängig machen, sie muss lernen, damit zu leben, Cruz hat es offenbar auch. »Ich muss los, Lia. Wir fliegen jetzt nach Guatemala, ich komme an meinem Geburtstag wieder. Pass auf dich auf und ruh dich noch ein wenig aus.«

Cruz hat es plötzlich eilig, vielleicht hätten sie dieses Thema doch nicht noch einmal aufwärmen sollen, Cruz verhält sich nach allem sehr fair ihr gegenüber, Lia würde es es nicht wundern, wenn er nicht mehr mit ihr sprechen würde, doch er ist weiterhin für sie da. »Mache ich, pass du auch auf dich auf!« Cruz bleibt an ihrem Bett stehen und sieht zu ihr hinunter, dann beugt er sich zu ihr und Lia schließt die Augen.

Sein vertrauter Geruch umhüllt sie wieder und seine Lippen drücken ihr sanft einen Kuss auf die Stirn. »Mach's gut, Lia.«

Als Cruz dieses Mal das Zimmer verlassen hat, zieht es in Lias Magen, sie steht auf und geht zum Fenster, öffnet es und lässt den warmen Wind um ihre Nase wehen. Dieser Abschied eben war viel schmerzhafter als jeder andere davor und Lia hat eine böse Vorahnung, dass dieser Abschied endgültig war.

Kapitel 13

Obwohl Lia in einem reinen Luxuszimmer ist, kann sie sich nach dem Besuch von Cruz nicht mehr ruhig hinlegen und ausruhen. Ihre Gedanken rasen wieder in ihrem Kopf umher und die Stille und Ruhe hier macht es nur noch schlimmer. Lia bleibt noch zwei Stunden und entlässt sich dann selbst, sie möchte nur noch raus, ein Arzt untersucht sie noch einmal, gibt ihr eine Salbe mit und Lia wird mit einem Taxi bis zu ihrer Haustür gefahren.

Lia könnte ihrer Schwester und Stipe sagen, dass sie zurück ist, doch sie geht zuerst direkt an ihren Schrank, in dem sie die Bilder von Cruz und sich aufbewahrt. Sie hat sich in letzter Zeit nur sehr selten die Bilder angesehen, doch heute kann sie nicht anders.

Es sind die Bilder in der Zeitung von dem Abend beim alten Präsidenten. Auf dem einen ist zu sehen, wie Cruz und sie zusammen in die Villa zurückgehen. Das war direkt nach ihrem ersten Kuss, Lia hat noch niemals zuvor die Nähe eines Mannes so sehr genossen wie die von Cruz und das schon von Anfang an. Auf den anderen stehen sie dem Präsidenten gegenüber, Lia weiß noch genau, wie viel Angst sie damals hatte, dass die Situation eskaliert. Das größte Bild ist das schönste, Lia und Cruz sitzen eng zusammen, Lia hat den Kopf an seine Schulter gelegt, das Bild ist wunderschön, Lia streicht über Cruz' Gesicht. Was wäre wohl passiert, wenn sie nicht gegangen wäre?

Lia ist sich sicher, dass die Zeit in Guatemala traumhaft gewesen wäre, Cruz hätte es zu einem Traum für sie werden lassen, er hat sich immer so um sie bemüht, doch was dann? Hätte sie mit ihm an ihrer Seite angefangen zu arbeiten? Sich den Laden aufgebaut, eine eigene Wohnung gesucht? Wahrscheinlich eher nicht und sie wäre von dem 'die Tochter' von zu 'die Frau' an der Seite von Cruz geworden und hätte nie herausgefunden, wer Lia, wer sie selbst wirklich ist.

Doch auch wenn ihr das jetzt noch bewusst ist, fragt sie sich, ob sie richtig entschieden hat, sie bereut es, Cruz verloren zu haben, eher gesagt verlassen zu haben, denn er hat recht, es war ihre Entscheidung, er konnte zu all dem nicht einmal etwas sagen.

Die erste Zeit konnte sie alles sehr gut verdrängen, auch jetzt, wenn sie sich bis zu den Ohren in die Arbeit stürzt, kann sie die Gefühle verdrängen, doch sie holen sie ein und besonders, seitdem sie sich wieder gesehen haben.

Lia zieht die beiden Polaroidbilder aus der Schublade, die ein Fotograf auf Anguilla von ihnen gemacht hat. Sie hatte vier, zwei hat sie bei Cruz als Andenken gelassen, auf ihren beiden strahlen sie in die Kamera, auf dem einen sind auch noch Savana und Caleb zu sehen.

Dieser Abend war so unbeschreiblich schön, das Essen auf dem Meer, und danach haben sich Cruz und sie das erste Mal geliebt. Damals war Lia einfach nur die Dorffrau, die bei Cruz als Dienstmädchen gearbeitet hat. Sie weiß noch, wie sehr sie den Unterschied zwischen sich und all den anderen Frauen gesehen hat. Auch heute merkt man diesen Unterschied noch, doch er ist irgendwie noch einmal komplett anders als zu dieser Zeit. Lia wird nie verbergen können, dass sie nicht aus der Großstadt kommt, doch sie würde sich jetzt neben all den anderen Frauen nicht mehr so mickrig vorkommen, das hat sich geändert.

Lia legt alle Bilder zurück, sie wird auch über all das hinwegkommen, Lia musste schon viel in ihrem Leben kämpfen, aber auch das wird sie schaffen.

Sie geht unter die Dusche und lässt das warme Wasser auf ihren von Wunden übersäten Körper prasseln. Während sie ihren Kopf in den Nacken legt und die Augen schließt, kommen all die Bilder und Cruz' Worte wieder hoch. »Lass dir eins gesagt sein, Lia, die Liebe ist niemals nur eine Kleinigkeit.«

Das erste Mal nach all der Zeit kann Lia sich nicht mehr zurückhalten und lässt alles heraus, sie beginnt so stark zu weinen, dass sie laut aufschluchzen muss, ihr Körper lässt alles heraus, was sie so lange verdrängt hat und die Erkenntnis, wie recht Cruz mit seinen Worten hatte, trifft sie. Sie hat ihre Gefühle für Cruz unterschätzt.

Lia bleibt lange unter der Dusche und auch als sie fertig ist, hat sie sich noch nicht beruhigt. Lia zieht sich eine Jogginghose und ein weites Shirt an, da klopft es. Niemand weiß, dass sie hier ist, sie wollte eigentlich ihre Ruhe haben.

»Mach schon auf, ich war im Krankenhaus und die haben mir gesagt, dass du gegangen bist.« Lia wedelt sich kurz Luft zu, als sie Stipes Stimme hört, doch sobald sie die Tür geöffnet hat, weiß sie, dass es völlig umsonst war. »Was ist passiert?« Stipe hat Kuchen in der Hand, zu Lias Glück Schokoladenkuchen und sieht sofort, dass etwas nicht stimmt, Lia hat auch nicht mehr die Kraft, so zu tun, als wäre alles in Ordnung.

»Es tut mir einfach noch viel zu sehr weh!« In dem Moment, als Lia die Worte ausspricht, überkommen sie die Gefühle wieder und Stipe nimmt sie in den Arm. »Oh Süße, du musst mir endlich alles erzählen, man muss euch nicht einmal kennen, um sofort zu merken, dass zwischen euch noch zu viel in der Luft liegt.«

Natürlich weiß Stipe sofort, wovon sie spricht und Lia lässt auch das erste Mal alles zu. Sie erzählt Stipe die ganze Geschichte und zwar wirklich alles. Wie sie in Cruz' Haus gekommen ist, wie sie sich angenähert haben, ihre Zweifel, ihre Bedenken, ihr Leben im Dorf, alles was passiert ist. Sie erzählt von der Feier, den ersten Zärtlichkeiten, die sie ausgetauscht haben und wie sie das erste Mal den Kontakt abgebrochen hat. Alles was passiert ist, als sie keinen Kontakt mehr hatten und wie Cruz sie wieder aufgefangen hat, als ihr Vater gestorben ist.

Lia lässt nichts aus und als sie ihm von ihrer Entscheidung erzählt, wie Cruz sie noch gebeten hat, mit ihm nach Guatemala zu kommen und sie gegangen ist, ohne ihm dabei in die Augen zu sehen, scheint er allmählich zu verstehen, was da wirklich passiert ist. Lia erzählt dann genau, wie sie jetzt wieder aufeinandergetroffen sind und auch von ihrem Gespräch heute.

»Ich dachte, dass ich mich nur ein wenig in Cruz verliebt habe, ich habe nicht geahnt, dass ich ihn bereits liebe und diese Gefühle holen mich jetzt ein, während für ihn all das erledigt ist, er hat sich in der Zeit, in der ich alles verdrängt habe, damit abgefunden.« Stipe schüttelt den Kopf.

»Das glaube ich nicht, er ist ein sehr stolzer Mann, ich meine, wir sprechen hier von Cruz Nechas, ihm gehört quasi ganz Puerto Rico und noch viel mehr, die Leute fürchten und lieben ihn und ich bin mir sicher, dass er nicht auf viele Frauen so viel Rücksicht genommen hat wie auf dich. Deswegen denke ich auch nicht, dass all das ihn völlig kalt lässt.«

Lias Tränen stoppen langsam, es hat ihr gutgetan, sich all das von der Seele zu reden. »Meinst du, ich habe die richtige Entscheidung getroffen?« Stipe sieht ihr in die Augen und atmet tief ein, dann sagt er etwas, was Lia noch nie aus seinem Mund gehört hat, doch sie sieht, dass er es völlig ernst meint. »Ich weiß es nicht, ich weiß es wirklich nicht!«

Lia geht es ein wenig besser, nachdem sie sich bei Stipe alles von der Seele reden konnte. Sie kümmert sich an den folgenden Tagen um die nächsten Feiern, eigentlich möchte sie auf einem Geburtstag anwesend sein, doch ihre blauen Flecken sind noch so offensichtlich, dass sie es lieber bleiben lässt und ihre Nachbarn schickt.

Sie bekommt neue Aufträge und widmet sich vor allem Cruz' bevorstehendem Geburtstag. Für sie ist es wie ein kleiner Abschluss, sie möchte, dass das Fest perfekt wird, für Cruz, er hat es verdient, doch danach wird sie keine weiteren Aufträge der Nechas mehr entgegennehmen, nur so kann sie endlich versuchen, damit abzuschließen.

Savana hat sie ein paar Mal angerufen, auch weil sie erfahren hat, was passiert ist und sich nach Lia und Lorena erkundigt und auch, wie es mit der Partyplanung vorangeht. Lia sitzt fast jeden Abend an dem Film, den sie für Cruz zusammenstellt, aber auch, wenn all diese Bilder und Videos nicht gerade helfen, mit Cruz abzuschließen, tut sie es gerne, je mehr Bilder und Videoausschnitte sie sieht, desto mehr merkt sie, was für ein besonderer Mann Cruz ist.

Lia hat während der Tage nach dem Krankenhausaufenthalt nur an ihren Projekten gearbeitet, sie hat bei Stefan über Stipe abgesagt und auch beim Mädchentreff war sie die Woche nicht, da sie nicht mit solchen Wunden dorthin gehen wollte. Erst nach einigen Tagen fangen die blauen Flecken langsam an zu verblassen und Lia hat nicht mehr überall Schmerzen, sie redet sich ständig ein, dass bald alle Wunden heilen werden, die äußerlichen und innerlichen.

In der Nacht vor Cruz' Geburtstag beendet Lia das Video, das am nächsten Abend Cruz vorgespielt werden soll, danach kann sie nur sehr schlecht einschlafen. Sie steht sehr früh auf und backt mehrere Schüsseln voll Bananenbrot, dazu hat sie eine ganz besondere Torte anfertigen lassen. Sie trägt die Initialen der Nechas, sie hat sich von allen engeren Mitgliedern handgeschriebene Glückwünsche an Cruz schicken lassen und diese zieren jetzt aus Zuckerguss die vierstöckige Torte, genau wie ein Bild der gesamten Familia.

Als Lia am späten Nachmittag die Brote in den Lieferwagen stellt, der auch noch im Dorf alles abholen wird und sie noch einmal im gekühlten Lieferwagen einen Blick auf die Torte wirft, weiß sie, dass das ein ganz besonderer Abend für Cruz werden wird und sie ist froh, dass sie dazu beitragen konnte. Savana hat ihr gesagt, dass sie kommen soll, doch Lia will auch dort nicht mit all den Flecken auftauchen und sie möchte auch nicht Cruz' gute Laune mit ihrer Anwesenheit trüben.

Um sich abzulenken, geht sie erst gar nicht wieder hoch in ihre Wohnung, sondern in das Restaurant, in dem ihre Schwester arbeitet. Sie hat Lorena auch nicht viel gesehen in den letzten Tagen und umarmt ihre Schwester lange, bevor sie zusammen am Strand spazieren gehen, während langsam die Sonne untergeht. Sie sprechen nicht von Cruz oder Jomar, nur von sich und ihren Plänen.

Lorena möchte unbedingt noch vor der Geburt schwimmen lernen, und sie wollen am Wochenende zum Grab ihres Vaters, sie haben es die letzten zwei Wochen nicht geschafft und haben beide ein schlechtes Gewissen. Lia begleitet Lorena noch nach Hause und kurz vor ihrer Haustür laufen sie fast in ihre Mutter hinein.

»Was ...?« Wieder erschlägt die plötzliche Anwesenheit ihrer Mutter Lia fast. Es ist so merkwürdig, ihr plötzlich in ihre grünen Augen zu sehen, die so vertraut und doch gleichzeitig so fremd sind. Lias Gefühle spielen sofort wieder verrückt, Sehnsucht, Wut und Trauer prallen so fest aufeinander, dass sie kaum denken kann. »Ich warte schon eine Weile auf dich, Lorena, wie ich sehe, habt ihr beide wieder zueinander gefunden.«

Ihre Mutter sieht zwischen Lorena und Lia hin und her. Lorena hatte als Letzte zu ihr Kontakt und wirkt gefasster. »Was willst du hier, Mama?« Wie kann sie sie noch Mama nennen? Doch wie sollte sie sie sonst nennen? Lia atmet tief ein. »Ich wollte nach dir sehen, Lorena, was denkst du denn? Ich ...« Ihre Mutter sieht an Lorena herunter und dieses Mal stockt sie völlig überrascht und das ist bei ihrer Mutter so gut wie nie der Fall.

»Bist du schwanger?« Lia sieht zu Lorena. Sie verbirgt ihren kleinen Bauch unter einem weiten Shirt, wie kann ihre Mutter das sehen, vielleicht spürt sie so etwas? Aber dafür müsste sie ja mütterliche Gefühle haben, was sie definitiv nicht hat. »Das geht dich nichts an.« Lorena will weiter, doch ihre Mutter schlägt die Hand an ihre Stirn.

»So früh? Hast du nichts aus meinem Leben gelernt? Wo ist der Vater? Ich hoffe, er hat genug Geld, um dich und das Baby durchzufüttern. Wie kannst du mich so früh zu einer Oma machen ...?« Sobald ihre jüngere Schwester angegriffen wird, kann Lia wieder ganz klar denken, das war immer so und wird wahrscheinlich auch immer so bleiben.

»Also ich weiß nicht genau, aber müsste man nicht um Oma zu werden ... ERST EINMAL MUTTER GEWESEN SEIN?« Lia zieht Lorena an ihrer Mutter vorbei in ihr Haus. »Ihr beide ... ich wusste, dass ich mit euch noch meinen Ärger haben werde, was sollen die Leute denken, wenn sie das erfahren?«

Lia und Lorena gehen zusammen die Treppen hoch und ignorieren die bösen Flüche ihrer Mutter, die noch hinter ihnen her gerufen werden.

Lia will gerade etwas zu Lorena sagen, da laufen sie fast wieder in jemanden hinein, dieses Mal in zwei Arbeiter, die keuchend vor Lorenas Wohnung stehen. »Lorena?« Lorena nickt verwundert. »Es gibt keinen Nachnamen zu dem Paket, nur den Namen und die Adresse. Wir haben hier etwas für sie. Wo können wir das abstellen?« Lorena öffnet schnell ihre Haustür, da die beiden Männer das riesige Paket sicherlich schnell loswerden wollen. Sie stellen es in eine Ecke des Raumes, an den einzigen Fleck, wo dafür Platz ist und öffnen die riesige Pappbox.

Lorena und Lia halten beide in ihrer Bewegung ein. In der Box steht eine wunderschöne weiße Babywiege. Lia traut ihren Augen kaum, sie ist so schön, edel und zuckersüß, mit hellrosa Bettzeug, kleinen Schleifen, einem weichen weißen Kuschelbären darin und wenn man die Wiege leicht wippt, ertönt ein leises Schlaflied.

Eine Karte liegt im Bett.

Ich hoffe, dass du dich bald auf deinen kleinen Engel freuen kannst.
Deine Schwester hat recht, sie ist schon jetzt genauso wunderschön wie ihre Mutter

Jomar

Lia sieht, wie Lorena Tränen in die Augen steigen und umarmt ihre Schwester, gibt ihr einen Kuss und streicht über die Wiege. »Ruf ihn an!«

Sie lächelt, als sie die Haustür hinter sich schließt und kann nur hoffen, dass Jomars Hoffnung erfüllt wird, momentan scheint es noch nicht so, dass sich Lorena wirklich auf das Baby freut, vielleicht ändert sich das bald und vielleicht hat sich Cruz sogar in Jomar getäuscht, oder aber Jomar kommt nach seinem Bruder und man darf nicht alle netten Gesten überbewerten, auf jeden Fall ist es sehr lieb, dass er Lorena nicht das Gefühl gibt, durch die Schwangerschaft nichts mehr wert zu sein und dass er versucht zu helfen, damit sie sich endlich auf die kleine Maus freut. Lia tut es auf jeden Fall schon sehr.

Egal ob es nur eine nette Geste von Jomar oder mehr ist, Lia muss sich noch einmal in Ruhe mit Lorena darüber unterhalten. Lia und Lorena sind nette Gesten nicht so sehr gewöhnt wie andere und interpretieren vielleicht zu viel hinein, da müssen sie beide aufpassen.

Lia läuft langsam zu ihrer Wohnung zurück, sie kann es nicht lassen und sieht immer wieder zur Uhr. Sie hat am Mittag noch einmal mit Savana telefoniert und sie gebeten, Cruz alles Gute von ihr zu wünschen. Sie hat sich auch seine Nummer geben lassen, die sie bis jetzt noch nicht hatte und wird ihn selbst noch einmal anrufen. Lia hat sich den ganzen Tag das neue Profilbild von Cruz angesehen im Messenger, auf dem man sich Nachrichten schicken kann. Er sitzt am Tisch mit dem neuen Präsidenten und hat den Arm um die Frau des Präsidenten gelegt.

Lia weiß von seiner Affäre mit der Frau des alten Präsidenten, natürlich bedeutet das anhand des Fotos nicht, dass er auch mit ihr etwas hat, doch die beiden wirkten schon sehr vertraut und Lia muss sich das Bild immer wieder ansehen.

Ihr ist klar, dass Cruz einige Frauen haben wird, doch auch wenn sie das nicht zugeben würde, tut es ihr weh. Sie hat sich so schlecht gefühlt, als sie Stefan geküsst hat, aber Cruz fällt all das offenbar so gar nicht schwer.

Lia erinnert sich an ein Gespräch mit Tabea, wo die ihr erklärt hat, dass Männer und Frauen da sehr unterschiedlich sind. Frauen brauchen meistens echte Gefühle, um sich beim Küssen oder beim Sex wohlzufühlen, sie gehen nach ihren Gefühlen, während Männer das komplett trennen können, zumindest die meisten.

Sie können mit Frauen schlafen, ohne irgendetwas für sie zu empfinden und es bedeutet auch nicht, dass sie dich nicht mehr lieben, wenn sie mit einer anderen Frau schlafen, sie können das komplett trennen. Lia hat das alles schwachsinnig gefunden, doch so langsam glaubt sie, dass da vielleicht doch ein wenig Wahrheit bei sein könnte.

Lia sieht wieder zur Uhr, es ist gleich neun Uhr am Abend, Cruz ist schon eine Weile zurück, das Buffet ist eröffnet und gleich wird die Torte serviert. Lia kann sich all das fast bildlich vorstellen, sie überprüft, ob alles für die neuen Aufträge fertig ist, verschickt noch eine Email und geht dann nach oben in ihre Wohnung.

Stipe ist mit seiner neuen Eroberung für zwei Tage weggefahren, also kann sich Lia nicht einmal mit ihm ablenken. Lia räumt alles ein wenig auf und sieht dann auf die Uhr, es ist zweiundzwanzig Uhr, der Film wird gezeigt.

Lia nimmt ihr Handy, sie wird ihn lieber nicht anrufen, er soll seine Feier genießen. Lia schreibt ihm eine Nachricht. Sie wünscht ihm alles Gute und wünscht ihm von Herzen nur das Beste. Es ist kurz, doch herzlich. Lia kann ihre Gefühle und alles andere nicht wirklich in Worte fassen, sie probiert es erst gar nicht und schickt die Nachricht ab, dann zieht sie sich aus und geht unter die Dusche.

Sie lässt in ihren Gedanken den Film noch einmal vor ihrem inneren Auge abspielen, sie hat sich wirklich Mühe gegeben. Es beginnt ganz am Anfang, es werden Bilder der alten Nechas gezeigt, Bilder von Cruz' Vater und der Mutter und dann Bilder von ihm als Baby, als Kleinkind. Lia konnte gar nicht genug davon sehen, Cruz war so ein süßes Baby, er hatte dicke Wangen und schon da die schönen Augen.

Es gibt ein Video, wo er mit Jomar Fahrrad gefahren ist, der Vater und die Mutter haben es aufgenommen, und auch Savana wird gezeigt, die im schönen rosafarbenen Kleid in einem Sandkasten sitzt.

Die Brüder sind wohlbehütet aufgewachsen, doch man sieht an den Bildern und dem Video, dass sie in einer Familia aufgewachsen sind. Es sind überall Männer zu sehen, die teilweise zum Fürchten aussehen, auch wenn sie alle die Geschwister sehr geliebt haben müssen.

Dann kommen zwei Einblendungen von Jomar und Dariel, sie erzählen zwei kleine Geschichten von damals, dabei werden Bilder der Brüder mit ihren Cousins gezeigt, als sie ungefähr fünfzehn waren. Sie waren alle wilde Jungs und man sieht besonders Cruz an, dass er schon da einige Mädchenherzen gebrochen haben muss. Es geht weiter mit Bildern, Savana redet über Cruz und sagt, wie sehr sie ihn liebt, einige engere Mitglieder erklären, wie stolz sie sind, in der Familia zu sein und dass sie alle zu Cruz hochsehen.

Das Video geht fast eine Stunde, Lia konnte es nicht lassen, zum Ende hin wird auch ein Bild von ihnen eingeblendet, von dem schönen Abend in Anguilla, da wo auch die anderen zu sehen sind. Vielleicht ist sie nur ein kleiner Teil seines Lebens, doch sie gehört ein wenig dazu.

Als Lia das Video abgeschlossen hatte, hatte sie Tränen in den Augen und sie hofft, dass es allen gefällt. Besonders dass Cruz spürt, wie viel Mühe Lia sich gegeben hat und dass es ihr Geschenk für ihn ist .... neben dem Bananenbrot.

Als Lia aus der Dusche kommt, müsste das Video schon abgespielt worden sein, sie sieht, dass Cruz ihre Nachricht gelesen hat, doch er hat nicht geantwortet, er wird dort völlig eingenommen sein auf der Feier. Jetzt beginnt der DJ, der Grill wird angemacht und die Schaumparty startet bald. Lia zieht sich eine kurze graue Shorts und ein weißes Top über, die blauen Flecken verblassen zum Glück langsam. Sie kämmt sich die langen Haare durch, cremt sich ein und geht dann in die Küche, um noch etwas zu essen.

Noch einmal blickt sie auf das Handy, doch noch immer keine Nachricht, sie sollte nicht damit rechnen, doch ihr kleines dummes Herz will nicht auf ihren Verstand hören. Lia bleibt eine Weile vor dem Kühlschrank stehen, überlegt sich, ein Sandwich oder einen Salat zu machen, doch am Ende holt sie sich einen Becher Eis und schaltet den Fernseher ein.

Sie zwingt sich, das Handy in der Küche zu lassen und versucht, sich auf einen Film zu konzentrieren. Ein Thriller, ohne Liebe, perfekt, Lia schlummert dabei sogar fast ein, als es plötzlich laut an der Tür klopft und Lia zusammenschreckt. Sie sieht zur Uhr. Es ist fast ein Uhr nachts und es klopft erneut.

Kapitel 14

Lia ist noch ganz benommen, als sie schnell von der Couch aufspringt und zur Tür eilt, vielleicht ist etwas mit Lorena, sie sieht durch den Türspion und öffnet dann sofort die Tür.

»Cruz? Was machst du … was ist mit deiner Feier?« Lia versteht gar nichts mehr, als sie die Tür öffnet und Cruz auch sofort in ihre Wohnung eintritt. »Scheiß auf die Feier.« Cruz wirft die Tür zu ihrer Wohnung wieder zu und im nächsten Augenblick legt sich seine Hand an ihre Wange und seine Lippen erobern ihre.

Lia ist zwar noch gar nicht richtig da und überrumpelt, doch ihr Körper reagiert sofort. Es fühlt sich noch viel schöner als beim allerersten Kuss an, als Lia Cruz' Lippen wieder auf ihren spürt, das überrumpelte Gefühl weicht augenblicklich einem neuen.

Die Sehnsucht, die sie die ganze Zeit verspürt hat, wird in einem wunderschönen Strudel weggewischt und in Lias Magen fliegen tausend Schmetterlinge herum. Sie spürt, wie sehr ihr Cruz und diese Nähe gefehlt hat und kann es auch nicht verbergen. Lia erwidert den Kuss, ohne eine Sekunde zu zögern, sie inhaliert Cruz' vertrauten Geruch, den Geschmack, der ihr eine Gänsehaut bereitet, auch wenn sie merkt, dass er Alkohol getrunken haben muss.

Es scheint fast so, als wolle Cruz sie nicht mehr loslassen, aber als sie sich wieder trennen müssen, um Luft zu holen, atmen beide schwerer. Auch Cruz wirkt einen Augenblick, von seinen Gefühlen sehr ergriffen zu sein.

Lia schließt die Augen und kann nicht verhindern, dass ihr zwei Tränen entweichen, vor Glück und vor Sehnsucht, es ist ein berauschender Mix aus beiden, den man kaum zuordnen kann, doch eines weiß Lia genau: Sie hat noch niemals zuvor so viel für einen Mann empfunden. Lia legt ihre Stirn an seine. »Du hast mir so sehr gefehlt.« Sie wird nicht mehr so tun, als wäre es nicht so.

Cruz' Hand liegt noch immer an ihrer Wange, seine Lippen fahren ihre Wange entlang und küssen ihre Tränen weg. »Du mir auch … viel zu sehr.« Lia weiß, dass all das für Cruz nicht leicht ist, wieder ist er gekommen, er hat seinen Stolz hinten angestellt und ist erneut auf sie zugekommen, deswegen legt sie ihre Arme um seinen Hals und küsst ihn erneut, was er sofort erwidert.

Cruz' Hände fahren ihren Rücken entlang unter ihr Top, er streicht über ihre Haut. Sie spüren beide, wie stark diese Sehnsucht wirklich war. Sie müssen über alles reden, das werden sie beide wissen, doch zuerst muss diese Sehnsucht gestillt werden. Cruz fasst in ihre Haare und zieht sie noch enger an sich. Lia möchte ihm einfach nur noch nah sein.

Sie zieht ihm das Shirt aus, er schleudert seine Waffe auf ihre Couch und hebt sie am Po hoch. Lias Beine umschlingen ihn automatisch und er dirigiert sie ins Schlafzimmer, ohne dass sie den Kuss auch nur eine Sekunde lösen. Lia krallt sich an seiner breiten Schulter und seinen Armen fest und kann sich ein Aufkeuchen nicht verkneifen, als er sie aufs Bett legt und den Kuss löst.

Wieder sieht er genauso zärtlich auf sie hinab wie beim ersten Mal und das Lächeln, das Lia so sehr liebt, bildet sich auf seinem Gesicht. In Lia breitet sich ein warmes Gefühl aus, endlich kann sie all das wieder genießen. Cruz legt sich zu ihr, er zieht ihr das Top und die Shorts aus und sieht auf sie hinab. Seine Finger streichen über ihr Schlüsselbein, ihre Brust hoch und wieder hinab, zu ihrem Bauchnabel. Dann sieht er ihr in die Augen und küsst sanft ihre Lippen. »Mir hat das alles wahnsinnig gefehlt.«

Lia legt ihre Hand an seine Wange. »Mir auch, ich habe einen Fehler gemacht.« Cruz küsst sie erneut, erst zärtlich, doch sehr schnell spürt man, dass beide sich ganz spüren wollen. Cruz entfernt den letzten Stoff zwischen ihnen. Sie können sich gar nicht richtig genießen, so stark ist dieses Verlangen, wieder vereint zu sein und erst als Cruz sie beide endlich wieder zusammengeführt hat, hält er ein.

Sie sehen sich in die Augen und ihr Tempo wird langsamer, genießender. Lia hat Cruz so viel zu sagen, doch hier und jetzt lassen sie einfach ihre Körper und das Verlangen aufeinander sprechen.

Am nächsten Morgen wird Lia mit einem zufriedenen Brummen im Körper wach. Ihre Nase liegt an Cruz' Brust, der noch immer gleichmäßig atmet und ihr Herz schlägt sofort schneller. Cruz ist wieder bei ihr. Lia küsst seine Brust und der Griff um ihre Taille verstärkt sich. Er hält Lia fest in den Armen, obwohl sie in der Nacht eh keinen Zentimeter von ihm weggerückt ist.

Sie haben sich lange geliebt, es war unbeschreiblich schön, nicht einmal ihr erstes Mal kam da heran, einfach weil so viele Gefühle dabei freigesetzt wurden. Lia hat noch nie etwas intensiveres gespürt. Sie hat danach einfach in seinen Armen gelegen, Cruz ist sehr schnell eingeschlafen, was sicherlich mit dem Alkohol zu tun hatte, den er getrunken hat.

Lia hört am Boden ein Vibrieren, dort liegen überall Cruz' Sachen verstreut. Lia wird immer wacher, sie erkennt auf der Uhr, dass es schon früher Mittag ist. Sie sieht in Cruz' schlafendes Gesicht und muss lächeln. Er ist wunderschön. So friedlich, wie er in ihrem Bett liegt, könnte man glauben, er kann keiner Fliege etwas zuleide tun. Lia vergisst in solchen Momenten, dass das hier einer der gefürchtetsten Männer in Lateinamerika ist.

Vorsichtig beugt sie sich zu ihm und drückt ihm einen leichten Kuss auf den Mund. Cruz reagiert nicht und das wird er sicherlich auch erst einmal nicht. Lia würde nicht sagen, dass er gestern betrunken war, aber er hatte sicherlich einiges an Alkohol zu sich genommen, das ist das Einzige, was Lias gute Stimmung ein wenig trübt. Was ist, wenn Cruz' emotionaler Auftritt gestern hier nur ein wenig zu viel Alkohol zu verdanken ist? Wenn er wach wird und sich fragt, was genau er hier tut?

Lia hofft es nicht, doch es ist warnend in ihrem Hinterkopf. Was wird jetzt passieren? Wie wird es weitergehen? Wieder bilden sich tausende von Fragen in Lias Kopf, sie weiß, dass sie es sich abgewöhnen sollte, sich über alles zu viele Gedanken zu machen, doch sie kann es einfach nicht.

Lia bleibt noch eine Weile liegen, genießt Cruz' Nähe, seinen Geruch und seinen Halt, doch dann hält sie es nicht mehr aus und möchte Cruz auch nicht wecken. Sie sammelt leise seine Sachen auf und legt sie über einen Stuhl. In dem Moment vibriert es wieder in Cruz' Hosentasche. Lia denkt einen winzigen Augenblick darüber nach, nachzusehen, wer es ist, wer anruft, doch sie lässt es bleiben, geht ins Bad duschen und macht sich danach einen Toast und Kaffee.

Cruz schläft immer noch fest und Lia ist sogar ein wenig froh darüber. Was ist, wenn er aufwacht und bereut, was gestern passiert ist? Wenn sein Kommen doch ein wenig mehr dem Alkohol geschuldet war als der Sehnsucht? Er hat davor nicht den Eindruck gemacht, als würde er all das verzeihen und vergessen können. Lia ist unsicher, doch sie versucht, positiv zu denken. Sie setzt sich auf den Balkon und beginnt, einige neue Bilder zum Aushängen im Schaufenster auszusuchen.

Sie hat ihren Nachbarn, der die Feier gestern bei Cruz organisiert hat, gebeten, einige Bilder besonders von der Schaumparty zu machen, damit sie auch davon etwas verwenden kann, nun weiß sie nicht einmal, ob all das stattgefunden hat, wenn Cruz schon vorher verschwunden ist.

Erst als sie einen Auftrag zum Druck abgeschickt hat, bewegt sich langsam etwas im Schlafzimmer. Lia sieht vom Laptop auf und in Cruz' verschlafenes Gesicht. Er hat sich nur eine Boxershorts übergezogen. Lia hat das Gefühl, er ist noch ein wenig breiter geworden, seine Muskeln und sein durchtrainierter Bauch kommen durch seine goldbraune Haut noch mehr zur Geltung. Sein Nechas-Tattoo am Herzen und das La Familia-Tattoo am Arm zeigen genau wer er ist, und auch wenn er diese nicht hätte, würde man es in seinen Augen erkennen, sie blitzen ihr wieder dunkel und gefährlich entgegen, abschätzig, das Weiche von gestern findet sie nicht darin, Lia schluckt ein wenig und hofft, dass er gestern nicht bereits wieder bereut.

»Bekommst du hier keine Platzangst?« Das Harte in Cruz' Gesicht verschwindet und ein leichtes Grinsen setzt sich auf seine Lippen. Lias Erleichterung lässt sie auch lächeln. »Nein, um ehrlich zu sein, ich mag meine Wohnung sogar sehr. Gefällt sie dir nicht? Soll ich dir Toast machen oder Kaffee?«

Cruz kommt langsam in ihre Richtung, sieht dabei aber auf sein Handy, welches ja ohne Pause vibriert hat. »Nur Kaffee, mein Magen muss sich nach gestern erst wieder beruhigen. Sie ist nett, so eine richtige Frauenwohnung, aber halt sehr klein.« Lia steht auf und geht in die Küche, um ihm einen Kaffe zu machen, während Cruz sich auf den gemütlichen kleinen Rattansessel setzt, den Lia auf den Balkon gestellt hat. Er muss einiges an Alkohol getrunken haben, wenn er zugibt, dass ihm davon sogar jetzt noch schlecht ist.

Es ist still, während Lia den Kaffee eingießt und Milch aufschäumt. Sie süßt das Ganze mit Zucker und bringt es ihm auf den Balkon. Lia trägt nur ein langes weißes Shirt, das ihr bis zu den Oberschenkeln geht und einen Slip. Sie hat noch feuchte Haare und wünschte, sie hätte sich wenigstens ein wenig mehr zurechtgemacht, als Cruz sein Handy weglegt, ihr in die Augen sieht und den Kaffee nimmt. »Danke.« Cruz nimmt einen Schluck, stellt den Kaffee wieder weg und deutet Lia, sich zu ihm auf den Schoß zu setzen.

Lia fällt ein großer Stein vom Herzen, als sie sich zu ihm setzt. Sie setzt sich nicht genau auf seinen Schoß, sondern daneben, ihre Beine winkelt sie aber über seine an und legt die Arme um seinen Hals, Lia kuschelt sich an ihn. »Guten Morgen.« Cruz' Lippen küssen Lias Hals entlang und Lia lächelt. »Guten Morgen, ich wollte dich nicht wecken ...« Cruz' Handy vibriert wieder und Lia weicht so weit zurück, dass sie ihm in die Augen sehen kann. »Wie war deine Feier gestern? So schlimm, dass du zu viel getrunken hast? Wer versucht dich so dringend zu erreichen?«

Lia hat Milliarden Fragen auf dem Herzen, doch sie fängt erst einmal ganz langsam an. Cruz streicht ihre Haare zur Seite und sieht auf die immer noch blauen Flecken an ihren Armen.

»Ich wünschte, ich hätte mich persönlich um diesen Kerl kümmern können. Die Feier war gut. Da soll so eine ganz tolle Partyplanerin ...« Lia unterbricht ihn. »Eventmanagerin, und die Verletzungen heilen sehr gut.«

Cruz lacht leise auf. »Eventmanagerin, die schönste in Puerto Rico, soll das alles geplant haben. Die Torte hat mich wirklich überrascht, ich wusste gar nicht, dass das möglich ist. Savana hat mir erzählt, dass du das alles geplant hast und auch alles selbst übernommen hast, da bin ich schon etwas unruhig geworden und dann nach dem Film hatte ich das Gefühl ... ich müsste dringend zu der Eventmanagerin und mich persönlich bedanken, doch ich habe lieber etwas getrunken, um das wieder zu vergessen, doch dieses Mal war da nichts zu machen und ich musste zu ihr.«

Lia liebt es, Cruz und sie haben noch immer den gleichen Humor. Sie lächelt und setzt sich nun ganz auf ihn. Dadurch, dass sie nur einen Slip und er eine Boxershorts trägt, spürt sie sofort, dass er langsam komplett wach wird. Lia küsst zärtlich seine Lippen. »Die Glückliche.« Cruz lehnt sich weiter zurück und zieht sie mit. »Ich Glücklicher.« Er will den Kuss gerade vertiefen, seine Hände streichen unter dem Slip über ihren Po, da vibriert sein Handy erneut.

Lia stoppt ein wenig in ihrer Bewegung, doch Cruz küsst sie weiter. »Ich habe genau jetzt ein Meeting, die warten auf mich.« Lia will sich zurückziehen. »Oh, okay. Ich muss den Laden eh in einer halben Stunde ...« Cruz steht auf und hält sie ohne Probleme auf seinen Armen. Seine Hände verweilen an ihrem Po und er knabbert an ihrer Lippe, was Lia ein leises Aufstöhnen entlockt.

»Ich bin der Chef, von daher können sie ruhig warten. Ich muss erst duschen und da das deine Wohnung ist, musst du mir alles zeigen. Ist deine Dusche auch so … miniklein wie der Rest der Wohnung?« Lia lacht, doch sie streicht seinen Rücken entlang, während er sie ins Bad bringt. »Na ja, wir können zumindest nicht nebeneinander stehen.« Lia lächelt und Cruz küsst ihre Nasenspitze. »Das hatte ich auch nicht vor!«

Lia öffnet ihren Laden eine halbe Stunde zu spät, zwei Kundinnen warten schon davor, die sich wegen einer Trauerfeier beraten lassen wollen. Cruz verlässt durch den Hinterausgang aus dem Hausflur den Laden, nachdem er Lia noch einen Kuss auf den Mund gegeben hat und ihr sagt, dass er sich melden wird.

Lia schwebt in den nächsten Stunden auf Wolke sieben. Zwar haben Cruz und sie nicht darüber gesprochen, was nun ist, was passiert ist und wie es weitergehen soll, doch es gibt wieder ein Cruz und sie und das reicht ihr fürs Erste aus, um den Tag auf Wolken zu schweben.

Sie kümmert sich um die beiden Kundinnen, die eine Trauerfeier ausgerichtet haben wollen, was mehr Zeit in Anspruch nimmt, als Lia geglaubt hätte, bisher hat sie ja immer nur freudige Ereignisse ausgerichtet, das ist das komplette Gegenteil und sie muss sich dazu erst einmal einiges einfallen lassen, am Ende einigen sich die Frauen und Lia und sie bekommt den Auftrag.

Es sitzen schon neue Kunden da, ein junges Mädchen möchte ihre Quinceañera feiern, den 15. Geburtstag, der meistens sehr groß gefeiert wird, als Wechsel vom Mädchen zur Frau. Lia ist es ein wenig unangenehm, dass sie gar nicht so genau weiß, wie in der Stadt dieser Tag gefeiert wird.

Bei ihnen im Dorf werden die Mädchen an diesem Tag von allen Frauen des Dorfes gefeiert, es ist eine schöne Feier, es wird viel getanzt und dem Mädchen wird viel über das Leben als Ehefrau und Mutter erzählt. Die Mutter kümmert sich um alles, bei Lorena und Lia hat es die Nachbarin getan. Am späten Abend kommen die Männer des Dorfes dazu und es wird weitergetanzt und gegessen.

Lia erfährt, dass es hier in der Stadt ganz anders ist, die Mädchen werden mit teuren Limousinen abgeholt und tragen teure Ballkleider. Die Familien sparen jahrelang auf dieses Ereignis hin. Es werden Hotels oder Festsäle gemietet. Man fährt erst zur Kirche, wo das Mädchen gesegnet wird, dann zum Festsaal und das mit so vielen Autos und Gehupe, dass die ganze Stadt weiß, dieses Mädchen ist nun eine Frau.

Im Festsaal gibt es viel Essen, Musik, DJs, Torten, je nach Budget der Familien. Dann beginnen die traditionellen Tänze, die auch Lia kennt. Das Mädchen tanzt erst in flachen Schuhen mit ihren Freunden, dann wechselt sie zu hochhackigen und tanzt mit einem Mann, meist dem Vater oder Bruder, es werden Videos und Bilder gezeigt und alles ist in rosa und lila ausgestattet.

Lia sitzt bis in den späten Abend mit der Mutter und der Tochter zusammen. Sie planen alles und das Mädchen ist schon ganz aufgeregt. Die Familie hat einiges für die Feier gespart und Lia bietet an, mit dem Mädchen zusammen zu Stefans Laden zu gehen und nach einem passenden Kleid zu suchen, so bekommt sie auch einen kleinen Rabatt darauf. Sie machen einen Termin fest und als die beiden den Laden verlassen, kommt ihr Nachbar zum Abrechnen der gestrigen Feier vorbei.

Lia sieht auf ihr Handy, doch Cruz hat sich noch nicht gemeldet. Sie sieht extra auch in den Nachrichten, doch da ist nichts, also setzt sie sich erst einmal mit ihrem Nachbarn zusammen in die Küche und sie trinken etwas, während er ihr alles erzählt. Lia hat alles selbst bezahlt und somit einiges ihres Gesparten ausgegeben, natürlich bezahlt sie auch ihn und er zeigt ihr die Bilder, die er geschossen hat.

Natürlich hat er die meisten Aufnahmen vom Buffet, der Torte, der Location und auch wahnsinnig tolle Aufnahmen des DJs und der Schaumparty. Lia muss lächeln, da war Cruz bereits bei ihr, sie sucht sich gleich Fotos aus, die ins Schaufenster kommen, diese Attraktion wird in Zukunft sicher öfter gebucht werden.

Auf einigen wenigen Bildern entdeckt Lia auch Cruz, einmal vor seiner Torte, er lacht und schneidet sie an, dann vor dem Video, man sieht die große Leinwand und sein Gesicht, einmal lächelt er, dann sieht er nachdenklich aus, doch ein Foto sieht sich Lia ganz genau an. Es zeigt, wie auf der Leinwand gerade das Bild von Cruz und Lia zu sehen ist und wie ernst Cruz es betrachtet. Alle um ihn herum lachen und feiern und Cruz steht da, die Arme verschränkt und sieht auf ihr Bild. Vielleicht war das der Moment, der ihn dazu bewogen hat, zu Lia zu kommen? Sie weiß es nicht, doch sie nimmt das und alle anderen Bilder von Cruz an sich.

So spät hat Lia den Laden noch nie geschlossen, erst als sie nach oben in ihre Wohnung geht, sieht sie noch einmal nach, aber noch immer ist nichts von Cruz gekommen. Sie denkt darüber nach, selbst eine Nachricht zu schreiben oder anzurufen, doch er hat gesagt, dass er sich meldet und sie möchte ihn auch nicht stören, was auch immer er gerade tut oder dass er denkt, sie könne es nun kaum mehr ohne ihn aushalten.

Allerdings ist es wirklich merkwürdig, als Lia sich danach eine bequeme Leggins und ein Top anzieht, sich etwas zu essen bestellt und sich vor den Fernseher legt. Der Duft von Cruz liegt noch in ihrer Wohnung, ihr Bett ist noch zerwühlt und Lia würde zu gerne wieder in seinen Armen liegen, doch Cruz meldet sich nicht. Lia isst und sieht sich noch eine Fernsehsendung zu Ende an, bevor sie sich enttäuscht in ihr Bett legt. Sie findet lange keinen Schlaf, Lia grübelt darüber nach, ob das gestern für Cruz vielleicht eine ganz andere Bedeutung hatte als für Lia.

Vielleicht war das für ihn nur eine kleine Aufwärmung von dem, was sie mal hatten, ohne das Vorhaben, dass da etwas Ernsteres draus entstehen könnte. Sie sollte sich nicht so viele Gedanken machen und einfach abwarten, das weiß Lia auch, doch sie kann einfach nichts gegen diese Gedanken machen und findet nur sehr schwer Ruhe in der Nacht.

Dementsprechend sieht dann auch ihre Laune aus, als sie sich am nächsten Tag einfach nur eine Jeans und ein Top anzieht und direkt nach dem Frühstück aus dem Haus geht. Sie rennt fast in Stipe hinein, der sie anstrahlt wie ein Honigkuchenpferd. »Ich bin so verliebt, ich fühle mich, als hätte ich meine bessere Hälfte gefunden. Ich werde alle anderen Männer nicht einmal mehr ansehen, so etwas ist mir noch nie passiert!«

Lia lässt sich von Stipe in seine Wohnung schieben. »Hast du das nicht erst vor einem Monat ungefähr auch behauptet?« Stipe hebt die Hände. »Ja, aber dieses Mal ist es etwas anderes, das spüre ich genau. Er ist … Sag mal, irgendetwas ist anders bei dir.« Lia weicht seinem Blick aus und deutet zur Eingangstür. »Ist es nicht. Ich muss zu Lorena, wir fahren zum Grab meines Vaters. Ich melde mich später und du kannst mir alles über deinen Romeo erzählen, okay?«

Lia will schnell hinaus, doch Stipe zieht die Augenbrauen hoch. »Du siehst so … deine Wangen sind so gerötet, deine Augen glänzen … hattest du Sex? Mit … Cruz? War Cruz hier? Ich wusste es doch, das sieht doch ein Blinder, dass da noch ein heißes Feuer zwischen euch brennt. Ich möchte Details!«

Lia muss lachen, wie ist sie bloß an so einen wahnsinnigen Freund geraten. »Wir sprechen uns später.« Stipe zwinkert ihr zu. »Das tun wir, glaub mir, das tun wir!« Vielleicht weiß Lia auch bis dahin mehr, vielleicht meldet Cruz sich später noch. Sie sieht noch einmal auf ihr Handy, als sie zu Lorena geht. Noch immer nichts. Lia sagt sich immer wieder, dass sie positiver denken soll, deswegen zwingt sie sich auch ein Lächeln auf, als ihre Schwester ihr die Tür öffnet.

Lorena sieht nicht viel erholter als sie aus. Sie erzählt Lia, dass sie Jomar angerufen und sich bedankt hat, direkt nachdem sie die Wiege erhalten hat. Da er aber offenbar schon auf der Feier von Cruz war und es so laut bei ihm war, konnten sie nicht mehr reden und haben das Gespräch schnell wieder beendet, seitdem hat sie nichts mehr gehört.

Lorena sagt es nicht, doch Lia spürt, dass ihre Schwester traurig darüber ist. Lia sieht sich die wunderschöne Wiege noch einmal an, während Lorena ihr einen neuen Rock und das passende bauchfreie Oberteil dazu heraussucht.

Lorena selbst trägt ein weißes, bis fast zum Boden gehendes, langes Kleid mit türkisfarbenen Mustern darauf. Es steht ihr wahnsinnig gut und niemand würde unter dem Strandkleid erahnen, dass sie schwanger ist. Für Lia hat sie aus dem gleichen Stoff einen weißen Rock gefertigt, der auch fast bis zum Boden geht und ein türkisfarbenes wunderschönes Oberteil, das sehr sexy zu dem Rock wirkt. Sie sehen ein wenig wie die Frauen auf den Hippiefestivals in den USA aus, die Lia erst letztens in einer Zeitung gesehen hat.

Lia zieht sich auch um, sie öffnet ihre Haare. Dadurch, dass sie gestern zweimal nass waren, hat sie sie bis jetzt geflochten getragen, aber jetzt fallen ihr die Haare in schönen Wellen bis tief in den Rücken. Lorena und sie sind kaum geschminkt, trotzdem betrachten sich beide zufrieden im Spiegel. Lorena hat ihre Haare gerade erst wieder geschnitten, trotzdem fallen sie ihr in leichten Locken bis auf die Schultern und ihre hellen Augen stechen sehr hervor. Sie sieht zwar müde aber immer noch wunderschön aus. Lia ist klar, dass ihre Schwester wirklich modeln könnte, sie würde so einigen dort die Show stehlen.

»Mein Busen wächst, mein Bauch wächst, ich habe das Gefühl, ich explodiere bald.« Lia muss lachen und fasst ihrer Schwester an den Bauch. »Dafür bekommst du einen kleinen Engel. Ich weiß, dass du traurig wegen Jomar bist, doch du hast keinen Grund, traurig zu sein. Konzentriere dich erst einmal auf das Baby, alles andere wird sich schon früher oder später geben.«

Ihre jüngere Schwester nickt. Seit sie schwanger ist, kommt sie Lia immer öfter viel reifer vor. »Ich weiß, ich weiß auch, dass ich momentan gar nichts anfangen sollte. Ich brauch keinen unnötigen Stress und mit einem Mann wie Jomar würde der garantiert automatisch kommen. Doch in meinem Hinterkopf steht immer die Frage, ob etwas zwischen uns entstehen würde, wenn ich nicht schwanger wäre. Was würde Jomar jetzt tun, wenn ich gerade kein Baby von einem anderen Mann in meinem Bauch hätte? Das ist alles, woran ich momentan denke, es ist nicht so, dass ich mir falsche Hoffnungen mache, ich weiß schon, was ich zu erwarten habe und was nicht.«

Lia streicht noch einmal über den Bauch, in dem ihre Nichte liegt und sieht dann wieder in den Spiegel. Ihre karamellfarbenen Strähnen schimmern in ihren Haaren und ihre hellbraunen Augen glänzen aus ihrem Gesicht heraus, sie brauchen kein Make-up und all das Zeug, weder ihre Schwester noch sie.

Lia streckt ihre Nase ein wenig höher. »Wir haben es nicht nötig, auf diese Brüder zu warten.« Lorena neben ihr sieht sie verwundert an. »Brüder? Habe ich etwas verpasst?«

Auf dem Weg zur Bushaltestelle erzählt Lia ihrer Schwester alles was passiert ist, und als sie im Bus am Nechas-Gebiet vorbeifahren, endet ihre kleine Geschichte. Lia und Lorena haben beide die ganze Zeit immer wieder auf ihr Handy gesehen und nun nickt Lorena entschlossen, nimmt ihre beiden Handys und schaltet sie aus.

»Du hast vollkommen recht, wir haben das nicht nötig, ständig sehen wir nach, ob sich die beiden melden. Wir werden uns unseren Tag nicht davon verderben lassen!«

Kapitel 15

Und das tun sie auch nicht. Es ist merkwürdig, so sehr Lia und Lorena das Leben auf dem Land früher immer verflucht haben, so sehr genießen sie es auch mittlerweile, wieder herzukommen. Lia hat ihre Schuhe bei Lorena gegen Flipflops getauscht, ihre Schwester trägt auch welche. Sobald sie den sandigen, staubigen, trockenen Boden wieder betreten, blüht Lias Herz auf.

Sie gehen zuerst zum Grab ihres Vaters. Lia bildet sich ein, der Olivenbaum wäre schon ein wenig gewachsen und die ersten Zweige spenden dem Grab ihres Vaters auch bereits Schatten. Edmundo scheint sich hier gut um alles zu kümmern.

Lorena streicht sich einige Tränen weg, für sie ist es besonders schwer, sie weiß, dass ihr Vater bei seinem Tod sehr sauer auf sie war und das belastet Lorena sehr. Zudem gesteht sie Lia, dass sie sich schämt, schwanger und ohne Mann hier am Grab zu stehen. Lia weiß, dass ihr Vater ausrasten würde, doch sie versichert Lorena, dass ihr Vater die kleine Maus in Lorenas Bauch trotzdem lieben würde, da ist sie sich absolut sicher.

Sie gehen kurz bei Edmundo vorbei und dann erst ins Dorf. Zwei alte Nachbarinnen halten sie auf und fragen, ob sie nicht auch bei den Buffetausstattungen mitmachen können. Lia hat mittlerweile so viele Aufträge, dass die Frauen, die das Buffet zusammenstellen, einen sehr guten Nebenverdienst haben. Lia muss mal überprüfen, wie viele Buchungen demnächst hereinkommen, irgendwann muss sie eh aufstocken, wenn es weiterhin so gut läuft.

Lorena und Lia gehen Baily und seine Welpen besuchen, sie sitzen eine Weile mit Lorenas Freundin auf der Terrasse und trinken frisch gepressten Saft und Pfefferminztee. Tabea kommt dazu, ihre Freundin wirkt immer unglücklicher und Lia bietet ihr noch einmal an, dass sie zu ihr kommen und sich eine Auszeit von all dem hier nehmen kann. Sie erzählt, dass ihr Mann und die gesamte

Familie von Yandiel immer frustrierter und verbitterter werden. Sie hat letztens ihre gesamten Ersparnisse und alles, was sie noch hatte, dafür verwenden müssen, Yandiel und seinen Bruder aus dem Knast zu kaufen. Sie hatten zu viel getrunken und das Auto eines Kerls angezündet, mit dem sie sich angelegt hatten.

Lia ist nur froh, dass sie es niemals in Betracht gezogen hat, Yandiel eine Chance zu geben. So ändert sich manchmal das Schicksal, während die Familie jahrelang immer nur auf alle anderen aus dem Dorf hinabgesehen hat, schütteln nun alle über sie den Kopf.

Als Lia und Lorena sich danach verabschieden, begleitet Baily die beiden noch. Wahrscheinlich ist er ganz froh, mal vor den vielen Welpen ein wenig Ruhe zu haben. Sie gehen zum Supermarkt, der heute geschlossen ist und der auf dem Grundstück ihres alten Hauses steht. Wenn man sich das flache Gebäude ansieht, kann man sich kaum vorstellen, dass hier ihr einfaches Haus gestanden hat.

Sie steigen über die Feuerleiter auf das Dach des Supermarktes, Lia hält Baily dabei im Arm. Zusammen setzen sie sich an den Rand, sodass sie wie früher auf ihrem Dach über das gesamte Dorf sehen können. Zum Glück liegt gerade Schatten über diesem Teil des Daches. Lorena packt Sonnenblumenkerne aus, die sie beide zu knabbern beginnen.

Lorena erzählt von den Angeboten, die sie jetzt bekommen und auch angenommen hat. Zwei Nachbarinnen möchten sich Sommerkleider von Lorena nähen lassen, durch Lias Vermittlungen hat sie bereits drei Mädchenkleider für die Geburtstage anfertigen können und davon hat sie noch drei weitere Angebote zu Überdecken für Mädchenbetten.

Wenn Lorena das alles schafft und dadurch noch weitere Aufträge erhält, kann sie bald aufhören, in dem Restaurant zu arbeiten, was dringend nötig ist. Es wird nicht mehr lange dauern, dann merkt ihr Chef, was los ist und zudem fällt es Lorena immer schwerer, den ganzen Tag hin und her zu laufen und das in Pumps.

150

Lia und Lorena lassen ihre Beine über das Supermarktdach herunterhängen und legen sich zurück, auf Bailys weiches Fell, der hinter ihnen fest schläft. Lia will gerade die Handys herausholen und wieder anstellen, da hören sie einen lauten Motor immer näher kommen und setzen sich verwundert wieder auf, solch einen Motor hört man hier nie.

Lia erkennt sofort, dass es Cruz ist, der da auf sie zugefahren kommt und als er näher kommt, sieht sie, dass Jomar neben ihm sitzt. Durch das graue Luxusauto hervorgerufen kommen einige Nachbarn aus dem Haus, früher hätte Lia das sofort panisch werden lassen, sie hätte sich Gedanken gemacht, was die anderen wohl reden könnten, jetzt lächelt sie und legt den Kopf ein wenig schief.

»Was machen die beiden hier?« In dem Moment hält Cruz genau unter ihnen und Jomar und er steigen beide aus. Lias Herz schlägt augenblicklich schneller, als Cruz aus dem Auto steigt und seine Sonnenbrille abnimmt. Er trägt eine schwarze Sportshorts und ein rotes Shirt, Jomar neben ihm trägt eine graue Jogginghose und ein weißes Shirt, man erkennt nicht nur deutlich, dass die beiden Brüder sind, es ist auch nicht zu leugnen, dass beide unverschämt gut aussehen.

»Hallo ihr beiden Hübschen, hängt ihr oft auf Dächern herum?« Cruz und Jomar lachen beide und Lia zeigt zu ihnen hinunter. »Nur wenn wir wissen, dass sich wieder ein paar Stadtleute hierher verirren.« Jomar lehnt sich gegen das Auto. »Mein Bruder hat heute wie ein Wahnsinniger probiert, dich zu erreichen und als wir bei dir waren und uns dein … merkwürdiger Freund gesagt hat, dass ihr hier seid, dachten wir, wir entführen euch beide zum Essen.«

Lia muss leise lachen, doch Cruz sieht sie ernst an. »Gibt es hier irgendwo eine Anweisung, sein Handy auszuhaben?« Lia erhebt sich, auch Lorena steht langsam auf, Baily protestiert und springt an ihnen hoch. Lia sieht Cruz von oben in die Augen. »Nein, aber wir wollten nicht ständig aufs Handy sehen müssen, ob sich mal jemand meldet.«

Cruz bekommt das schöne, freche Grinsen im Gesicht. »Na, so habt ihr zumindest erreicht, dass wir jetzt direkt gekommen sind.« Lorena steigt zuerst die Treppen hinab. Cruz und Jomar halten ihr die Hände hin, damit sie auch ja nicht abstürzt. Lia muss schmunzeln, es ist zu süß, wie die beiden sich um ihre schwangere Schwester kümmern, sie wissen nicht, wie oft sie früher immer auf Berge und Bäume geklettert sind, so eine Feuerleiter stellt für sie kein Problem dar.

Als Lia mit Baily herunterkommt, nimmt Cruz ihr den Hund ab und bei der letzten Stufe dreht sich Lia um und lässt sich in Cruz` Arme fallen. Er lässt sie langsam hinunter und gibt ihr einen süßen Kuss auf die Lippen. »Hallo, meine Landschönheit.« Lia lächelt und klopft ihren weißen Rock ab. »Also, wie sieht es aus? Gehen wir etwas essen?« Jomar steht bei Lorena und streichelt Baily. Lorena neben ihm nickt. »Ich habe wahnsinnigen Hunger.«

Cruz nimmt Lias Hand und verschränkt ihre Finger. »Na dann los, wo wollt ihr etwas essen? Hier oder in San Juan?« Lia sieht ihrer Schwester in die Augen und beide haben wohl den gleichen Gedanken. »Wir zeigen euch, wie man auf dem Land ein richtig gutes Essen genießen kann.«

Lia und Lorena sitzen hinten, nachdem sie Baily wieder zu seiner Familie gebracht haben. Cruz fährt zu dem leckeren Restaurant, in dem sie immer ihre Geburtstage gefeiert haben. Während Jomar und Lorena das Essen besorgen, gehen Cruz und Lia in den Supermarkt, der hier auch am Wochenende geöffnet hat und kaufen eine große Decke, Gläser und Getränke.

Cruz bleibt die ganze Zeit an Lias Seite, sie spürt, wie fast jeder hier mit einer Mischung aus Neugierde und Angst zu Cruz sieht und versucht, das alles zu ignorieren. Bevor sie zur Kasse gehen, hält Cruz sie am Arm zurück. »Ist alles in Ordnung, Lia? Wieso hast du dein Handy wirklich ausgehabt?«

Falls das mit Cruz dieses Mal etwas anderes werden soll, muss sie immer ehrlich und offen zu ihm sein, das hat sie sich fest vorgenommen. »Du hast dich gestern nicht gemeldet und ich habe mich gefragt, ob das, was da wieder zwischen uns passiert ist, vielleicht doch eher ein Versehen war. Ich wollte nicht den ganzen Tag auf deinen Anruf warten und schlechte Laune bekommen. Ich hätte nicht damit gerechnet, dass du mich suchst.«

Cruz streicht ihr eine Haarsträhne nach hinten und sieht ihr in die Augen. »Das war kein Versehen und wenn ich es nicht wollte, wäre ich nicht hier.« Cruz küsst Lia sanft und versucht so, ihre Bedenken wegzustreichen. »Das Meeting gestern ging lange, wir haben einen Tipp bekommen und sind direkt los ... dem nachgehen. Ich hatte vor, noch bei dir vorbeizukommen, doch dann war ich kurz zuhause und bin eingeschlafen. Es ist alles in Ordnung, Lia.«

Lia weiß, dass es für einen Mann wie Cruz sicher Besseres gibt, was er sich vorstellen kann, als über seine Gefühle zu sprechen, doch genau das müssen sie. »Ich weiß, dass es für dich vielleicht nicht so leicht ist, aber wenn das, was hier gerade wieder zwischen uns anfängt ... etwas werden soll, was Bestand hat, müssen wir darüber reden, Cruz, über das was war und das was kommen soll. Damit jeder weiß, woran er bei dem anderen ist.«

Cruz sieht nicht gerade glücklich aus, am liebsten würde er dem sicher aus dem Weg gehen, ein Mann wie Cruz ist es wahrscheinlich nicht gewohnt, über seine Gefühle zu reden, sich mit all dem auseinanderzusetzen, doch er überrascht Lia, gibt ihr einen Kuss und nimmt wieder ihre Hand. »Okay, machen wir später. Lass uns erst einmal etwas essen.«

Cruz bezahlt alles und sie gehen zurück auf den Parkplatz. Lorena und Jomar kommen kurz nach ihnen zum Auto zurück, Jomar trägt vier vollgepackte Tüten und ein belustigtes Lächeln im Gesicht. »Wenn du eine Schwangere fragst, worauf sie Appetit hat, wird das wirklich lustig.« Lorena lacht und stößt Jomar leicht in die Seite, Cruz und Lia sehen sich kurz in die Augen und beiden scheint das gleiche durch den Kopf zu gehen. Sie wären ein wirklich hübsches Paar.

Lorena und Lia lotsen die beiden Brüder zu dem Fluss, der am Rande der beiden Dörfer entlangfließt, aber zu einer ganz besonderen Stelle. Hier ist eine große Ausbuchtung und eine der wenigen grünen Wiesen, die es hier in der Gegend gibt. Es gibt einen wunderschönen Kletterbaum in der Nähe des Ufers, der Schatten spendet und genau darunter setzen sie sich.

Dieser Fleck ist sehr beliebt, wenn man einen Familienausflug machen möchte, doch sie haben Glück und sind komplett alleine hier. Lorena breitet die Decke aus und sie setzen sich gemütlich unter den Baum. Auch Lia muss lachen, als sie alles auspacken. Jomar hat wirklich alles geholt, was Lorena erwähnt hat. Es gibt drei verschiedene Nudelsorten mit verschiedenen Soßen, leckeren Reis mit Fisch, gegrilltes Fleisch mit Gemüse sowie eine halbe Erdbeer- und eine halbe Schokoladentorte.

Sie alle beginnen zu essen, dabei erzählen Lia und Lorena ein wenig von diesem Ort, was es hier für Geschichten darum gibt. Man sagt zum Beispiel, dass wenn ein Kind hier gezeugt wird, es besonders schön und erfolgreich werden soll. Deswegen findet man nachts immer wieder Paare hier, die Polizei kontrolliert hier regelmäßig und verdient dadurch am meisten Geld, da sie als Strafe vierzig Dollar verlangen.

Außerdem soll sich hier einmal ein verzweifeltes Liebespaar in die Fluten gestürzt haben. Sie haben sich geliebt, doch ihre Familien waren gegen die Ehe, weil sie nicht weiterwussten, haben sie sich in den stürmischen Fluss geworfen. Der Fluss ist sehr gefährlich, es sind einige Leute darin ertrunken und es schwimmt eigentlich nie jemand darin, da ja auch mehr als die Hälfte der Leute im Dorf nicht schwimmen kann. Es gibt sehr flache Stellen, wo man mit den Füßen hineinkann, aber auch sehr tiefe Stellen mit gefährlichen Strömungen.

Sie alle essen wirklich viel, auch der Kuchen ist schnell alle, Lia ist durch die vielen Fotos von Cruz' Kindheit neugierig geworden und fragt die Brüder ein wenig aus. Sie erzählen, dass die Nechas früher nicht so wie heute gelebt haben, sie haben eher einige Straßenteile in San Juan gehabt, die fast ausschließlich von den Familien bewohnt wurden. Als Jomar und Cruz noch jünger waren, durften sie diese Straßen so gut wie nie verlassen.

Sie sind sehr behütet aufgewachsen, ihnen hat es an nichts gefehlt, doch sie hatten halt Einschränkungen durch die Gefahr, dass einer sich durch sie an der Familia rächen will. Es gab extra eine Schule in ihrer Gegend, auf die ausschließlich die Kinder der Familia gegangen sind, sie haben da nicht nur die normalen Schulfächer gelernt, sondern auch viel, was sie für ein Leben in der Familia wissen müssen.

Erst als sie etwas älter waren und sich selbst verteidigen konnten, sind Cruz und Jomar zu einer normalen Schule gegangen und durften sich frei bewegen, Savana hingegen nicht. Sie hat die Straßen der Familia immer nur mit einem von ihnen verlassen dürfen und deswegen gab es oft Streit. Sie hat ihre Freiheit eingefordert, ihr Vater hat seine kleine Prinzessin immer über alles geliebt, deswegen hat sie sich oft auch durchgesetzt.

Irgendwann wurde es aber zu eng und umständlich, in San Juan zu leben und sie haben diese separate kleine Vorstadt bauen lassen, in der die engsten Mitglieder leben. Seitdem bewegen sich die Geschwister auch komplett frei. Auch Lorena wird neugierig und fragt, wann sie das erste Mal Waffen in der Hand hatten und ob sie für immer so leben wollen, ob sie irgendwann mal etwas anderes machen möchten.

Sie haben es sich gemütlich gemacht, Lia und Lorena sitzen an den Baum gelehnt, Jomar sitzt Lorena gegenüber und Cruz hat sich hingelegt und seinen Kopf auf Lias Beine abgelegt. Jomar erklärt, dass sie mit ungefähr dreizehn Jahren angefangen haben, Aufgaben in der Familia zu übernehmen und dann auch in alles eingewiesen worden sind.

Cruz und Jomar zögern keine Sekunde, als sie erklären, dass dieses Leben in der Familia niemals aufhören wird und nichts ist, was man aufgibt. Sie sind darin geboren und werden darin sterben. Wie sehr sie dieses Leben einnimmt, sieht man daran, dass ständig ihre Handys klingeln oder vibrieren. Cruz ignoriert es komplett, während Jomar hinsieht und dann offenbar entscheidet, wie wichtig der Anruf ist, manchmal nimmt er an, manchmal nicht.

Jomar will auch von Lorena wissen, ob sie noch in diesem Restaurant arbeitet. Sie erzählen von den Fortschritten, die sie mit dem Nähen macht und es bald so aussieht, dass sie die Arbeit aufgeben kann. Es ist wirklich schön, sie alle verstehen sich sehr gut, und als sie zurück fahren, haben sie einen wunderschönen Nachmittag zusammen verbracht.

Sie fahren zu den Nechas. Lia wird noch mit zu Cruz gehen und Jomar bringt Lorena nach Hause. Sie hat Probleme mit dem Empfang ihrer Fernsehsender und Jomar hat sofort zugesagt, dass er sich das einmal ansehen wird. Lia fühlt sich sofort wieder anders, als sie dieses Mal an den Wachen vorbeifahren. Sie sagen Cruz, dass ein Roman ihn dringend sucht. Sie hat die Männer schon einige Male gesehen und fragt sich, was die wohl von ihr denken oder was sie denken, wer genau sie ist und was genau sie für Cruz ist. Lia weiß es ja selbst nicht einmal, doch das möchte sie heute noch mit ihm klären.

Noch bevor sie im Haus sind, ruft Cruz diesen Roman an. Sie verabschieden sich von Lorena und Jomar. Es ist merkwürdig, zusammen mit Cruz sein Haus wieder zu betreten. Lia muss lächeln, als sie auf das aufgeräumte Untergeschoss blickt, es hängt frische Wäsche im Garten. Früher hat sie sich um all das gekümmert.

Es ist heiß geworden, der heiße Tag geht nahtlos in eine schwüle Nacht über und das spürt man auf dem Land besonders deutlich. Während Cruz in der Küche stehenbleibt und sich von diesem Roman irgendwelche Nummern geben lässt, die er notiert, geht Lia in den Garten, streift die Flipflops ab und lässt ihre Beine in das kühle Nass hinab.

Lia schließt die Augen, das tut so gut. Sie sieht zu Cruz, der noch immer in der Küche steht und sie genau im Blick hat, er deutet ihr eine zwei, was sicherlich soviel wie nur noch zwei Minuten bedeuten soll. Lia kann nicht anders, das Wasser tut so gut, sie steht auf, streift den Rock und das Top von sich und geht in ihrer Unterwäsche über die breiten Seitentreppen in den Pool.

Als sie dann anfängt zu schwimmen, spült sie die ganze Hitze des Tages von sich, sie hat sich die Haare zu einem Knoten gebunden, sodass ihre Haare nicht nass werden, ansonsten wird alles vom kühlen Wasser umspielt. »Ich würde mich nicht wundern, wenn ich die letzten Zahlen alle komplett falsch aufgeschrieben habe, so abgelenkt wie ich war.«

Cruz kommt grinsend in den Garten, er zieht seine Schuhe und Socken aus und setzt sich an den Rand des Pools, er lässt genau wie Lia vorher seine Beine ins Wasser. Lia schwimmt zu ihm und legt ihre Hände für etwas Halt an seine Oberschenkel. Cruz lächelt mild, sie sind ungefähr auf einer Höhe und Cruz beugt sich vor und gibt ihr einen Kuss. »Es ist schön, dich wieder hier zu haben.«

Lia sieht ihm in die Augen und lässt alles, was zwischen ihnen passiert ist, noch einmal an sich vorbeiziehen. »Weißt du, dass ich am Anfang davon geträumt habe, in diesem Pool zu sein?« Lia erzählt ihm, wie sie ihre Füße heimlich in den Pool gesteckt hat und dass sie überhaupt nicht schwimmen konnte. Cruz kann es nicht glauben, er hat nicht geahnt, dass Lia nicht schwimmen konnte.

Schnell hat er sich bis auf die Boxershorts ausgezogen und sie schwimmen um die Wette einige Bahnen, natürlich gewinnt Cruz, doch Lia ist froh, dass sie recht gut mithalten kann. Irgendwann umfasst Cruz Lia und die Stimmung schlägt um. Sie küssen sich und Lia genießt all das wieder so sehr, dass sie sich selbst stoppen muss.

»Wir müssen darüber reden, Cruz, über uns.« Auch wenn man deutlich merkt, dass Cruz es nicht gerne macht, er nickt. Zusammen gehen sie aus dem Pool, Cruz holt ein riesiges weiches Frottierhandtuch von einem Stapel und legt es Lia um. Sie gehen zu einer weißen überdachten Liegeinsel am Ende des Gartens, in der man es sich gemütlich machen kann.

Cruz holt noch Getränke für sie und schaltet zahlreiche kleine Lichter im Garten ein, die im Boden eingelassen sind, da es langsam dunkel wird, dann kommt er zu Lia, die es sich zwischen den vielen Kissen gemütlich gemacht hat und sieht ihr ernst entgegen. »Dann lass uns das endgültig klären!«

Kapitel 16

Cruz reicht ihr etwas zu trinken und nachdem Lia einen Schluck genommen hat, stellt sie es auf einen kleinen schwarzen Beistelltisch. Cruz hat sich in der Zwischenzeit auch hingelegt. Er zieht sich ein Kissen zurecht, sodass er mit seinem Oberkörper bequem liegt und Lia gut ansehen kann. Lia setzt sich zu ihm, nun schlägt ihr Herz schneller, sie sucht nach den richtigen Worten und sieht auf Cruz Nechas Tattoo am Herzen.

»Komm schon, Lia, lass es einfach raus.« Cruz hebt seine Hand und legt seinen Finger unter ihr Kinn, so bringt er sie dazu, ihm in die Augen zu sehen. »Ich weiß einfach nicht, wo ich anfangen soll. Als das damals mit uns angefangen hat, wusste ich nicht, also es war einfach … Ich habe mir keine Gedanken darüber gemacht, ob es zwischen uns jemals etwas Festes werden könnte oder was da genau zwischen uns passiert.

Dann bin ich gegangen, ich habe damals schon gespürt, dass du mir mehr bedeutest als alles, was vorher war, doch ich dachte auch, das wird wieder vergehen und mein Leben war so turbulent, dass ich nicht viel Zeit hatte, über uns nachzudenken. Dann ist das mit meinem Vater passiert und ich war wieder bei dir.

Ich glaube, alle Gefühle, die ich schon hatte, haben sich in diesen Tagen gefestigt, aber weil ich so durcheinander und planlos war, habe ich das alles gar nicht wahrgenommen. Du musst verstehen, ich hatte immer einen Plan. Ich wusste, ich habe dies und das zu tun. Wenn etwas schief ging, musste ich dafür sorgen, dass es einen neuen Weg gab. So plötzlich komplett vor dem Nichts zu stehen und neu anzufangen, hat mich so irritiert, dass ich wieder alles andere ausgeblendet habe.

Doch du hattest so recht, die Liebe ist wirklich keine Kleinigkeit. Egal wie gut ich mir mein neues Leben aufgebaut habe, in meinem Herzen war immer dieses Loch, was wehgetan hat und … mir hat einfach etwas gefehlt. Ich habe es immer wieder versucht zu verdrängen, doch irgendwann ging es nicht mehr und besonders nicht mehr, als Savana plötzlich im Laden stand und wir uns wiedergesehen haben.«

Lia atmet tief ein, um nicht die Tränen zu verlieren, die sich langsam bilden, sie sieht Cruz in die Augen, der sie sehr ernst ansieht. »Mir ist erst, als es schon zu spät war, richtig bewusst geworden, dass ich dich liebe, Cruz. Es tut mir leid, dass ich zweimal von dir weggelaufen bin, obwohl du mir nie einen Grund dafür gegeben hast. Ich weiß nicht, ob ich alles falsch gemacht habe mit den Entscheidungen, die ich getroffen habe, vielleicht mussten sie auch sein, ich weiß es einfach nicht, genauso wenig weiß ich, was ich jetzt tun soll oder wie genau es mit uns beiden weitergeht, doch ich weiß, dass ich dich liebe.«

Nun ist es heraus und Lia fallen tausende Steine vom Herzen, sie sieht Cruz in die Augen, der mild lächelt. »Vielleicht musstest du einfach diesen Weg gehen, um es zu begreifen, Lia. Mir ist schon länger klar, dass das zwischen uns nicht einfach nur ein kleines Abenteuer ist. Im Grunde habe ich mich vom ersten Moment, als ich dich in meiner Küche gesehen habe, in dich verliebt.

Ich habe noch nie so eine schöne Frau wie dich gesehen, für mich bist du das Schönste ...« Nun entweichen Lia doch die Tränen und Cruz setzt sich auf und wischt sie weg. »Auch für mich ist das alles neu, Lia. Ich liebe dich auch, mi amor, schon von Anfang an, aber ich habe auch gespürt, dass dir das alles Angst macht und auch ich habe einen riesigen Respekt davor.

Ich wollte niemals jemand Festes an meiner Seite, auf keinen Fall eine Freundin oder jemanden mehr als ein paar Mal treffen, auch jetzt weiß ich, dass es sicherer und besser wäre, wenn ich mich daran halte, doch dann standest du in meiner Küche und hast alles umgeworfen. Doch ich bin auch Cruz Nechas und habe einfach eine Menge Verantwortung, und ich möchte dich zu nichts zwingen. Deswegen war für mich, als du das zweite Mal gegangen bist, das Thema durch.

Ich habe mich abgelenkt, doch tief in meinem Herzen wusste ich, dass das nicht klappt, es nicht dasselbe ist. Deswegen bin ich auch so ausgerastet, als du plötzlich wieder hier warst, da konnte ich mir nichts mehr vormachen. Als ich dich gesehen habe, habe ich sofort gespürt, wie sehr du mir wirklich fehlst.

Verstehst du … ich bin nicht der Typ für so viele Gefühle, für Pläne, für eine Freundin … ich wollte all das nie und nun bist du da und willst es eigentlich auch nicht, es ist alles ein wenig ungewohnt. Als ich dich da am Boden habe liegen sehen, bei Lorena in der Wohnung, mit all den Wunden, du warst halbnackt … ich hätte den Mann am liebsten mit meinen eigenen Händen erwürgt, aber in diesem Moment hatte ich solch eine Angst, dich endgültig zu verlieren … das habe ich noch nie erlebt.

Aber da ist ja noch mein Stolz und den habe ich erst beiseitegeschoben, als ich gesehen habe, was du dir für Mühe wegen dem Video gegeben hast und ich mir sicher war, dass auch du diese Gefühle für mich hast, davor war ich mir niemals sicher.«

Alle Härte, die Cruz immer an sich hat, weicht, als er Lia in die Augen sieht. »Ich weiß auch nicht, was die Zukunft bringt, Lia, momentan kann ich auch nicht ganz glauben, dass du wirklich bei mir bleibst oder dir sagen, was in zwei oder drei Wochen ist, ich führe nicht solch ein Leben, in dem man Pläne für eine private Zukunft macht und auf was genau das zwischen uns hinausläuft, wird die Zeit zeigen.

Vielleicht trennen sich unsere Wege in ein paar Tagen wieder, vielleicht in einigen Jahren. Jemand wie ich sollte nicht so egoistisch sein und heiraten, ich wollte nicht einmal eine Frau lieben. Die Gefahr, dass meine Feinde diese Schwäche bemerken und als Rache gegen mich nutzen, ist viel zu groß, doch du hast das jetzt alles mal einfach so zunichte gemacht und bist in mein Leben gepurzelt.«

Lia muss lächeln und Cruz setzt sich ganz auf, er legt seine Hand an ihre Wange und kommt ganz nah. »Ich kann dir für nichts eine Garantie geben oder einen Plan für uns beide, doch ich liebe dich und das ist mehr, als ich jemals für irgendeine Frau empfunden habe, das kann ich dir als Beruhigung geben.«

Lias Herz rast jedes Mal, wenn er ihr sagt, dass er sie liebt. Sie küsst ihn sanft auf die Lippen und sieht ihm dann in die Augen. »Ich liebe dich auch, Cruz, und du hast recht, wir sollten einfach alles auf uns zukommen lassen. Nur ... mir fällt es einfach so schwer, ohne Plan und Ziel. Ich meine, ich hätte alles werden können und bin Eventplanerin geworden ... das sagt ja wohl alles.«

Cruz lacht leise und legt sich wieder hin, dabei zieht er sie sanft mit sich und Lia legt ihren Kopf auf seine Brust und sieht in den dunklen Garten. »Versuch es einfach. Du hast es geschafft, mein Herz für dich zu gewinnen, du wirst so einiges schaffen, wenn du es willst. Du bist jetzt mi amor, meine Liebe, die erste Frau, die es geschafft hat, mich zu solchen Gefühlen zu bringen. Ich hätte nie gedacht, dass es so kommt, nun musst du mit Cruz Nechas an deiner Seite leben, mal sehen, ob du das überhaupt aushältst.«

Lia stemmt sich hoch und sieht ihm in die Augen. »War das jetzt ein Versprechen oder eine Drohung?« Sie lächelt und auch Cruz hat ein Lächeln im Gesicht, wenngleich man sieht, dass er sich über etwas Sorgen macht. »Wahrscheinlich beides.« Lia beugt sich zu Cruz' Lippen. »Es ist gut, dass wir darüber gesprochen haben, nun wissen wir beide wenigstens, woran wir beim anderen sind.«

Lia küsst Cruz' Lippen nur kurz, endlich haben sie über alles geredet und Lia hat das Gefühl, zumindest die größten Mauern zwischen ihnen eingerissen zu haben. Nun möchte sie ihn nur noch genießen. Cruz legt sich entspannt zurück, als ihre Lippen seinen Hals entlangfahren, gleichzeitig wandert ihre Hand seinen Bauch herunter. Lia fühlt, dass langsam alles zusammenpasst, ihr neues Leben nimmt Formen an, jetzt hat sie Cruz auch wieder, und vielleicht schafft sie es wirklich, ihn in ihr neues Leben mit einzubinden, sie wird sich alle Mühe geben.

Auf jeden Fall hat sie ihn endlich wieder und das fühlt sich so gut an, dass Lia nicht genug davon bekommen kann, ihn zu spüren, zu schmecken und einfach ihm nah zu sein. Sobald ihre Hand unter seine Boxershorts fährt und ihn umfasst, treffen sich ihre Lippen wieder und der Kuss wird sofort fordernder. Auch Cruz' Hände gehen auf Wanderschaft, dabei ist Lia sofort ihre Unterwäsche los und sie beide atmen schneller.

Als wäre zwischen ihnen ein Knoten geplatzt, lassen beide ihrer Sehnsucht aufeinander freien Lauf. Es fühlt sich genauso schön an, wie in der Nacht von Cruz' Geburtstag. Auch wenn er es vielleicht nie zugeben würde, scheint dieses offene Gespräch auch Cruz beruhigt zu haben.

Als er zu ungeduldig wird, zieht er sie zärtlich komplett auf sich und dringt in Lia ein. Beide stöhnen laut auf, sehen sich in die Augen und halten einen winzigen Moment ein. Cruz' Hand geht an ihre Wange und ein zufriedenes Lächeln setzt sich auf sein Gesicht. In diesem Licht, mit diesem Lächeln, so verbunden miteinander, würde Lia am liebsten die Zeit anhalten. Cruz sah noch nie schöner für Lia aus. »Ich liebe dich, mi amor.« Seine Stimme ist rauer als sonst.

Lia küsst Cruz' Hand und muss auch lächeln. »Ich dich auch ...« Sie flüstert diese Worte nur noch, beugt sich zu ihm hinunter und sobald sich ihre Lippen erneut treffen, beginnt Lia, sich zu bewegen und sie beide noch mehr zu vereinen.

»Guten Morgen, du Schlafmütze.« Lia öffnet ihre Augen nur sehr langsam. Sie weiß sofort, wo sie ist, ihr Körper kribbelt noch immer und sie fühlt sich ausgeruht wie noch nie. Sie liegt auf dem Bauch und spürt Cruz' Lippen auf ihren Schultern und dann auf ihrer Wange. »Morgen.«

Jetzt erst merkt sie, dass Cruz gar nicht mehr im Bett liegt, er hat ein Handtuch um und ist wohl gerade erst aus der Dusche gekommen. »Wieso bist du schon wach?« Cruz deutet auf Lias Handy, das auf dem Nachttisch liegt. »Es ist gleich Mittag und ich war mit Jomar trainieren. Du hast offenbar diesen Schlaf gebraucht, deswegen habe ich dich nicht geweckt.«

Lia hat ihre Augen immer noch nicht ganz offen und streckt sich zufrieden. Sie ist nackt, doch ein leichtes weißes Betttuch liegt über ihr, aber auch so würde sie sich nicht mehr vor Cruz schämen. Über diesen Punkt sind sie hinaus. »Wozu trainierst du noch?« Lia sieht auf Cruz' perfekten Oberkörper, nun wird sie doch langsam wach.

»Das müssen wir, wir müssen immer in Topform sein, es kann uns mal das Leben retten.« Lia gähnt leise und setzt sich auf. »Machst du eigentlich irgendwelchen Sport?« Lia zieht die Augenbrauen zusammen. Fast hätte sie losgelacht, sie und Sport? »Ich gehe Treppen.« Cruz grinst, küsst Lia auf den Mund und steht auf. »Und trotzdem hast du einen Traumkörper, du bist die erste Frau, die wirklich alles isst. Ich kenne es sonst eher so, dass die Frauen nur auf Salat rumkauen. Trotzdem muss man ein wenig Sport machen. Jetzt halte ich dich wenigstens ein wenig fit.«

Lia steht auch auf, sie bindet sich das weiße Laken um ihren Körper, während Cruz zu dem riesigen Kleiderschrank geht, das Handtuch fallen lässt und sich eine Boxershorts heraussucht. Man sieht überall an seinem Körper, dass er absolut durchtrainiert ist und auch er hat mehr als offensichtlich vor Lia keine Hemmungen mehr. Lia hat das Grinsen auf seinem Gesicht gesehen und weiß, wovon er spricht. Lia spürt an ihrem Körper, dass sie sich gestern geliebt haben, einmal im Garten und als sie nachts nach oben ins Schlafzimmer gegangen sind auch noch einmal.

Lia war überrascht, als sie Cruz' Schlafzimmer so vorgefunden hat, wie sie es damals verlassen hat und er hat ihr gestanden, dass er nach dem Morgen, an dem Lia gegangen ist, immer das Gästeschlafzimmer nebenan benutzt hat. Er wollte nicht ständig mit dem neuen Bett, das er extra wegen Lia gekauft hat, an alles erinnert werden und deswegen ist es Lia auch nicht schwergefallen, wieder in das Schlafzimmer und das Bett zurückzukehren.

»Ich muss in die Mall, etwas abholen, wir könnten da auch gleich etwas zu Mittag essen, hast du Lust?« Cruz dreht sich erst jetzt wieder zu Lia um. Die Mall ist eine riesige dreistöckige Einkaufshalle mit tausenden von Geschäften. Heute haben eigentlich alle Geschäfte geschlossen, auch die Mall. Lia war einmal da, zusammen mit Stipe und hat extreme Platzangst bekommen. Es war so voll und laut, da geht sie lieber in die kleinen Geschäfte in den Seitenstraßen.

»Ist da nicht alles zu?« Cruz sucht sich ein Shirt aus dem Schrank. »Nein, heute werden die Wocheninventuren gemacht und meine Männer und ich gehen meist dann unsere Sachen besorgen, nicht wenn es so voll ist.« Lia kann nicht glauben, was für Privilegien hier alle genießen. »Wie praktisch.« Cruz zieht sich das Shirt über. »Das ist es, also möchtest du?« Lia zuckt die Schultern. »Okay, aber ich gehe erst einmal duschen, ich habe hier allerdings gar nichts anzuziehen.«

Cruz öffnet den Schrank auf der anderen Seite und zieht eine weiße Papptüte heraus. »Doch, du hattest noch Sachen in der Wäsche, Dora hat vergessen sie mitzunehmen und sie stehen noch hier.« Er schiebt ihr über das Bett die Tüte zu. Darin liegt ein hellrosa Sommerkleid, das sie in dem Hotel in Anguilla bekommen hat, dazu frische Unterwäsche. Dabei liegen auch die Bilder, die Lia Cruz damals dagelassen hat.

Ihr Herz hüpft zufrieden auf, als sie sie dieses Mal ansieht. Es ist kein Vergleich dazu, wie sie sich die letzten Wochen gefühlt hat, immer wenn sie sich die Bilder angesehen hat. Lia nimmt sie und stellt sie auf die Kommode. Sie spürt Cruz' Blick dabei auf sich, dann lässt sie das Tuch fallen und geht ins Bad. »Okay, dann gehe ich erst einmal duschen.« Lia muss leise lachen, als sie Cruz' leises Fluchen hört und wie er sich seine frischen Sachen wieder auszieht. »Du solltest heute auch noch trainieren.« Lia geht schnell unter die große Dusche und keine Minute später ist sie nicht mehr alleine darin.

Es dauert noch zwei Stunden, bis Lia und Cruz endlich losfahren. Nachdem sie geduscht haben, haben sie erst einmal eine Kleinigkeit gefrühstückt, danach hat Lia kurz mit Stipe und Lorena telefoniert, erst danach sind sie langsam losgefahren.

Es ist die heißeste Zeit am Mittag und im Nechas-Gebiet kaum etwas los. Cruz hält nicht am Wachhaus, sondern hebt nur die Hand, in seinem Auto spürt man von der Hitze nichts. Cruz schlägt Lia vor, sich ein paar Sachen zu besorgen, die immer bei ihm bleiben, sodass sie nicht das Problem hat, nichts mehr anzuziehen zu haben, sollte sie spontan bei Cruz schlafen wollen.

Lia gefällt der Gedanke, es hat so etwas Festes, etwas, was zeigt, dass das zwischen ihnen mehr als einige Tage gehen wird oder dass sie beide zumindest die Hoffnung darauf haben.

Bis zum Schluss kann Lia nicht glauben, dass sie so einfach in die geschlossene Mall hineinkommen, doch ein Sicherheitsbeamter vor dem Parkhaus blickt nur kurz ins Auto und winkt sie sofort durch. Es stehen wirklich auch einige andere Autos im Parkhaus und als Cruz sich seine Waffe in den Hosenbund steckt, während sie aussteigen, verwundert es Lia nicht einmal mehr.

Natürlich werden auch in dieser riesigen Mall an allen Eingängen, wie überall im Land in großen und wichtigen Gebäuden, Waffenkontrollen gemacht, doch langsam hat Lia verstanden, dass die Regeln, die für sie und alle anderen Vorschrift sind, nicht für Cruz gelten.

Cruz nimmt Lia an die Hand, zusammen betreten sie das Gebäude und Lia staunt nicht schlecht. Es ist sehr ruhig, alle Geschäfte sind offen und immer ein oder zwei Leute zählen die Waren und die Kasse durch. Niemand hier scheint sich über ihr Auftreten zu wundern, auch in den Restaurants sind einige Mitarbeiter. Lia sieht sich verblüfft um, so etwas erlebt man wirklich nicht alle Tage, es ist ein Unterschied wie Tag und Nacht.

»Ich gehe nach oben in den Elektroladen, willst du dich schon mal umsehen?« Lia hat den Laden entdeckt, in dem sie mit Stipe war. Er hatte tolle Kleidung und Schuhe, doch es war so voll, dass Lia die Lust an allem verloren hat. »Ja, ich bin dort drinnen.« Sie zeigt Cruz den Laden und ihre Wege trennen sich. Erst als sie den Laden betritt, fällt ihr ein, dass die Leute ja gar nicht wissen, wer sie ist und dass sie wegen Cruz hier ist.

Zwei Frauen sehen sie neugierig an und Lia lächelt, sie spürt aber selbst, dass das Lächeln sehr gekünstelt ist. »Hallo, ich wollte mich nur einmal umsehen, Cruz meinte, das wäre ...« Die ältere der beiden Frauen reagiert sofort. »Cruz Nechas? Natürlich, suchen Sie etwas Bestimmtes? Können wir Ihnen etwas zu trinken bringen?«

Lia winkt ab und geht zum ersten Ständer mit schönen weißen Sommerkleidern. »Nein, danke. Machen Sie sich keine Mühe, ich sehe mich nur um.« Doch aus Lias Vorhaben wird nichts, die beiden Frauen zeigen ihr alles, besonders die neue Kollektion und nach fast einer halben Stunde geht Lia mit mehreren Kleidern, Hosen und Oberteilen in eine Kabine.

Das Geschäft ist nicht sehr teuer, aber auch nicht sehr günstig, und je mehr Lia die Sachen anprobiert, desto mehr schimpft sie sich selbst aus für diese Idee. Die Sachen sind alle so toll, sie wird sich nicht entscheiden können, was sie nehmen soll. Als plötzlich Cruz in ihre Kabine sieht, schlägt ihr Herz wieder automatisch schneller. Er sieht an ihr hinab, sie trägt gerade einen kurzen schwarzen Rock mit einem hellrosa Oberteil. Der Rock betont ihren Po, wie Lia es zuvor noch nie gesehen hat.

»Sehr schön, das musst du unbedingt nehmen.« Lia lächelt und deutet auf eine Kleiderstange. »Das ist engere Wahl.« Daneben ist eine zweite, an der nur zwei Kleider hängen. »Die auf keinen Fall.« Cruz setzt sich auf ein Sofa, das im Bereich der Umkleiden steht. »Das was du anhast, muss auf jeden Fall mit!« Er sieht auf sein Handy, irgendwer scheint ihm zu schreiben. Die ältere Frau kommt mit einer Auswahl von sexy Unterwäsche und Bikinis. »Jetzt wird es interessant.« Lia hatte nicht vor, auch danach zu suchen, doch an Cruz' Blick merkt sie schnell, dass er die Idee sehr gut findet.

Sie verbringen noch eine Stunde im Laden, die Unterwäsche hat sie nicht anprobiert, sie hat sich zwei Bikinis ausgesucht und Cruz hat ihr gezeigt, von welcher Unterwäsche er denkt, dass Lia sie unbedingt braucht. Lia war froh, als die Verkäuferin sie beide dabei allein gelassen hat. Als sie nach dem Anziehen wieder aus der Kabine kommt, spürt sie, dass sie langsam wirklich Hunger hat. Lia rechnet schon im Kopf aus, wie viel Geld sie hierlassen kann, doch als sie herauskommt, sind Cruz und alle Sachen verschwunden.

Er steht an der Kasse, die Verkäuferinnen packen gerade Unmengen an Tüten und Cruz sieht ihr zufrieden entgegen. »Die Hälfte wird zu dir und die andere Hälfte zu mir geschickt.« Lia versteht nichts mehr. »Ich wollte doch noch aussortieren, was ich wirklich nehme.« Cruz deutet auf die vielen Sachen. »Sie haben dir doch alle gefallen, also nehmen wir sie. Schicken Sie die Sachen an die beiden Adressen ... die Aufnahmen?«

Die jüngere Frau nickt und geht schnell nach hinten ins Lager. »Wie viel ...« Cruz sieht sie ernst an. »Das meinst du nicht ernst Lia, oder?« Ehe sie antworten kann, ist die Frau wieder da und übergibt Cruz einige Aufnahmekassetten aus Videoüberwachungsgeräten. »Hier, das ist alles.« Cruz steckt die Kassetten ein und nickt den Frauen zu. »Danke und einen schönen Tag noch.« Lia geht zwar neben Cruz aus dem Laden, hält ihn dann aber zurück.

»Warte, wieso hast du diese Aufnahmen und wieso lässt du mich das nicht selbst zahlen. Ich verdiene jetzt mein eigenes Geld, Cruz.« Cruz trägt ein Paket unter dem Arm, was Lia erst jetzt bemerkt. Lia ist nicht sauer, doch verwundert. Cruz lächelt sie an und küsst sie kurz, aber sehr zärtlich. »Das muss sein, die Leute dürfen keine Aufnahmen von uns haben. Wer weiß, was sie damit machen würden, mach dir keine Gedanken. Sie kennen das.

Es ist wirklich schön, dass du dein eigenes Geld verdienst, aber selbst wenn ich nur hundert Dollar im Monat verdienen würde und du Millionen, würde ich dich niemals irgendetwas zahlen lassen, niemals! Das würde mein Stolz gar nicht zulassen, also schlage dir das gleich wieder aus dem Kopf.«

Das ist so altmodisch, altmodisch traditionell und doch, weil Cruz es so überzeugt vorträgt, auch irgendwie unglaublich süß und gentlemanlike. Lia kneift ein wenig die Augen zusammen, was Cruz' Gesicht noch mehr strahlen lässt. »Okay, aber du wirst mich nicht davon abhalten können, dir dann auch hin und wieder Geschenke zu machen.« Cruz legt den Arm um sie. »Momentan bin ich sehr glücklich, ich brauche keine Geschenke.«

Cruz und Lia gehen essen und da sie alleine im Restaurant sind, ist es sehr gemütlich und wirklich lecker. Auf dem Weg zurück zum Auto kommen sie an einem Babyfachgeschäft vorbei, in dem die Wiege steht, die Jomar Lorena geschenkt hat und Lia muss dreimal hinsehen, als sie den Preis sieht. »Du musst deiner Schwester helfen, damit sie anfängt, sich auf das Baby zu freuen.« Lia nickt, sie hat dafür auch schon einen Plan, doch sie gehen auch jetzt in das Geschäft und kaufen einige zuckersüße Babyklamotten. Lia kann nicht glauben, wie klein die Babys am Anfang sind und nimmt dieses Mal die Tüte gleich mit, genauso wie einen kleinen Kuchen.

Cruz hat ihr gesagt, dass er noch einmal weg muss, er setzt sie bei Lorena ab und Stipe kommt auch dazu. Es ist komisch, als Lia Cruz im Auto verabschiedet, sie würde am liebsten weiter bei ihm bleiben und er hat sie auch gar nicht gefragt, ob sie bei ihm zuhause warten möchte, doch Lia will auch nicht, dass er wie beim letzten Mal die Familia ihretwegen vernachlässigt, deswegen gibt sie ihm einen Kuss und geht dann, um sich den neugierigen Fragen ihrer Schwester und Stipe zu stellen.

Sie erzählt ihnen vieles, nicht alles, aber beiden war klar, dass da wieder etwas zwischen Lia und Cruz passieren wird. Lorena erzählt nur, dass Jomar gestern noch eine Weile bei ihr war, sie haben sich gut unterhalten, aber irgendwann ist er gegangen, nachdem er einen Anruf erhalten hat. Jomar begrüßt und verabschiedet Lorena mit einem Kuss auf die Wange, doch mehr als dass er sehr nett und aufmerksam zu ihr ist, wird wohl nicht passieren. Wenn Stipe nicht dabei ist, wird Lia vielleicht mehr darüber erfahren, was sie alles besprochen haben.

Lorena strahlt, als sie die Babysachen auspackt und sie verbringen eine ganze Weile zusammen, quatschen und essen Kuchen, bis Stipe und Lia am Abend zu ihrem Haus zurückkehren. Vor Lias Haustür stehen fast fünfzehn Einkaufstüten, die Lia alle im Eingangsbereich ihrer Wohnung verteilt. Zum Glück hat Stipe das nicht gesehen, sonst hätte sie ihm alles zeigen müssen, so schiebt sie die Tüten beiseite, sie wird sie morgen auspacken.

Lia kommt noch nicht einmal richtig dazu, auf ihr Handy zu blicken und enttäuscht festzustellen, dass Cruz sich noch nicht gemeldet hat, da klopft es bereits und Lia liegt wieder in Cruz' Armen.

Als sie in dieser Nacht in Cruz' Armen in ihrem Bett, in ihrer Wohnung liegt, muss sie an Cruz' Frage denken. Bist du glücklich? Zum ersten Mal, seitdem sie Cruz verlassen hat, verspürt sie in diesem Moment wieder richtiges Glück und es gibt kein besseres Gefühl der Welt. Sie hat ein neues Leben angefangen, ein eigenes Geschäft, Lorena ist wieder da und nun ist auch Cruz zurück in ihrem Leben.

Lia spürt Cruz' Atem in ihrem Nacken, legt ihre Hände auf seine Arme, die sie umschlingen und schließt zufrieden die Augen. Ja, das erste Mal seit Langem ist sie wirklich glücklich.

Sie wünscht sich in diesem Moment, dass von nun an alles so bleibt, doch eigentlich hätte sie da schon ahnen müssen, was das bisherige Leben sie bereits gelehrt hat … Glück ist meist nur von kurzer Dauer.

Kapitel 17

Die nächste Woche ist ein wenig turbulent. Lia hat am Wochenende zwei Kindergeburtstage und sie muss die Quinceañera des jungen Mädchens planen. Deswegen arbeitet sie viel und ist auch ständig unterwegs. Cruz hat auch zu tun, wenn Lia ihn fragt, was genau, weicht er ihr aus und Lia belässt es auch noch dabei, doch wenn sie wirklich fest zusammen sein wollen, muss sie sich auch damit beschäftigen, was für Geschäfte Cruz macht.

Aber Cruz bemüht sich, er schickt Lia Blumen in den Laden und kommt die ersten zwei Abende zu ihr nach Hause. Lia mag das, sie weiß, dass für ihn ihre Wohnung winzig ist, doch sie liebt es, wenn er auf ihrer Couch liegt und sie ihnen etwas zu essen zubereitet, er noch einige Telefonate erledigt und sie dann in der Küche ablenken kommt.

In den nächsten zwei Tagen ist Lia ständig bei den Locations für das Wochenende, sodass sie erst sehr spät wieder nach Hause kommt, auch Cruz ist beschäftigt und so sehen sie sich zwei Tage nicht, am Freitag vor dem anstrengenden Wochenende holt Cruz Lia aber überraschend aus dem Laden ab. Eigentlich haben beide zu tun, doch sie lassen alles hinter sich. Lia genießt es, neben Cruz im Auto zu sitzen. Er hat ihr gesagt, dass er sie vermisst hat und hat sie lange geküsst, nun wollen sie etwas essen und Lia bekommt erst richtig mit, wohin sie fahren, als sie den ihr schon vertrauten Berg zu dem Restaurant hinauffahren.

Hätte Lia das vorher gewusst, hätte sie Cruz überredet, woanders zum Essen hinzufahren, doch nun atmet sie tief ein, ihr Date mit Stefan hat diesem Ort für sie den Zauber genommen, den er hatte, nachdem Lia und Cruz hier ja das erste Mal zusammen essen waren und sich das erste Mal richtig über sehr private Sachen unterhalten haben.

Eigentlich sollte sie das in Erinnerung halten und diesem Ort noch einmal eine Chance geben, das Essen ist unglaublich lecker und der Ausblick einzigartig.

Cruz erzählt Lia gerade, dass er heute Abend nach Mexiko müsse. Als sie nachfragt, was er da zu tun hat, erzählt er nur, dass sie momentan einigen Hinweisen nachgehen, die mit Geschäftspartnern dort unten zu tun haben.

Sie steigen aus und Cruz hält Lia die Autotür auf und legt gleich den Arm um sie, als sie sich vom Auto zum Restaurant hin bewegen. »Also sehen wir uns die nächsten Tage auch nicht?« Cruz küsst ihre Wange. Lia trägt heute nur eine schwarze Leggins und ein weißes längeres Hemd, sie hatte nicht vor, den Laden zu verlassen, sonst hätte sie sich etwas anderes angezogen, doch Cruz stört es gar nicht, auch wenn er in seinen hellen Stoffhosen und dem weißen Shirt wieder aussieht, als wäre er einem Männermagazin entsprungen.

Lia hat es bei all dem Stress nicht einmal geschafft, die vielen Tüten im Flur zu leeren, Stipe hat einige aus Neugierde geöffnet und sich die Klamotten genau angesehen, die hat Lia dann auch gewaschen, der Rest liegt noch immer in Tüten in ihrer kleinen Wohnung herum. »Ich werde sicherlich am Montag zurück sein, wir können dann irgendwohin fahren für ein paar Tage, was denkst du?«

Ihnen wird die Tür zum Restaurant aufgehalten und Lia erklärt, dass sie die Quinceañera vorbereiten muss und dafür keine Zeit hat. Ein Kellner kommt ihnen gleich entgegen, der Lia bekannt vorkommt und als sie genauer hinsieht, erkennt sie, dass es der Kellner war, der auch Stefan und sie bedient hat. Er nickt ihnen beiden zu. »Momentan ist es auf der Terrasse etwas windig, wenn Sie möchten, können Sie wieder in die Ecke des Restaurants, in der Sie ungestört sind.«

Lia könnte den Mann ohrfeigen, er ist extrem nett und denkt sich wahrscheinlich gar nichts dabei, doch er hat Lia auch wiedererkannt und bietet ihnen den Platz an, den Stefan und sie hatten. Er muss sich doch denken können, dass er so etwas vor Cruz vielleicht eher nicht erwähnen sollte.

Lia spürt sofort Cruz' Blick auf sich, doch er nickt nur und folgt dem Kellner. »Natürlich, sehen wir uns diese Ecke mal an.«

Es ist klar, sobald sie sitzen, legt Cruz den Kopf ein wenig schief, während Lia schnell die Karte aufschlägt. »Du warst noch einmal hier?« Lia blickt auf und versucht dabei, mild zu lächeln. »Ja, einmal mit meinem Chef, er hatte mich eingeladen, kurz bevor ich bei ihm aufgehört habe. Also, jetzt ist er ja nicht mehr mein Chef, aber damals war er es ...«

Lia spürt selbst, wie sie sich selbst verhaspelt und sieht wieder auf die Karte. »Der Chef, der in dich verliebt ist.« Sie blickt wieder auf und direkt in Cruz' Augen, die sie abschätzig mustern. »Cruz, wir waren essen, nicht mehr und nicht weniger und zu einer Kleinigkeit wie Liebe gehört sicherlich mehr als das, das solltest du wissen.« Nun hat sie ihn wenigstens zum Schmunzeln gebracht und greift über den Tisch nach seiner Hand. »Es war nicht mit dem zu vergleichen, was zwischen uns war, als wir das erste Mal hier waren.«

Lia ist ein wenig über sich selbst erstaunt. Sie hat Cruz vermisst und sie hat auch gespürt, dass sie ihn liebt, doch sie hätte nicht gedacht, dass ihr das zwischen ihnen so viel bedeuten könnte. Lia hat sich noch nie für einen Mann Mühe gegeben, versucht keinen Streit aufkommen zu lassen oder ist sonst so auf einen Menschen eingegangen. Es ist merkwürdig fremd, doch es fühlt sich gleichzeitig auch gut an, weil es einfach so ist. Das zwischen Cruz und ihr ist ihr wirklich wichtig.

Sie essen sehr gut und reden nicht mehr von Stefan, vielmehr ist Cruz der Meinung, Lia sollte Auto fahren können, da sie so viel unterwegs ist und sich so einiges erleichtern würde. Er hat nicht ganz unrecht, hier ist es nicht gerade ungefährlich, spät abends noch mit dem Bus zu fahren, doch sie kann sich kein Auto leisten und auch keine Fahrstunden, um den Führerschein zu bekommen.

Sie macht dann den Fehler und sagt, dass sie Auto fahren kann. Sie ist ein paar Mal im Dorf umhergefahren und auf der Landstraße, mehr nicht, doch als sie aus dem Restaurant kommen, deutet Cruz ihr an, sich hinter das Steuer zu setzen. »Ich habe keinen Führerschein, Cruz, ich bin im Dorf gefahren.«

Cruz zuckt die Schultern. »Das reicht und du brauchst keinen Führerschein, wenn du mit mir zusammen bist. Wer soll uns anhalten? Die Polizei? Probiere es mal.« Lia hat kein gutes Gefühl dabei, überhaupt keines, doch sie sind ja hier noch auf keiner befahrenen Straße, also steigt sie ein, nur um dann auf viele Lichter und verwirrende Knöpfe zu starren.

Cruz setzt sich neben sie und gibt ihr etwas wie einen Schlüssel in die Hand, nur dass es kein Schlüssel ist. Lia atmet durch, sie ist im Dorf einen riesigen Schrotthaufen gefahren, jetzt sitzt sie in einem schwarzen Porsche. »Wo sind hier die Gänge? Ich weiß noch, jedes Mal, wenn der Motor heult, einen neuen Gang einlegen.«

Lia sieht sich ein wenig hilflos im Auto um und dann in Cruz' verblüfftes Gesicht. Er fängt leise an zu lachen. »Ja schon ... aber in der neuen Welt schaltet das Auto automatisch und du brauchst dich darum nicht mehr zu kümmern.« Er zeigt auf einen kleinen Schalter in der Mitte. »Nach oben fährt er geradeaus, nach hinten zurück, seitlich ist Parken ...« Lia nickt, auch wenn sie das nicht ganz versteht. »Fahr einfach mal los, ich zeige dir den Rest schon.«

Lia atmet tief ein und hält ihre Hand zu Cruz auf. »Den Schlüssel.« Cruz deutet auf ihre andere Hand. »Den hast du bereits.« Lia sieht ihm in die Augen und hebt die Arme. »Das ist kein Schüssel, ich brauche den Schlüssel, mit dem man den Wagen startet.«

Nun lacht Cruz ein wenig lauter. »Drück einfach auf S und gib Gas. Das war es schon.« Lia spürt, wie sich langsam Ärger in ihrem Bauch bildet. »Vielleicht sage ich auch einfach 'Starten', das Auto versteht sicherlich unsere Sprache, ist das überhaupt noch ein Auto?« Lia grummelt leise vor sich hin und Cruz ist nur noch am Grinsen. Lia sieht ihm in die Augen. »Cruz ...« Nun lacht er los und beugt sich zu Lia hinüber. »Ich liebe dich, mi amor, wirklich. Fahr einfach los, du wirst es schon schaffen.«

Nun will Lia es ihm natürlich zeigen, drückt auf Start und gibt gleichzeitig langsam Gas. Leider ist dieses Auto alles andere als langsam und sie bekommt Panik. Cruz allerdings greift ihr schon ins Steuer und zusammen fahren sie ein paar Runden auf dem großen Parkplatz.

Es dauert nicht lange und Lia hat das Gefühl des Autofahren wieder. »Na siehst du, es klappt doch, jetzt fahr langsam den Berg runter. Am besten gibst du erst einmal kein Gas.« Cruz nimmt seine Hand weg und tatsächlich steuert sie ganz langsam das Auto den Berg hinunter. Als sie unten angekommen sind, will Lia in die Parkposition schalten und Cruz wieder ans Steuer lassen, doch er deutet Lia weiterzufahren. »Bis zu dir nach Hause.«

Lia sieht auf die vielen anderen Autos und schüttelt den Kopf. »Niemals, sonst töte ich uns oder andere. Das schaffe ich noch nicht. Vielleicht sollte ich doch einfach mal zu einer Fahrschule ...« Cruz fasst wieder ans Steuer und gibt Lia einen Kuss. »Die macht auch nichts anderes als ich gerade, Lia, komm, probiere es. Vertrau mir!«

Wieder gibt sich Lia einen Ruck und mit Cruz' Hilfe fädelt sie sich schnell in den Verkehr ein. Lias Herz rast, sie fährt sehr langsam, hält viel Abstand. Wenn sie abbiegt, sieht sie sich mehrmals um. Cruz neben ihr ist ganz ruhig und Lia wird immer mutiger.

Sie kommt ihrem Haus immer näher und ist ganz außer sich, dass sie wirklich diese Strecke gefahren ist. »Am besten, du hältst noch den Arm aus dem Fenster, damit die Leute auch das Blinken nicht übersehen, dann musst du dich nicht ständig umsehen.«

Lia sieht wieder in den Rückspiegel. »Meinst du wirklich? Sie werden doch das Blinken sehen.« Cruz hat wieder das Grinsen im Gesicht. »Lia, hier kann man nur um die Ecke, du musst rein theoretisch nicht einmal blinken. Wenn das ein Schaltwagen wäre, wärst du die ganze Strecke nicht aus dem zweiten Gang herausgekommen, aber sonst ist es schon ganz gut.«

Lia biegt ab und deutet auf ein schönes kleines, schwarzes Auto. »Wenn, dann würde ich auch so etwas fahren und kein Auto, von dem eine fünfköpfige Familie ein Jahr leben könnte.« Sie hält vor ihrem Haus und lässt sich zurück ins weiche Leder fallen. »Ich habe es geschafft.«

Cruz steigt aus und auch Lia verlässt erleichtert das Auto, ihre Knie zittern ein wenig, wahrscheinlich, weil sie so verkrampft war. Cruz ist aber schon bei ihr und drückt sie mit seinem Körper leicht gegen das Auto, als er seine Arme um sie legt. »Du wirst noch viel mehr schaffen, du musst dich nur trauen. Ich bin zufrieden, du wirst nach und nach schon Übung bekommen. Das reicht, du kannst ein eigenes Auto haben.« Lia lacht und küsst seine Lippen. Bei der Berührung wird auch Cruz wieder ernster und sieht ihr in die Augen, als sie den Kuss lösen.

»Kommst du noch mit hoch?« Cruz schüttelt den Kopf. »Wäre ich ja, aber wir haben ungefähr das Doppelte an Zeit für den Weg zurück gebraucht und ich muss zum Flieger.« Lia nickt und lächelt. »Ich liebe dich, du wirst mir fehlen.« Cruz beugt sich zu ihr und küsst sie noch einmal. »Du mir auch. Pass auf dich auf, solange ich nicht da bin.« Lia will nicht, dass Cruz geht, doch sie will sich auch nicht zu schnell zu abhängig von ihm machen und zu sehr wie eine Klette wirken, also lächelt sie und geht in ihren Laden, um weiterzuarbeiten, während Cruz losfährt.

Sie müssen trotz allem auch beide ihre normalen Leben weiterführen.

Lia verbringt bis spät in die Nacht ihre Zeit im Laden am Schreibtisch, sie ist so in Arbeit vertieft, dass sie nicht einmal die Nachrichten von Cruz bemerkt, erst als sie nach oben in ihre Wohnung geht, sieht sie, dass er ihr zweimal geschrieben hat. Er hat sie gefragt, ob alles in Ordnung sei und beim zweiten Mal mitgeteilt, dass sie losgeflogen sind. Lia liebt das, dieses Gefühl der Nähe, dass sie dem anderen ganz automatisch sagen, was sie machen, sich melden, diese Kleinigkeiten, die viele in Beziehungen als selbstverständlich sehen, sie aber nicht kennt, noch nie erlebt hat und einfach sehr schön findet.

Lia schreibt ihm, dass sie jetzt zuhause ist und ins Bett geht. Cruz ist nicht mehr online, vielleicht schläft er während des Fluges. Lia ruft Lorena an, sie hat während der Arbeit der letzten Tage gemerkt, dass momentan immer mehr Veranstaltungen rund um Babys geplant werden. Baby Showers, Babys erster Geburtstag, dort wird noch mehr aufgetragen als bei anderen Festen. Für Lia wäre das ein weiterer sehr interessanter Zweig. Sie hat sich schon einige Sachen, Dekoartikel, Keks- und Tortenbilder heruntergeladen. In ein paar Wochen ist eine Babymesse, dort könnte sie einen Stand mieten und für ihr Geschäft Werbung machen.

Das kostet sie einiges, doch wenn sie gute Werbung macht, lohnt sich das. Dafür braucht sie aber eine tolle Baby Shower-Party, deren Bilder sie dort vorstellen kann. Und was eignet sich dafür mehr, als eine für Lorena auszurichten? Natürlich wird sie sie nicht fragen, Lorena verdrängt immer mehr, dass sie bald ein Baby im Arm haben wird, doch Lia hat schon viele Ideen und vielleicht wird das Lorenas Stimmung aufheitern.

Sie fragt sie nur, wie es ihr geht und dass sie sich am Wochenende in zwei Wochen nichts vornehmen soll. Lorena erzählt ihr, dass heute Mittag plötzlich ihre Mutter vor ihrer Wohnung stand. Sie ist hereingekommen und hat begonnen, eine Suppe für Lorena zu kochen, dabei hat sie ihr die ganze Zeit von der Schwangerschaft mit Lia und Lorena erzählt.

Lia kann nicht glauben, was sie da hört, sie muss sofort an das Essen ihrer Mutter denken, sie hat es oft vermisst, ihre Mutter konnte wirklich gut kochen, ein paar Sachen hatte Lia schon von ihr gelernt, den Rest haben ihr Nachbarinnen beigebracht. Lorena war todmüde und konnte kaum reagieren, sie muss dabei eingeschlafen sein. Als sie wieder wach wurde, war ihre Mutter weg, eine Suppe und leckere Teigtaschen auf dem Herd und die Wohnung aufgeräumt.

Lorena kann das immer noch nicht glauben und Lia weiß auch nicht so richtig, was sie davon halten soll. Als sie mit Lorena auflegt, fragt sie sich, was ihre Mutter da versucht. Sie würde sich freuen, wenn sie sich wirklich um Lorena kümmern würde, endlich mal eine Mutter ist, doch Lia bezweifelt, dass sie sich zu große Hoffnungen machen sollten.

Lia geht schlafen, am nächsten Morgen fährt sie früh mit ihrem Nachbarn mit, die Sachen für die Kindergeburtstage abzuholen, hilft aufzubauen und zu dekorieren, macht Bilder und ist die ganze Zeit dabei. Sie kommt erst spät abends nach Hause und am nächsten Tag genau das gleiche. Lia kommt kaum dazu, mit Cruz zu schreiben, doch sie spürt schnell, dass sie anfängt, ihn zu vermissen und auch, dass er recht hat und es einiges vereinfachen würde, wenn sie ein kleines Auto hätte.

Am Montag kommt Lia nicht dazu, Pause zu machen, sie trifft sich mit dem Mädchen, deren Quinceañera sie gerade vorbereitet, und deren Mutter. Sie gehen zusammen in Stefans Laden und Lia ist erleichtert, als sie merkt, dass Stefan nicht da ist. Sie ist ihm seit dem Krankenhaus aus dem Weg gegangen, einfach weil sie nicht weiß, wie genau sie ihm gegenübertreten soll. Nun hat sich auch erledigt, dass sie bei ihm arbeitet, er hat nicht mehr gefragt und Lia ist klar, dass er das vielleicht nicht mehr möchte, nachdem er Cruz bei ihr gesehen hat.

Stipe kümmert sich um sie, auch wenn er das nicht sollte. Stipe weiß, wie glücklich sie zur Zeit wegen Cruz ist. Er findet es gut, besonders, als er sagt, dass er Lias Augen noch nie hat so strahlen sehen, doch er hat auch Bedenken, auf was das Ganze mit Cruz hinauslaufen soll. Lia hat ihm erklärt, dass Cruz und sie sich da nicht festlegen und alles auf sich zukommen lassen wollen und dies war der Moment, als sie gemerkt hat, dass Stipe sie ein wenig mit Sorge betrachtet.

Doch im Laden lässt er sich nichts anmerken, das Mädchen probiert die schönsten Kleider an, die Mutter ist begeistert und Lia nutzt die Gelegenheit, sich mal wieder mit Sonja und den anderen zu unterhalten. Sie möchte die Woche unbedingt mit zum Mädchentreff, auch Lorena wollte sie wieder begleiten.

Das junge Mädchen und seine Mutter sind sehr wählerisch und probieren immer mehr Kleider an, und somit kann Lia es nicht verhindern, dass sie auf Stefan trifft, der plötzlich in den Laden kommt. Sie sieht ihm sehr abwartend entgegen und als er sie dann umarmt und begrüßt, ist Lia so erleichtert, dass sie ihn ein wenig zu fest an sich drückt und ihn fragt, wie es ihm geht. Sie unterhalten sich kurz, Lia erklärt, warum sie hier ist und Stefan schickt nicht einmal Stipe nach oben, sondern lässt ihn helfen.

Sie haben noch zwei Kleider in der engeren Wahl, als Cruz Lia anruft, eigentlich wollte er heute zurückkommen und Lia nimmt schnell den Anruf an, vielleicht ist er schon da. Cruz erklärt ihr aber, dass sich alles ein wenig verzögert und er erst in der Nacht losfliegen wird. Er fragt, was sie macht und Lia erzählt es ihm. Lia ist gerne mit Cruz zusammen und verbringt Zeit mit ihm. Die Zeit vergeht wie im Flug, sie lachen viel und verstehen sich sehr gut, doch was alles andere angeht, kann Lia ihn noch nicht sehr gut einschätzen, deswegen ist sie auch ein wenig aus dem Konzept, als Cruz scharf nachfragt, ob sie in dem Laden ist, wo Stefan arbeitet.

Lia bestätigt das, er weiß ja nun, dass sie mit Stefan essen war und da aber nicht mehr war, doch Lia merkt schnell, dass es ihm überhaupt nicht passt, dass Lia in seinem Laden ist. Sie versucht, das Thema auf ihn zu lenken und fragt nach, was genau passiert ist, dass sich alles verschiebt, doch bei Cruz wird es lauter und er muss Schluss machen. Nun hat Lia nicht mehr ein ganz so gutes Gefühl, doch sie ist sich sicher, dass Cruz sich wieder fängt, sobald sie sich wiedersehen und außerdem muss sie sich auf ihre beiden Kundinnen konzentrieren.

Das Mädchen zieht das Kleid noch einmal an, welches ihr am besten gefällt. Als sie in die Umkleidekabine geht, stellt sich Stefan zu ihr. »War das dein Freund?« Lia räuspert sich und nickt, Stefan ist ein toller Mensch und er hat es verdient, dass sie ehrlich zu ihm ist. Wieso sollte sie es auch nicht sein, sie sind nur einmal essen gewesen, mehr war da nicht. »Ja, kann man sagen. Ich meine, es ist noch sehr frisch, aber wir kennen uns schon länger …«

Stefan lächelt mild, er ist ein hübscher Mann und Lia ist sich sicher, dass er eine Traumfrau finden wird, nur leider war ihr Herz bereits besetzt, als sie sich getroffen haben. »Findest du es nicht etwas gefährlich … mit Cruz Nechas auszugehen?« Lia verschränkt die Arme vor der Brust, weil sie weiß, worauf Stefan hinauswill. »Nein, gar nicht, also natürlich ja, ich weiß, was du meinst, aber Cruz ist nicht so, wie man denkt, also zumindest nicht zu mir und es …« Stefan hebt die Arme.

»Beruhige dich, Lia, das war nur eine Frage, du musst selbst wissen, was du möchtest.« Er sieht ihr noch einmal in die Augen und Lia atmet tief ein, als er weggeht. Wieso beruhigen? Sie ist ganz ruhig. Lia hört auf ihren schnellen Herzschlag und löst ihre verschränkten Arme. Okay, ist sie nicht, aber auf diese Frage wird sie sich in Zukunft öfter gefasst machen müssen und sie kann dann nicht jedes Mal so ausflippen.

Lia ist froh, als sich das Mädchen für das rosa Kleid entscheidet und sie endlich den Laden verlassen können, sie gehen in Lias Laden zurück, Lorena kommt dahin und noch einmal zieht das Mädchen das Kleid an. Sie möchte Ärmel dran haben und ein passendes Band, um die Taille mehr zu betonen und natürlich nimmt Lia dafür ihre Schwester.

Sie sieht sofort, dass etwas nicht stimmt, als Lorena hereinkommt, doch sie wartet, bis sie alles abgemessen und mit den beiden besprochen hat und sie den Laden verlassen haben, bevor sie fragt was los ist. Lia ist müde, sie ist nicht zum Essen gekommen und möchte eigentlich noch einmal mit Cruz sprechen, doch Lorena bricht in Tränen aus und sagt ihr, dass sie nun endgültig den Job im Restaurant verloren hat, der Chef hat gesagt, dass sie ihm zu fett wird.

Lorena kann darüber nur müde lächeln, ihre Schwester hat nun eine kleine Kugel, doch sie ist nirgendwo fett. Lia hat sie noch nie schöner als jetzt gefunden, doch Lorena nimmt sich all das sehr zu Herzen.

Also gehen sie hoch zu Lia in die Wohnung, sie bestellen sich leckere Pizza, lackieren sich die Füße und Fingernägel und Lia tut alles, um Lorena abzulenken. Es ist gut, dass sie diese Arbeit nicht mehr hat, sie müssen jetzt nur noch gemeinsam dafür sorgen, dass Lorena genug Aufträge für Näharbeiten bekommt, um über die Runden zu kommen. Lia wird ihr mit dem Baby helfen und dann könnte sie auch schnell nach der Geburt wieder anfangen zu arbeiten. Sie werden das zusammen schaffen, das versichert sie Lorena bis tief in die Nacht und bis sie beide so müde sind, dass sie zusammen auf der Couch einschlafen.

Durch den Stress der letzten Tage hat Lia wenig Schlaf bekommen und verschläft am nächsten Tag komplett. Sie wollte sich zwei Locations für die Quinceañera ansehen und ist zwei Stunden zu spät, ihr Handy klingelt am laufenden Band, so etwas ist Lia noch nie passiert.

Sie springt blitzschnell unter die Dusche, bindet sich einen Zopf, zieht sich einen engen schwarzen Rock, ein gleichfarbiges Top und schwarze Ballerinas an, packt Pumps ein und malt sich die Lippen rot. Sie hat gemerkt, dass Stefans Ladenlook bei Geschäftsterminen gut ankommt. Lia küsst Lorenas Wangen, die noch immer schläft und läuft schnell aus dem Haus und dabei fast in Cruz hinein.

»Was?«

Lia taumelt zurück, offenbar wollte Cruz gerade zu ihr, ihr Herz schlägt schneller, Lia beginnt zu strahlen, doch dann sieht sie ihm richtig ins Gesicht und stockt. Cruz kocht vor Wut.

Kapitel 18

»Was genau war zwischen diesem Stefan und dir?«

Lia festigt ihren Stand wieder, zum Glück hatte sie die Pumps noch nicht an, sondern die Ballerinas, sonst wäre sie umgefallen. Sie sieht sich verwundert um und dann Cruz wieder ins Gesicht. Was will er von ihr?

»Was meinst du? Stefan und ich? Wie kommst du darauf und wo kommst du her und wieso ...«

Cruz hebt die Hand, er bebt vor Wut, jetzt sieht Lia, dass hinter ihm sein Auto steht, es ist sonst niemand dabei. »Es kam mir etwas merkwürdig vor, nachdem du gestern wieder bei **ihm** warst ...« Lia zieht die Augenbrauen zusammen, als Cruz das 'ihm' besonders scharf betont. Wo liegt sein Problem und wieso muss das jetzt sein, wo Lia eh schon zu spät ist?

»Kurze Zeit später habe ich zufällig erfahren, dass dieser Stefan den Schutz, den er von uns erhält, nicht mehr in Anspruch nehmen möchte. Eigentlich wäre mir das scheißegal, aber ich wusste ja, dass es etwas mit dir zu tun haben musste, deswegen bin ich heute, nachdem ich angekommen bin, gleich zu dem Laden gefahren und habe mal nachgefragt.«

Lia kann das alles nicht glauben. »Du warst gerade bei Stefan?« Cruz legt seinen Kopf misstrauisch schief. »Ja, gibt es ein Problem damit, dass ich da war?« Nun wird Lia auch langsam sauer, sie freut sich eigentlich, dass Cruz da ist, doch sie spürt seine Wut und sie versteht nicht wieso, außerdem müsste sie längst losgehen. Sie sieht sich nach einem Taxi um. Da sie nur in einer Seitenstraße wohnen, fährt eher selten eines vorbei und sie muss zur Hauptstraße, doch Cruz versperrt ihr den Weg und es scheint so, als wolle er jetzt eine Diskussion mit ihr führen.

»Cruz, ich bin zu spät, ich habe für so etwas keine Zeit, aber ich hoffe, dass du Stefan nichts getan hast. Ich habe keine Ahnung, wie du darauf kommst, aber es war nichts zwischen uns und ich verstehe nicht, was das Ganze hier soll.« Lia wird nun auch etwas lauter und Cruz sieht ihr in die Augen.

»Dieser Kerl hat sich erstens fast in die Hosen gemacht, als ich da war ...« Lia unterbricht ihn. »Das verwundert dich doch nicht im Ernst, Cruz?« Er hebt die Hand. »Dann hat er aber erklärt, dass er auf unseren Schutz verzichten möchte, weil er denkt, dass das nicht passend ist, nachdem was ihr hattet und dass wir jetzt zusammen sind.«

Lia sieht genervt auf die Straße. »Wenn er das so meint, ist das doch in Ordnung, wo liegt dein Problem, Cruz? Es ist doch seine Entscheidung. Wir hatten nichts miteinander, wir waren essen und haben zusammen gearbeitet, wenn er das jetzt als Grund dafür nimmt, lass ihn doch. Er ist ein freier Mensch ...«

Lia sieht, wie ein Taxi kommt und ein paar Häuser weiter jemanden absetzt, ihre Rettung. »Er hat aber nicht den Anschein gemacht, als wäre da nicht mehr passiert.« Nun reicht es Lia. »Ist das dein Ernst, Cruz? Glaubst du mir nicht? Wir waren essen, dann haben wir uns geküsst und dann gespürt, dass da nie mehr sein wird. Wir haben nicht miteinander geschlafen, es gab kein zweites Treffen nichts, es ...«

Cruz ist ganz ruhig geworden. »Ihr habt euch geküsst, das hast du vorher nicht gesagt!« Lia sieht ihm in die Augen, Cruz meint das alles wirklich ernst. »Muss ich doch auch nicht, es war nur ein Kuss, ein Kuss, bei dem ich gespürt habe, dass ich dich noch viel zu sehr liebe, um überhaupt daran zu denken, etwas mit jemand anderem anzufangen. Ich wusste nicht, dass ein Kuss, der keine Bedeutung hatte, für dich auf einmal solch eine Bedeutung bekommt!«

Cruz sieht Lia immer noch abschätzig an, als würde er ihr immer noch nicht glauben. Lia reicht es endgültig, sie drängt sich an ihm vorbei, um das anfahrende Taxi nicht zu verpassen und hebt die Hand, damit es sie nicht übersieht. »Ich verstehe nicht, warum du den Kuss nicht erwähnt hast, wenn er doch so gar keine Bedeutung hatte.«

Lia wirbelt noch einmal um, als das Taxi an der Straße bei ihr hält. »Weißt du, Cruz, witzig, dass ausgerechnet DU dich darüber so aufregst. Vielleicht sollten wir mal anfangen, darüber zu sprechen, mit wie vielen Frauen du was genau alles nach mir hattest und dabei dann auch bitte kein Detail vergessen. Also eigentlich solltest genau du dich lieber zurückhalten, denn sonst würden wir morgen noch hier stehen, aber ich habe dafür keine Zeit und es ist mir auch egal und weißt du, warum?

Weil ich im Gegensatz zu dir verstanden habe, dass das keine Bedeutung hat, weder Stefan noch eine der Frauen, zumindest habe ich mir das eingebildet!«

Lia reicht es, sie setzt sich ins Taxi und knallt die Tür zu, dann sagt sie dem Fahrer die Adresse und der rast sofort los. Lia atmet tief ein, als sie Cruz und ihre Straße hinter sich gelassen hat und erst da spürt sie, dass ihr zwei kleine Tränen die Wange herunterlaufen, Tränen der Wut und der Enttäuschung.

Ein bitterer Geschmack liegt in ihr, sie hatte sich so darauf gefreut, Cruz wiederzusehen, hatte gedacht, dass sie das Schlimmste hinter sich gelassen haben und nun erst einmal die schönen Zeiten folgen und nicht damit gerechnet, dass sie so schnell schon so hart aufeinander losgehen würden und das wegen solch einem Schwachsinn.

Natürlich, Lia hat keine Erfahrungen, was Beziehungen angeht, falls man das überhaupt so nennen kann, so richtig wollte sich Cruz da ja nicht festlegen, doch sie hätte niemals damit gerechnet, dass sie sich so angehen können, es hat sie richtig erschreckt, auch wie sauer Cruz sie gemacht hat.

Lia schaut auf die Zeitanzeige ihres Handys und im selben Augenblick klingelt es, Stipe, vielleicht hat er ihre Auseinandersetzung mitbekommen. Lia schaltet das Handy stumm und flucht leise auf, erst da sieht sie, dass der Taxifahrer sie die ganze Zeit schockiert im Rückspiegel ansieht.

»Geht es Ihnen gut? Wissen Sie überhaupt, wen Sie da gerade so angeschrien haben?« Lia streicht sich über die Stirn und atmet erneut tief ein. »Ja, es ist alles bestens.« Sie weiß genau, mit wem sie sich da gerade so zerstritten hat, deswegen zieht es in ihrem Herzen jetzt auch so schmerzvoll, doch sie hat keine Zeit dafür, deswegen schluckt sie die Tränen herunter und sieht aus dem Fenster bis sie endlich beim ersten Festsaal ankommt.

Es fällt ihr sehr schwer, sich danach darauf zu konzentrieren, sich die Räume anzusehen, die als Location für die Quinceañera infrage kommen könnten. Da sie so viel zu spät gekommen ist, muss sie bei der ersten Location über eine halbe Stunde warten, bis jemand sie herumführen kann und dann wird schnell klar, dass das nicht der passende Ort ist, es ist zu klein und auch nicht das, was sich die Familie des Mädchens vorgestellt hat.

Deswegen eilt Lia auch schnell zur nächsten Location, die natürlich am anderen Ende von San Juan ist. Wieder fährt sie mit dem Taxi, der schnellste Weg, doch auch der teuerste. Dieser Tag ist von der ersten Sekunde an falsch gelaufen. Lia sieht auf ihr Handy. Viele Nachrichten und Anrufe, aber keiner von Cruz. Lia gibt dem Mädchen und seiner Mutter wegen der ersten Location Bescheid und sieht wütend auf den steigenden Tachometerstand des Taxifahrers. Vielleicht sollte sie wirklich mal darüber nachdenken, sich ein Auto zuzulegen.

Lia sieht auf den Messenger und auf das Bild von Cruz, sie überlegt, ihm eine Nachricht zu schreiben, doch was soll sie schreiben? Sie ist wütend, wie kommt er dazu, sie so anzugehen? Wegen eines unbedeutenden Kusses? Nachdem er wer weiß wie viele Frauen nach ihr hatte und sie nicht einmal richtig danach gefragt hat? Wenn er ganz normal nachgefragt hätte oder zumindest nicht so wütend aufgetreten wäre, hätte sie vielleicht auch ruhiger reagiert, doch so konnte sie nicht anders.

Das Taxi hält und Lia bannt all diese Sachen aus ihren Gedanken. Diese Location fasziniert Lia von Anfang an. Es ist ein kleines schlossartiges Clubhaus, in dem nur sehr wohlhabende Leute

Zutritt haben, aber in dem man auch einige Räume für Feste mieten kann.

Es ist ein wunderschönes Grundstück, alles ist sauber, Blumenbeete und Palmen verzieren den gepflegten Garten, man kommt an eine Rezeption, die vor einem wunderschönen weißen Brunnen steht. Lia gefällt es hier von Anfang an und sie ist sich sicher, dass das hier das Richtige sein könnte, deswegen beginnt sie sofort, von allem Fotos zu machen.

Auch hier muss sie ein wenig warten, doch dann werden ihr mehrere Räume in diesem schönen Komplex gezeigt und besonders der Größte mit dazugehörigem abgeschatteten Garten sagt Lia am meisten zu. Sie hält alles mit Fotos fest und wird das gleich der Mutter und der Tochter schicken, sie könnten die Location haben, vom Preis her passt es auch ins Budget. Das Einzige, wozu sie sich hier verpflichten müssten, wäre, den Kuchen von der Bäckerei im Haus zu beziehen, aber damit könnten sie leben. Lia hat schon eine Zeichnung vom Kuchen angefertigt und könnte das gleich mit der Bäckerei besprechen.

Sie macht noch einige Bilder, und gerade als sie zum Empfang zurückkehrt, tippt ihr plötzlich jemand auf die Schulter. »Ich war mir nicht ganz sicher, doch beim zweiten Hinsehen habe ich Sie dann erkannt. Lia, nicht wahr?« Lia ist überrascht, den alten Präsidenten hier zu treffen und dass er sich auch noch an sie erinnert. Sie lächelt und gibt ihm die Hand und wie schon beim ersten Aufeinandertreffen küsst er diese wieder.

»Hallo, ja genau, Lia. Ich bin überrascht, Sie hier zu treffen. Wie geht es Ihnen?« Lia bereut die Frage fast im selben Augenblick, indem sie sie gestellt hat, doch sie möchte freundlich sein, auch wenn sie dabei war, als Cruz ihm sein Amt weggenommen hat. »Gut, sehr gut. Ich genieße gerade das Nichtstun, ich bin hier Mitglied im Tennisclub und Crocket-Club. Ich wollte gerade zum Essen gehen, haben Sie vielleicht Lust mitzukommen? Dann können Sie mir erzählen, was Sie hier so machen? Wie geht es Cruz? Sie sind doch noch ein Paar, oder?«

Lia weiß nicht, ob das so eine gute Idee ist, doch wieso eigentlich nicht? Immerhin ist das der alte Präsident und sie hat einen unglaublichen Hunger. So kann Lia auch gleich das Essen hier probieren und vielleicht lassen sie auch das gesamte Catering hier machen, somit hätte sie weniger zu planen. »Gerne, ich wollte auch gerade etwas essen gehen. Cruz geht es gut. Er arbeitet viel und ja ... er ist halt Cruz. Wir ... sehen uns noch.« Lia spürt, dass sie etwas zu verkrampft lächelt, so ganz weiß sie nicht, wie sie das zwischen Cruz und sich beschreiben soll. Sind sie ein Paar? Sie weiß es nicht, sie lieben sich, doch das wird sie dem Präsidenten jetzt nicht unbedingt sagen. Dem ehemaligen Präsidenten, Lia kann sich immer noch nicht dran gewöhnen.

»So eine hübsche und selbstbewusste Frau wie Sie, ich freue mich aufrichtig für Cruz, dass er solch ein Glück hat. Kommen Sie, hier geht es zum Restaurant.« Er geht vor und Lia erklärt ihm, dass sie noch kurz geschäftlich etwas klären muss. Sie setzen sich und bestellen, bevor Lia die Mutter und die Tochter anruft und ihnen von allem erzählt. Die beiden sind genauso begeistert wie Lia, selbst ohne die Fotos gesehen zu haben. Lia erklärt alles, auch, was es mit dem Kuchen und Catering auf sich hat und legt dann auf, schickt die Bilder und beide sollen ihr in zwanzig Minuten Bescheid geben, ob sie die Location gleich buchen soll.

Der ehemalige Präsident hat ihr ruhig zugehört während des Telefonats, aber Lia ist es unangenehm, dass sie so lange telefoniert, bis ihr Essen kommt, doch sie musste das klären. Die Preise hier sind der Wahnsinn, nur das Restaurant, in dem sie mit Cruz war, ist noch teurer. Wenn Lia so weitermacht, kostet sie das alles hier mehr, als sie einnehmen wird. Lia legt auf und sieht dem älteren Mann vor ihr in die Augen.

»Es tut mir leid, ich musste das dringend klären. Guten Appetit, ich hoffe es schmeckt so gut wie es aussieht.« Der Mann lächelt und nickt. »Bestimmt, das Essen hier ist ausgezeichnet. Arbeiten Sie im Eventmanagment?« Lia probiert den ersten Bissen und schließt die Augen. Sehr lecker. Sie hat Nudeln mit gegrillten Scampis bestellt und es ist traumhaft.

Es war eine gute Idee, mit dem ehemaligen Präsidenten essen zu gehen. Lia erzählt ihm von ihrer Arbeit und er erklärt ihr, was er jetzt so alles macht. Er hat einige wohltätige Projekte, an denen er mitwirkt und möchte sich in der Immobilienbranche versuchen. Lia fragt nur einmal nach seiner Frau, spürt aber schnell, dass das kein gutes Thema ist und sie ist auch froh, dass er Cruz nicht einmal mehr erwähnt.

Lia merkt aber auch, dass der Mann seine alte Arbeit sehr vermisst, und als sie zusammen noch ein Schokoladensoufflé essen und er anschließend darauf besteht zu zahlen, ist es Lia sehr unangenehm, sie weiß ja nicht einmal, ob er finanziell noch so gut dasteht.

Lia und der ehemalige Präsident verabschieden sich nach dem netten Essen an der Rezeption wieder. Er möchte in nächster Zeit mal in ihrem Laden vorbeikommen, um ein Event planen zu lassen. Lia sagt ihm, dass sie sich freuen würde und als er dann geht, bekommt sie auch schon den Anruf, dass sie die Location buchen kann. Lia mietet alles an und klärt danach alles mit der Bäckerei und der Küche ab. Das gesamte Catering wird hier gemacht, so muss sich Lia nur noch um die Dekoration, die Musik und alles weitere kümmern.

Um nicht wieder so viel Geld auszugeben, fährt sie mit dem Bus zurück und muss aufpassen, dass sie während der langen Fahrt nicht einschläft. Als sie endlich nach Hause kommt, ist es schon mitten in der Nacht. Lia ist froh, dass sie niemand mehr angerufen und auch Stipe sie nicht abgefangen hat. Natürlich hat sich auch Cruz nicht gemeldet und Lia ist es schon fast unangenehm, wie unerfahren sie doch ist.

Haben sie Streit? Haben sie sich wegen so etwas getrennt? Waren sie überhaupt ein Paar? Lia hatte noch nie so etwas Intensives wie das zwischen Cruz und ihr und weiß mit all diesen Gefühlen und neuen Eindrücken nicht richtig umzugehen, deswegen schaltet sie ihr Handy einfach aus, geht duschen und legt sich dann in ihr Bett.

Cruz war ein paar Tage weg, doch Lia bildet sich ein, ihn noch in ihrem Bett riechen zu können. Lia atmet tief ein und trotz der Hitze draußen überkommt sie eine traurige Kälte, die sie die ganze Nacht über begleitet und die sie auch am nächsten Morgen nicht richtig abschütteln kann.

Sie versucht, den Blick aufs Handy zu meiden. Da sie eh schlecht geschlafen hat, steht sie schon sehr früh auf. Sie zieht sich ein weißes bauchfreies Top und eine kurze Latzhose an, die schon ein wenig zerfranst ist, doch genau das findet sie sehr sexy. Sie hat heute keine wichtigen Termine und es ist egal, wie sie angezogen ist. Sie bindet sich einen hohen Zopf, trägt Wimperntusche und einen Eyeliner-Strich auf, der ihre Augen schön betont und auf ihre Lippen legt sie einen glänzenden Lipgloss auf. Lia zieht sich graue Stoffschuhe an und nimmt ihre braune Umhängetasche.

Lia geht in den Laden und beginnt vorzuarbeiten. Sie hat eigentlich für die nächste Zeit alles vorgeplant, bestellt und organisiert. Die nächsten Termine für neue Besprechungen zukünftiger Aufträge hat sie erst nächste Woche wieder, also beginnt sie, die Sachen für die Baby Shower ihrer Schwester zu bestellen, von der Lorena noch keine Ahnung hat.

Aber auch das ist schnell gemacht, Lia sieht immer wieder auf ihr Handy, auch wenn sie es eigentlich nicht sollte. Es kribbelt in ihren Fingern, sie will keinen Streit mit Cruz und schon gar nicht wegen solch einem Blödsinn, doch das erste Mal in ihrem Leben erkennt Lia in diesem Moment, was alle immer mit Stolz meinen, damit meinen, dass man zu stolz ist, dass vor allem Männer oft einen falschen Stolz haben.

Lia will Cruz sehen, sie vermisst ihn und sie möchte keinen Streit mit ihm, doch sie bringt es nicht übers Herz, den ersten Schritt zu machen, ihre Wut ist dafür noch zu groß, besonders deswegen, weil sie sich keinerlei Schuld bewusst ist. Sie schafft es nicht, Cruz zu schreiben, doch sie guckt immer wieder in den Messenger und ab zwölf Uhr mittags sieht sie, dass er hin und wieder online ist, also ist er schon wach. Wer weiß, was er die letzte Nacht getan hat, wie er denkt. Vielleicht ist für ihn das mit Lia nun auch gegessen, wegen dem Kuss, den sie verschwiegen hat, da er absolut keine Bedeutung hatte.

Je weniger Lia zu tun hat, desto schlechter wird ihre Laune, deswegen nimmt sie ihre Tasche, geht zum Imbiss um die Ecke und holt Lorena und ihr Lieblingsgericht, dabei ruft sie Stipe an. Da Stipe bis abends arbeiten muss und Lia keine Lust hat, Stefan über den Weg zu laufen, erzählt sie ihm alles, solange sie auf das Essen wartet. Stipe hat Cruz gestern im Laden gesehen und er dachte wirklich einen Moment, dass Cruz Stefan etwas antut. Cruz war sehr wütend, Lia schnauft nur leise auf, das hat sie danach zu spüren bekommen.

Allerdings gibt Stipe ihr recht und das tut Lia gut. Er ruft sie an, sobald er mit der Arbeit fertig ist. Als sie mit Stipe das Gespräch beendet, klopft sie bei Lorena. Lia weiß, dass ihre Schwester momentan alle Hände voll zu tun hat. Sie bekommt immer mehr Aufträge und arbeitet viel, es macht ihr Spaß und sie muss nicht mehr in dem Restaurant den ganzen Tag auf den Beinen sein, man sieht Lorena richtig an, dass sie aufblüht.

Lia will Lorena auch nicht lange stören. Ihre Schwester freut sich aber über die kleine Pause. Sie setzen sich zusammen auf den Balkon und essen. Lia findet, dass Lorena durch die Schwangerschaft immer hübscher wird. Sie trägt ein enges Top, das ihren kleinen Bauch aber noch verdeckt und einen langen Rock, ihre kurzen Haare hat sie zu einem kleinen Zopf gebunden und ihre hellen Augen strahlen.

Lorena erzählt ihr, dass Jomar gestern plötzlich angerufen hat, nachdem er sich nicht mehr gemeldet hatte. Er war gerade in der Nähe und hat gefragt, ob sie etwas essen gehen wollen. Lorena war aber zu faul, sich zurechtzumachen, deswegen haben sie sich etwas zum Mitnehmen geholt und haben den Sonnenuntergang am Meer beobachtet.

Lorenas Augen strahlen immer mehr, wenn sie von Jomar erzählt. Lia kann das nicht einschätzen, sie weiß nicht, was sie Lorena dazu raten soll, dafür kennt sie Jomar zu wenig und ganz ehrlich, Cruz kennt sie nun schon recht gut, kann aber selbst ihn noch nicht einschätzen. Lorena will aber auch keinen Rat, Lia spürt, dass Lorena keine Chance für Jomar und sich sieht, doch trotzdem tut ihr dieser Kontakt gut und das ist momentan das Wichtigste.

Lia erzählt Lorena nicht von dem Streit, sie will das nicht schon wieder durchkauen, lieber fragt sie wegen ihrer Mutter nach, doch nach dieser komischen Putz- und Kochaktion hat sie sich auch nicht mehr gemeldet.

Als eine Frau kommt, die sich ein Kleid von Lorena anfertigen lassen möchte und bei der Lorena die Maße nehmen muss, verabschiedet sich Lia und geht direkt zur Bushaltestelle. Da sie eh nichts anderes vorhat, wird sie ins Dorf fahren und alle anderen Sachen, die sie für die Baby Shower noch braucht, erledigen.

Lia hat Glück und der Bus kommt schnell. Als sie kurze Zeit später an der Bushaltestelle hält, wo das Nechas-Gebiet beginnt, sieht Lia wieder auf ihr Handy und wieder fährt diese Kälte durch ihren Körper. Sie hätte nicht gedacht, dass jemals dieser Stolz auch so sehr an ihr nagen kann.

Kapitel 19

Nachdem Lia das Grab ihres Vaters besucht und dort eine Weile verbracht hat, geht sie direkt in den Supermarkt, wo man mittlerweile fast alle Frauen aus dem Dorf ständig antrifft. Auch heute hat Lia Glück, sie trifft Crista und Maria sowie zwei ihrer alten Nachbarinnen. Sie erzählt allen, was sie vorhat und alle sind begeistert. Tabea stößt auch noch dazu und zusammen planen sie alles für den großen Tag. Sie einigen sich auf den übernächsten Samstag.

Noch während sie im Gespräch sind, klingelt der Messenger in Lias Handy. Als Lia Cruz' Namen liest, schlägt ihr Herz schneller und eine unheimliche Erleichterung breitet sich in ihr aus.

'Wo bist du?'

Er ist noch online und Lia antwortet sofort.

'Im Dorf.'

Sie wartet, ob er etwas antwortet, vielleicht fragt, ob sie sich treffen wollen und reden oder sonst etwas, doch dann ist Cruz nicht mehr online.

'Wo bist du?' Nun hat Cruz den ersten Schritt getan und Lia will sich unbedingt mit ihm aussprechen und fragt ihn auch wo er ist. Doch Cruz kommt nicht mehr online, er wird die Nachricht sicher bald lesen, solange steckt Lia ihr Handy wieder weg und spricht noch kurz mit Tabea, die gleich arbeiten muss. Lia entdeckt blaue Flecken auf Tabeas Arm, doch als sie ihre Freundin darauf anspricht, spielt sie das herunter, was Lia traurig macht.

Sie hat wirklich versucht, auch weiterhin für Tabea da zu sein, doch die Distanz und das Leben in der Stadt haben es nicht so zugelassen, wie Lia es sich gewünscht hätte. Früher hätte Tabea ihr alles erzählt. Tabea versichert ihr, dass es ihr gut gehe, doch Lia weiß, wie Yandiels Bruder drauf ist und bittet Tabea, sie bald besuchen zu kommen, damit sie sich ungestört, weit weg vom Dorf, richtig unterhalten können. Tabea verspricht es ihr und Lia ist etwas beruhigter.

Sie geht danach direkt mit ihrer Nachbarin zu dieser nach Hause, wo sie beide im Schuppen nach der alten Kommode sehen, die früher ihnen gehört hat. Diese Kommode ist sehr alt, ihr Vater soll darauf schon gewickelt worden sein, ihre Mutter hat die Kommode damals auch mit einem Brett zu einer Wickelkommode für Lorena und sie umgebaut, doch als sie beide größer wurden und zwei Betten brauchten, passte die Kommode nicht mehr ins Zimmer und sie haben sie ihrer Nachbarin gegeben, die sie damals gebraucht hat.

Seit einer ganzen Weile steht sie nun aber bei ihr im Schuppen und als Lia von Lorenas Schwangerschaft erfahren hat, musste sie sofort daran denken. Zusammen bringen sie das alte Stück ins Freie, vor das Grundstück der Nachbarin, da diese schnell wieder zur Arbeit muss. Lia sieht sich die Kommode genau an. Überall platzt die weiße Farbe ab, die schwarzen Eisenhenkel haben auch schon bessere Tage gesehen und das Brett zum Wickeln fehlt, doch sonst ist alles noch in Ordnung.

Lia müsste sich jetzt ein Taxi rufen und das Ding zu sich nach Hause fahren lassen oder Edmundo fragen und dann zu einem Holzfachgeschäft bringen, dessen Besitzer sie mittlerweile sehr gut kennt. Er hat schon so einiges für sie angefertigt und kann alte Möbel wunderschön aufarbeiten. Doch lohnt sich das wirklich?

Während Lia noch hin und her überlegt und sich die Schubladen noch einmal genau ansieht, hört sie das mittlerweile vertraute Geräusch eines unbezahlbar teuren Autos, das hier im Dorf nichts zu suchen hat und dreht sich sofort um. Er ist gekommen. Lia sieht zu, wie Cruz genau vor ihr hält mit dem schwarzen Maybach, den er am liebsten hat.

Sie schließt die Schubladen und sieht zu, wie er aus dem Auto steigt. Lia ist unendlich erleichtert, dass er hier ist, dass es ihm auch wichtig ist, es zu klären, am liebsten würde sie ihm in die

Arme springen, doch sie hält sich zurück und betrachtet ihn erst einmal abwartend.

Er trägt eine schwarze lange Jogginghose, ein weißes Shirt mit V-Ausschnitt, rote Sneakers und ein rotes Cap. Als er die Sonnenbrille absetzt, sieht Lia, dass er sehr müde aussieht und auch, dass er sie einmal von oben bis unten betrachtet, als er zu ihr kommt.

»Was tust du schon wieder hier? Langsam bekommt man den Eindruck, du vermisst das Leben auf dem Land doch sehr.« Seine Stimme ist ein wenig rauer und sehr ruhig, sie beide werden in diesem Moment sicherlich daran denken, wie sehr sie beim letzten Mal aneinandergeraten sind, auch Lia ermahnt sich, selbst ein wenig vorsichtiger zu sein, doch gleichzeitig hat sie ihn einfach so sehr vermisst.

Lia lächelt, Cruz steht nun genau vor ihr und sieht ihr etwas unsicher in die Augen, aber nun ist es Lia, die sich einen Ruck gibt und den letzten Schritt zwischen ihnen überbrückt und sofort von Cruz' Armen umfasst wird, als sie ihn umarmt. »Ich habe etwas ganz anderes vermisst.« Lia legt ihren Kopf an Cruz' Brust, hört seinen vertrauten Herzschlag, der auch ein wenig schneller ist und umfasst Cruz' Taille. Sie spürt seine Lippen auf ihrem Scheitel und sieht nach oben in seine Augen.

Statt etwas zu sagen, hebt Cruz mit seinen Fingern Lias Kinn so hoch, dass sich seine Lippen sanft auf ihre legen können. Cruz küsst Lia so zärtlich, dass es eigentlich keiner weiteren Worte mehr bedarf und sich die Kälte, die sich seit dem Streit in Lia ausgebreitet hat, augenblicklich verschwindet. Dieses Mal ist Lias Stimme ganz leise, als sie den Kuss lösen.

»Wir müssen darüber reden.« Cruz beginnt sofort zu grinsen und küsst ihre Wange. »Wir haben das letzte Mal genug geredet, lassen wir es gut sein, wir haben uns beide wieder beruhigt. Ich bin nicht der Typ, der ständig über alles reden muss, du bist doch wieder bei mir und alles ist gut.« Noch immer hält Cruz sie in den Armen, Lia sieht einige Leute an ihnen vorbeigehen und zu ihnen blicken, doch all das ist ihr egal.

Wie sehr die Zeit alles ändern kann – früher hat Lia nur darauf geachtet, was die anderen denken, jetzt ist es ihr wirklich komplett egal. Sie muss leise lachen und sieht Cruz erleichtert in die Augen. »Es ist aber gut, wenn man darüber spricht, was passiert ist, Cruz. Ich liebe dich und mir hat dieser Kuss nichts bedeutet, im Grunde hat er mir die Augen geöffnet und gezeigt, wie sehr ich dich vermisse. Du hast keinen Grund, dir darüber Gedanken zu machen.«

Cruz sieht ihr in die Augen. »Ich bin wahnsinnig geworden beim Gedanken daran, dass du nach mir einen anderen Mann geküsst hast … bis ich darüber nachgedacht habe, dass wenn ich mich weiter so benehme, ich dich ganz verlieren kann … ich wollte gar nicht so ausrasten, aber irgendwie habe ich mich nicht so ganz im Griff, wenn es um dich geht, einfach weil ich all diese Gefühle noch nie gespürt habe. Versuche, Geduld mit mir zu haben! Natürlich hast du recht, ich bin nicht gerade unschuldig und sollte dich nicht wegen etwas verurteilen, aber ich hoffe auch, du weißt, dass mir das mit den anderen Frauen nichts bedeutet hat.«

Cruz grinst, wie Lia es am liebsten hat, sie ist überglücklich, ihn wieder bei sich zu haben und erleichtert, wie schnell sich dieser im Grunde ja auch sehr kleine Streit wieder erledigt hat. »Genauso wenig wie mir der Kuss … Ich wollte mich gestern noch melden, doch irgendwie … war ich zu stolz.« Lia hebt ihre Nase ein klein wenig höher und Cruz gibt einen Kuss darauf. Lia streicht über die dunklen Ringe unter Cruz' Augen. »Was war bei dir?« Cruz räuspert sich, noch immer lächelt er. »Ich hatte viel zu tun und … konnte nicht so gut schlafen. Ich wollte dich jetzt eigentlich entführen, was treibst du hier schon wieder, Lia?« Er sieht hinter sie zu der Kommode und Lia dreht sich zu ihr um.

»Das ist ein Teil unserer Vergangenheit.« Lia erzählt ihm, was mit dieser Kommode ist und was sie vorhat, dabei sieht sie sich sie noch einmal genau an und erzählt ihm auch gleich von der Baby Shower, zu der Jomar und er natürlich auch kommen müssen. »Sieh doch!« Lia hatte ganz vergessen, dass ihr Vater eine ganze Weile zu jedem Geburtstag von Lia und Lorena ihre Körpergröße gemessen und einen Strich mit seinem Taschenmesser mit dem zugehörigen Datum in die Kommode geritzt hat. Bei Lia endete das mit fünf Jahren, als sie genau 100 cm groß war, so groß wie die Kommode. Lia muss lächeln und streicht darüber, auch über Lorenas Eintragungen. »Wir müssen sie behalten! Ich lasse sie weiß lackieren und neu aufarbeiten, mit Schnörkeln verzieren und einem Wickelbrett mit dem Namen der Kleinen: Amalia.«

Cruz sieht sich die Kommode auch an, öffnet und schließt die Schubladen. »Steht der schon fest?« Lia nickt. Lorena und sie haben nur kurz darüber gesprochen. »Ich bin mir sicher, dass Lorena ihr den Namen unserer Oma, der Mutter unseres Vaters geben wird. Es war immer sein Wunsch, dass die erstgeborene Tochter seiner Töchter ihren Namen bekommt: Amalia. Der Name bedeutet soviel wie Hoffnung. Unsere Oma war eine wunderbare Frau, wunderschön und sie hatte ein reines Herz. Bis heute denkt jeder hier im Dorf gerne an sie zurück und mein Vater hat es sich immer gewünscht, dass die Erinnerung an sie durch uns am Leben gehalten wird.

Lorena wird ihm diesen Wunsch nicht abschlagen, sie mag den Namen auch und ja … Amalia halt.« Lia lächelt und schließt die Kommode. »Na gut, wo muss sie hin?« Cruz holt sein Handy heraus und ruft in der Taxizentrale an. Er bestellt ein Transporttaxi zu ihnen. Lia gibt ihm die Adresse des Ladens und ruft dort auch gleich an, um mit dem Besitzer zu besprechen, was an der Kommode gemacht werden muss.

Sie warten nicht einmal zehn Minuten und die ganze Zeit bespricht sich Lia mit dem Mann, der die Kommode aufarbeiten soll, sie muss perfekt werden. Zwei Männer, denen Lia niemals im Leben die Kommode anvertrauen würde, steigen aus, sehen angespannt zu Cruz und laden die Kommode übervorsichtig ein. Cruz gibt den beiden einen Schein und sagt ihnen die Adresse. Als sie schnell wieder davonfahren, ist sich Lia aber sicher, dass die Kommode ankommen wird.

Sie hat in ihren Blicken gesehen, dass sie sich niemals mit Cruz anlegen würden, auch Cruz scheint sich keine Sorgen zu machen. »Dann können wir endlich los, das Flugzeug wartet schon.« Lia hält ein, als er ihre Hand nimmt und mit ihr zum Auto möchte. »Das Flugzeug? Das ist nicht dein Ernst, dann muss es warten. Ich wollte nie wieder fliegen.«

Cruz lässt ihre Hand los und hält ihr die Tür auf. »Ich dachte, dass uns beiden zwei Tage Auszeit mal ganz guttun würde. Dafür müssen wir aber fliegen. Das letzte Mal war doch gar nicht so schlimm. Komm schon, wir sind dieses Mal alleine, du wirst es gar nicht merken.« Lia setzt sich ins weiche Leder und geht gedanklich die nächsten Tage durch, sie hat alles so weit geplant, alles was noch zu tun ist, kann sie telefonisch erledigen. Stipe kann ein Schild an ihrem Laden anbringen, dass er die Tage geschlossen bleibt. Lia würde zu gern einfach mal mit Cruz alleine Zeit genießen, seit sie sich wiedergefunden haben, hatten beide viel zu tun und sind nicht dazu gekommen. Doch dafür wieder zu fliegen? Lia wird allein beim Gedanken daran schlecht.

»Ich habe nichts dabei ...« Cruz startet den Motor. »Ich habe alles was du brauchst eingepackt und das ist nicht viel. Du hast so viele Sachen bei mir, die du nicht einmal anhattest, ich habe davon einiges eingepackt. Du musst lernen, mir ein wenig zu vertrauen, meine kleine Planerin. Schaffst du das?

Cruz steuert das Auto aus den Landstraßen hinaus und Lia nickt. »Okay, ich vertraue dir!«

Eine halbe Stunde später betreten sie das Privatflugzeug, das Lia schon kennt. Nun, da sie alleine sind, wirkt das alles noch viel größer, der Wohnbereich mit den beigefarbenen Sesseln und die beiden extra Räume mit separaten Badezimmern wirken riesig. Lia will gar nicht darüber nachdenken, wie all das in der Luft bleiben soll. Es werden ihre zwei Koffer noch verstaut, währenddessen macht sich Lia im Badezimmer des Fliegers frisch.

Sie kühlt sich etwas ab, bindet sich ihren Zopf neu, kühlt ihren Nacken, bis sie dann spürt, dass ihr Herz schneller schlägt, als sie hört, wie die Motoren des Flugzeuges starten. Lia geht schnell wieder hinaus. Statt im Wohnbereich zu sitzen, liegt Cruz im Bett, angelehnt an die vielen Kissen und legt sein Handy weg, sobald sie die Toilette verlassen hat. »Müssen wir uns nicht hinsetzen?« Cruz lächelt und deutet ihr, zu ihm zu kommen. »Wir können auch liegen.« Lia spürt, wie das Flugzeug abhebt und ist blitzschnell bei Cruz, der leise zu lachen beginnt. »Möchtest du etwas trinken oder essen?«

Lia weiß, dass er sie nur ablenken möchte. Sie versucht, dieses unangenehme Gefühl der Schwerelosigkeit zu ignorieren, doch es geht nicht. Lia legt sich auch aufs Bett und schließt die Augen. »Nein!« Auch wenn sie nichts sieht, kann sie Cruz' freches Grinsen hören. »Du hast mir gefehlt.« Lia öffnet ihre Augen wieder einen Spalt. »Du mir auch. Wir sollten versuchen, solche Kleinigkeiten nicht zu nah an uns heranzulassen.«

Cruz öffnet einen seiner Arme und Lia legt sich an seine Schulter und schließt die Augen wieder. Sie spürt, wie all die Anspannung der letzten Tage von ihr abfällt, auch wenn sie gerade fliegt, beginnt sie sich ein wenig zu entspannen, sie gähnt und spürt Cruz' Lippen auf ihrer Wange.

»Ich denke, es gehört ein wenig dazu, wenn ich überhaupt nicht reagieren würde, wäre es auch nicht gut, das würde ja bedeuten, du wärst mir egal und das bist du nicht … mein Reh.« Lia muss leise lachen, doch sie schafft es auch nicht mehr, ihre Augen ganz zu öffnen. »Reh?« Lia spürt, wie Cruz mit seinen Fingern über ihren Oberarm streicht, eine langsame immer gleiche Bewegung, die sie wieder gähnen lässt.

»Ja, du erinnerst mich immer an ein Reh. Weißt du noch, als ich dich vom Friedhof geholt habe, damals schon. Mit deinen großen schönen Augen, die immer so wachsam umhersehen. Wenn man dich sieht, du bist so wunderschön und stolz, ich weiß es nicht genau, aber ich glaube, dass du deine schwachen Seiten und deine richtigen Gefühle eher selten zeigst, so kommt es zu mir zumindest vor. Du wirkst immer so zielgerichtet und dass dich so schnell nichts aus der Fassung bringt … Umso mehr bedeutet es mir, dass du mir diese andere Seite zeigst, dass du mir genug vertraust und bei mir deine Ruhe findest, deine Wunden heilen lässt und dich nicht versteckst. Ich habe das Gefühl, du vertraust mir und zeigst mir die wahre Lia. Du weißt, dass ich dich schütze und für dich da bin.«

Lia öffnet die Augen, egal wie müde sie ist. »So wie jetzt auch wieder, du bist bei mir und sofort zeigt dir dein Körper, dass du Ruhe brauchst, du kommst endlich zur Ruhe.« Cruz lächelt matt, als Lia ihm in die Augen sieht. Auch er hat seine Augen nur noch halb geöffnet.

Hat Cruz recht? Ist es das, was Lia so stark für Cruz empfinden lässt? Ist er so etwas wie ihr Halt und ihre Ruhe geworden? Wahrscheinlich wird die Zeit ihr erst die Antworten geben, doch momentan fühlt es sich so an, als hätte Cruz recht.

»Wenn du meine Ruhe und mein Halt bist, was bin ich dann für dich?« Lias Hand legt sich auf Cruz' Brust. »Das habe ich dir doch schon gesagt, du bist meine Liebe, mi amor. Ich hätte nicht gedacht, dass ich so viel für eine Frau empfinden kann. Ich war auch nicht auf der Suche nach so etwas, wirklich nicht. Doch dann kamst du … mein Reh …« Er lächelt und küsst ihre Stirn. Lia muss auch lächeln und schmiegt sich enger an Cruz, der eine leichte Decke über ihr ausbreitet.

Lia wird immer müder, sie lässt die Augen zu. »Ich vertraue dir schon so sehr, dass es mir vollkommen egal ist, wohin wir fliegen, solange du bei mir bist.« Cruz umschlingt Lia nun komplett mit seinen Armen, Lias Nase ist an seinem Herzen und unter dem immer gleichen Rhythmus schläft sie schnell ein, genau wie auch Cruz. In diesem Moment weiß Lia, dass Cruz recht hat:

Hier in Cruz' Armen zu liegen, lässt sie alles andere vergessen.

Kapitel 20

Lia verschläft den gesamten Flug, als Cruz sie wach küsst, sind sie bereits bei der Landung und erst da erfährt sie, dass sie in Mexiko sind. Cruz hat momentan viel geschäftlich hier zu tun und in Zukunft wird das wahrscheinlich noch mehr, deswegen denkt er darüber nach, ein Haus zu kaufen und er möchte es quasi für zwei Tage mit Lia testen, bevor er sich entscheidet. Außerdem weiß er ja, dass Lia zu einem Teil aus Mexiko stammt. Auch wenn sie selbst sich nicht mit diesem Land verbunden fühlt, findet er, sollte sie das Land kennenlernen.

Am Flughafen werden sie von einem Immobilienmakler abgeholt, der sie beide überfreundlich begrüßt und in seinen riesigen Geländewagen bittet. Sie sind in Cancun und Lia verliebt sich im ersten Augenblick in diesen Ort. Es ist alles so friedlich, klein und hell, sie sieht auf das türkisfarbene Meer, die weißen Häuser und Geschäfte. Cruz erklärt ihr, dass er überall in Mexiko zu tun hat, aber hier der perfekte Ort für ein Haus ist.

Sie fahren nicht lange und halten dann vor einem riesigen umzäunten Gebiet, genau vor einem schwarzen Eisenzaun. Mehrere Wachleute sehen ins Auto, zu Cruz, nicken respektvoll und sie fahren weiter. Der Immobilienmakler zeigt ihnen alles und will natürlich alles anpreisen, doch Cruz hat seine eigenen Vorstellungen. »Diese Leute werden dann von meinen Männern abgelöst. In einer Stunde ungefähr kommen ein paar und lösen sie ab, am ersten Zaun können sie sich die Wachen noch mit den anderen Sicherheitsleuten teilen …«

Sie fahren weiter, immer wieder zweigen Straßen ab, die zum Strand und zu riesigen Villen führen, aber alles so weit voneinander entfernt, dass man zu Fuß mindestens zwanzig Minuten laufen muss. Hier auf diesem Gebiet braucht man unbedingt ein Auto. Fast am Ende des Gebietes kommt dann noch einmal ein abgetrennter Bereich mit wiederum drei Wachleuten. »Ab hier sind dann nur noch meine Männer eingesetzt.« Der Immobilienmakler nickt und macht sich Notizen. »Kein Problem, wir werden dann ein extra Haus bauen lassen, in dem das Sicherheitspersonal unterkommt. Für diesen Aufenthalt kommen sie in der Luxushotclanlage gleich nebenan unter, dort haben sie alles, was sie brauchen, wenn sie nicht gerade hier Wache halten.« Cruz nickt, Lia hört zu, sagt aber nichts dazu. Wieder einmal wird ihr klar, dass sie kaum etwas über Cruz' Leben weiß, also was die Familia betrifft.

Sie weiß, dass er zu tun hat, er Geschäfte abschließt, es oft zu Komplikationen kommt, dass sie so viele Männer in der Familia haben, dass diese überall in Puerto Rico verteilt sind, doch es wird an der Zeit, dass Lia mehr erfährt, mehr über dieses Leben, was ihr solche Angst gemacht hat und auch noch immer macht.

Ja, sie liebt Cruz und natürlich macht er ihr keine Angst mehr, im Gegenteil, doch das Leben, was er führt, all das, diese Sicherheitsvorkehrungen, die Waffen, die ständige Angst und der überall vorhandene Respekt vor Cruz … sind befremdlich für sie und sie muss sich damit beschäftigen. Lia spürt genau, dass sie das nicht will, am liebsten würde sie all das ignorieren, doch es geht nicht. Sie muss sich damit auseinandersetzen.

Sie fahren durch das nächste Tor und man sieht, dass hier das Gebiet endet, sie biegen auf der letzten Straße ab, an der noch einmal zwei Männer sitzen, doch die kennt Lia bereits, es sind welche von Cruz' Männern. Also hat er schon Männer hergeschickt, oder sind immer welche von ihnen hier in Mexiko? Lia weiß es nicht, doch sie sollte solche Sachen mal in Erfahrung bringen. Hat Cruz so viele Feinde, dass solch eine Bewachung nötig ist? Ist Mexiko ein besonders gefährliches Land?

Die Männer freuen sich offenbar, dass sie hier sind, sie spielen Karten und haben Caps auf, allerdings liegen auch Maschinenpistolen bei ihnen. Sie erzählen Cruz lachend, dass sie, sobald die abgelöst werden, in einen Club gehen, den Cruz offenbar auch kennt, ihr nicken sie nur kurz zu.

Erst als sie diese Wachen hinter sich lassen, können sie langsam auf das wunderschöne zweistöckige weiße Haus sehen, das sich vor ihnen genau am Strand auftut.

Alles hier ist mit schönen Blumen bepflanzt, überall stehen Palmen. Man geht direkt auf das Haus zu, vor dem Haus stehen zwei Autos, ein schwarzes, was Cruz auch immer fährt und ein silberner Jeep, ähnlich wie der, aus dem sie jetzt aussteigen. Cruz hilft Lia und nimmt ihre Hand, als der Makler die Tür zum Haus öffnet und sie hineingehen.

Lia kommt sich völlig fehl am Platz vor, sie trägt noch die kurze Jeanslatzhose, in der sie im Dorf war und steht nun in einem riesigen, in weißem und hellbeigefarbenem Marmor gehaltenen Eingangsbereich der Villa. Es sieht sehr edel aus, von zwei Seiten geht eine weiße Marmortreppe in den oberen Bereich und in der Mitte steht ein runder weißer Marmorbrunnen, in dem lilafarbene Blüten schwimmen.

Lia sieht sich fasziniert um. Cruz' Haus ist schön, man sieht auch, dass es teurer eingerichtet ist, als das hier, doch hier ist alles so … es riecht nach Meer und Strand und Lia sieht auch gleich wieso. Der Makler führt sie in einen Teil des Hauses, der hinter dem Eingangsbereich liegt, wo sie ein wunderschöner Wohnbereich erwartet. Es ist alles in hellen Pastellfarben gehalten, vorwiegend weiß, es gibt Kronleuchter, ein Klavier, viele weiche Sessel und Sofas, einen riesigen Fernseher, man sieht direkt in einen offenen Küchenbereich, aber das Beste ist die Aussicht nach draußen.

Es gibt hier keine Wände, sondern alles ist verglast, der Immobilienmakler versichert ihnen, dass es Panzerglas und absolut sicher ist, doch Lia will solche Details gar nicht wissen. Sie sehen auf einen wunderschönen Garten mit vielen gemütlichen Möbeln, Palmen und schönen Blumen, einen riesigen Pool, an dem Liegen und zwei Poolbetten stehen, die mit vielen Kissen und Vorhängen perfekt in das Bild passen, und direkt hinter dem Pool beginnt der Strand.

Lia findet keine Worte dafür, wie schön das Haus ist, sie gehen in den Garten und zum Strand. Es ist ein riesiger Strandabschnitt mit einem Steg und einem kleinen Motorboot. Der Strand ist weiß und das Wasser türkis, man kann den weißen Sand noch lange im Wasser sehen, bis es tief wird. »Das ist Ihr privater Strandabschnitt, hier kann niemand her gelangen, Sie haben absolute Privatsphäre, vom Wasser aus wird auch alles bewacht, sodass sich auch kein Boot nähern kann.«

Cruz nickt nur zu den Erklärungen des Maklers. Während Lia kaum den Mund schließen kann, wirkt er kaum interessiert. Sie bekommen noch die oberen drei Schlafzimmer und einen kleinen Wellness- und Fitnessbereich gezeigt, oben gibt es auch noch einen kleinen Innenpool. Lia entscheidet sich für das größte und schönste Schlafzimmer mit einem rundem Bett, von dem aus man genau aufs Meer blicken kann. Sie öffnet die Balkontüren und lässt die Meeresluft in den Raum. Es ist traumhaft.

Zwei Frauen kommen, bringen ihre Koffer, legen Handtücher zurecht, stellen Schalen mit frischem Obst bereit und räumen ihre Kleidung ein. Lia kann dabei kaum zusehen, war sie es doch erst vor Kurzem, die das getan hat. Sie fängt einen Blick von Cruz auf, der sie fragend ansieht und lächelt, während der Mann ihnen erklärt, dass sie jeden Tag frisch bekocht werden und, sobald sie es möchten und das Haus verlassen, die gesamte Villa gereinigt wird.

Cruz verabschiedet den Makler und die Frauen, er bringt alle nach unten. Erst da sieht Lia, dass auf dem riesigen Tisch im Garten ein Essen angerichtet wurde, wie schnell sind die Leute hier?

Lia hört, wie die Stimmen unten leiser werden und dann völlige Ruhe ist, sie geht nach unten und in den Garten, sieht auf das Meer und auf das köstliche Essen, das über den ganzen Tisch verteilt wurde. Es stehen riesige Schüsseln mit gelbem Reis, Fisch, Soßen, frischgebackenes Brot und Obst herum und alles duftet wunderbar. Lia weiß gar nicht, wo sie als erstes hinsehen soll.

»Und was sagst du?« Cruz' Arme umfassen Lia von hinten und seine Lippen küssen ihre Schulter. »Es ist traumhaft, Cruz, ich habe das Gefühl, wir sind mitten im Paradies gelandet.« Lia dreht sich zu ihm um und legt ihre Arme um seinen Nacken. Cruz ist wohl noch nicht so ganz begeistert. »Das Haus in Guatemala ist besser, aber das hier ist okay, wenn es dir gefällt, kaufen wir es und können immer herkommen, wenn ich geschäftlich in Mexiko bin.«

Lia schüttelt den Kopf und lacht dabei. »Wie du das sagst, als würdest du darüber nachdenken, einen neuen Schrank zu kaufen. Wie viel kostet so ein Haus, das ist doch …« Cruz zuckt die schultern und küsst Lias Wange. »Mexiko ist nicht so teuer, das Haus mit allem hier kostet knapp eine halbe Million, die Häuser in Puerto Rico sind viel teurer.« Lia spürt, dass sie große Augen bekommt. »Du musst doch auch nicht gleich ein Haus kaufen, ich meine …«

Cruz lacht leise und küsst ihre Lippen, kurz und süß. »Ich verdiene allein in Mexiko jedes Jahr um die sieben Millionen Dollar und wir wollen unsere Geschäfte hier ausbauen, da ist dieses Haus völlig in Ordnung. Hast du Hunger?« Lia versucht, diese Information, die sie gerade bekommen hat, zu ignorieren. Sie weiß, dass Cruz reich ist, sie hat sich aber noch keine Gedanken darum gemacht, wie reich er ist.

»Noch nicht so ganz …« Lia und Cruz haben sich durch den Streit und seine Abwesenheit eine ganze Weile nicht mehr gesehen und waren sich nicht so nah, das vermisst Lia immer mehr und schmiegt sich ein wenig an ihn. »Diese Schüsseln halten das Essen eine Weile warm, haben mir die Leute extra gerade noch gesagt, was hast du dann vor?« Cruz blickt Lia mit dem schönen Lächeln im Gesicht in die Augen.

Lia beißt sich leicht auf die Lippen und geht einen Schritt zurück, um sich die Hose und das Top auszuziehen. Cruz sieht ihr dabei zu. »Wir sind im Paradies, nur du und ich und das sollten wir doch in jeder Sekunde genießen.« Lia lächelt, als sie Cruz' Blick auf sich spürt, sie zieht ihren BH aus und weicht noch etwas zurück, vor ihrem Slip hält sie ein und sieht ihm in die Augen.

»Oder was denkst du?« Lia hätte sich diese Frage natürlich sparen können, keine Sekunde später spürt sie Cruz wieder so nah und fordernd bei sich, dass sie alles um sich herum vergisst.

Es ist ein berauschender Mix, Lia ist im Paradies angekommen. Sie spürt diese warme Meeresluft, das Salz, was sich schon jetzt auf ihre Haut legt und überall Cruz, den Mann, den sie liebt. Lia kann davon nicht genug bekommen.

Sie halten kurz ein und in Cruz' Augen liegt das Versprechen, dass sie diese Tage im Paradies niemals vergessen wird.

Und das wird Lia auch nicht. Das weiß sie genau. Wenn sie dachte, dass Cruz und sie sich schon sehr nahe stehen, haben diese Tage sie noch einmal zusammengeschweißt. Sie haben zwei Tage rund um die Uhr zusammen verbracht und es war nicht eine Sekunde langweilig, im Gegenteil. Den ersten Tag haben sie gemütlich im Haus verbracht, waren schwimmen im Meer, haben alles kennengelernt und sich und die Zeit genossen.

Am nächsten Tag sind sie dann bis zum Nachmittag im Haus geblieben und waren dann mit dem Auto in Cancun unterwegs. Es war wunderschön, Cruz hat versucht, sich mit Cap und Sonnenbrille verdeckt zu halten, ob es ihm gelungen ist, kann Lia gar nicht so genau sagen, doch sie wurden jedenfalls nicht von jedem angesehen, wie es meist in Puerto Rico der Fall ist.

Sie sind durch die kleinen Gassen gelaufen, haben in den kleinen Boutiquen eingekauft, waren am Hafen frischen Fisch essen, es war wunderbar. Sie waren erst spät nachts im Haus zurück und waren den größten Teil des nächsten Tages mit dem Boot auf dem Meer unterwegs. Cruz hat Lia zu einer kleinen einsamen Bucht gebracht, wo sie auch lange Zeit verbracht haben, und als sie am späten Abend zurückgeflogen sind, war Lia richtig traurig, auch wenn sie in Cruz' Armen den Flug wieder komplett verschlafen hat.

»Hi, ich hoffe, ich störe nicht.« Savana holt Lia aus den schönen Träumen zurück in ihren kleinen Laden, wo sie die neuesten Events vorbereitet. Verwundert blickt Lia von ihrem Schreibtisch hoch und steht auf, um Cruz' Schwester zu begrüßen. Sie sind seit vier Tagen zurück, Cruz hat sie gleich nach ihrer Reise zuhause abgesetzt und Lia war wirklich enttäuscht, dass diese schöne Zeit vorbei war. Allerdings kam sie gerade mal dazu, Stipe alles zu erzählen und mit ihm ein paar Wraps zu essen, da war Cruz schon wieder bei ihr und hat bei ihr geschlafen.

Danach mussten sie beide sich allerdings wieder um ihre Arbeit kümmern. Lia hatte die Quinceañera, die sehr gut verlaufen ist. Die Bilder davon sind der Wahnsinn und Lia ist sogar in der Zeitung erwähnt worden, da für den Geburtstag eine Anzeige geschaltet wurde. Seitdem hat sie drei neue Anfragen, die sie gerade bearbeitet.

Außerdem hat sie zwei Nächte bei Lorena geschlafen, die Schmerzen im Bauch hat. Der Arzt meinte, sie hat zu viel Stress, was eigentlich nur daran liegen kann, dass sie sich den selbst macht, weil sie Gefühle für Jomar aufbaut und genau weiß, dass sie das sein lassen sollte. Jomar meldet sich hin und wieder, er kommt auch mal vorbei, doch vielmehr wird da von seiner Seite kaum passieren und das versucht sich Lorena klarzumachen. Dass das nicht einfach ist, versteht Lia und versucht einfach, für ihre jüngere Schwester da zu sein.

Deswegen hat Lia Cruz seit zwei Tagen auch nicht gesehen und wundert sich, als Savana plötzlich in ihrem Laden steht, sie hat das letzte Mal wegen Cruz' Geburtstag von ihr gehört. »Nein, du störst nicht. Setz dich, wie geht es dir? Möchtest du etwas trinken?« Lia begrüßt sie mit einem Kuss auf die Wange und beide setzen sich um Lias Schreibtisch herum.

»Nein danke, ich muss gleich wieder los. Ich war nur gerade in der Gegend und dachte, ich schau mal vorbei. In zwei Wochen feiern wir die Familia, also es ist quasi der Jahrestag der Nechas und das wird natürlich sehr groß gefeiert. Alle schwärmen immer noch von den letzten Feiern und da Cruz ja nichts dagegen hatte, dachte ich, du könntest dich wieder darum kümmern. Ich weiß, dass Cruz und du nicht so gut aufeinander zu sprechen seid, doch das Ganze kann wieder komplett über mich laufen, okay? Würdest du das machen?«

Lia ist verwirrt, offenbar weiß Savana nicht, dass Cruz und sie wieder zusammen sind. Einen Moment weiß Lia gar nicht, wie sie reagieren soll, doch dann fängt sie sich wieder und räuspert sich. Vielleicht hat es einen Grund, warum Savana es nicht weiß. »Klar, natürlich. Ich habe an diesem Wochenende die Baby Shower meiner Schwester und das nächste noch nichts, erst danach habe ich wieder Termine, es passt also.«

Savana klatscht in die Hände. »Super, ich werde morgen mit allen besprechen, was sie sich vorstellen und dir dann schreiben. Ich wusste gar nicht, dass deine Schwester ein Baby bekommt. Herzlichen Glückwunsch, ich muss los, aber ich schreibe dir.«

Savana küsst Lias Wange und Lia sieht ihr eine Weile verwundert hinterher. Wieder ist sie mit einem Fahrer da, wieso weiß sie nichts von Cruz und ihr und wieso verlässt Savana die Nechas-Gegend immer nur in Begleitung? Wieder schleicht sich ein unangenehmes Gefühl in Lias Bauch, sie haben diese Reise sehr genossen, doch das, was Lia eigentlich tun wollte, mehr über Cruz und seine Familia herauszufinden, hat sie nicht erreicht.

Wahrscheinlich weiß Lia tief in sich, dass sie die Antworten nicht zufriedenstellen werden, dass sie sich dann Gedanken über Sachen machen muss, die sie vielleicht lieber nicht wissen sollte und dass sie Cruz mit anderen Augen sehen könnte, deswegen haben sie zwar viel über ihre Familien und auch ein wenig über den Zusammenhalt der Familia gesprochen, aber keine genauen Details über das, was Cruz alles so macht. Auch jetzt weiß Lia nicht, was Cruz gerade tut, sie weiß, sie muss sich damit auseinandersetzen, doch sie ist momentan zu gut darin, solche Sachen aufzuschieben.

Lia nimmt das Handy in die Hand, sie hat eine Nachricht bekommen, schon vor einer Stunde, die Nachricht ist von Cruz. 'Komme später zu dir, bist du da?' Lia hat ihn sehr vermisst in den letzten zwei Tagen und sie möchte unbedingt wissen, was das mit Savana auf sich hat. 'Ja, ich bin da.' Lia schickt die Nachricht ab und überlegt, ob sie ihn nicht einfach anrufen soll und das gleich klären, doch dann klingelt ihr Handy und sie nimmt ab.

Es ist der ehemalige Präsident, Lia hat ihr Aufeinandertreffen und das gemeinsame Mittagessen schon wieder komplett vergessen, er aber nicht und er bittet sie, am Wochenende zu ihm zu kommen, um etwas mit ihm zu planen.

Lia ist sicherlich schon etwas genervt wegen Savanas Auftreten und den Fragen, die sich dadurch mal wieder in ihrem Kopf gebildet haben, aber auch so beginnt der ältere Mann plötzlich herumzudrucksen und will nicht so wirklich sagen, um was für eine Feier es sich handelt. Erst als Lia öfter nachfragt, erklärt er leise, dass er ein ganz besonderes Essen für seine Frau organisieren möchte, die ihn vor einigen Wochen verlassen hat und er nun den Versuch starten möchte, sie zurückzugewinnen.

Lia denkt ungern an die Frau zurück, mit der Cruz eine Affäre hatte, doch natürlich wird sie dem ehemaligen Präsidenten helfen. Er war sehr nett zu ihr und Lia weiß, dass er sich gerade in keiner leichten Situation befinden wird. Er möchte, dass sie Freitagabend kommt, doch Freitagnachmittag ist die Überraschungs-Baby Shower geplant, deswegen verabreden sie sich für die Planung am Samstag Mittag in seinem Haus. Er möchte, dass Lia sieht, wo er das Essen machen möchte und was er noch tun kann, damit seine Frau einen besonderen Abend erlebt. Einen unvergesslichen Abend für alle Beteiligten, wie er es nennt.

Als Lia auflegt, kommt gerade eine Frau mit ihrem Sohn herein, der ehemalige Präsident hat Lia wirklich mehr als eine halbe Stunde am Handy aufgehalten. Die Frau holt sich einige Informationen über einen Fußballergeburtstag und was Lia da so alles machen könnte. Lia atmet durch und gibt sich viel Mühe, sie erklärt alles, bringt Ideen ein und am Ende sind die Mutter und der Sohn begeistert.

Als es fast nur noch um die Details geht, öffnet sich Lias Ladentür plötzlich wieder und Cruz kommt herein. Lias Herz schlägt
sofort schneller, ob das jemals vergehen wird? Wie immer sieht er
einfach nur zum Anbeißen aus, er trägt eine dunkle Hose, ein blaues Shirt und noch immer seine Sonnenbrille. Er hat eine Tüte mit
Brot, Blumen und anderen Sachen in der Hand und einen Karton
unterm Arm.

Cruz nickt kurz zu der Frau, küsst Lia kurz auf den Mund und
sagt ihr, dass er schon mal nach oben geht. Er nimmt sich Lias
Schlüsselbund und geht durch die Hintertür hinaus. Nun wird sich
Lia zusammenreißen müssen, um sich die letzten Minuten noch
konzentrieren zu können, doch als sie den Blick der Frau hinter
Cruz her sieht, ahnt sie schon, dass sie das vielleicht gar nicht mehr
muss.

Sobald Cruz aus ihrem Blickfeld ist, versucht Lia, das Gespräch
wieder aufzunehmen, doch schon nach einigen Minuten unterbricht die Frau Lia wieder. »Sind Sie mit Cruz Nechas zusammen?«
Lia stockt, verwundert über diese Frage. Die Frau hat kein Recht,
nach solch persönlichen Dingen zu fragen. »Ähmm, wir kennen
uns, aber ich verstehe nicht so ganz, was das mit der Feier des
Geburtstages zu tun hat?«

Der Sohn offenbar auch nicht, denn er zeigt auf die Zeichnung
seines Kuchens und möchte doch noch ein paar mehr Fußbälle
darauf haben, aber seine Mutter steht auf. »Nein, natürlich gar
nichts ... ich ... wir ... denken noch einmal genau über alles nach
und melden uns dann noch mal, komm Sergio, wir gehen.« Lia
kommt nicht einmal mehr dazu, noch etwas zu sagen, da ist die
Frau mit ihrem Sohn schon verschwunden.

Lia kann nur den Kopf schütteln, wird das immer so sein, wenn
die Leute Cruz sehen? Sicherlich auch noch etwas, was sie mit
Cruz zu besprechen hat, doch jetzt will sie erst einmal das mit
Savana mit ihm klären, deswegen schaltet Lia alles aus, schließt den
Laden ab und geht nach oben, wo Cruz ihr nach zweimaligem

Klopfen die Tür öffnet und ihr ein leckerer Geruch von gegrilltem Essen entgegenschlägt.

»Hi, mi amor, hast du Hunger?«

Es ist ein unwirkliches Bild, Cruz hat eine Zange in der Hand und geht schnell in die Küche zurück und füllt etwas in eine Schüssel. Lia muss lächeln, er hat für sie schon in der Küche gestanden, doch Lia ist sich sehr sicher, dass es ein sehr seltenes Bild ist. »Was tust du da?«

Cruz deutet auf den Balkon. »Ich war am Hafen, da sind gerade Händler mit frischem Fisch angekommen und ich habe gedacht, ich grille ihn uns. Ich habe einen Grill für den Balkon gekauft.« Lia geht zum Balkon, wo auf einem kleinen Grill zwei Fische, Maiskolben, Tomaten, Paprika, Auberginen und Zucchini platziert sind. »Okay, das riecht sehr gut. Und was hast du da?« Lia sieht, dass in der Schüssel Salat ist und daneben Brot liegt.

»Erst dachte ich, ich mache Salat, aber dann … habe ich lieber welchen besorgt.« Cruz kommt hinter sie und küsst ihren Nacken, sie hat ihre Haare bei dem Gespräch mit der Frau und ihrem Sohn zu einem unordentlichen Knoten nach oben gebunden. Sie dreht sich zu ihm um. »Savana war da.« Cruz steht sehr nah bei ihr und Lia achtet genau auf seine Reaktion, doch er zieht nur die Augenbrauen zusammen. »Warum?«

Lia verschränkt die Arme vor der Brust, was fast unmöglich ist, da sie so eng beisammen stehen. »Sie möchte, dass ich eine Feier nächstes Wochenende für euch plane, die Jahresfeier der Nechas, irgendwie so etwas.« Cruz lächelt. »Oh ja, das habe ich fast vergessen. Diese Feier ist die beste des Jahres. Und willst du es machen?« Lia legt den Kopf schief, darum geht es gar nicht. »Ja, natürlich kann ich das machen, aber darum geht es nicht. Savana weiß nichts von uns.«

Cruz dreht sich um und geht auf den Balkon zum Grill, um alles umzudrehen. »Stimmt, keiner aus der Familia weiß es. Also zumindest nicht die Männer. Die Engeren wie Jomar und meine Cousins können es wissen, Savana kann es von mir aus auch wissen, ich bin bisher nicht dazu gekommen, es ihr zu sagen.« Lia geht ihm hinterher. »Deswegen bist du immer bei mir und ich nie bei dir? Wieso versteckst du mich?«

Nun dreht sich Cruz wieder zu ihr um. »Ich verstecke dich doch nicht, Lia. Nur … ich bin Cruz Nechas, es ist wichtig, dass die Leute ein gewisses Bild von mir haben … ich weiß nicht, wie ich es dir erklären soll. Die Leute haben uns zusammen gesehen und dass du gegangen bist. Ich möchte nicht, dass sie wissen, dass wir wieder zusammen sind, solange ich nicht genau weiß, dass es wirklich fest ist. Sie sollen nicht denken, dass ich … wegen einer Frau weich werde. Wenn sie sehen würden, dass ich hier am Grill stehe, würde das keiner von ihnen glauben.«

Cruz grinst frech, doch Lia findet das überhaupt nicht witzig. »Okay, aber was meinst du, wenn es fest ist? Was denkst du denn, was das zwischen uns ist …?« Cruz sieht ihr in die Augen. »Da sind wir wieder an dem Punkt, Lia, ich weiß es nicht. Momentan bin ich sehr glücklich und ich habe das Gefühl, dass du es auch bist. Doch so ganz traue ich dem noch nicht. Ich denke schon manchmal noch, dass du von heute auf morgen verschwinden könntest, wie du es schon zweimal getan hast … verstehst du? Ich möchte einfach noch … abwarten, bevor alle mitbekommen, dass wir wieder zusammen sind.«

Lia sieht ihm in die Augen und erkennt, dass er das ernst meint. Lia hat nicht geahnt, dass Cruz so denkt, dass er wirklich denkt, sie könnte wieder gehen und Lia tut es leid, dass sie ihm dieses Gefühl gegeben hat. Sie wüsste nicht, wie sie sich mit diesem Gefühl im Nacken fühlen würde.

Cruz scheint ihr Schweigen falsch zu verstehen. »Sei nicht sauer deswegen, Lia, es ist wichtig, dass meine Männer mich nicht schwach sehen und momentan bist du das einzige auf der Welt, was mich ein wenig schwach macht, aber bevor ich das vor allen zugebe, muss ich mir absolut sicher sein, dass du dieses Mal bleibst, mi amor. Mehr ist da nicht.«

Lia lächelt, sie spürt, dass ihr Tränen in die Augen steigen, das hat sie sich wohl selbst eingebrockt. Sie geht zu Cruz, umarmt ihn und gibt ihm einen liebevollen Kuss. Er legt sofort die Zange beiseite und umfasst sie komplett, um sie zurück zu küssen. »Ich liebe dich und ich gehe auch nicht wieder, das wirst du schon noch merken.« Lia löst den Kuss und muss an die Frau mit ihrem Sohn denken.

»Aber Cruz, ich muss auch so langsam mehr von deinem Leben, deinen Geschäften, deiner Familia erfahren. Ich weiß fast gar nichts darüber.« Cruz küsst ihre Stirn und widmet sich dann wieder dem Essen. »Natürlich, auch wenn da vieles sehr kompliziert ist und ich auch nicht möchte, dass du irgendetwas falsch verstehst. Was hältst du davon, wenn du zu der Jahresfeier mitkommst? Dann bekommst du schon einmal einen kleinen Einblick.«

Lia nickt. »Okay, aber ich denke, deine Männer sollen nicht wissen, dass wir zusammen sind.« Lia holt schon mal die Teller. »Du bist die Planerin der Feier und sie wissen ja, dass wir uns kennen, wir müssen da ja nicht als Paar auftreten, auch wenn mir das sicherlich sehr schwerfallen wird.« Lia lacht leise und bringt die Teller. »Keine schlechte Idee, vielleicht wird das sogar richtig lustig, wenn einer deiner Männer mit mir flirten möchte und es wird mir bestimmt nicht schwerfallen, mal einen Abend etwas Abstand von dir zu halten.«

Cruz nimmt ihr die Teller ab und hält sie am Arm zurück, ein belustigtes Funkeln liegt in seinen Augen. »Wirklich, bist du dir da sicher?« Lia nickt, doch schneller als sie reagieren kann, liegt sie fest in Cruz' Armen und er küsst sie. »Immer noch sicher?« Als Cruz den Kuss löst, hat Lia all das schon wieder halb vergessen und sieht ihn ernst an, bevor sie ihre Lippen wieder zusammenführt. »Nein, nicht mehr sicher!«

Kapitel 21

»Sie können mich an der Ecke einfach rauslassen, Sie machen das sehr gut. Es ist nicht mehr nötig, dass ich dabei bin.« Lia ist sich da nicht so sicher, doch sie muss es sich irgendwann einfach trauen und sie ist wie immer spät dran, also lässt sie den Fahrlehrer an der nächsten Ecke heraus, wobei sie den kompletten Verkehr blockiert, doch niemand hupt oder ärgert sich über sie.

Lia war sehr überrascht, als am Morgen, nachdem Cruz und sie bei ihr auf dem Balkon gegrillt haben, plötzlich ein kleiner schwarzer Wagen mit Fahrlehrer vor ihrer Haustür stand. Cruz hat ihr ein Auto gekauft. Einfach so, ohne Vorwarnung und mit einer Leichtigkeit, als wäre es ein Strauß Blumen. Und er hat ihr nicht irgendein Auto gekauft, sondern eine kleine Festung. Es soll das sicherste Auto sein, was es zur Zeit auf dem Markt gibt. Ein Auto, das so sicher ist, dass Lia fast wie in Federkissen eingepackt fährt. Ihr wurde lange erklärt, was das Auto alles kann und wie sicher es ist, doch so ganz weiß Lia das alles nicht mehr, sie ist viel zu schockiert darüber, dass sie jetzt ein Auto hat.

Das Einzige, was sie damit klarkommen lässt, ist der Gedanke, dass es Cruz' Auto ist und sie sich das quasi nur leiht, sie gibt es ihm zurück, wenn sie sich ein eigenes leisten kann und hat das Cruz natürlich auch lange erklärt, doch der hatte wie immer nur sein süßes Lächeln dabei im Gesicht.

Sie konnte es einfach nicht glauben, wollte all das nicht annehmen, doch Cruz hat ihr gar nicht die Chance gegeben, viel darüber zu diskutieren, er ist an dem Abend noch mit Jomar nach Guatemala geflogen, da es Probleme mit einem Großauftrag gibt, so hat er es ihr schnell am Telefon erklärt. Leider können sie somit auch nicht zu der Baby Shower kommen, zu der Lia jetzt Lorena abholt, die keine Ahnung hat, was Lia die letzten Tage alles für sie geplant hat.

Lia hat zwei Tage viel mit dem Fahrlehrer geübt und die restliche Zeit gearbeitet, nun muss sie alleine zurechtkommen. Cruz hat ihr erklärt, dass ihr Kennzeichen eine Garantie dafür ist, dass sie von keinem Polizisten angehalten wird und Lia vertraut Cruz da vollkommen.

Natürlich ist es eine Erleichterung, mit dem Auto unterwegs zu sein, doch Lia ist noch sehr unsicher, sie hält bei Lorena vor der Haustür und ruft ihre Schwester an, sie soll herunterkommen. Lia hasst das Parken und so muss sie es erst gar nicht. Lorena hat die letzten Tage auch viel gearbeitet, sie hat aber bei Lia geschlafen, je größer ihr Bauch wird, umso schlechter kann sie schlafen.

Ihre Mutter war noch einmal bei Lorena und hat ihr eine Suppe vorbeigebracht. Lorena musste gleich los und ihre Mutter hat gefragt, ob sie in den nächsten Tagen mal vorbeikommen und mit Lia und Lorena sprechen kann. Lorena hat zugesagt, auch wenn Lia nicht so wirklich weiß, was es da noch zu besprechen gibt. Sie hat Cruz davon erzählt und der meinte, sie solle sich wenigstens anhören, was ihre Mutter zu sagen hat.

Lorena spricht kaum noch von Jomar, er hat sich in der letzten Zeit nicht mehr viel gemeldet, wahrscheinlich ist es besser so, wenn sich das einfach verläuft, auch wenn Lia merkt, dass ihre jüngere Schwester mehr für Jomar empfindet, als es wahrscheinlich gut ist. Doch Lia kann sie natürlich verstehen, auch sie konnte sich Cruz nicht entziehen, die beiden Brüder haben eine viel zu starke Aura und Präsenz, um das einfach so ignorieren zu können.

Lia fummelt ihren Rock zurecht. Da sie den Tag im Dorf verbringen werden, hat Lia sich wieder einen langen weißen Strandrock und ein rosa Top angezogen, rosa zum Motto der Party. Ihre Haare trägt sie mal wieder offen, was in letzter Zeit selten vorkommt und sie hat sich auch ein wenig geschminkt. Sie hat Lorena nur gesagt, dass sie mit ihr zur Übung ins Dorf fahren möchte und dort eine Geburtstagsfeier sein soll und sie sich ein wenig zurechtmachen und wenn möglich etwas in rosa tragen soll.

Als Lorena nun aus ihrem Haus kommt, muss Lia lächeln. In letzter Zeit hat Lorena immer weite Sachen getragen, man hat den Bauch kaum gesehen und das erste Mal hat Lorena heute etwas figurbetontes an. Sie sieht wunderschön aus, sie trägt einen knielangen Strandrock in schwarz, darüber ein weißes enganliegendes Top und man kann ihre kleine süße Kugel sehen, wenn sie läuft, sieht man sogar Lorenas goldbraune Haut am Bauch, fast so, als würde sie den Bauch extra ein wenig zeigen, auch wenn Lia genau weiß, dass Lorena das nicht absichtlich macht, sie zeigt den Bauch sehr ungern.

Die Haare ihrer Schwester sind zu einem unordentlichen Knoten nach oben gebunden und ihre Augen funkeln ihr entgegen, sie wirken immer heller, sie haben fast schon das satte Grün ihrer Mutter, vielleicht hat das was mit der Schwangerschaft und den Pigmenten zu tun, Lia hat keine Ahnung, aber ihre Schwester ist wunderschön, fast noch schöner als sonst eh schon.

»Ich kann das nicht glauben.« Lorena setzt sich vorsichtig neben Lia und nun ist Lia noch nervöser. Was ist, wenn dem Baby wegen ihr etwas passiert? Sie fährt los und versucht, sich und Lorena abzulenken. »Wieso hast du nichts in rosa an?« Lorena streicht über ihren Bauch. »Ich habe keine Anziehsachen mehr, ich habe so viele Aufträge, dass ich nicht dazu komme, mir etwas zu nähen und mir ist so heiß, ständig. Ich bin hier geboren, doch momentan halte ich die Hitze hier nicht aus und es ist so laut in der Stadt, ich kann kaum schlafen. Ständig fahren Autos auf der Straße, irgendjemand schreit, ich kann nirgendwo gut schlafen, weder bei dir noch bei mir. Ich habe ständig Hunger und dann ist mir übel. Ich wusste nicht, dass ein Mensch so viel aufs Klo gehen kann.«

Lorena grummelt all das vor sich hin und Lia lächelt. »Bald wird deine Maus in deinen Armen liegen und dann hast du das alles wieder vergessen. Was ist jetzt mit einem Arzt, Lorena? Du musst dich mal wieder untersuchen lassen.« Der Arzt in der Klinik, in der Lorena und sie waren, hat gesagt, Lorena kann dort weiterbehandelt werden, doch Lorena traut sich nicht dahin und zu den normalen Frauenärzten hat sie auch kein Vertrauen, die wollen nur Geld verdienen und nehmen ein halbes Vermögen für die Untersuchungen. Doch sie muss sich wieder untersuchen lassen.

Lia fährt langsam durch den Stadtverkehr und sobald sie auf die Schnellstraße kommen, die sie aufs Land bringt, atmet sie durch, das ist leicht, hier ist nicht viel Verkehr. Lia traut sich sogar, ein wenig schneller zu fahren. Als sie am Nechas-Gebiet vorbeifahren, fällt Lia ein, dass sie Cruz noch auf seine Nachricht antworten muss, sie hat es total vergessen.

Je näher sie den Dörfern kommen, desto freier fühlen sich Lia und Lorena sofort. Lia schaltet das Radio laut, wo gerade der neue Sommerhit 'Despacito' gespielt wird und Lia und Lorena singen laut mit. Es ist ein tolles Gefühl, Auto zu fahren.

Lorena ahnt gar nichts, erst als Lia an dem Dorf vorbei zum Fluss und zu der Stelle fährt, wo sie mit Cruz und Jomar einen Nachmittag verbracht haben und sie die ersten rosa Luftballons sieht, stutzt sie. »Was?« Lia hält, bevor sie alles sehen kann und sie steigen aus. »Was hast du geplant?« Lorena will um die Ecke gehen und nachsehen, doch Lia hält ihr die Augen zu und setzt ihr die rosa Krone auf, bindet um ihren Bauch die rosa Samtschleife und erst dann führt sie sie um die Ecke.

Auch wenn Lia das alles geplant hat, ist auch sie ganz fasziniert von der Umsetzung. Mitten auf dem wunderschönen Platz am Fluss, unter dem Kletterbaum im Schatten, sind viele Tische und Bänke aufgebaut, alles mit weißen Tüchern und rosa Schleifen geschmückt. Mittig steht ein riesiger Tisch mit mehrstöckigem Kuchen in rosa, Cakepops, Keksen, rosa Limonade, Muffins, vielen Geschenken, auf der anderen Seite steht ein riesiges buntes Buffet, es ist traumhaft, überall ist alles mit rosa Luftballons geschmückt und alle sind da.

Ihre alten Nachbarinnen, auch die aus dem Nachbardorf, ihre alten Freunde, Lorenas Freundinnen, sie alle klatschen, als Lia die Hand von Lorenas Augen zieht und sie sehen kann, was sie alle zusammen vorbereitet haben, um Lorena und das Baby zu feiern.

Lorena kann sich ein paar Tränen nicht verkneifen und da sie hier unter ihren Leuten sind, ist vom ersten Moment an gute Stimmung. Es wird viel gelacht, Lorena packt die vielen Geschenke aus, fast alles ist selbstgemacht, genäht, gehäkelt, gebaut. Lorena bekommt Spielzeug, eine selbst genähte Puppe für Amalia und ganz viele Kleidungsstücke und von Dora eine selbstgenähte zuckersüße Babydecke.

Die Candy Bar ist der Wahnsinn, sie haben viele Fotos davon gemacht, es ist auch eine Torte aus rosafarbenen und goldenen Macarones da, mit Amalias Namen verziert, es ist alles wunderschön. Sie feiern und haben Spaß, es sind keine Männer dabei, hin und wieder kommt einer, aber geht wieder nach einigen Minuten, irgendwie ist das doch eher eine Frauensache. Edmundo und einige Nachbarn kommen trotzdem, bringen Geschenke, essen etwas und gehen wieder, nur Stipe bleibt zwei Stunden, bevor er zu einem Date muss, er hat aber auch keine Probleme, allein unter so vielen Frauen zu sein.

Dank der Kühlungen, die links und rechts von den Buffets stehen, essen sie bis spät in den Abend, sobald es dunkler wird, wird die Musik lauter, rosa Lampions erhellen alles und die Stimmung wird noch besser. Lia kann sich nicht daran erinnern, schon mal auf solch einer tollen Feier gewesen zu sein, auch Lorena genießt die Feier in vollen Zügen.

Als langsam die ersten nach Hause gehen, hört Lia wieder den vertrauen lauten Motor von einem teuren Auto und keine zwei Minuten später kommen Cruz und Jomar um die Ecke. Cruz hat einen großen Blumenstrauß in der Hand, Jomar ein kleines Geschenk. Lia beißt sich auf die Lippen, sie hat wieder vergessen, Cruz zu antworten, sie hat seit einer ganzen Weile gar nicht mehr auf ihr Handy gesehen, eigentlich wollten die Brüder erst morgen wieder zurück sein.

Cruz umarmt Lorena lange, küsst ihre Wange und gibt ihr den Blumenstrauß, aus dem er aber eine rosafarbene und eine rote Rose entnimmt. Lia weiß, dass Cruz Lorena mittlerweile sehr in sein Herz geschlossen hat, die beiden sind oft zusammen, wenn Lorena bei Lia ist. Cruz behandelt Lorena wie eine kleine Schwester und achtet sehr auf sie und ihren Babybauch. Als Jomar zu Lorena geht und sie umarmt, kommt Cruz zu Dora und ihr.

Lia kann nicht fassen, dass auch jetzt ihr Herz wieder viel schneller schlägt und sie jede Kleinigkeit von Cruz aufsaugt, sie hofft, dass dieses Gefühl nie enden wird. Er umarmt Dora und gibt ihr die rosa Rose. Dora sagt oft, dass sie Cruz vermisst und drückt ihn fest an sich, bevor Cruz mit seinem frechen Grinsen zu Lia kommt, sie auf den Mund küsst und ihr die rote Rose gibt. »Wozu hast du ein Handy, wenn du es nicht benutzt?«

Lia muss leise lachen und führt Cruz zu dem Buffet, wo von allem noch viel übrig ist und von dem sie ihm die ganze Zeit erzählt hat. »Ich habe es vergessen, wie findest du es?« Cruz nimmt sich ein Macaron und steckt es sich in den Mund. »Sehr schön, habt ihr auch Bananenbrot? Wir sind gerade erst gelandet.« Cruz bedient sich am Buffet, auch Jomar nimmt sich gleich einen großen Teller voll, während sich Lia ansieht, wieso Lorena bei Jomars Geschenk Tränen in den Augen bekommen hat, die Jomar ihr liebevoll weggestrichen hat.

Es sind zwei Armbänder, ein ganz kleines Armband für Amalia, mit ihrem Namen eingraviert und einem kleinen Kreuz, was sie schützen soll, das gleiche Armband hat er auch für Lorena gekauft und ihr gleich angelegt, auch auf ihrem steht der Name ihrer Tochter mit einem Kreuz. Lia hätte nicht gedacht, dass sich Jomar solche Gedanken wegen eines Geschenkes macht, Lorena offenbar auch nicht.

Zwar sind nicht mehr viele da, doch vielleicht ist das sogar besser, sie sitzen noch eine ganze Weile zusammen, Lorena neben Jomar, Lia neben Cruz, der sie immer wieder auf die Schulter oder die Wange küsst, vor ihren Leuten hat Cruz scheinbar kein Problem zu zeigen, was er für sie empfindet.

Dora und Maria sind bei ihnen, genauso wie ihre Freundinnen und Nachbarinnen, die alle neugierig auf Cruz und Jomar sind.

Dora und Maria beginnen, ein paar Geschichten zu erzählen, was sie im Haushalt der Nechas alles miterlebt haben und sie alle lachen noch viel.

Der Tag und der Abend waren perfekt. Als sie alles zusammenräumen und sich alle verabschieden, nimmt Jomar Lorena, die nur noch gähnt, und die vielen Geschenke mit in das große Auto, während Cruz und sie zu Lias kleinem schwarzen Neuwagen gehen. Lia bittet Cruz zu fahren, sie möchte nicht in der Dunkelheit fahren, zumindest noch nicht und sie ist zu müde.

Zwar grummelt Cruz den halben Weg bis zu Lias Wohnung, weil er in solch einem kleinen Auto nicht richtig sitzen kann, doch sobald sie bei Lia sind und zusammen duschen gehen, ist all das vorbei und Lia spürt erneut, wie stark ihre Sehnsucht nach einander ist, wenn sie beide sich mal ein paar Tage nicht sehen.

Am nächsten Tag schlafen sie beide aus, erst mittags muss Cruz zu einem Treffen und Lia macht sich langsam für den Besuch bei dem ehemaligen Präsidenten bereit. Lia hat Cruz nichts davon erzählt, nur gesagt, dass sie ein Treffen wegen eines zukünftigen Auftrages hat, sie weiß ja, dass er nicht gut auf den älteren Mann zu sprechen ist und sie weiß ja auch noch nicht genau, ob sie den Auftrag überhaupt annehmen wird.

Lia kommt zu dem Termin auch zehn Minuten zu spät. Das Haus, in dem der ehemalige Präsident nun lebt, liegt in einer der reichen Wohngegenden San Juans. Er musste sein Haus, in dem Lia ihn das erste Mal getroffen hat, natürlich für den neuen Präsidenten räumen. Als Lia die Einfahrt zum neuen Haus hochfährt, ist es zwar immer noch ein schönes Haus, doch natürlich sieht man sofort einen Unterschied.

Keine hohen Mauern, keine Wachen, kein Marmor, kein Parkdienst, doch dafür steht der ehemalige Präsident schon in der Tür und scheint dort auf sie gewartet zu haben. Lia steigt aus und streicht sich ihren Rock glatt. Sie trägt dieses Mal einen Bleistiftrock in dunkelblau, der ihr bis zu den Waden geht und einen kleinen Schlitz hat. Dazu hat sie ein schwarzes enges Top an und dunkelblaue Ballerinas, sie hat sich einen Dutt gemacht und trägt roten Lippenstift.

Der Präsident trägt eine Anzughose und ein weißes Hemd und strahlt, als er sie erblickt. Auch wenn Lia weiß, dass er keine Macht mehr hatte, genauer gesagt, nie wirklich viel Macht hatte, strahlt er noch immer diese mächtige Präsenz aus. Lia geht auf ihn zu und gibt ihm die Hand. Er nimmt ihre in seine und küsst ihren Handrücken. »Es ist mir eine Ehre, dich hier in meinem Haus begrüßen zu dürfen, Lia.«

Er bittet sie hinein und sobald Lia das Haus betritt und er die Tür hinter sich schließt, beschleicht sie ein merkwürdiges Gefühl. Das Haus ist fast völlig leer. »Sind Sie erst vor Kurzem eingezogen?« Lia räuspert sich und es hallt fast von den leeren Wänden wieder. »Nein, schon seit einigen Monaten, komm, ich zeige dir alles.« Er führt sie durch das untere Geschoss, wo außer einer Küche und einem roten Sofa weiter nichts steht, kein Regal, kein Tisch, nichts.

Lia wird immer unwohler, er besteht darauf, ihr das obere Stockwerk zu zeigen, Lia merkt, dass der alte Mann merkwürdig abwesend wirkt und als sie die Zimmer oben sieht, kommt ihr immer mehr ein böser Verdacht. Es sind alles bereits eingerichtete Schlafzimmer, drei, und alle sind völlig durcheinander und zerwühlt. Lia lächelt nur und hofft, dass sie hier schnell wieder herauskommt, dann treten sie, nachdem sie zwei große Badezimmer betrachtet haben, in einen Raum mit drei großen Bildern und vielen Schwertern, Säbeln und Messern an den Wänden. »Hier trainiere ich!«

Lia sieht auf die Bilder, eines zeigt den ehemaligen Präsidenten mit seiner Frau, beide noch sehr jung und beide lachen in die Kamera. Das Bild ist mit Einstichen und Schwertspuren übersät, das andere zeigt den älteren Mann mit Cruz, Jomar, Caleb und Dariel. Sie stehen zusammen und lachen, dieses Bild ist fast schon in Fetzen gerissen, ein weiteres Bild ist das Bild des ehemaligen Präsidenten, das Bild, das in jedem Büro und staatlichen Stellen hing.

Lia spürt plötzlich eine kalte Klinge an ihrem Arm. »Sieh doch, Lia, wie scharf all das hier ist. Ich trainiere ständig hier für meine Rache.« Lia bekommt eine Gänsehaut, als der Präsident plötzlich in schnellen Bewegungen mit dem dünnen Schwert hin und her fuchtelt und da sieht Lia den Wahnsinn in seinen Augen und weiß, dass es ein großer Fehler war, herzukommen.

Der Mann ist wie im Wahn und schlägt so wild um sich, dass er dabei Lias Arm trifft. Sie beginnt sofort zu bluten, er hat ihr vom Ellenbogen bis zur Schulter einen Schnitt verpasst. Lias Herz beginnt zu rasen, als sie das Blut sieht. »Oh nein.« Lia sieht, dass der Schnitt nicht tief ist und wie der Präsident stark zu zittern beginnt. Er zieht sein Hemd aus und bindet es Lia um den Arm. »Das tut mir so leid, ich wollte dich nicht verschrecken.« Leise wie im Wahn und mehr zu sich selbst murmelt er »Viel zu früh, du musst es genießen.« Und da weiß Lia, dass sie jetzt klar denken und handeln muss.

Sie darf nicht in Panik geraten und ihn damit zu unüberlegten Handlungen bringen und muss versuchen, hier so schnell wie möglich hinauszukommen. Auch wenn es sie alle Überwindung kostet und sie immer mehr den Wahnsinn erkennt, umfasst sie seine zitternden Hände. »Das ist nur ein Kratzer, das macht nichts. Sehr schön ist es hier, was ist mit dem Garten, wo auch das Essen stattfinden soll, wollen wir uns den mal ansehen?«

Zum Glück dringt Lia zu dem Mann durch und er bringt sie in den Garten. Lias Herz schlägt bis zum Anschlag, ihr ist schlecht und sie weiß, dass er etwas vorhat, er will Rache an Cruz, aber Lia war zu dumm, es zu bemerken. »Wo ist denn Ihre Frau?« Lia versucht, ihre Stimme ganz locker klingen zu lassen, auch wenn sie am liebsten in Tränen ausbrechen würde. Sie läuft zwei Schritte hinter ihm, nimmt leise das Handy aus ihrer Tasche und schiebt es sich in ihren BH.

»Sie ist mit einem jüngeren Mann abgehauen und hat alles mitgenommen. Nach dem, was Cruz mit mir gemacht hat, konnte sie mich wahrscheinlich nicht mehr als richtigen Mann sehen. Cruz

hat mir alles genommen ...« Sie gehen in den Garten, wo nichts ist
außer einem Tisch mit zwei Stühlen, auf dem eine Kerze und einige Teller stehen.

»Ich habe das Essen schon gestern besorgt, ich wollte, dass heute
Abend ein besonderer Abend wird.« Lia nickt und lächelt, sie
atmet tief ein und schluckt ihre Angst herunter, er darf ihre Panik
nicht bemerken, er muss sich noch in Sicherheit wiegen. »Oh nein,
wie nett, bedeutet das, das Essen ist für uns beide?« Lia kann nicht
fassen, dass sie noch so sehr in der Lage ist zu lächeln, doch es
klappt, der ehemalige Präsident glaubt ihr und nickt.

»Ja, erst essen wir und dann beginnt der Rest des Abends.« Lia
schluckt, doch sie zeigt es nicht und strahlt. »Oh, da bin ich schon
ganz gespannt. Ich gehe mich schnell frisch machen, ist das in
Ordnung? Wir können dann gleich essen.« Der ältere Mann, der
nun oben ohne ist, da sie ja sein Hemd um ihre inzwischen furchtbar brennende Wunde hat, nickt zufrieden.

»Gute Idee, gib mir deine Tasche, die brauchst du nicht mehr. Ich
gehe mir ein frisches Hemd anziehen und richte das Essen an.« Lia
lächelt selig, stellt die Tasche auf den Tisch und geht zusammen
mit dem älteren Mann in das obere Stockwerk zurück. Lia hat das
Gefühl, ohnmächtig zu werden, als er ihre Hand küsst. »Bis gleich,
meine Schöne.«

Lia geht langsam ins Bad und schließt hinter sich zu. Sobald sie
das getan hat, wird sie panisch, sie öffnet den Wasserhahn, damit
man nicht hört was sie tut und sucht nach einem Fenster, doch
hier gibt es keines. Lia atmet hektisch ein und aus, während sie das
Handy aus ihrem BH holt. Sie hat es vergessen aufzuladen und
kaum mehr Akku, sie drängt sich an die äußerste Wand und betet
leise, während es zu klingeln beginnt und als sie dann diese vertraute raue Stimme hört, muss sie sich auf die Lippen beißen, um
nicht laut loszuschluchzen. »Cruz.«

Kapitel 22

»Lia? Was ist los, wieso sprichst du so leise? Weinst du?« Lia atmet hektisch, sie versucht ruhig zu bleiben, sie muss jetzt genau aufpassen, damit sie nicht erwischt wird, deswegen flüstert sie und betet, dass Cruz sie versteht. »Cruz, ich bin bei dem alten Präsidenten im Haus und ich glaube, dass er mir etwas antun will. Er hat mich schon verletzt und ein Essen vorbereitet und sagt, dass danach ...« An Cruz' Stimme erkennt Lia, wie ernst die Lage wirklich ist.

»Was tust du da? Bist du wahnsinnig? Der Kerl würde alles tun, um sich an mir zu rächen, wo genau lebt er jetzt? Bleib, wo du bist, ich komme sofort!« Lia beginnt zu weinen, auch wenn sie weiß, dass sie ruhig bleiben muss. Sie nennt ihm schnell die Adresse. »Er wollte mich für einen Auftrag, es war alles geplant, ich weiß nicht, wie lange ich ihn hinhalten kann und was genau er vorhat. Er ist wahnsinnig. Er hat hier so viele Messer und ...« Cruz flucht, man hört, dass er in einem Raum war und jetzt auf die Straße geht.

»Lia, hör mir zu. Ich bin weiter weg, aber ich schicke dir Männer, die in der Nähe sind und bin auch gleich da. Versuche, so lange ruhig zu bleiben, kannst du von alleine versuchen, da raus zu kommen? Wenn nicht, bleib ganz ruhig, wir kommen. Lia, versprich mir das. Atme tief ein und lasse dir nichts anmerken. Ich komme, hörst du, geh ...« Der Akku ist aus.

Sobald Cruz' Stimme weg ist, sitzt Lia die Angst wieder im Nacken. Mit zittrigen Händen steckt sie das Handy zurück in ihren BH, wäscht sich das Gesicht, kramt ein dünnes Handtuch aus einer Schublade hervor und bindet das neu um den Arm, der wieder zu bluten begonnen hat.

»Wo bleibst du?« Die Stimme des älteren Mannes donnert durch das Haus und hört sich nicht mehr freundlich an. Lia schließt schnell die Tür wieder auf. »Ich habe versucht, die Wunde neu zu verbinden, sie hat wieder zu bluten begonnen und ich wollte hier

in diesem wundervollen Haus nichts volbluten.« Lia ist schwindelig. Sie sieht sich um, versucht einen Weg zu finden zu entkom-
men, doch es gibt keinen, also geht sie die Treppe wieder hinunter.
Der ehemalige Präsident hat sich wieder ein Hemd übergczogen
und bringt gerade etwas in den Garten, als er sie sieht, deutet er
ihr, vor ihm zu laufen. Lia blickt zur Eingangstür, sie überlegt, ob
sie es schaffen könnte, doch dann sieht sie in der Hand des Mannes eines der riesigen Messer aus dem Zimmer. »Komm Lia, das
Essen wartet!«

Vielleicht ahnt er, was für Gedanken sie hat, deswegen lächelt Lia
und geht langsam in den Garten, sie muss Zeit gewinnen. »Kann
ich dir irgendwie helfen? Soll ich noch etwas aus der Küche
holen?« Mit dem Messer deutet der ältere Mann auf den Platz ihm
gegenüber. »Setzt dich!« Lia tut, was er sagt, vor ihr steht ein Teller
mit Suppe, zwei Gläser und mehrere Flaschen Wasser und Wein.

»Das sieht lecker aus.« Lia lächelt und öffnet sich sehr langsam
eine Flasche Wasser, sie fragt, was er trinken möchte und lässt sich
auch sehr viel Zeit dabei, ihm Wein einzugießen. Als sie sich dann
setzt, traut sie sich nicht, von der Suppe zu essen. Was ist, wenn
sie vergiftet ist? »Iss Lia, es wird deine wichtigste Mahlzeit sein, du
solltest sie genießen.«

Lia schließt die Augen. Was ist, wenn Cruz es nicht schafft, wenn
irgendetwas passiert? Lia sieht, wie der ehemalige Präsident von
seiner Suppe isst und nimmt sich ganz wenig auf den Löffel. »ISS!«
Er schlägt mit der Faust auf den Tisch und Lia schreckt hoch und
probiert vom Löffel. Die Suppe ist kalt, sie sieht ängstlich nach
oben, doch der ältere Mann ist so in seinem Wahn, dass er all das
gar nicht bemerkt.

»Weißt du, ich habe Cruz am Anfang gemocht, wirklich gemocht,
doch wenn er beschließt, dass deine Zeit um ist, dann ist sie um.
Mir war es egal, dass meine Frau hin und wieder mit ihm
geschlafen hat, ich war auch nicht gerade … heilig. Doch irgendwann hat sie mich immer angeschrien, dass ich versuchen sollte,
ein Mann wie Cruz zu sein. Ihm hat es nicht gereicht, meine Frau

zu vögeln, er hat sie mir weggenommen, auch wenn er das vielleicht gar nicht wollte. Ich habe ihn immer mit verschiedenen Frauen gesehen, besonders dieser mexikanischen Frau, doch als ich ihn mit dir gesehen habe, wusste ich, das ist etwas anderes, man hat das sofort gespürt. Er hat mir sehr wehgetan, Lia, verstehst du das? Und jetzt muss ich ihm auch sehr wehtun.«

Lia hat den Löffel weggelegt und sieht ihm in die Augen. Was soll sie dazu sagen? Der Präsident hat auch aufgehört zu essen und nimmt das Messer in die Hand. »Es tut mir leid, aber ...« Ein ohrenbetäubender Knall lässt Lia hochschrecken, auch der ältere Mann springt auf. »Was ..?« Lia atmet tief aus, als sie Dariel, Caleb und noch einen Mann sieht, sie stürmen aus dem Haus auf sie zu. »Lia, unter den Tisch.« Lia tut, was ihr gesagt wird und im nächsten Moment hört sie Schüsse.

»Du dreckiger Bastard, dafür wird er dich umbringen.« Der ehemalige Präsident schreit auf und sackt zusammen, Lia sieht sein Gesicht am Boden, er hat ein breites Grinsen im Gesicht, Lia springt auf und läuft fast in Dariel hinein, der sie festhält. »Ganz ruhig, sieh mich an. Wir sind da, es ist vorbei, was hat er getan? Fehlt dir etwas?«

Lia war noch nie so froh, jemanden zu sehen, sie umarmt Dariel und der sieht ihr in die Augen. Erst da spürt Lia, dass sie weint. »Cruz ist gleich da, zeig mir deinen Arm.« Lia bekommt mit, wie Caleb und der andere Mann den ehemaligen Präsidenten auf einen Stuhl setzen, er blutet am Bein. »Bring sie hier raus!« Dariel nimmt das Handtuch von Lias Arm und wirft es auf den Boden. »Ruft Cruz an, bevor er durchdreht. Komm mit mir, Lia.«

Dariel hält Lia vorsichtig am Arm, doch so langsam verschwindet die Angst aus Lias Gliedern, sie greift nach ihrer Tasche und verlässt endlich dieses Haus. Vor dem Haus stehen zwei Autos einfach auf der Straße, ein drittes kommt gerade angerast und kaum hält es, steigt Cruz aus und sieht sie erleichtert an. Dariel neben ihr lacht leise auf. »Bist du geflogen? Vertrau uns doch mal ein wenig. Ihr geht es gut.«

Es tut so gut, Cruz zu sehen. Lia spürt, wie ihr immer mehr Tränen die Wangen herunterfließen, Cruz sagt kein Wort, er kommt zu ihr und nimmt sie in den Arm. Lia atmet tief seinen vertrauten, beruhigenden Duft ein und hört an seinem Herzschlag, dass auch er Angst hatte. Sie spürt Cruz' Lippen an ihrem Scheitel, dann nimmt er ihr Gesicht in seine Hände und streicht ihre Tränen weg. Sein Blick fällt auf ihren Arm und nun erkennt Lia die Wut, die Cruz genauso wie die Angst um sie in sich trägt.

»Schatz, geh ins Auto. Ich bin in zwei Minuten bei dir.« Lia will nur noch weg hier und hört auf Cruz, sie geht zu dem Auto, mit dem er gerade gekommen ist und setzt sich auf den Rücksitz, während Cruz und Dariel ins Haus gehen. Lia schließt die Fenster, sie will nicht wissen, was da passiert. Sie weiß, dass sie so nicht denken kann, nicht denken darf, doch alles was sie weiß ist, was der ehemalige Präsident mit ihr vorhatte.

Lia hat noch immer eine Gänsehaut, sie muss sich immer wieder sagen, dass sie da heraus ist und alles gut ist. Sie betrachtet den Schnitt auf ihrem Arm, er ist rot und brennt, doch zum Glück ist er nicht tief und wird sicherlich keine Narbe bilden. Lia zieht ihr Handy hervor und legt es zurück in ihre Tasche, langsam hören auch ihre Hände auf zu zittern. Sie ist in Sicherheit.

Dariel und der andere Mann kommen zuerst aus dem Haus, sie steigen in eines der Autos, heben noch einmal die Hand zu Lia und fahren davon, kurz danach kommt Cruz zusammen mit Caleb heraus, sie reden miteinander. Bevor Caleb ins Auto steigt, umarmt Cruz ihn kurz, dann kommt er zu ihr ins Auto. Statt sich vorne hinzusetzen, setzt er sich zu ihr nach hinten und nimmt Lia in die Arme.

»Was ist passiert?« Lia erzählt ihm alles, dabei lässt Cruz Lia nicht los. Als sie ihm alles gesagt hat, hebt sie ihren Kopf und sieht ihm in die Augen. »Er wird dir nie wieder etwas tun können, sollen wir mit dem Arm zum Arzt fahren?« Cruz küsst Lias Wange und Lia muss daran denken, wie er ihr im Krankenhaus dasselbe gesagt hat, nachdem der Exfreund von Lorena auf sie losgegangen war.

»Nein, ich will nach Hause … oder zu Lorena … ich weiß nicht …« Cruz steigt aus und setzt sich nach vorne. »Ich bringe dich nach Hause. Lorena ist bei Jomar.« Auch wenn Lia noch durcheinander ist, sieht sie Cruz durch den Rückspiegel in die Augen. »Wieso ist sie bei Jomar?«

Auch Cruz ist blasser als sonst und wirkt ein wenig durcheinander, als er zurück auf die Straße fährt. »Ihr ging es gestern auf dem Rückweg nicht gut und Jomar hat sie sicherheitshalber in die Klinik gebracht, sie wurde gründlich untersucht, Amalia und ihr geht es gut, aber deine Schwester braucht viel Ruhe. Deswegen hat Jomar sie zu sich mitgenommen, dort schläft sie die ganze Zeit, isst, ruht sich aus und wird verwöhnt.«

Lia weiß, wie schön es bei Jomar und Cruz sein kann, sie muss mit ihrer Schwester sprechen, doch erst einmal möchte sie nach Hause und duschen. Cruz sagt kein Wort mehr, er sieht immer wieder nach hinten, sagt aber nichts mehr, auch Lia muss erst einmal begreifen, dass sie aus der Situation heraus und in Sicherheit ist. Er bringt Lia nach Hause, zum Glück treffen sie niemanden.

Sobald sich die Tür hinter Lia und Cruz schließt, schlüpft Lia aus den Schuhen und öffnet den Dutt auf ihrem Kopf. Sie will nur noch duschen, doch als sie dann zu Cruz blickt, der einfach nur dasteht und sie ansieht, erkennt sie, dass er völlig neben sich steht. Eigentlich ist sie doch diejenige, die das gerade erlebt hat, aber Cruz sieht aus, als hätte er gerade eine bittere Erkenntnis gehabt. Lia hat ihn noch nie so gesehen, Cruz Nechas wird wahrscheinlich noch niemand so gesehen haben.

Lia geht barfuß zu ihm, langsam, er behält sie genau im Auge, als sie ihre rechte Hand an seine Wange legt. »Was ist, Cruz? Es ist ja noch einmal alles gut gegangen, ich gehe duschen und …« Cruz sieht ihr ernst in die Augen. »Das war mein schlimmster Alptraum, dass ich irgendwann eine Frau liebe, wie ich es bei dir tue und meine Feinde das nutzen werden, um sich an mir zu rächen. So etwas kann immer wieder passieren, Lia, du bist jetzt wegen mir in ständiger Gefahr.«

Lia schließt einen Augenblick die Augen, sie beugt sich zu ihm nach oben und küsst seine Lippen. »Aber jetzt weiß ich, dass das sein kann. Ich hätte dir davon erzählen sollen, ich habe nicht geahnt, was er vorhat. Ich … wir werden beide damit umgehen. Ab jetzt passe ich einfach besser auf, wir schaffen das schon … zusammen.«

Lia beruhigt mit den Worten nicht nur Cruz, sondern auch sich selbst. Cruz küsst ihre Lippen und sieht sie entschuldigend an. »Ich habe schon viele egoistische Sachen gemacht, doch dich zu lieben und dich bei mir haben zu wollen, ist das egoistischste, was ich jemals getan habe.« Lia lächelt mild und schmiegt sich an ihn. »Ich liebe es, wie du mich liebst.« In dem Moment ist sich Lia absolut sicher, dass sie auch das überwinden werden.

Doch schon in den nächsten Tagen zeigt sich, dass das nicht so einfach ist. Lia bleibt zwei Tage nach dem Vorfall komplett zuhause. Sie igelt sich ein, Cruz bleib fast die ganze Zeit bei ihr, hin und wieder muss er weg, aber sonst bleibt er die ganze Zeit an ihrer Seite. Sie sehen sich einige Serien an, schlafen viel und genießen die Zeit zusammen.

Lia erzählt nur Lorena davon, Stipe sagt sie, sie habe eine Erkältung und als sie nach den zwei Tagen für ihn und sich kocht und sie zusammen essen, merkt er nicht mehr, was Lia erlebt hat. Den Kratzer am Arm erklärt sie ihm mit einer Unachtsamkeit und Lia beginnt einfach wieder weiterzuleben, als wäre nichts passiert, auch für Cruz kehrt schnell wieder der Alltag ein und je mehr Tage vergehen, desto leichter wird es auch für Lia.

»Wieso benutzt du dein Auto nicht?« Stipe legt den Arm um Lia und küsst ihre Wange zum Abschied. Sie haben zusammen gefrühstückt, da Cruz schon sehr früh weg musste. Allerdings versteht sich Cruz auch immer besser mit Stipe, zumindest akzeptiert er ihn als Lias Freund. »Ich gehe nur schnell zu Lorena rüber und bringe ihr die neuen Stoffe vorbei, ich brauche nicht für die paar Straßen das Auto.«

Stipe liebt Lias neues Auto, sie sind schon ein paar Mal damit unterwegs gewesen. »Ich würde damit sogar nur um die Ecke fahren.« Lia lacht. »Kommst du mich nachher im Laden besuchen?« Stipe hat heute frei und wird den Vormittag mit seinem neuen Freund verbringen. »Bestimmt, bis später.« Lia küsst Stipe noch einmal auf die Wange und sieht ihrem verrückten Freund hinterher, bevor sie zu Lorena nach Hause geht.

Lorena war drei Tage bei Jomar. Sie sagt, sie habe die Zeit sehr genossen, er hat sie einfach bei sich zur Ruhe kommen lassen. Lorenas Bauch ist in diesen Tagen ein ganz schönes Stück gewachsen, sie hat viel geschlafen, viel gegessen und den Pool genossen, auch wenn sie noch nicht schwimmen kann, ist sie bis zu ihrem Bauch ins Wasser gegangen.

Ihre Schwester behauptet aber noch immer, dass zwischen Jomar und ihr nichts sei und auch Cruz sagt, dass Jomar sich sicherlich ein wenig in Lorena verliebt habe, doch er hat nicht vor, etwas mit ihr anzufangen. Sie haben in getrennten Schlafzimmern geschlafen, einmal sind sie zusammen auf der Couch eingeschlafen und Jomar hat die Kleine in Lorenas Bauch gespürt. Lorena spürt sie schon einige Tage, doch immer, wenn Lia ihre kleine Nichte im Bauch spüren möchte, ist sie ruhig, Jomar hingegen hat sie schon einmal ganz leicht gespürt.

Lia weiß, dass sich Lorena und Jomar näher gekommen sein müssen, doch sie respektiert, dass Lorena das Thema meidet, es ist nicht leicht für sie. Seitdem sie wieder zuhause ist, haben die beiden gar kein Kontakt mehr gehabt, es ist ein ständiges Auf und Ab und je weiter die Schwangerschaft fortschreitet, umso mehr belastet es Lorena.

Als Lia von der Sache mit dem ehemaligen Präsidenten erzählt hat, war Lorena schockiert und das erste Mal hat sie auf Lia eingeredet, dass sie beide sich genau überlegen sollten, auf was sie sich da einlassen. Auch Lia erinnert sich daran, wie sie sich lachend damals das Bild der beiden Brüder auf dem Handy in ihrem Dorf angesehen haben und Beiden klar war, dass sie die Brüder beide sehr anziehend finden, aber niemals so verrückt wären, etwas mit ihnen anzufangen, aber mehrere Monate später ist Lia schon so weit in dieses Leben gezogen worden, dass es sie fast das Leben gekostet hätte.

Lia will gar nicht so denken, doch sie weiß, dass Lorena nicht unrecht hat. Sie weiß auch, dass ihre jüngere Schwester Cruz mag, doch sie wissen beide, dass dieses Leben eigentlich nichts für sie ist und Lia hat noch immer nicht mit Cruz über sein Leben gesprochen. Je weiter weg sie das alles schieben kann, desto besser, doch mit jedem Tag, den sie mehr mit Cruz verbringt, mit jeder Nacht, die sie eng umschlungen zusammen verbringen, weiß Lia, dass das nicht mehr lange gut gehen wird, sie muss mit Cruz darüber reden.

Lia geht die Treppen zu Lorena hoch, sie hat neuen Stoff für sie, er wurde in ihren Laden geliefert. Lorena bekommt immer mehr Aufträge und verdient gerade so gut, dass sie überlegt umzuziehen. Bei Lia im Haus wird eine Wohnung frei, das wäre einfach nur perfekt, der Vermieter wird ihnen diese Woche noch Bescheid geben, ob es klappt. Lia will auch noch einmal das Kleid anprobieren, was Lorena ihr näht. Es ist für die Nechas-Feier, die in zwei Tagen stattfindet. Lia hat alles zusammen mit Cruz geplant, Savana war sehr überrascht, dass Lia alles schon so gut vorbereitet hat.

Sie weiß noch immer nichts von Cruz und Lia, doch sie weiß, dass Lia zur Feier kommen wird. Lia will umwerfend sein, sie möchte Cruz ein wenig ärgern an dem Abend und ihm zeigen, was er verpasst, wenn er sie so geheimhält, auch wenn sie seinen Grund dafür versteht, die Frage ist nur: Wie lange braucht er noch, bis das, was sie haben, in seinen Augen 'fest' wird?

Lia hat sich ein bordeauxfarbenes Kleid nähen lassen, was quasi an ihren Körper genäht wurde. Es geht bis zu den Knien, unterstreicht ihren Po und hat einen bis fast zum Po gehenden Ausschnitt am Rücken. Es ist verdammt sexy, Lia weiß, dass Cruz ihren Po sehr mag und das Kleid wird ihn verrückt machen. Von vorn sieht es recht schlicht aus, doch auch hier umspielt es ihre Kurven perfekt, der Farbton des Kleides hebt Lias goldbraune Haut besonders hervor und von hinten ist es ein Traum. Lia freut sich schon sehr auf den Abend und Cruz' Reaktion auf sie. Er weiß nicht, dass sie vorhat, ihn ein wenig zu ärgern.

Lia klopft, doch nicht Lorena, sondern ihre Mutter öffnet ihr die Tür.

Kapitel 23

»Was soll das?« Lia kann nicht verbergen, dass sie keine Lust auf die Gesellschaft ihrer Mutter hat. Lorena sitzt an der Nähmaschine und sieht nur kurz auf. »Unsere Mutter hat beschlossen, für uns zu backen.« Sie deutet auf den Tisch, auf dem die leckeren gefüllten Teigtaschen ihrer Mutter stehen, dazu drei Gläser und ein kleiner Mandelkuchen.

»Einige Jahre zu spät, würde ich sagen.« Lia geht an ihrer Mutter vorbei in die Wohnung. »Ich möchte, dass ihr beide mir einfach mal zuhört. Ich weiß, dass vieles nicht richtig gelaufen ist und dass ihr beide mich hasst, doch ich denke, ihr könnt euch wenigstens einmal meine Sicht anhören und wenn ihr mich dann weiter hassen möchtet, bitte. Ich war gestern bei eurem Vater auf dem Friedhof. Seitdem ihr auch hier in San Juan lebt, kommt das alles in mir wieder hoch und ich denke, ich muss das tun, um endlich mit dieser Zeit abschließen zu können.«

Lia hebt das Kleid an, was Lorena schon über ein Stuhl gelegt hat und nimmt es mit ins Bad. »Also geht es am Ende doch eigentlich wieder nur darum, was du eigentlich möchtest und dass es dir danach besser geht.« Lia hört nicht, was ihre Mutter darauf sagt und auch nicht, was Lorena sagt, sie zieht das Kleid über und überlegt, einfach wieder zu verschwinden, doch sie kann Lorena das auch nicht alleine antun.

Als sie wieder herauskommt, lächelt ihre Mutter matt. »Du bist unglaublich schön, Lia, das warst du schon immer, genauso wie Lorena. Ihr könntet Topmodels werden und ...« Lia dreht sich, ihre Schwester steckt noch ein wenig was ab, ansonsten sitzt das Kleid perfekt. »Vielleicht wollen wir solch ein Leben aber gar nicht und sind zufrieden mit dem, was wir haben.«

Nun funkelt ihre Mutter sie böse an, aber auch wenn es schon so lange her ist, weiß Lia noch instinktiv, dass sie jetzt lieber die Klappe halten sollte. »Wirklich Lia? Ich habe dich jetzt zweimal mit

Cruz Nechas zusammen gesehen, ist das das Leben, was du führen möchtest? Woher kommt dieser Kratzer auf deinem Arm und wofür ist das Kleid? Und Lorena ist doch von zuhause abgehauen, um zu modeln und die Welt zu bereisen und stand dann vor meiner Tür. Also seid ihr wirklich so unschuldig, dass ihr nur mit dem Finger auf mich zeigt, ohne euch einmal meine Sicht anzuhören? Ihr seid meine Töchter, ihr werdet genau wie ich kein einfaches Leben haben, weil wir keine einfachen Frauen sind, also setzt euch hin und hört mir zu.«

Lorena und Lia sehen sich einen Augenblick in die Augen, bevor Lia zurück ins Bad geht und sich das Kleid auszieht. Als sie wieder in den kleinen Wohnbereich tritt, sitzt Lorena neben ihrer Mutter und deutet Lia, sich auch zu setzen. »Lass uns wenigstens zuhören, sie hat recht, wir beide sind nicht gerade die Unschuldigsten.« Lia setzt sich ihrer Mutter gegenüber und nimmt sich eine Teigtasche, sie hat sie so sehr vermisst, als ihre Mutter gegangen ist, sie hat damals alles vermisst.

Für Lia war immer klar, was passiert ist, sie hat sich niemals Gedanken darüber gemacht, wie ihre Mutter all das damals wohl erlebt hat und als diese sich jetzt räuspert, hört Lia doch sehr genau zu.

»Also, wie es dazu kam, dass ich ins Dorf zurück bin und euren Vater geheiratet habe, wisst ihr ja. Ich war so unvorsichtig damals, wollte mein Leben genießen, hatte tausende von Plänen, doch dann war Lia in meinem Bauch und ich musste diesen Weg gehen.

Es ist auch nicht so, dass ich Lia deswegen jemals gehasst hätte, von der Minute an, als sie sich in meinem Bauch zu bewegen angefangen hat, habe ich Lia über alles geliebt. Ich habe mich richtig auf sie gefreut, doch ich wünschte, ich hätte damals die Möglichkeit gehabt, das wie Lorena alleine zu machen, ich war gezwungen, bei einem Mann zu bleiben, den ich kaum kannte und mit dem mich nicht viel verband.

Die ersten Jahre waren trotzdem okay, ich versuchte, mit eurem Vater zu leben, wir kamen zurecht. Euer Vater hat nach außen immer den liebenden Mann und Vater gespielt, doch zuhause war es ein Alptraum mit ihm und es wurde von Jahr zu Jahr schlimmer.

Ich war glücklich, wenn er nicht da war und ich mit euch beiden alleine war. Wisst ihr noch, wie viel Spaß wir hatten? Wie wir gespielt haben und stundenlang spazieren gegangen sind? Bis ans Ende der Welt und zurück ...« Lorena lächelt matt und ihre Mutter streicht sich ihre Tränen weg.

»Ich habe euch immer geliebt und das wisst ihr auch, tief in eurem Herzen wisst ihr das, aber euer Vater war nie zufrieden. Nie. Er wusste, dass ich andere Pläne gehabt habe mit meinem Leben und auch wenn ich sie nie wieder erwähnt habe, hat er sie nie vergessen. Euer Vater hat immer viel getrunken und wenn er zu viel hatte, hat er angefangen, sich über mich lustig zu machen, mich zu schlagen, mich zu demütigen. Er hat unser Geld vertrunken und ich musste bei Nachbarn nach Essen fragen, damit ich euch etwas geben konnte und am Abend habe ich Schläge dafür bekommen, dass ich wieder bei den Nachbarn war.

Nach außen sah immer alles so anders aus, ich war die Frau aus der Stadt, die nicht glücklich war, weil sie in dem Dorf leben musste, nie hat einer bemerkt, dass ich nicht glücklich war, weil ich mit diesem Mann zusammenleben musste. Ich habe alles probiert, ich wollte umziehen, neu anfangen, selbst arbeiten, euch ein anderes Leben ermöglichen, habe probiert, die beste Ehefrau der Welt zu sein, doch euer Vater hat immer wieder alles kaputt gemacht.

Ich weiß, dass es heißt, ich habe immer mit Männern geflirtet, doch das stimmte nicht. Euer Vater hat das erfunden, um neue Gründe zu haben, mich zu terrorisieren, ich habe es kaum mehr ausgehalten. Er hat mir unser drittes Baby aus dem Bauch geschlagen, es war ein Junge. Ihr hättet jetzt noch einen Bruder gehabt. Ich habe all das immer von euch ferngehalten, zu euch war er auch immer liebevoll und hat sich ganz anders benommen, doch ich war immer mehr sein Feind als seine Ehefrau.

Mehrmals bin ich krank geworden, weil er auf seinen Geschäftsreisen irgendetwas mit anderen Frauen hatte und irgendwann wollte ich nur noch weg. Mit euch, ein neues Leben beginnen, ich habe es nicht ausgehalten, jede Nacht diese Angst, wenn er nach Hause kommt, ob er direkt einschläft oder es wieder Ärger gibt.«

Lorena und Lia sehen sich an. Sie müssen beide an die vielen Nächte denken, die sie auf dem Dach verbracht haben, um dem aus dem Weg zu gehen. »Dann kam eine Chance: die Stromleitungen und Internetverbindungen wurden gelegt und ich lernte einen der Leiter der Baustelle kennen. Er versprach mir dieses bessere Leben, ich wollte einfach nur noch weg.

Wir haben abgemacht, dass ich mit ihm in die Stadt komme, dort suchen wir mir eine Wohnung, ich arbeite bei ihm in der Firma und hole euch beide nach. Sonst hätte ich euch niemals verlassen, ich wollte euch wenige Tage später nachholen, hätte ich gewusst was passiert, wäre ich niemals gegangen. Es war für mich schwer, euch zurückzulassen, aber euer Vater hat euch über alles geliebt und ich wusste, dass es euch nicht schlecht gehen würde und dass ich euch eh bald nachhole.

Doch der Mann hat mich reingelegt und er war auch nicht der letzte. Ich musste in seinem Haus als Angestellte leben, unter einem Dach mit seiner Frau, er hat mit mir gemacht, was er wollte und mir immer wieder gedroht, meine Kinder nicht nachzuholen, wenn ich nicht gehorche. Fast ein Jahr bin ich in diesem Haushalt geblieben, weit weg von San Juan, ich habe es so bereut, diesen Schritt gegangen zu sein und mich so sehr geschämt, euch bei eurem Vater zurückgelassen zu haben.

Irgendwann bin ich dort weggegangen, ich habe versucht, eine Wohnung und Arbeit zu finden, ich konnte nicht einmal zurück und euch besuchen, denn ich war am anderen Ende des Landes. Und die Zeit verging, Monate dann Jahre. Ich bin immer wieder an falsche Männer geraten, es war keine schöne Zeit und als ich dann vor zwei Jahren nach San Juan zurückkam … ich habe mich einfach nicht mehr getraut, euch unter die Augen zu treten. Ich wusste, dass ich ich falsch entschieden hatte und was ich euch angetan habe, doch ich wollte all das auch nicht wahrhaben.

Ich bin wirklich sehr gut im Verdrängen, ich habe all das, euch und alles andere weit von mich geschoben. Erst jetzt habe ich langsam ein normales Leben. Ich habe einen tollen Mann kennengelernt, Carlos, er hat mir geholfen, mein Leben in den Griff zu bekommen, doch ich habe ihm nichts von euch und meiner Vergangenheit erzählt. Ich habe es nicht einmal geschafft, darüber zu reden.

Als ich Lia in der Zeitung gesehen habe, dachte ich, ich sehe nicht richtig. Ich wusste sofort, dass du mit Cruz Nechas anbandelst und wollte mit dir reden, dir sagen, dass du nicht auch solche Fehler machen sollst wie ich, gleichzeitig war ich so stolz, wie hübsch und erwachsen du geworden bist. Doch im Dorf ist dann alles schiefgelaufen und ich habe den Hass auf mich zu spüren bekommen. Ihr habt vollkommen recht, mich zu hassen, ich hätte euch niemals dort alleine lassen dürfen, doch damals wusste ich keinen anderen Weg, ich habe es nicht mehr ausgehalten bei eurem Vater.

Als dann Lorena vor mir stand, war ich erst völlig überfordert, all das, was ich so gut verdrängt habe, war nun wieder da. Mein neuer Mann wusste nichts von dieser Zeit meines Lebens und ich hatte Angst, dass alles wieder zusammenbricht. Nach und nach habe ich Carlos alles erzählt und er hat mir geraten, offen mit euch zu sprechen und Schritt für Schritt wieder auf euch zuzugehen. Ich habe es nicht verdient, dass ihr mit verzeiht, aber vielleicht versteht ihr jetzt wenigstens etwas mehr, wie das damals alles wirklich war. Ich weiß, dass ihr euren Vater sehr geliebt habt und sicherlich ein anderes Bild von ihm habt. Ich möchte auch gar nicht, dass ihr jetzt schlecht von ihm denkt, er war ein guter Vater, aber nicht solch ein guter Ehemann.«

Lias Herz rast, Lorena sieht auf den Boden. »Wir wissen, dass er keine Heiliger war, Mama, was denkst du, wie oft ich das alles abbekommen habe? Wie oft ich von ihm geschlagen worden bin, weil er betrunken war. Wenn du dachtest, dass er schon nicht gut war, als er noch gearbeitet und eine Frau hatte, kannst du dir ja ungefähr vorstellen, wie er war, nachdem du, sein Job, sein Stolz und seine Gesundheit weg waren. Natürlich hat er uns geliebt, doch wir sehen aus wie du und den Hass auf dich haben wir immer zu spüren bekommen. Von dem Zeitpunkt an, als du weg warst, war unsere Kindheit vorbei, ich musste die ganze Familie alleine versorgen, so etwas sollte man einem so jungen Mädchen noch nicht auflasten.

Jetzt ist es das erste Mal, dass wir beide ein wenig frei leben, eigene Entscheidungen treffen und unser eigenes Leben gestalten und jetzt kommst du und tust so, als wären die letzten Jahre nicht passiert, doch sie sind passiert. Keiner von uns hatte eine richtige Mutter, das geht nicht so einfach ungeschehen zu machen.«

Lia kann nicht anders, auch wenn sie zugeben muss, dass sie immer eine ganz andere Version von den Geschehnissen im Kopf hatte und das jetzt, was ihre Mutter sagt, ergibt plötzlich viel mehr Sinn. Sie erinnert sich, dass sie sich immer gefragt hat, wieso ihre Mutter sie zurückgelassen hat, sie wussten immer, dass ihre Mutter sie liebt. Jetzt klärt sich einiges, auch wenn es nicht alles entschuldigt.

Lorena hebt den Blick wieder. »Lia hat recht, es war sehr schwer damals für uns. Für fast ein Jahr saß ich jeden Tag vor unserem Tor und habe gewartet, dass du zurückkommst, aber du kamst nicht. Doch ich finde es auch gut, dass du mit uns darüber gesprochen hast und dass wir deine Sicht nun kennen.

Es ist nicht so, dass ich jetzt sage, es ist alles vergeben und vergessen, doch ich denke, die Zeit wird zeigen, wie ernst du das meinst, oder ob du nach ein paar Wochen wieder genug davon hast, Mutter zu spielen. Wir sind da, wir reden mit dir. Keiner von uns hat dir die Tür vor der Nase zugeschlagen, auch wenn du es vielleicht verdient hättest. Ich werde mich nicht drauf verlassen, aber vielleicht schaffst du es ja, eine bessere Oma als Mutter zu sein.«

Ihre Mutter beginnt zu strahlen, Lia weiß wirklich nicht, wie sie das alles finden soll. Noch immer ist ihre Mutter wunderschön,

Lorena hat ihre grünen Augen, auch wenn sie dunkler sind, als die ihrer Mutter, sie haben alle drei viel Ähnlichkeit, die mandelförmigen Augen, die goldbraune Haut, die gleichen Gesichtszüge. Lia lehnt sich zurück und nimmt sich noch ein Stück Kuchen. »Und was meinst du mit Cruz? Du kennst ihn doch gar nicht.« Ihre Mutter zieht die Augenbrauen hoch. »Nein, das stimmt, aber ich weiß, wer er ist und ich habe mir sofort Sorgen gemacht, dass du in ein Leben gezogen wirst, was zu gefährlich ist. Wer ist eigentlich der Mann, den ich hier bei dir ab und zu gesehen habe, Lorena? Ich stand oft mit Carlos hier vor der Tür und habe mich nicht reingetraut.«

Lorena steht auf und geht zur Toilette. »Das ist Cruz' Bruder, Jomar.« Ihre Mutter sieht zwischen Lia und Lorena hin und her und atmet tief ein. »Okay, ich bin die Allerletzte, die etwas wegen Männern sagen sollte, doch ich hoffe, ihr wisst, was ihr da tut.«

Wissen sie es wirklich? Lia ist kure Zeit später losgegangen, um ihren Laden aufzumachen und auch, um aus der Situation mit ihrer Mutter herauszukommen, die sie ein wenig überfordert. Ihr Mutter hat die Wickelkommode entdeckt, die Lia für Lorena hat umbauen lassen, leider war sie erst kurz nach der Baby Shower fertig, doch Lorena hat geweint, als sie sie gesehen hat.

Sie ist perfekt geworden, passt optisch gut zum Bett und doch hat sie den alten Charme nicht verloren und die Notizen ihres Vaters sind alle erhalten geblieben. Man hat ihrer Mutter deutlich angemerkt, dass sie diese Erinnerung tief getroffen hat und vielleicht glaubt Lia ihr auch, dass sie sich jetzt ändern möchte, doch sie weiß nicht, ob sie all das jemals verzeihen kann.

Ihre Mutter wollte Lorena noch ein wenig beim Nähen helfen, Lia kann sich daran erinnern, dass ihre Mutter eine ähnliche Begabung dafür hat wie Lorena, sie hat ihnen immer ihre Kleider genäht.

Lia kommt auf dem Weg zurück an einem Straßenkiosk vorbei und stockt, als sie auf einer der Zeitungen ein Bild von Cruz und Jomar sieht. Sie kauft die Zeitung, die Cruz und Jomar auf Platz eins in der Liste Puerto Ricos sexyster Singles zeigt. Cruz und Jomar werden als Nechas-Brüder, einflussreiche Geschäftsmänner betitelt, Lia selbst wüsste nicht, wie man sie anders bezeichnen könnte, doch es wirkt schon ein wenig unwirklich, dass sie auf Platz eins neben einem der größten Sänger Puerto Ricos sind, auf Platz drei folgt Dariel, dann wieder ein Sänger, Ian und Caleb sind auch unter den Top 10. Lia schießt die Zeitung wieder und schüttelt den Kopf.

Ihr Freund ist der sexyste Single Puerto Ricos, es ahnt niemand, dass er eigentlich gar kein Single mehr ist. Lia sieht auf ihr Handy, Cruz hat sich nicht gemeldet, sie weiß natürlich nicht, was er heute macht. Lia weiß, dass sich einiges ändern muss, sie hat aber noch zu viel Angst davor, diese Veränderung ins Rollen zu bringen.

Sie sieht zu einem schwarzen Geländewagen mit getönten Scheiben, den sie heute schon dreimal gesehen hat, wieder denkt sie im ersten Augenblick, es ist eines von Cruz' Autos, doch sie kennt den Fahrer nicht.

Lia geht in ihren Laden. Es ist gerade etwas ruhiger, sie bereitet die Babymesse vor und hat einige Kindergeburtstage und eine Firmenfeier in den nächsten Wochen. Für die Feier der Nechas ist alles geplant, also geht Lia ihre Emails durch, führt zwei Telefonate und bemerkt erst dann, dass der schwarze Geländewagen genau gegenüber ihrem Laden parkt. Lia sieht niemanden auf der Straße und widmet sich wieder ihrem Laptop, sie schaltet Werbung und als sie damit fertig ist, kommt plötzlich ihre Mutter in den Laden.

»Lorena hat mir die Adresse genannt. Ich wollte dir dein Kleid vorbeibringen, es ist fertig.« Sie legt eine Tüte auf den Schreibtisch und sieht sich um. »Der Laden ist toll, Lia, ich bin so stolz, dass du dir das alles alleine aufgebaut hast.« Lia versucht zu lächeln, sie spürt, dass ihre Mutter sich Mühe gibt, doch für sie fühlt es sich noch zu falsch an. Trotzdem zeigt sie ihrer Mutter den Laden, sie sprechen auch kurz über Lorena. Ihre Mutter fragt, was sie tun kann, um Lorena zu helfen und Lia erzählt ihr, dass es vielleicht bald einen Umzug geben wird, wo sie ja mithelfen könnte.

Als Lias Mutter kurz darauf geht, sieht sie Lia noch einmal in die Augen. »Nicht jetzt, ich weiß, dass es noch zu früh ist, aber ich würde mich freuen, wenn wir vielleicht mal zu Abend essen könnten. Du mit Cruz, Lorena und Jomar und ich bringe Carlos mit und alle lernen sich kennen.« Lia nickt nur leicht. »Mal sehen.« Sie erklärt ihrer Mutter noch nicht einmal, dass Jomar und Lorena kein Paar sind, im Grunde sind Cruz und sie es ja auch nicht so wirklich, irgendwie schon, aber irgendwie versteckt er sie ja auch noch und scheut sich davor, das, was sie haben, als fest zu bezeichnen. Es ist merkwürdig, Lia ist glücklich, doch das liegt noch ziemlich schwer in ihrem Magen, auch wenn sie weiß, dass sie es verursacht hat, indem sie ihn zweimal ohne Worte verlassen hat.

Sie verabschiedet ihre Mutter mit einem einfachen 'bis dann'. Für Umarmungen oder andere Gesten ist es noch zu früh. Lias Blick fällt wieder zum Geländewagen, der noch immer da steht und sieht zum Kennzeichen. Am Ende stehen die Buchstaben LN, Lia sieht zu ihrem schwarzen Auto und auch dort steht LN am Ende.

Lia geht vom Fenster weg und wählt Cruz' Nummer.

»Hey, ich habe noch zu tun, aber ich komme später, soll ich etwas zu essen mitbringen?«

Lia setzt sich an den Schreibtisch. »Ja, kannst du machen. Sag mal, lässt du mich … beschatten?« Im Hintergrund bei Cruz ist es lauter. »Ich lasse dich beschützen, so würde ich es eher ausdrücken. Ich gehe nicht noch einmal das Risiko ein, dass einer meiner Feinde in deine Nähe kommt.«

Lia sieht zum Geländewagen. »Ja, aber … ich kann doch jetzt nicht Tag und Nacht bewacht werden, Cruz, das geht nicht. Wir müssen dafür eine andere Lösung finden …« Es wird noch lauter im Hintergrund. »Okay, mi amor. Wir sprechen später. Ich melde mich.« Er legt auf und Lia legt den Kopf in den Nacken.

Lia ist sich nicht mehr sicher, ob Cruz und sie wirklich all das zusammen schaffen werden.

Kapitel 24

Als Lia zwei Tage später aus ihrem Laden sieht, ist das Auto verschwunden. Sie hat noch am selben Abend mit Cruz gesprochen und vereinbart, dass sie ab jetzt um einiges vorsichtiger sein wird. Wenn ihr etwas merkwürdig vorkommt oder jemand sie anspricht, der ihr verdächtig vorkommt, wird sie Cruz sofort verständigen. Lia wird auch nicht mehr selbst oder wenn, dann nicht mehr alleine zu Veranstaltungen und Planungen von Aufträgen gehen, auch wenn das etwas kompliziert werden kann, muss auch sie einen Kompromiss eingehen, da sich Cruz wirkliche Sorgen macht, dass so etwas wieder passieren kann.

»Oh mein Gott, du bist so sexy, es ist unglaublich.« Stipe taucht hinter ihr auf und Lia muss lachen. Sie trägt einen schwarzen Nicky-Jogginganzug, Flip Flops und ein schwarzes Top. Ihre Haare sind zu einem unordentlichen Knoten gebunden und sie ist komplett ungeschminkt. »Warte mal ab, was am Ende bei allem rauskommt. Ich hoffe, dein Freund ist wirklich so gut.« Stipe hält Lia die Tür auf, sie schließen den Laden ab und gehen mit den Tüten, die das Kleid, die Schuhe und alles weitere enthalten, zu Lias Auto, an das schon Lorena gelehnt steht.

»Ihr wisst gar nicht, wie sehr ich euch darum beneide, dass ihr nur diese Tüten tragen müsst. Ich habe das Gefühl, nach dieser Schwangerschaft brauche ich einen neuen Rücken.« Stipe stürzt sich sofort auf Lorenas Bauch, er liebt Lias Schwester und ist ganz vernarrt in ihre kleine Kugel. »Ich habe eine Überraschung für dich.« Lorena lacht und steigt hinten ein. »Ich hoffe, es ist dunkel und hat viel zu viele Kalorien, ich brauche unbedingt wieder Schokolade.«

Lia ist aufgeregt, sie kann gar nicht genau erklären, wieso sie das heute so wichtig findet, doch sie freut sich schon die ganze Zeit auf diesen Abend. Dass sie auf der Feier sein wird, jedoch nicht als Cruz' Freundin. Lia hat es vielleicht erst ein wenig verletzt, doch jetzt möchte sie sich einen Spaß daraus machen und ihm noch einmal ein wenig den Kopf verdrehen, sie fühlt sich fast so, als hätte sie ein erstes Date. Cruz hat die Nacht nicht bei ihr geschlafen. Für die Feier kommen einige andere Familias, gestern sind bereits einige angekommen. Es werden gleich die Chancen genutzt und neue Geschäfte abgewickelt, was wiederum bedeutet, dass Cruz sie nicht einmal angerufen hat, er hat wirklich viel zu tun.

Lia hat den Abend bei Stipe verbracht und ist auch bei ihm eingeschlafen, jetzt bringt er sie in das Frisörgeschäft eines guten Bekannten von ihm, wo Lia zurechtgemacht wird für die Feier, die bald beginnt. Sie will erst ein wenig später kommen, wer kommt schon zu früh, sie möchte einen richtig guten Auftritt haben. Cruz denkt, sie wird einfach nur kurz vorbeikommen und sich ein Bild von allem machen, ein wenig in seine Welt eintauchen, er ahnt nicht, dass Lia ganz andere Pläne hat.

Eigentlich sollte Lorena auch mitkommen, Jomar hat sich nicht mehr gemeldet, doch er hat sie dann per Nachricht eingeladen, doch schon gestern hat ihre jüngere Schwester gesagt, dass sie lieber doch nicht dahin möchte, sie hat das Gefühl, momentan nichts auf solchen Feiern zu suchen zu haben. Sie befürchtet, Jomar mit all den schönen, schlanken, nicht schwangeren Frauen zu sehen, wird sie noch depressiver machen. Ihre Schwester merkt selbst nicht, was für eine schöne Schwangere sie ist, doch Lia kann sie verstehen.

Sie fahren zu dem Frisör, Lia wollte sich eigentlich selbst zurechtmachen, doch Stipe hat sie überredet. Sein Freund schuldet ihm noch etwas und er hat Lia versprochen, dass er einer der Besten ist. Der Laden ist auch komplett leer, als sie kommen, Lia werden gleich die Haare gewaschen und auf große Wickler gedreht, Stipes Freund sieht sich das Kleid an und sucht alles für das Make-up heraus, während eine Frau kommt und eine Liege mit einem merkwürdigen Loch hinter Lia aufbaut.

Stipes Überraschung ist, dass Lorena massiert wird. Die Frau ist auf Schwangerenmassagen spezialisiert und während Lia die Haare noch eingedreht werden, hört sie Lorena hinter sich bereits erleichtert aufseufzen. »Das tut so gut.«

Lia bekommt eine Nachricht von Cruz, als Stipes Freund schon ein wenig mit dem Make-up angefangen hat. Cruz schreibt ihr, dass langsam die ersten Gäste kommen und fragt, wann sie kommen will. Sie schreibt, dass es noch ein wenig dauern wird, da sie noch zu tun hat, dabei lächelt sie zufrieden ihr Spiegelbild an, ja, sie hat noch zu tun.

»Ich habe heute ein …. Date. Falls man es so nennen kann, eigentlich ist es eher ein Essen, ein einfaches Treffen, keine Ahnung.« Alle wenden sich zu Lorena um, die mit einem Handtuch vor der Brust auf der Liege sitzt und die Augen geschlossen hat, während die Frau sie massiert. »Mit wem?« Lorena öffnet die Augen, dann deutet ihr die Frau sich hinzulegen. »Mit einem Mann namens Garia. Er ist erst vor Kurzem hergezogen und hat einen Job in einer Werbeagentur. Seine Chefin hat bei mir einige Sachen umnähen lassen und er hat sie mir gebracht und wieder abgeholt. Gestern musste er etwas warten und hat mitbekommen, wie Lia und ich telefoniert haben und dass ich gesagt habe, dass ich nicht auf die Feier möchte.

Er hat Jomar einmal bei mir gesehen und gefragt, ob es mein Freund ist und … irgendwie sind wir ins Gespräch gekommen, ich habe ihm erklärt, dass mich als Schwangere eh kein normaler Mann haben möchte und ja, er hat behauptet, dass er nicht so denkt und dass er mich gerne kennenlernen möchte. Ich habe ihm auch gesagt, dass ich momentan eher keine Beziehung eingehen sollte, aber er hat auf das Essen bestanden und gemeint, ich solle nicht denken, ich wäre wegen Amalia keine attraktive Frau mehr.«

Lia lächelt und sieht über den Spiegel zu ihrer Schwester, Stipes Freund trägt gerade Lipgloss auf. »Ich mag ihn jetzt schon.« Nun meldet sich auch Stipes Freund zu Wort. »Ich bin mit deiner Schwester gleich fertig, dann kann ich dich auch für dein Date zurechtmachen.« Lorena schließt wieder die Augen. »Ich glaube, heute ist der beste Tag meines Lebens.«

Eine halbe Stunde später zieht Lia das Kleid über, die Locken-wickler werden entfernt und Lia sieht in den Spiegel. »Wow!« Stipe spricht aus, was sie denkt. Sein Freund hat wirklich Talent. Er hat Lia geschminkt, doch es wirkt nicht aufgesetzt. Ihr Gesicht wirkt noch ein wenig feiner, die Lippen ein wenig voller, die Wangen ein wenig frischer. Ihre eh schon mandelförmigen Augen strahlen richtig und ihre Haare fallen in weichen Wellen auf ihren Rücken. Da der aber heute im Mittelpunkt stehen muss, werden Lia die Wellen über die Schulter gelegt und mit Klammern und Spray so fixiert, dass es auch hält. Lia legt ihre großen Kreolen an und ein goldenes Armband.

»Du bist wunderschön.« Auch Lorena sieht begeistert aus und klatscht kurz in die Hände, Lia ist mehr als zufrieden. Sie dreht sich um, das Kleid ist so unglaublich sexy, jetzt kann Lia es nicht mehr erwarten, auf die Feier zu kommen. Sie zieht ihre Leinen-schuhe an, nimmt die Pumps, klemmt sich ihre Clutch unter den Arm und verabschiedet sich von allen.

Nun ist Lorena dran, Lia möchte, dass sie ihr unbedingt ein Bild schicken, dann geht sie nach draußen und steigt in ihr Auto. Lore-na und Stipe fahren später mit seinem Freund zurück. Lia ist ganz hibbelig, nun müsste die Feier schon in vollem Gang sein. Sie weiß ja, wann was startet, nun ist bereits der Live Act da, es werden zwei der größten puertoricanischen Sänger heute auf der Feier auf-treten. Da die Feier so groß ist, haben sie beschlossen, sie im Gemeinschaftshaus, der Straße davor und dem Strandabschnitt zu feiern.

Lia wird immer sicherer beim Autofahren und merkt erst jetzt, als sie auf das Nechas-Gebiet zufährt, wie lange sie nicht mehr hier war. Cruz ist immer bei ihr, sie kennt den Grund dafür, doch irgendwie kann das ja auch nicht richtig sein.

Heute sind nicht nur Wachen im Wachhaus, heute stehen fünf Männer mitten auf der Straße und kontrollieren alle Autos. Sie sehen verwundert zu Lias Auto und dem Kennzeichen, doch einer der Männer war dabei, als Cruz und seine Cousins sie beim Präsidenten herausgeholt haben und winkt sie gleich durch.

Lia fährt in eine kleine Nebenstraße und lässt ihr Auto dort stehen, sie tauscht ihre Leinenschuhe gegen die Pumps ein, sieht noch einmal in den Spiegel und steigt dann aus. Sie braucht nur ein paar Minuten bis zu dem Haus und ihr Herz schlägt immer schneller, überall sind Männer und auch Frauen verteilt und alle sehen gut aus, doch fast jeder Mann hier sieht zu Lia, als sie an ihnen vorbeikommt und Lia fühlt sich immer besser.

Die Musik schallt laut durch die Luft, es riecht überall nach Grill und leckerem Essen, sie sieht die Lasershow, die vom Strand hoch strahlt, es ist fantastisch, das weiß sie, obwohl sie noch nicht einmal im Haus ist. Es wird immer voller, Lia sieht sich in der Menge nach ein paar bekannten Gesichtern um, doch erst einmal sieht sie nur viele sexy Frauen und gefährlich aussehende Männer.

Es sind überall kleine Buffets aufgebaut und Lia geht schnell zu ihren Mitarbeitern dahinter und erkundigt sich, ob alles gut läuft. »Lia, du hier? Ahhh, die Feier ist der Wahnsinn.« Gerade als Lia wieder hinter dem Buffet hervorkommt, wird sie von Savana in die Arme geschlossen, die sie danach mit hochgezogenen Augenbrauen ansieht. »Du siehst heiß aus, woher hast du das Kleid?« Lia kann das Kompliment nur zurückgeben, es ist wirklich kaum zu beschreiben, wie hübsch die Schwester von Cruz und Jomar ist. Im Haus ist es aber so laut, dass sie sich kaum verstehen, also gehen sie zusammen in den Garten, immer wieder sehen die Männer zu ihr und als sie in den Garten tritt, spürt sie sofort, wie einige aufmerksam werden und besonders eine Gruppe, die hier zusammensitzt.

In der Mitte sitzt Cruz, er trägt eine schwarze feine Hose und ein schwarzes Shirt mit V-Ausschnitt und sobald Lia ihm in die Augen sieht, weiß sie sofort wieder, wie sehr sie ihn liebt. Neben ihm sitzt Jomar, daneben Caleb und rundherum sitzen einige Männer, die Lia nicht kennt, die sie aber entdeckt haben und etwas zu Cruz zu sagen scheinen. Cruz sieht sie von oben bis unten an und blickt ihr wieder in die Augen, offenbar scheint Lia den Männern um Cruz herum zu gefallen. Sie lächelt zu Cruz, der sie weiter nur ansieht. Ihr Plan scheint zu funktionieren.

»Lia, was tust du denn hier?« Sie dreht sich um und weiß, dass die Männer nun ihren schönen Rückenausschnitt bewundern dürfen, als sie Babsis Stimme hinter sich hört. Calebs blonde Freundin sieht auch wunderschön aus, sie sticht hier in der Masse von dunklen Leuten schon sehr heraus. Lia umarmt sie und erklärt, dass sie nach der Feier gucken und auch ein wenig dabei sein wollte. »Es freut mich, dass Cruz und du wieder normal miteinander umgeht.« Savana lächelt Lia lieb an und Lia räuspert sich, es fühlt sich nicht gut an, etwas vor ihr zu verheimlichen, etwas, was Lia so glücklich macht, doch es ist nicht ihre Aufgabe, Savana das zu sagen.

»Das Essen ist unglaublich lecker, ich wollte gerade zum Strand gehen, da ist die Bühne aufgebaut, auch wenn hier überall so viele Boxen sind, als wäre man schon dabei. Kommst du mit? Da wird auch gegrillt.« Lia nickt, Savana muss einige Leute begrüßen und verspricht, dass sie später nachkommen wird. Als Babsi und Lia vom Garten zum Strand gehen wollen, werden sie plötzlich zurückgehalten. Jomar umarmt erst Lia, dann Babsi.

»Wo ist deine Schwester?« Zwei Frauen stehen hinter Jomar, die offenbar gerade mit ihm weggehen wollten. Lia küsst Cruz' Bruder auf die Wange und kann es sich beim Anblick der Frauen nicht verkneifen. »Die konnte nicht, sie hat ein Date. Aber das nächste Mal kommt sie bestimmt mit.« Lia erkennt in dem Moment an Jomars Blick, dass das zwischen Lorena und Jomar niemals nur eine Freundschaft für Jomar ist. Er nickt nur leicht, doch in seinen Augen sieht Lia, dass er gekränkt ist, dann steht Cruz vor ihr.

»Jetzt verstehe ich, wieso du so lange gebraucht hast.« Lia lächelt und sieht Cruz in die Augen, sie würde ihn so gerne küssen und umarmen, doch sie hält sich zurück. »Das hat nicht lange gedauert.« Cruz scheint es nicht so leichtzufallen, er umarmt sie und küsst ihre Wange. »Du bist wunderschön.« Lia lacht leise auf. »Hey

hey, nicht zu nahe kommen. Ich habe einen Freund, der will das zwar nicht zugeben, doch ich bin leider in festen Händen.«

Nun lacht Cruz auch leicht. »Er muss der glücklichste Mann der Welt sein.« Caleb, der mit Babsi geredet hat, begrüßt Lia auch mit einem Kuss auf die Wange und deutet zu einigen Männern, die gerade hereinkommen.

Lia deutet in die andere Richtung. »Wir gehen zum Strand.« Cruz nickt und sieht auch zu den Männern. »Ich habe hier noch etwas zu tun, wir kommen nach.« Lia will sich abwenden und gehen, doch Cruz hält sie noch einmal fest. Lia spürt seine Hand an ihrem nackten Rücken und seinen Atem an ihrem Ohr. »Pass schön auf, mein Schatz. Ich habe kein Problem, jeden einzelnen hier für dich zu töten. Also versuche, nicht allzu verführerisch zu wirken.« Er küsst ihren Nacken.

Lia wendet sich noch einmal halb um und sieht ihm in die Augen. »Aber nicht doch, wieso das? Ich bin doch nicht deine Freundin.« Cruz lacht und nimmt seine Hand von ihrem Rücken. »Auf jeden Fall bist du die Frau, die heute Nacht bei mir sein wird!« Lia lächelt und geht mit Babsi davon, die von Lias und Cruz' Flirt nicht viel mitbekommen hat.

Auch am Strand ist es voll, doch hier verläuft sich das mehr. Lia prüft auch dort, ob alles gut läuft, bevor sie etwas isst und mit Babsi zu den Liedern des Sängers ein wenig tanzt, barfuß am Strand mit dem Geruch des Meeres in der Nase. Sie bekommt ein Bild von Lorena, die wunderschön zurechtgemacht ist und die fragt, was Lia Jomar gesagt hat, da der sie schon viermal versucht hat anzurufen. Lia schreibt ihr, dass er weiß, dass sie ein Date hat.

»Ich wusste gar nicht, dass du so gut tanzen kannst.« Lia spürt wieder Cruz' Hand auf ihrem Rücken. Dieses Mal ist Cruz mit zwei Männern zusammen, die Lia nicht kennt, doch Cruz stellt sie vor. »Das ist Lia, … eine sehr gute Freundin.« Cruz' freches Lächeln im Gesicht sollte allen Beteiligten sagen, dass sie mehr als das ist. »Und das sind wichtige Geschäftspartner aus Venezuela, ich fliege in zwei Tagen zu ihnen runter. Du solltest mitkommen,

Venezuela ist ein schönes Land.« Einer der Männer küsst Lias Hand und der andere nickt ihr zu. »Es wäre uns eine Ehre, auch dich bei uns begrüßen zu dürfen.«

Lia kommt nicht einmal dazu zu antworten, der Sänger macht gerade einen Wechsel, nun kommt der andere Stargast. Der Sänger begrüßt Cruz und umarmt ihn, Lia fragt sich, ob es überhaupt einen Menschen in Lateinamerika gibt, der Cruz nicht kennt.

»Wir sollen nach oben, die Torte wird angeschnitten.« Cruz sieht auf sein Handy, als der Sänger gerade bestätigt, wie gut das Fest ist. Jeder hier will etwas von Cruz, will mit ihm sprechen, sagt ihm hallo, er scheint von allen hier der Mittelpunkt zu sein.

Zusammen mit Babsi und den beiden Männern aus Venezuela gehen sie nach oben, wo mitten im Garten die riesige Torte steht, die Lia hat anfertigen lassen. Cruz hat die ganze Zeit seine Hand an Lias Rücken und irgendwann hält er auch kurz ihre Hand, als es dann aber wieder voller um sie herum wird, lässt er sie los.

Cruz und Jomar gehen zu der Torte, sie bekommen Sektgläser gereicht und auch alle anderen, die um sie herumstehen, bekommen ein Glas gereicht, es bildet sich eine immer größere Menge um den Kuchen und Lia bekommt ein wenig Platzangst, als es um sie herum immer voller wird. Babsi hakt sich bei Lia ein, trotzdem werden sie ein wenig nach hinten gedrückt.

Cruz hebt sein Glas. »Mein Bruder, meine Schwester, meine Cousins und ich danken euch allen, dass ihr gekommen seid und diesen Tag mit uns feiert. Dieser Tag hat eine besondere Bedeutung, heute ist der Tag, an dem aus der normalen Familie Nechas die Familia Nechas wurde, die nun schon seit fünf Generationen in Lateinamerika eine wichtige Position einnimmt.

Viele von euch gehören zur Familia, einige zu guten Geschäftspartnern und Freunden, einige möchten dazugehören und müssen sich erst noch beweisen, doch euch allen danken wir, dass ihr unserer Familie heute Respekt zollt.

Wir denken heute auch an meinen Urgroßvater, Großvater, meinen Vater, meine Onkel und all die anderen Männer, die geholfen haben, dass wir stehen, wo wir heute sind und jeder, der uns kennt, weiß, dass wir noch so einiges vorhaben. Auf dass uns das alles gelingen wird und dass weitere Generationen folgen werden.«

Cruz hebt seine Hand und stößt mit Jomar an, dann kommen die Frauen, die heute für das Catering zuständig sind und schneiden den Kuchen an, Cruz bekommt das erste Stück, viele kommen nach vorne und stoßen mit Cruz an, der den Teller der Frau zurückgibt und zu Lia zeigt.

Die Frau bringt Lia den Kuchen und Babsi sieht verwundert zu ihr. »Hast du wieder etwas mit Cruz?« Lia lächelt, probiert den Kuchen und hält Babsi auch etwas hin. »Ich weiß nicht, wie genau man das nennen sollte …. Was ist das eigentlich mit dir und Caleb?« Nun lacht Babsi ein wenig auf und hält ihr Glas hoch, um mit Lia anzustoßen. »Ich weiß auch nicht, wie ich das nennen soll.«

Lia muss auch lachen, plötzlich wird es unruhig und mehrere Personen drängen sich nach vorn, sodass Lia eine Tasche in die Seite gerammt bekommt. Drei Männer und eine Frau gehen an allen vorbei direkt zu Cruz und Jomar, mittlerweile stehen auch alle Cousins vorn am Kuchen.

»Cruz, mein Schatz, herzlichen Glückwunsch.« Die Frau umarmt Cruz und man sieht sofort, dass sich die beiden nicht fremd sind. Auf Cruz' Gesicht setzt sich ein überraschtes, aber doch sehr erfreutes Lächeln. Die Frau hat schwarze, lockige Haare und wenn Lia dachte, sie hätte ihren Po gut in Szene gesetzt, weiß sie nicht, wie sie das nennen soll, was diese Frau hat, so ein Po kann gar nicht echt sein.

Die Frau löst die Umarmung, doch bleibt eng bei Cruz und küsst ihn auf den Mund. Lia denkt im ersten Moment, sie hat sich versehen und starrt auf die beiden, doch sie hat sich nicht versehen, die Frau bleibt bei Cruz, auch wenn er die Männer begrüßt, auch Jomar begrüßt alle, doch die Frau bleibt eng bei Cruz, der sofort dafür sorgt, dass sie etwas zu trinken bekommt. Nun kann Lia das

Gesicht der Frau sehen, sie ist sehr hübsch, eine dunkle hübsche Frau, die sehr sexy aussieht.

»Wer ist das?« Lia sieht zu Babsi, die über diesen Auftritt nicht sehr überrascht scheint. »Wer? Die Frau? Das ist Cruz' mexikanische Freundin, falls man das so sagen kann, sie heißt Chloé. Wusstest du nichts von ihr?« Babsi sieht sie überrascht an. »Nein, natürlich nicht, was heißt seine Freundin? Wieso ...«

Plötzlich kommen ihr die Worte von Dora und auch vom ehemaligen Präsidenten wieder in die Gedanken. Beide haben von einer mexikanischen Frau erzählt, die Cruz immer wieder gesehen hat. Lia sieht wieder zu Cruz und der Frau, doch Cruz sieht nicht einmal mehr zu Lia, er sieht der Frau in die Augen und stellt sie gerade irgendwelchen anderen Leuten vor.

Lia merkt gar nicht, wie starr sie vor Schreck geworden ist, bis sie wieder angerempelt wird und Babsi sie ein wenig zur Seite zieht. »Ist alles okay bei dir? Du bist ganz blass?« Lia hat das Gefühl, man würde ihr den Boden unter den Füßen wegziehen. Hat Cruz eine Freundin? Wer ist sie dann? Die Geliebte? Was soll das Ganze? Ist alles, was Cruz und sie haben ... nur gespielt? Das kann nicht sein, dass ...«

»Lia, hier bist du. Hör mal ...« Plötzlich steht Cruz vor ihr und deutet zum Strand. Lia weiß nicht, wie genau sie aussieht, doch als sie Cruz in die Augen sieht, hält er ein. »Ist das deine Freundin? Willst du mich hier gerade komplett verarschen?« Lia weiß, dass sie nicht mehr leise ist, Babsi, die bei ihnen steht, sieht unsicher zu ihnen.

Cruz hingegen wirkt etwas genervt. »Nein, komm runter. Ich erkläre dir das später, Lia, es ist jetzt nicht der richtige Zeitpunkt ...« Sie werden unterbrochen, die Frau kommt und legt ihre Arme um Cruz. »Ich bin den ganzen weiten Weg hergekommen und du bist schon wieder weg. Komm, die anderen warten. Wer ist das?«

Lia lacht leise bitter auf und sieht auf die Arme der Frau, die um Cruz' Hals gelegt sind. »Da jeder hier auf der Feier weiß, wer du bist und keiner, wer ich bin, bin ich wohl niemand, der dir Sorgen machen sollte.« Die Frau zieht die Augenbrauen hoch. »Oh Schätzchen, keine Angst, ich mache mir nie Sorgen. Löwen gehen immer zum Appetit holen umher und kehren zum richtigen Essen nach Hause zurück.«

Das Feuerwerk beginnt in diesem Augenblick und Lia traut ihren Ohren nicht. »Cruz, alle warten schon.« Ein anderer Mann kommt und Cruz sieht wütend zwischen allen hin und her. »Wir sprechen später.« Lia sieht völlig geschockt zu, wie Cruz und einige andere, auch die Frau, in Richtung Strand gehen. Sie kann das nicht glauben. »Vergiss es!«

Lia kann ihre Tränen nicht mehr zurückhalten und legt den Teller und das Sektglas auf einen Tisch, an dem sie vorbeigeht, sie hat nicht einmal mehr nach Babsi gesehen, sie will nur noch weg von hier.

Kapitel 25

Lias Herz rast, als sie das Gemeinschaftshaus verlässt, sie läuft immer wieder in jemanden hinein, erst als sie auch aus der Straße herauskommt, atmet sie tief ein und bleibt stehen. Ein krampfhafter Schmerz zieht sich durch ihre Brust. Kann es sein, dass sie die ganze Zeit nur verarscht wurde? Sie kann das nicht glauben, doch sie hat das gerade doch mit eigenen Augen gesehen.

Sie läuft zum Ausgang des Nechas-Gebietes, im Leben würde sie nicht mehr das Auto von Cruz benutzen, deswegen lässt sie es stehen und geht zu dem Wachhäuschen. Noch immer stehen mehrere Männer da, sie essen gerade Kuchen, von der Torte, die erst vor wenigen Minuten angeschnitten wurde. Lia will an ihnen vorbei, erkennt aber den Mann, der dabei war, als sie aus dem Haus des ehemaligen Präsidenten geholt wurde. »Hier, gib den bitte später Cruz, ich brauche das nicht mehr.« Ohne eine Reaktion abzuwarten, gibt sie ihm die Autoschlüssel und geht weiter.

Es ist kurz nach Mitternacht, natürlich fährt kein Bus mehr und es ist dunkel. Lia läuft am Straßenrand der Schnellstraße, zieht ihr Handy heraus und ruft Dora an, die verschlafen abnimmt. »Lia, was ist los? Stimmt etwas mit dem Buffet ...?« Lia kann nicht verbergen, wie sauer sie ist. »Dora, du hast mir doch damals von dieser mexikanischen Frau erzählt, was genau war oder ist mit der? Ist sie Cruz' Freundin?«

Man hört, dass Dora bereits geschlafen hat. »Ähmm, keine Ahnung, sie war auf jeden Fall die einzige Frau, die immer mal wieder bei Cruz war. Alle anderen waren immer nur einmal, höchstens zweimal da, die Frau war über die Jahre immer wieder da. Mal ein paar Tage, dann wieder drei Monate nicht, dann wieder einen Tag, dann wieder ein halbes Jahr nicht, dann war sie eine Woche da und ich glaube, dass Cruz auch bei ihr war. Sie hat sich immer aufgeführt wie eine Prinzessin, das weiß ich noch, aber mehr auch nicht. Was ist denn los? Lia, ihr beide habt doch so glücklich gewirkt auf der Feier von Lorena, ich dachte, das mit der Frau hätte sich erledigt, seit du in Cruz' Leben eine Rolle spielst.«

Lia sieht sich um, es ist wirklich schon sehr dunkel und unheimlich. »Offenbar nicht, ich komme die Tage ins Dorf, dann reden wir. Entschuldige die späte Störung.« Ein Wagen kommt angefahren und leuchtet Lia an. Er fährt vorbei, doch hält dann und fährt langsam rückwärts zu Lia zurück. Eine etwas ältere Frau sieht aus dem Fenster zu ihr. »Es ist ziemlich gefährlich, so spät hier so alleine umherzulaufen. Sollen wir Sie mitnehmen, wir fahren nach San Juan?« Lia sieht auf dem Rücksitz zwei kleine Mädchen schlafen und nickt dankbar. »Danke, das ist sehr nett.«

So hat Lia Glück und ist eine halbe Stunde später bei sich zu Hause. Sie hat darüber nachgedacht, zu Lorena oder Stipe zu gehen, doch sie hat es sich anders überlegt. Cruz wird bestimmt kommen und sie will das mit ihm klären, Lia ist hin- und hergerissen. Sie kann das nicht glauben, sie hat sich Cruz' Gefühle doch nicht eingebildet, er liebt sie, sie kann sich all das doch nicht eingebildet haben.

Als erstes geht sie duschen, sie ist sich sicher, dass Cruz sich jeden Moment melden wird und in Lia wächst die Wut, sie will ihm das alles an den Kopf werfen und ihn zur Rede stellen. Doch als sie aus der Dusche herauskommt und auf ihr Handy sieht, hat sie nicht einmal einen Anruf von Cruz verpasst. Lia geht auf den Balkon, setzt sich auf den Stuhl und sieht in den Sternenhimmel, wie sie es früher im Dorf so oft getan hat.

Eine ungeheure Wut brodelt in ihr und sie will nichts mehr mit Cruz zu tun haben, trotzdem wartet sie, dass er kommt und das klären will, allein das ist doch schon verrückt. An Schlaf ist nun eh nicht zu denken, ihr gehen die Bilder der Frau durch den Kopf. Lia hat einige Frauen gesehen, mit denen Cruz etwas hatte, doch diese Frau ist anders als sie alle gewesen, noch hübscher und vor allem hat sie genau so eine mächtige Ausstrahlung wie Cruz, Jomar und auch Savana.

Wie sollte eine Frau wie sie Cruz nicht den Kopf verdrehen, wenn es eine einfache Landfrau wie Lia auch geschafft hat. Ihr Körper wird müde und die Enttäuschung steckt ihr tief in den Knochen. Sie hört auf jeden lauten Motor, jedes Geräusch, aber als sie es nicht mehr aushält und sich ins Bett legen möchte, klingelt ihr Handy, um ihr zu zeigen, dass sie eine Nachricht bekommen hat.

'Wieso bist du gegangen?' Lia schaut auf die Uhr. Es ist kurz nach drei. Drei Stunden, nachdem Lia die Party verlassen hat, hat Cruz es überhaupt erst bemerkt. Enttäuscht legt sie das Handy weg und geht ins Bett, doch sie findet keinen Schlaf, sind seine Gefühle vielleicht doch nicht so echt gewesen?

Er kommt in der Nacht nicht mehr, ruft auch nicht mehr an und schreibt auch nicht. Lia wird schlecht, wenn sie daran denkt, wie er wahrscheinlich die Nacht verbracht hat, so wie diese Chloé an ihm gehangen hat, sie wird ihn garantiert nicht mehr losgelassen haben. Mit allem hätte sie gerechnet, aber nicht, dass das zwischen Cruz und ihr so endet.

Lia zieht sich irgendwann eine Leggins, ein weißes Top und ein rotkariertes Hemd an. Sie cremt sich nur ein und lässt ihre Haare offen, sie fallen noch immer in den schönen Locken über ihren Rücken, wahrscheinlich, weil Lia die ganze Nacht nur im Bett lag und nicht wirklich geschlafen hat.

Es ist neun Uhr am Morgen, Lia zieht sich Flipflops an und läuft zum Strand. Sie geht eine Weile spazieren, sieht den ersten Surfern zu, die die wilden Wellen am Morgen nutzen wollen, doch sie kann sich nicht ablenken. Sie bekommt die Bilder von Cruz und Chloé nicht aus dem Kopf. Auf dem Rückweg holt sie eine Packung Donuts und einen heißen Kaffee und statt in ihre Wohnung geht sie in den Laden. Vielleicht kann Arbeit sie auf andere Gedanken bringen.

Keine zehn Minuten später klingelt ihr Handy und Stipe ist am Apparat. »Na, bist du gleich bei deinem Traumprinzen geblieben? Wie war die Feier, ich hoffe, ich habe dich nicht geweckt und du bist erst vor zwei Stunden ins Bett gefallen.« Lia kann ihre Gefühle nicht verbergen. »Ich bin im Laden.« Sie legt auf und keine Minute später steht Stipe mit Jeans, zerknittertem T-Shirt und barfuß vor ihr. »Was ist passiert? Ach du meine Güte, du siehst aus, als … was hat er getan?«

Das reicht aus. Lia kann nicht mehr an sich halten und beginnt zu weinen. Es ist eine Weile her, dass Lia so stark weinen musste wie jetzt, sie spürt, wie tief sie das gestern verletzt hat. Lia erzählt Stipe alles, jede Kleinigkeit und als sie endet, hofft sie, dass er ihr sagt, dass sie das sicher falsch verstanden hat oder sie überreagiert hat, doch Stipe nimmt sich ein Donut, setzt sich ihr gegenüber und zieht die Augenbrauen zusammen. »Das hätte ich nicht gedacht.«

Auch Stipe ist von dem, was gestern passiert ist, völlig überrascht und das erste Mal kann er Lia gar keinen richtigen Tipp geben, er rät ihr, sich auf jeden Fall zu beruhigen und dann mit Cruz zu reden, doch weiter weiß er auch nicht.

Keiner, der Lia und Cruz zusammen gesehen hat, wird das glauben können. Wieder kommen Lia die Tränen, doch sie wischt sie sich weg und erzählt Stipe ausführlich von Cruz' mexikanischer Freundin, dabei zieht sie sich das Hemd wieder an, das sie ausgezogen hatte. Sie wird zu Lorena gehen, es hat keinen Sinn, sie wird heute nicht arbeiten können.

»Okay, ich denke, ich verkrümel mich mal!« Lia sieht auf die Straße, wo Stipe Cruz' Auto entdeckt hat, Cruz steigt aus, er trägt die gleichen Klamotten wie gestern Abend und sieht ziemlich verkatert aus. Wütend schlägt er die Autotür zu und zieht seine Sonnenbrille ab. Lia dreht sich zu Stipe um, doch der hat sich bereits in die Küche geschlichen.

»Wieso bist du gestern einfach gegangen? Ich habe dich gesucht, und was soll die Aktion mit dem Auto?« Alle Enttäuschung, alles Verletzte weicht, als Lia jetzt zu Cruz sieht, der wütend in den Laden kommt. Die ganze angestaute Wut kommt aus ihr heraus und Lia weiß nicht, ob sie schon einmal so sauer war wie in diesem Moment.

»Ist das dein Ernst? Das fragst du noch, nachdem ich dir und deiner mexikanischen Freundin bei der Begrüßung zusehen durfte? Du Löwe, der sich nur Appetit bei mir holt? Was genau bin ich jetzt eigentlich in eurem Spiel, die heimliche Geliebte aus Puerto Rico? Du hast erst drei Stunden später bemerkt, dass ich überhaupt weg bin, also kann es dir ja gar nicht so wichtig gewesen sein.«

Cruz hält sich kurz den Kopf und hebt den Finger. »Ich habe dir gesagt, dass es nicht so ist wie es aussieht und du hast gesehen, wie ich da von allen belagert wurde, ich konnte es dir in dem Moment nicht erklären. Ich habe gestern nicht einmal richtig etwas essen können, jeder wollte etwas von mir.« Lia nimmt ihre Tasche vom Stuhl und sieht Cruz in die Augen, in dem Moment muss er bemerkt haben, dass Lia geweint hat, denn sein Blick ändert sich, er wirkt nicht mehr ganz so wütend, doch dafür wird Lia immer wütender.

»Erklären, Cruz? Was willst du mir da noch erklären? Offenbar wusste sie nichts von mir, das ist Erklärung genug, oder hast du ihr das jetzt gesagt? Was dachtest du denn, wie ich reagiere, wenn das vor meinen Augen passiert? Und du hast sie auch nicht gerade von dir gestoßen. Stell dir doch mal vor, ich hätte das mit … Stefan getan und dann würde ich jetzt hier stehen und sagen, 'oh, aber warum bist du denn sauer, Cruz?'«

Cruz fasst wieder an seinen Kopf. »Lia, schrei nicht so. Mein Kopf platzt gleich. Sie weiß nichts von uns und wird das auch erst einmal nicht, genauso wenig wie der Rest der Familia, solange das mit uns nicht absolut sicher ist. Chloé ist nicht meine Freundin, sie ist die Anführerin der größten Familia Mexikos. Das was wir hatten, war quasi etwas wie ein Vertrag, den jeweils anderen nicht über den Tisch zu ziehen. Wenn wir uns gesehen haben, hatten wir etwas zusammen, aber das bedeutet nicht, dass sie meine Freundin ist oder war. Es ist rein geschäftlich.«

Lia kann das alles nicht fassen. »Also schläfst du mit ihr, damit eure Geschäfte besser laufen? Sollte ich auch mal probieren, ist eine tolle Methode und ich habe sie ja gesehen, das war bestimmt eine Qual für dich.« Cruz kneift die Augen zusammen, er ist schon etwas ruhiger, Lia hingegen kommt erst richtig in Fahrt, je mehr sie darüber sprechen und sie ist noch lauter geworden.

»Vergleiche dich nicht immer mit mir. Ich war Single, wo liegt das Problem? Ich wusste nicht, dass sie gestern auftauchen wird, doch wenn ich ihr jetzt sage, dass ich jemanden habe, gibt das unnötige Probleme und wenn ich das für etwas mache, was eh alle paar Tage zerbricht, weil du jedes Mal einfach abhaust, dann ...«

Nun reicht es Lia endgültig. »Also hast du einfach mit ihr die Nacht verbracht und ...«

Cruz unterbricht sie. »Ich bin irgendwann auf meiner Couch eingeschlafen, ich war viel zu betrunken, um noch klar denken zu können und nachdem ich wach wurde, bin ich sofort hergekommen. Ich will niemand anderen als dich, wann kapierst du das endlich? Ich habe auch nicht vor, wieder etwas mit ihr anzufangen. Ich dachte, wir wären schon weiter und du würdest mir und meiner Liebe endlich vertrauen.«

Lia hält ein und wird ganz ruhig, es bilden sich wieder Tränen in ihren Augen und sie schüttelt den Kopf. »Weißt du, Cruz, ich denke, da liegt das Problem. Ich vertraue dir, ich weiß, dass du mich liebst, doch du vertraust mir und meiner Liebe nicht. Deswegen stehen wir jetzt hier. Ist das, was wir haben, für dich nicht fest, nicht sicher genug? Du versteckst mich und willst nicht, dass jemand von mir erfährt, ich dachte, die letzten Wochen hätten dir gezeigt, dass du mir vertrauen kannst, dass ich bleibe.

Ich habe dir alles gegeben, was ich konnte. Ich dachte, dass du endlich kapiert hättest ... mehr als das, was ich dir die letzten Wochen gegeben habe, kann ich dir nicht geben als Sicherheit und offensichtlich ist das nicht genug. Du brauchst dir keine Probleme mit deiner mexikanischen Geschäftspartnerin zu machen und mich auch nicht mehr verstecken. Ich bin raus aus der Sache! Für mich hat sich das erledigt. Du hast vollkommen recht, ohne Vertrauen klappt das nicht und du vertraust mir nicht.«

Cruz kneift die Augen zusammen bei ihren Worten, nun kommt doch wieder die Wut bei ihm hoch. »Du hast doch keine Ahnung, was bei mir alles auf den Spiel steht, Lia.«

Lia schüttelt den Kopf. »Offenbar Wichtigeres als das, was du jetzt gerade verlierst und du hast recht, ich habe keine Ahnung, weil wir noch immer nicht über dich und deine Familia geredet haben, wir hätten das schon längst tun sollen und trotzdem bin ich bei dir geblieben, Cruz. Ich weiß, dass es einiges geben wird, was mich stört. Ich bin bereit gewesen, einiges in Kauf zu nehmen und mit Sachen zu leben, die ich so vielleicht nie akzeptiert hätte und trotzdem denkst du noch immer, dass ich morgen einfach weg sein könnte. Mein Leben hat sich geändert, Cruz, meine Liebe zu dir ist viel fester geworden, doch bei deinen ständigen Worten von Vertrauen hast du nicht einmal gemerkt, dass du es überhaupt nicht in mich hast.«

Lia schließt ihren Laptop. »Wir haben es probiert, es scheint einfach nicht genug Vertrauen da zu sein. Und Cruz, dieses Mal laufe ich dir nicht einfach davon. Ich sehe dir in die Augen und sage dir, dass es keinen Sinn mehr hat, nichts zwischen uns, nicht unter diesen Umständen.« Lia wendet sich ab zum Gehen, denn sie spürt, dass sie alles gesagt hat, es gibt nichts mehr zu sagen.

»Lia, warte! Ich bin noch nicht fertig. Was ...« Lia ist es aber, sie ist fertig und geht aus dem Laden. »Ich bin fertig, alles andere kannst du deiner mexikanischen Schlampe erzählen!«

Kapitel 26

»Das kann man ja kaum noch mitansehen.« Lorena wirft Lia eine Decke zu, die sie gerade fertig genäht hat. Sie ist endlich mal wieder dazu gekommen, etwas für Amalia anzufertigen. Lorena hat so viele Aufträge, dass sie kaum noch dazu kommt, doch jetzt hat sie eine wunderschöne kleine Babydecke genäht.

»Mir geht es gut.« Lia nimmt die Decke von sich herunter, steht auf und faltet sie ordentlich zusammen, um sie in den Karton mit den Sachen für Amalia zu legen. »Lia, du schläfst kaum und isst nicht richtig, ich habe dich noch nie so nachdenklich gesehen. Rede mit ihm!« Lia geht zurück in die Küche, wo nicht mehr viel herumsteht und legt die Teller zusammen, die Lorena gehören. »Du brauchst Besteck und Gläser.«

Lia schreibt es auf die Liste mit Dingen, die Lorena noch für die neue Wohnung braucht. »Lia, ich meine es ernst. Dir geht es nicht gut, wieso redest du nicht noch einmal mit Cruz?« Lia schließt die Augen, sie wünschte, sie müsste den Namen nicht mehr hören. »Es ist erst eine Woche her, es wird besser werden.« Mehr hat sie dazu nicht zu sagen.

Ihre Schwester hat recht, Lia geht es miserabel, wirklich schlecht. Sie vermisst Cruz, sie hat gar nicht gemerkt, wie sehr sie sich schon an seine Anwesenheit in ihrem Leben gewöhnt hat und vor allem, wie stark ihre Gefühle für ihn sind. Sie vermisst einfach alles und es fällt ihr wirklich schwer, damit umzugehen, doch die Hoffnung, dass es besser wird, lässt sie nach vorne blicken.

Wenn es ganz schlimm ist, denkt sie an das Bild von Chloé und Cruz, dann nimmt die Wut wieder zu und es geht wieder eine Weile. Wie lange hätte Lia das noch mitmachen sollen, dass er sie so versteckt und nicht zu ihrer Beziehung steht? »Wie war dein Abend gestern mit Stipe? Konntest du dich ein wenig ablenken?«

Lia zuckt die Schultern und schließt die letzten Kisten. »Es war ganz nett, aber mir ist momentan einfach nicht nach feiern. Als ich gerade die Feier für einen Mädchengeburtstag geplant habe, musste mich die Mutter daran erinnern, fröhlichere Farben zu nutzen.« Lorena lacht leise.

»Ich habe mir überlegt, dass ich mit dir mitkomme zur Messe, lass uns ein paar Tage länger dableiben, ich habe schon etwas gesehen, wo wir ein paar Tage bleiben könnten und miete uns das. Das tut uns beiden gut.« Lia sieht zu ihrer Schwester und lächelt. »Wir hätten ahnen müssen, dass uns diese Brüder nicht guttun.«

Als Lia sich von Cruz getrennt hat, ist sie direkt zu Lorena gefahren und dort in Jomar hineingelaufen, der völlig durcheinander das Haus, in dem Lorena wohnt, verlassen hat. Er ist mitten in der Nacht bei Lorena aufgetaucht. Die Tatsache, dass sie sich mit jemand anderem getroffen hat, hat ihm wohl doch mehr zu schaffen gemacht, als er wollte. Lorena hat keine Einzelheiten erzählt, da Lia viel zu fertig war, doch Lorena und Jomar haben sich geküsst, was seinen Plan, Abstand zu halten, wohl noch mehr zunichte und ihn so verwirrt hat, dass er sich seitdem auch nicht mehr gemeldet hat.

»Es ist alles fertig für morgen.« Lorena sieht sich in der Wohnung um. »Ich glaube, ich werde die Bruchbude vermissen.« Es ist alles in Kartons gepackt, die morgen von Stipe und Lias anderen Nachbarn zu Lorenas neuer Wohnung in das Haus gefahren werden, in dem auch Lia und Stipe wohnen. Es gibt nur ein paar Möbel, die Lorena mitnimmt, alles andere will sie nach und nach neu kaufen.

Lorena schließt die letzte Kiste und damit ist diese Wohnung hier Geschichte. Lia sieht sich zufrieden um und in dem Moment klopft es. »Ich gehe langsam rüber, du ruh dich noch aus, du hast genug gearbeitet.« Lia schnappt sich ihre Tasche und öffnet die Tür. Sie hätte gedacht, einer von Lorenas Kunden wäre dort, doch Jomar steht vor der Tür.

»Ähmm, hi. Ich bin weg, Lorena, wenn etwas ist, ruf an.« Jomar gibt Lia einen Kuss auf die Wange und geht in die Wohnung, doch dann dreht er sich noch einmal zu ihr um. »Lia ... rede mit Cruz. Ich weiß nicht, was genau zwischen euch passiert ist, doch er ist sehr mies drauf. Das setzt ihm sehr zu.«

Am liebsten würde sich Lia die Ohren zuhalten. »Soll er sich an Chloé wenden.« Jomar legt den Kopf schief. »Euer Streit ist wegen Chloé? Lia, mein Bruder liebt dich, er ist sicher nicht jemand, der das so gut zeigen kann wie andere, doch ich habe ihn noch nie so gesehen wie jetzt. Er sagt, dass du nicht mit ihm reden willst, gib ihm die Chance. Ihr liebt euch doch.«

Lorena taucht hinter Jomar auf. »Dann muss dein Bruder meine Schwester besser behandeln!« Lia lächelt zu Jomar und zwinkert mit den Augen. »Ich glaube, hier lieben sich einige, doch das bedeutet nicht, dass man immer zusammengehört, oder?« Jomar versteht, dass es als Seitenhieb an ihn gerichtet ist und lächelt auch ein wenig. »Manchmal liegen die Sachen halt komplizierter, als man es möchte.« Lia hängt sich die Tasche um. »Nein, du und dein Bruder macht sie komplizierter, als sie sind.« Lorena nickt und Lia küsst Jomar noch einmal auf die Wange. »Versuch, es besser als Cruz zu machen.«

Mit diesen Worten geht Lia, sie weiß nicht, was aus Lorena und Cruz' Bruder wird. Natürlich ist es keine leichte Situation für Jomar, doch er kann auch nicht ständig dieses Hin und Her machen. Lorena braucht Stabilität, jetzt mehr denn je. Früher haben sie sich immer vorgestellt, dass sie mal Brüder heiraten, zusammen in einem Haus leben und sich nie trennen. Lia muss lächeln, fast hätte sich ihr Traum erfüllt, doch ja, dann kam so etwas wie das reale Leben dazwischen.

Lia geht in ihren Laden, sie hat dort eine Ecke freigeräumt, wo Lorenas Nähtisch und zwei Kleiderstangen hinkommen sollen. Die eine Hälfte des Schaufensters ist schon mit Babykleidung, Tops und Decken von Lorena bestückt und seitdem steigt die Nachfrage immer mehr. Sie werden sich den Laden teilen. Lia freut sich, dass Lorena einzieht, sie hat die Wohnung gegenüber von Stipe und ein Stockwerk unter der von Lia bekommen. Ihre Wohnung hat aber ein Zimmer mehr als die von Lia, was natürlich für Amalia bestimmt ist.

Lia sieht nach, ob alles für die Firmenfeier morgen vorbereitet ist. Ihr Handy klingelt. 'Ich bin wieder in Puerto Rico, lass uns noch einmal reden.' Cruz. Er hat ihr immer wieder geschrieben oder sie angerufen. Jetzt war drei Tage Ruhe, wahrscheinlich, weil er in Venezuela war, dort, wo sie mit ihm hin sollte. Lia reagiert nicht, weder auf seine Anrufe, noch auf seine Nachrichten. Was genau soll sie noch mit ihm besprechen? Er hat kein Vertrauen in ihre Liebe, da hat es keinen Sinn mehr zu reden, so wird es nie klappen.

Lia legt das Handy weg und geht nach oben. Lorenas Wohnung steht offen, sie haben in den letzten Tagen gestrichen und einiges verändert, nun muss alles noch durchlüften, damit Lorena morgen hier schlafen kann, doch es riecht kaum noch. »Das wird ein schönes Zuhause.« Stipe kommt von Lorenas Balkon, hier haben sie heute Morgen als Überraschung schon Blumen gepflanzt, nun ist er genauso bunt wie Lias Balkon. »Ich habe noch die Regale eingebaut.«

Lia umarmt ihren Freund. »Ich weiß nicht, was wir ohne dich tun würden.« Stipe streicht über Lias Augenringe, die da sind, weil sie kaum noch eine Nacht durchschläft. »Ich wünschte, ich könnte dir diese Schmerzen nehmen.« Lia atmet tief ein. »Das wird nur die Zeit können. Ich mache noch die Schmetterlinge und dann ist alles fertig.« Stipe nickt und sieht auf die Uhr. »Ich bin verabredet. Soll ich dir etwas zu essen mitbringen?«

»Ich habe schon etwas dabei.« Beide sehen zu Lias Mutter, die mit einigen Kartons in die Wohnung kommt. Man kann sagen, was man will, sie hat während der letzten Tage viel geholfen, die Wohnung herzurichten und hat für Lorena ein neues Sofa gekauft, das morgen geliefert wird. »Ohhh, da nehme ich mir auch gleich etwas.« Stipe hat sich nicht nur in Lias und Lorenas Mutter, sondern auch in ihre Kochkünste verliebt. Er gibt ihr einen Kuss zur

Begrüßung und greift sich zwei Teigtaschen, bevor er hinüber in seine Wohnung geht.

»Das habt ihr wirklich schön gemacht.« Lias Mutter stellt die Kartons auf den Boden und sieht zum Balkon, nimmt eine Teigtasche und reicht sie Lia. Ihre Mutter macht sich auch Sorgen um Lia, doch sie hält sich mit Fragen und Kommentaren zurück, sie gehen noch sehr vorsichtig miteinander um. Auch Lia sieht sich zufrieden in der Wohnung um.

Sie haben sie sehr hell gelassen, die Küche ist die gleiche wie bei Lia, da muss nichts geändert werden. Im Wohnbereich fehlt ein Couchtisch und auch ein Fernseher, sie haben schon ein weißes Sideboard hier stehen, das sie vom Vormieter bekommen haben und morgen kommt eine schöne fliederfarbene Couch. Passend dazu haben sie einen fliederfarbenen Balken an die Wand gemalt, in dem ein weißer Rahmen mit einem Bild von Lia und Lorena aufgehängt ist. Das Bad ist klein, genau wie das von Lia, doch es reicht.

Hier braucht Lorena nur noch einen Duschvorhang, am besten in einer knalligen Farbe als Farbtupfer und eine Babybadewanne. Lorenas Schlafzimmer ist hellbeige gestrichen, sie hat einen kleinen Kleiderschrank, der in der Wand eingelassen ist, auch in Amalias Zimmer ist so ein Schrank, der mit weißen Türen zu schließen ist und in dem Stipe nun noch weiße Bretter eingelassen hat.

Lorenas Schlafzimmer ist ansonsten leer, sie muss noch auf einer Matratze schlafen, bis sie ein gutes Bett gefunden haben. Amalias Zimmer ist weiß mit rosa Balken, Lia und ihre Mutter beginnen nun, mit goldenem Glitzer kleine Schmetterlinge an die Wand zu malen, sie haben dafür extra Schablonen. Wenn dann die weiße Wiege mit den rosafarbenen und goldenen Accessoires hier steht, wird es wunderbar passen. Lias Wickelkommode steht schon, es fehlt nur noch ein Regal, etwas Deko und Lorena möchte einen weißen Schaukelstuhl hier drinnen haben.

Der Couchtisch, Besteck und Gläser, ein Fernseher, das Bett, ein Nachttisch, der Badezimmervorhang, die Babybadewanne, das

Regal, die Deko für Amalia und der Schaukelstuhl stehen auf der Liste, Lia geht sie nochmal durch und schreibt noch einen rosa Teppich für Amalia dazu. Lampen haben sie gestern für alle Zimmer gekauft. Lorena legt den Zettel auf den Boden und widmet sich den Schmetterlingen.

Lia und ihre Mutter reden ein wenig über den Umzug, der morgen stattfindet und Lia erzählt ihr von der Babymesse am Wochenende und dass Lorena und sie zusammen dorthin fahren. Natürlich hat ihre Mutter mitbekommen, dass Lia sich von Cruz getrennt hat und dass es ihr schwerfällt, doch sie respektiert, dass Lia noch nicht so viel Nähe zu ihrer Mutter zulassen kann.

Als sie schon fast fertig sind, klopft es plötzlich und Jomar taucht hinter ihnen auf. »Hey, Lorena hat mir gesagt, dass alles schon fertig ist und ihr keine Hilfe mehr braucht, aber ich dachte, ich frage lieber selbst nochmal nach. Gibt es irgendetwas, was ich tun oder besorgen kann?«

Lia mag Jomar sehr, er ist hin- und hergerissen wegen Lorena und tut ihr damit weh, trotzdem ist er ein sehr lieber Kerl, doch momentan kann sie ihn kaum ansehen. Er sieht Cruz sehr ähnlich und ihr steigen sofort Tränen in die Augen. Sie vermisst ihn viel zu sehr.

»Nein, wir haben hier wirklich schon alles fertig und die Kisten werden wir morgen zusammen mit Lorena auspacken. Es gibt wirklich nichts mehr zu tun, wie findest du es?« Lia zeigt auf die Schmetterlinge und auf Jomars Gesicht setzt sich ein Lächeln. »Die Wohnung wirkt jetzt schon sehr gemütlich, Lorena und der Kleinen wird es guttun, hier bei euch zu sein. Was braucht sie denn noch?«

In dem Moment kommt Lias Mutter von der Toilette und hebt die Arme. »Viel, meine jüngste Tochter braucht noch viel, aber was will man da tun? Wir kaufen alles nach und nach.« Lia seufzt leise auf, so ist ihre Mutter halt. »Jomar, das ist unsere Mutter. Mama, das ist Jomar, er und Lorena … ja, was sagt man dazu?« Lia kann sich ein freches Grinsen nicht verkneifen.

»Oh, ich weiß, wer du bist und du bist auch der Bruder von Cruz.« Jomar begrüßt Lias Mutter respektvoll mit zwei Küsschen auf die Wange. Nun bildet sich ein freches Grinsen in seinem Gesicht und er sieht zu Lia. »Ja, der bin ich. Ihre Töchter haben viel Ähnlichkeit mit Ihnen.«

Lias Mutter lacht und nickt. »Sie sind die Schönsten, kein Wunder, dass sie dir und deinem Bruder den Kopf verdreht haben.« Lia würde am liebsten die Augen verdrehen. »Mama ...« Jomar lacht leise. »Ja, zugegeben, aber Ihre Töchter sind auch sehr stur ...« Lias Mutter nickt. »Das müssen sie auch sein, nur so werden sie herausfinden, wer der Richtige für sie ist und wer um sie kämpft. Und sag Du. Ich habe das Gefühl, dass wir in Zukunft noch viel miteinander zu tun haben werden.«

Jomar lächelt und nickt, auch Lia kann dazu nichts mehr sagen. Dann sieht sich Jomar noch einmal genauer um. »Also was braucht Lorena noch?« Lia deutet auf die Liste. »Es ist nichts Kleines mehr, nur noch größere Sachen und die besorgen wir nach und nach.« Jomar geht zu der Liste, sieht darauf und steckt sie ein. »Ich kümmere mich darum.« Lia hebt die Hand. »Wehe, Jomar. Lorena bringt mich um, wenn sie erfährt, dass ich dir die Liste gezeigt habe.«

Jomar ist schon halb aus der Tür. »Ich sage ihr, dass ich die Liste alleine gefunden habe, du hast damit nichts zu tun. Wir sehen uns.« Er lächelt sie beide noch einmal an, ihre Mutter hebt die Hand, und Lia erinnert er in diesem Moment wieder an Cruz. Lia schüttelt leicht den Kopf und ihre Mutter sieht Jomar zufrieden nach. »Ich mag ihn!«

Zumindest klappt am nächsten Tag alles. Die Kartons und die Möbel werden hinübergebracht, und während Lorena und ihre Mutter die alte Wohnung an den Vermieter übergeben, beginnt Lia schon, die Kartons in der neuen Wohnung auszupacken. Dann kommt die Couch und als es kurz danach klingelt und noch ein Möbelunternehmen auftaucht, ahnt Lia schon, was los ist.

Es wird ein Bett gebracht, nicht irgendein Bett, ein riesiges kuscheliges Bett mit vielen Kissen, genau wie Lia es liebt. Das wird auch gleich aufgebaut, genau wie die passenden Nachtschränke. Das Schlafzimmer sieht nun wunderschön aus. Da denkt sich einer wohl, dass Lorena in Zukunft nicht mehr alleine schlafen wird.

Dann wird ein kleines rundes Babybett gebracht, was an dem großen Bett befestigt wird, sodass das Baby direkt bei Lorena schlafen kann, dazu ein passender kleiner Himmel und ein schöner Schlafsack. Lia will sich schon bedanken, doch die Möbelunternehmen sagen, dass das noch nicht alles war. Es werden eine Babybadewanne, ein wunderschöner lila Duschvorhang und der passende Badezimmerteppich gebracht. Der Teppich ist so weich, Lia will gar nicht genau wissen, wie teuer das alles war.

Die Arbeiter befestigen alles, während Lia sich um die Babybadewanne und den Teppich kümmert. Die Wohnung nimmt immer mehr Form an. Es folgt ein Paket mit Gläsern, Besteck, Kochtöpfen und ein Babystuhl. Lia muss lachen, Jomar spinnt total. Sogar eine große Pflanze ist dabei, die sie ins Wohnzimmer stellt.

Die Männer bringen einen Wohnzimmertisch und einen riesigen Fernseher und befestigen alles, während Lia das Geschirr und die Gläser schon mal in den Geschirrspüler räumt und alles durchwaschen lässt. Es passt alles perfekt, Lia ist sich sicher, dass das nicht Jomar ausgesucht hat, da wird sicherlich Savana ihre Hände mit im Spiel gehabt haben.

Lia räumt mit Stipe die restlichen Kisten für die Küche aus, einiges kann jetzt weg, da Lorena so viel neu bekommen hat. Die Männer bringen währenddessen Sachen für Amalia hoch und als sie sich dann verabschieden, geht Lia nachsehen und traut ihren Augen nicht. Mit dem Babybett, der Wickelkommode und zwei schönen Regalen sieht das Kinderzimmer schon perfekt aus, aber Jomar hat noch zwei flauschige Teppiche gekauft, eine rosa und eine weiße Wolke.

Dazu steht jetzt hier ein rosa Indianerzelt, in dem eine kuschelige Decke liegt, in einer Ecke steht eine kleine Spielküche und eine riesige Giraffe. »Was … ?« Lorena und ihre Mutter kommen und Lorena geht mit offenem Mund durch die Wohnung. »Jomar!«

Zwei Tage später schon stehen Lia und Lorena auf der Baby-messe. Lorena hat sich nach allem, was Jomar ihr gekauft hat, natürlich gleich bei ihm gemeldet, doch er konnte nicht lange reden, da Cruz und er gerade nach Mexiko geflogen sind. In Lia hat sich sofort alles zusammengezogen. Mexiko – Chloé, Cruz kann machen, was er will, doch das bedeutet nicht, dass es Lia nicht wehtut. Er hat sich auch nicht mehr gemeldet und Lia hat das Gefühl, ihr Herz will einfach nicht akzeptieren, dass Cruz und sie von nun an getrennte Wege gehen. Sie vermisst ihn, aber auch wenn sie sich einredet, dass es besser wird, tut es weh, ihn verloren zu haben. Sie liebt ihn und fragt sich, ob sie jemals wieder einen anderen Mann so lieben kann.

Die Babymesse ist ein voller Erfolg, zwar sind sie nicht die einzi-gen, die die Idee mit der Candy Bar haben, trotzdem ist ihr Stand immer gut gefüllt, weil Messe nur eine Stunde von San Juan ent-fernt ist, sodass viele dort in der Nähe wohnen. Lia vereinbart rund dreißig Beratungstermine und sie sehen sich auch gleich nach Sachen für Amalia um.

Sie kaufen ein Tragetuch, ihre Mutter hat sie so früher auch immer getragen, auf dem Land ist das normal, in der Stadt sieht Lia das selten, außerdem bestellt Lorena einen Kinderwagen. Sie hatte einiges vorgenäht und auf der Messe alles verkauft, von dem Geld kauft sie nun den Kinderwagen. Auch Lorena hat einige neue Bestellungen aufgenommen, die sie während der nächsten Tage fertig machen möchte.

Aber erst einmal fahren sie etwas weiter in den Süden. Lia hat sich für diese Tage ein Auto gemietet und als sie immer mehr an die Küste kommen, das Meer immer breiter wird und sie die vielen kleinen Strandhäuser sehen, von denen sie sich eines gemietet haben, nimmt Lorena ihr Handy und das von Lia an sich und schaltet beide aus.

»Und jetzt nehmen wir uns beide mal ein paar Tage eine Auszeit von allem.«

Das tun sie nun auch und Lia fällt es gar nicht schwer. Sie haben ein wunderschönes kleines Haus, direkt am Meer. Es ist einfach eingerichtet, doch sie brauchen nicht viel. Sie holen einiges an Schlaf nach, kochen und essen gut, gehen in den kleinen Dörfern der Umgebung spazieren, sitzen am Strand und lassen einfach ihre Seele baumeln.

Sie nutzen die Tage, Lia bringt Lorena das Schwimmen bei. Sie hätte nicht gedacht, dass sie es schafft, doch Lorena fällt es ziemlich leicht. Trotzdem bleibt sie nur bis zum Bauch im Meer, während Lia weit hinausschwimmt.

Es ist traumhaft an diesem Ort, abends sitzen sie lange auf der Terrasse und reden. Sie reden viel über ihren Vater und ihre Mutter. Sie beide haben beschlossen, ihrer Mutter eine Chance zu geben, auch wenn es Lia schwerer als Lorena fällt. Sie reden auch viel über den Laden und was sie noch alles vorhaben, doch was sie absolut nicht erwähnen, sind die beiden Männer, die Brüder, an die sie beide ständig denken müssen.

Am letzten Abend sitzen sie wieder zusammen auf der Terrasse, es ist dunkel und sie lauschen dem Rauschen des Meeres. Ihnen beiden hat diese kurze Auszeit gutgetan, sie haben viel geschlafen, gut gegessen und sind beide ein wenig dunkler geworden durch die Sonne. Lias Haare sind etwas heller geworden und das, ohne dass sie sie neu färben musste.

Lorena zieht ihre Handys aus ihrer Tasche und schaltet ihres ein. »Einige Anrufe und Nachrichten, Jomar war gestern bei mir. Er wollte mit mir reden, Stipe hat gesagt, dass wir für ein paar Tage weg sind. Ich weiß einfach nicht, was ich mit ihm machen soll. Ich mag es so sehr, Zeit mit ihm zu verbringen, doch je schöner die Zeit ist, die wir zusammen verbringen, je näher wir uns kommen, desto größer ist der Abstand, den er danach wieder nimmt. Es ist kein schönes Gefühl zu wissen, dass er gegen die Gefühle ankämpft, fast so, als hätte ich etwas verbrochen.«

Lia sieht Lorena in die Augen. »Hast du ihm das schon mal so gesagt?« Ihre Schwester legt das Handy wieder weg. »Nein, ich sage dazu eigentlich gar nichts. Ich möchte ihn nicht überreden oder dazu bringen, etwas zu tun, was er eigentlich nicht möchte.« Lia schaltet ihr Handy ein. »Du solltest mit ihm ganz offen darüber reden. Sag ihm genau das, was du mir auch gesagt hast, erkläre ihm, wie du dich fühlst.«

Lia sieht auf ihr Handy, Stipe, einige Anrufe von unbekannten Nummern, sicher wegen Aufträgen, ihre Mutter hat angerufen, Dora. Nichts von Cruz. Lia legt das Handy weg. Eigentlich sollte sie das freuen, das ist es doch, was sie will, doch es fühlt sich schlecht an. »Du solltest auch noch einmal mit Cruz reden, Lia, man sieht dir an, wie weh es dir tut.«

Sie sehen beide aufs Meer und Lia denkt an den Tag zurück, an dem sie das erste Mal das Nechas-Gebiet betreten hat. Sie hatte keine Ahnung, welche Bedeutung das für ihr Leben hatte.

Kapitel 27

Zwei Tage nach ihrer Rückkehr aus ihrem Kurzurlaub setzt sich Lia in den Bus und fährt zu einer Veranstaltungshalle, wo sie mit einer Frau verabredet ist, die eine Firmenfeier mit ihr besprechen möchte.

Lorena und Lia haben den Laden umgestaltet und er sieht jetzt so schön aus, es macht viel Spaß, zusammen mit Lorena im Laden zu arbeiten und so kommen immer mehr Menschen zu ihnen.

Heute hat sie sich eine enge schwarze Stoffhose und ein weites weißes Shirt angezogen, dazu trägt sie weiße Pumps und hat sich eine schwarze kleine Tasche umgehängt. In der Hand hat sie ihre Bildermappen und ihre Sonnenbrille schützt sie vor der Sonne. Sie hat sich nicht nur die Augen geschminkt, ihre Haare, die von der Sonne und dem Meer so eine schöne Farbe bekommen haben, hat sie heute morgen komplett durchgelockt.

Eigentlich fährt sie nicht mehr zu solchen Treffen, doch die Frau hat darauf bestanden, da sie unbedingt gucken möchte, was man aus der Location alles machen kann. Der Bus hält direkt vor der Halle und Lia geht schnell hinein, sie ist pünktlich, was sie leider wirklich selten schafft. Auch wenn es noch am Vormittag ist und die meisten Veranstaltungen abends stattfinden, ist die Halle offen.

Lia sieht sich um, am Empfang steht niemand, dafür sind die großen Türen zur Haupthalle offen. Lia geht hinein und stockt. Angelehnt an einige Tische steht Cruz und sieht von seinem Handy auf, als sie hineinkommt.

»Was ...?« Cruz reagiert sofort und kommt auf sie zu. »Ich wusste keine andere Möglichkeit, um dich dazu zu bekommen, dich mit mir zu treffen und mit mir zu reden. Deswegen hat Savana dich angerufen und den Termin vereinbart.« Lia kann das nicht glauben. »Savana? Das war nicht Savana am Telefon.« Cruz kommt ein wenig näher. »Sie kann sehr gut ihre Stimme verstellen. Ich habe sie darum gebeten und die Halle gemietet, damit wir ungestört sind. Wir müssen miteinander sprechen.«

Lia würde am liebsten sofort wieder umdrehen, aber sie ist völlig überrumpelt und bleibt einfach nur am Eingang stehen. Sie hat Cruz etwas über zwei Wochen nicht gesehen und ihr Körper reagiert sofort auf ihn. Wieso muss ihr Herz wieder so schnell und laut schlagen, dass es ihren Verstand übertönt?

»Ich habe dir nichts zu sagen, ich wüsste nicht ...« Cruz kommt näher. »Du musst nichts sagen, Lia. Hör mir einfach zu.« Er kommt immer näher und Lia weicht ein wenig zur Seite, sie weiß, dass sie schwach wird, wenn er zu nah kommt. Da sie ihrer Standfestigkeit im Moment nicht traut, lehnt sie sich gegen einen Tisch, der an der Seite steht und hebt die Hände. »Okay, dann sag, was du zu sagen hast.«

Sie sieht Cruz von oben bis unten an. Nun steht er nah genug, dass sie auch ihm ansieht, dass diese Trennung nicht spurlos an ihm vorbeigeht. Auch er hat dunkle Ringe unter den Augen, Lia weiß, dass er sie auch bei ihr sehen wird. Lia weint noch immer oft, einfach, weil sie ihn und ihre gemeinsame Zeit so vermisst und sie daran verzweifelt, dass sie es nicht geschafft haben. Die Vorstellung, wie es zwischen ihnen hätte werden können, quält sie. Auch das wird er sehen, genauso, dass sie abgenommen hat, weil ihr der Appetit fehlt.

Cruz trägt eine einfache Jeansshorts und ein weißes Shirt. Er bleibt nur wenige Schritte vor ihr stehen und sieht ihr in die Augen. Lias Magen zieht sich schmerzvoll zusammen und sie atmet tief ein.

»Ich habe verstanden, dass dich das mit Chloé verletzt hat. Ehrlich gesagt habe ich es am Anfang nicht begriffen. Verstehst du ... für mich gibt es nur dich, Lia. Mich interessiert keine andere Frau mehr, am Anfang war ich verliebt in dich, jetzt sind meine Gefühle für dich kaum mehr in Worte zu fassen und ich bin richtig sauer geworden, wie du überhaupt daran denken kannst, dass ich noch

Interesse an irgendeiner Frau habe. Nur, natürlich kannst du dich nicht durch meine Augen sehen und weißt nicht, wie sehr ...«

Lia wollte sich zurückhalten, doch das geht nicht. »Es geht ja aber nicht nur darum. Wenn diese Chloé gekommen wäre, hätte dich geküsst und dann hättest du ihr gesagt 'hör mal, ich habe eine Freundin' oder irgendetwas, wenn du vielleicht an dem Abend noch zum Reden gekommen wärst ... es ist vielmehr deine Reaktion, die mich sauer gemacht hat. Du hast erst drei Stunden später gemerkt, dass ich weg bin, Cruz. Dafür, dass ich dir so wichtig bin, ist das ganz schön merkwürdig.«

Cruz reibt sich die Stirn. »Ich war betrunken, Lia, wir dachten die ganze Zeit, dass du mit Babsi zusammen bist, wir haben erst viel später gemerkt, dass weder du noch Babsi da sind, sie ist auch gegangen, weil sie sauer war.

Ich habe dir gesagt, dass es kompliziert ist, die Verbindung zu Chloé. Unsere Familias sind beide sehr einflussreich, nach uns sind sie vielleicht die zweitmächtigste. Wir hatten etwas miteinander, wenn wir aufeinander getroffen sind und es war so etwas wie eine kleine Garantie, dass es friedlich zwischen uns bleibt. Besonders im Moment wollte ich sie nicht gegen mich aufbringen. Ich wollte es dir erklären, auch wenn es eigentlich streng geheim ist, doch du hast mich nicht zu Wort kommen lassen.

Kannst du dich daran erinnern, dass ich dir gesagt habe, dass wir den Mörder meines Vaters suchen und ihn fast haben?« Lia nickt.

»Was heißt, wir haben ihn fast, wir wissen inzwischen, dass es einer von Chloés Männern ist, einer ihrer wichtigen Männer, normalerweise würde er schon nicht mehr atmen, doch wir haben zwei Spitzel in der Familia und versuchen momentan noch, herauszubekommen, ob die Familia davon wusste oder ob er das im Alleingang getan hat.

Es ist egal, was dabei rauskommt, es wird zu einem Krieg kommen, doch das ist mir egal. Er wird zur Verantwortung gezogen. Ich wollte genau jetzt nicht, dass Chloé wegen irgendetwas sauer wird, damit sie gar nicht auf die Idee kommt, etwas könnte nicht stimmen. Was danach passiert, interessiert mich nicht, doch ich möchte erst alle Informationen haben, doch natürlich ist mir das auch nicht wichtiger als du, Lia. Ich hätte anders reagieren müssen, da hast du recht, doch ich dachte, du wüsstest, wie sehr ich dich liebe und dass alles andere egal ist.«

Lia spürt selbst, dass sie die Erklärung von Cruz ein wenig milder stimmt. »Ich weiß, dass du mich liebst. Cruz, aber da liegt ja auch ein Problem, ich weiß kaum etwas über deine Familia und deine Geschäfte. Jedes Mal heißt es, 'ich habe etwas zu tun, ich muss mich um etwas kümmern. Wir haben einen großen Deal gemacht' ... und ich weiß nicht, worum es geht und was du wirklich machst. Doch das muss ich doch, um genau solche Situationen richtig einschätzen zu können.

Außerdem ist es offensichtlich, dass du mir nicht vertraust, du hast dieses Vertrauen nicht zu mir, während ich versuche, mit all dem zurechtzukommen, von dem ich nie gedacht hätte, dass ich es jemals akzeptieren könnte.

Niemand darf wissen, dass wir zusammen sind, du versteckst mich, um dein Ansehen als ... unantastbarer Anführer der Nechas zu bewahren, doch diese Vorsicht ist völlig unsinnig. Was wäre gewesen, wenn du nach einem halben Jahr gesagt hättest "okay, jetzt vertraue ich dir" und wir machen es fest und zwei Tage später trennen wir uns doch. Es gibt niemals eine Garantie, niemals, auf nichts außer für den Tod.«

Auch Cruz spürt Lias Umschwung und kommt näher, er greift nach ihrer Hand und allein diese Berührung geht Lia durch den ganzen Körper, sie liebt diesen Mann viel zu sehr. Entweder endet diese Liebe niemals oder sie endet ganz böse, doch Lia zuckt nicht weg, als Cruz ihre Hand in seine nimmt.

»Ich weiß, dass du mich liebst, Lia, ich wusste es schon, als es dir noch gar nicht bewusst war und du hast recht, ich habe diese Garantie nicht, doch ich denke, dass diese zwei Wochen noch einmal alles geändert haben. Mir haben sie endgültig die Augen geöffnet. Ich sehe, dass es uns beiden schwer gefallen ist, ohne den anderen zu sein, vielleicht war das hier wichtig, um auch wirklich noch einmal genau zu verstehen, was das zwischen uns ist und es nicht mehr auf die leichte Schulter zu nehmen.

Du weißt, dass ich Cruz Nechas bin und dass ich und meine Familia nicht nur in Puerto Rico, sondern auch weit darüber hinaus einiges zu sagen haben. Es würde jetzt zu lange dauern, dir alle Geschäfte und alle Dinge zu erklären, die wir machen. Doch ich werde dir in Zukunft immer genauer sagen, wohin ich gehe und was da genau passiert. Mein Leben ist nicht ungefährlich und deines wird es auch nicht sein, wenn du zu mir zurückkommst, doch ich werde dich mit meinem Leben schützen.«

Lia unterbricht ihn. »Das heißt, in Zukunft würde ich einen genauen Einblick in die Familia und ihre Geschäfte bekommen, wissen, warum alle Menschen Respekt und auch Angst vor euch haben und auch, was ihr tut? Ich meine, so viel Geld bekommt man sicherlich nur mit illegalen Sachen, Menschenhandel … Drogen oder sonst etwas …«

Cruz lächelt mild. »Ja, das haben wir alles mal gemacht, außer den Menschenhandel, davon weiß ich zumindest nichts. Die Nechas-Familia gibt es schon sehr lange und es hat auch lange gedauert, sich solch einen Respekt zu verschaffen. Früher haben wir mit allem gehandelt, auch Drogen. Doch meine Oma und meine Mutter waren sehr gläubige Frauen und meine Familie hatte damals schon genug Geld, sodass sie das ihretwegen haben sein lassen und wir hätten dafür auch keine Zeit mehr. Ihretwegen haben wir auch in allen Städten Puerto Ricos Waisenheime aufgebaut und kümmern uns finanziell darum.

Wir verwalten eigentlich fast nur noch alles. Uns gehört quasi Puerto Rico und wer hier Geschäfte machen will, zum Beispiel mit Drogen oder Tabak, aber auch mit Immobilien, Musik oder mit was auch immer, muss zu uns kommen und uns Geld zahlen. Außerdem garantieren wir Schutz, aber das weißt du ja bereits. Es ist wirklich schwer zu erklären … wir handeln mit Waffen, aber nur im großen Stil, keiner unserer Männer würde noch mit einem Koffer voller Waffen durch die Straßen gehen, so etwas tun wir nicht mehr. Außerdem verwalten wir alle Handelswege in ganz Lateinamerika, wir haben mittlerweile alle übernommen, deswegen sind jetzt selbst die Mexikaner auf uns angewiesen und momentan erweitern wir unsere Macht immer mehr.

Du wirst aber all das nach und nach mitbekommen, Lia. Für mich gibt es jetzt keine Frage mehr, du bist die Frau an meiner Seite und es wird sich alles ändern.« Er sieht ihr in die Augen und legt die Hand an ihre Wange. »Komm zurück zu mir, mein Schatz, ich sehe doch, dass dich diese Trennung genauso verletzt wie mich. Das, was wir haben, Lia, ist fest, für mich gab es nie etwas Festeres und wird es auch nicht geben und das kann jetzt auch die ganze Welt wissen.

Ich habe alles, Lia. Ich habe viel Geld, ich habe viele Freunde, eine Familia, ich habe Feinde, was auch wichtig ist, ich habe meine Gesundheit und mein Leben, doch mir ist in den Tagen ohne dich bewusst geworden, dass all das für mich kaum noch eine Bedeutung hat, wenn du nicht mehr an meiner Seite bist ...«

Cruz' Stimme wird leiser und Lia kommen die Tränen, Cruz wischt sie ihr liebevoll von den Wangen. »Es ist mir egal, wenn jetzt jeder weiß, dass Cruz Nechas einen schwachen Punkt hat, ich bin mehr als stolz, dass du mein schwacher Punkt bist. Ich habe wirklich einen gehörigen Respekt davor, wie stark meine Gefühle für dich sind und ich werde es garantiert nicht noch einmal riskieren, dich zu verlieren, mi amor.«

Lia kann nicht mehr, sie schmiegt sich in Cruz' Arme und die letzten Worte murmelt er an ihren Kopf. Sie kann sein schnell klopfendes Herz hören, auch ihres rast. »Du hast mir so sehr gefehlt, Cruz, ich kann das nicht mehr. Wir dürfen uns nicht mehr verlieren, es ist so schwer für mich gewesen, ich dachte, ich ... ich habe manchmal kaum atmen können, als wäre meine Brust abgeschnürt gewesen.« Lia schließt die Augen, genießt seine Nähe, seinen vertrauten Geruch.

»Vertrau mir, ich lasse es nicht mehr zu, dass sich etwas zwischen uns stellt.« Lia sieht nach oben in Cruz' Augen und ihre Lippen finden sich wieder, fast als hätten auch sie sich vermisst.

Cruz' Hand geht an ihren Kopf, der Kuss wird schnell intensiver und jeder zeigt dem anderen, wie sehr sie sich vermisst haben. Cruz zieht Lia enger und seine andere Hand gleitet unter ihr Shirt und streicht ihren Rücken entlang. Lia umfasst Cruz' Nacken mit ihren Händen und als sie den Kuss zuckersüß beenden, sieht Lia Cruz in die Augen. »Ich liebe dich.« Cruz legt seine Stirn an ihre, man spürt, dass es auch ihm sehr nah geht und das erste Mal seit vielen Tagen hüpft Lias Herz wieder vor Freude. »Ich liebe dich auch, Cruz, lass uns das nie wieder vergessen!«

Cruz küsst ihre Stirn und nimmt dann ihre Hand in seine. »Lass uns von hier verschwinden.« Doch er hält kurz ein und sieht sie ernst an. »Bedeutet das, dass zwischen uns wieder alles in Ordnung ist?« Lia nimmt ihre Unterlagen und nickt. »Ja, es wird sicherlich auch in Zukunft Probleme geben, doch diese Liebe ist es meiner Meinung nach wert, dafür zu kämpfen.« Lia und Cruz laufen langsam vor die Halle, er deutet auf den Parkplatz, wo nur sein Auto steht, Lia hat überhaupt nicht darauf geachtet. Sie laufen zu Cruz' Wagen, er hält ihre Hand, hebt sie an seine Lippen und küsst sie.

»Ab jetzt bist du offiziell die Frau an Cruz Nechas' Seite, du weißt aber auch, dass sich somit dein Leben ändern wird. Ich weiß auch noch nicht genau, auf was es sich alles auswirken wird. Es kann sein, dass die Leute sich nicht mehr trauen, in deinen Laden zu kommen, es kann auf vieles Auswirkungen haben. Es ist das erste Mal, dass ich jemanden an meiner Seite habe und wir müssen erst mal herausfinden, wie alle reagieren.«

Das war Lia schon früher bewusst, sie hat die Reaktion der Frau damals gesehen, die Cruz in ihrem Laden gesehen hat, doch sie muss dieses Risiko eingehen, sonst wird sie nicht mehr glücklich, da kann ihr der Laden auch nicht drüber hinweghelfen. Es ist ja auch nicht gesagt, dass alle Kunden wegbleiben werden, Lia wird sich damit beschäftigen, wenn es so weit ist. Hier und jetzt ist sie einfach nur glücklich, wieder bei Cruz zu sein.

»Wenn es so kommt, dann ist es so. Ich werde mich auch erst an die Geschäfte gewöhnen müssen, die du machst und an vieles mehr, doch wenn wir zusammen sind, dann schaffen wir das, oder? Oder denkst du nicht?«

Lia bleibt am Auto stehen und Cruz hält ihr die Tür auf.

»Wir werden alles schaffen, mein Schatz und es wird nichts mehr geben, was uns trennen kann.« Er gibt Lia einen Kuss und sie lächelt, sie spürt tief in ihrem Herzen, dass sie gerade etwas besiegelt haben, von dem sie beide noch nicht ahnen, was es alles für Auswirkungen auf sie haben wird.

Zwei Tage später parkt Lia etwas weiter weg von ihrer Wohnung, da alle Parkplätze belegt sind. Sie war bei Cruz, mehr nicht. Seit sie wieder zusammengefunden haben, waren sie keine zehn Minuten mehr getrennt voneinander, bis Lia gerade alleine in die Stadt gefahren ist. Sie haben sich zwei Tage bei Cruz verschanzt und haben sich und die Zeit genossen, die sie verpasst haben. Am liebsten wäre Lia auch heute komplett bei Cruz geblieben, sie kann nicht genug von ihrer gemeinsamen Zeit bekommen, doch sie muss den Laden heute öffnen und später mit Lorena zum Arzt gehen.

Heute Abend werden Cruz und Lia zusammen in das Traumhaus nach Mexiko fliegen. Auch wenn sie momentan nichts mehr von Mexiko hören will, hat sie sich doch zu ein paar Tagen überreden lassen und das auch nur, weil sie noch an die schöne Zeit denkt, die sie mit Cruz dort schon hatte.

Alle freuen sich, dass sie wieder zusammen sind und Cruz hat gestern Abend ein kleines Fest gegeben, alle wichtigen Leute aus seiner Familia sind vorbeigekommen und Cruz hat allen Lia als seine offizielle Freundin vorgestellt. Savana weiß es nun auch und Cruz hat sich einiges von seiner Schwester anhören dürfen, dass er es ihr nicht früher gesagt hat. Für viele war es keine Überraschung, doch dieser Schritt ist wichtig.

Sie hat gespürt, dass es für Cruz' Männer eine wichtige Bedeutung hat, dass er ihnen Lia als seine Freundin präsentiert hat, keiner hätte wohl damit gerechnet, dass Cruz das mal machen wird und Cruz hat ihr noch einmal erklärt, dass von nun an wirklich alle, ganz Puerto Rico wissen wird, wer Lia ist. Es war ein schöner Abend, auch wenn Lia sicherlich noch eine ganze Weile brauchen wird, um sich an Cruz' Familia zu gewöhnen.

Vielleicht bildet sie sich das auch nur ein, doch sie hat plötzlich das Gefühl, dass alle auf der Straße sie anstarren. Ihr Handy klingelt, Stipe, er wollte im Laden auf sie warten, wieso ist er so ungeduldig? Lia hat ihm schon am Telefon fast alles erzählt. Sie will gerade das Gespräch annehmen, da fällt ihr Blick auf den Straßenkiosk und die großen Schlagzeilen, die fett und rot auf fast allen Zeitungen stehen.

'Puerto Ricos beliebtester Single, Cruz Nechas, in festen Händen' Lia kann es nicht glauben, sie nimmt sich zwei Zeitungen, der Mann sieht sie und die abgedruckten Bilder mit großen Augen an. Sie zeigen Cruz und Lia zusammen. Mal auf der Feier des Präsidenten, aber auch andere Bilder, die sie in der letzten Zeit zusammen zeigen, alle sind wunderschön. Das muss Cruz veranlasst haben, er hat ihr gesagt, dass alle es erfahren werden und er hat dafür gesorgt, Lia hat nicht geahnt, dass er es so ernst meint.

Lia überfliegt die Schlagzeilen. ' ...mit Lia zusammen, außer, dass sie eine Eventfirma leitet, ist nicht viel über die Schönheit bekannt, die es geschafft hat, Cruz Nechas' Herz für sich zu gewinnen. Auf Nachfragen der Reaktion war von Cruz nur ein zufriedenes Lächeln und folgendes zu hören: »Ich bin sehr glücklich. Lia ist alles für mich!«

Lia klappt die Zeitungen zu und sieht in die erstaunten Gesichter der vorbeilaufenden Menschen, nicht alle, aber viele starren ihr offen ins Gesicht.

Cruz hat sein Wort gehalten und Lia weiß in dem Moment genau, dass er recht hat. Das wird ihr Leben komplett ändern ...

Lesen Sie weiter in ...

Eine Kleinigkeit wie für immer

Leseprobe:

»Ich hätte niemals geglaubt, dass der Tag kommt, an dem eine Frau meinen alten Freund Cruz dazu bringt, endlich etwas ruhiger und vernünftiger zu werden. Ich habe ihn noch nie so entspannt gesehen, du tust ihm gut.«

Pablo lächelt zu Lia und Cruz, Lia greift unter dem Tisch nach Cruz' Hand und findet sie. Er verschränkt ihre Finger miteinander und zieht die Augenbrauen hoch. »Hätte man mir das vor einem Jahr gesagt, hätte ich das auch niemals geglaubt, doch jetzt bin ich sehr dankbar dafür. Irgendwann muss jeder von uns mal ein wenig ruhiger werden ... also zumindest was Frauen angeht, meine Geschäfte führe ich noch wie früher.«

Pablo lacht und sieht zu Babsi, Caleb, Ian, Dariel und Savana, die mit ihnen zusammen den Abend verbringen. »Davon habe ich schon gehört, das in Guatemala läuft ja hervorragend. Du musst mir unbedingt später zeigen, wie sich die Abgrenzungen gestalten, ich möchte euch auf keinen Fall in die Quere kommen.« Lia wird später genau nachfragen, was Pablo meint, sie erfährt immer mehr über Cruz und die Familia, es gefällt ihr nicht immer alles, doch sie erfährt wenigstens genau, um was es geht und woran Cruz gerade arbeitet.

»Und ich bin erst froh, endlich mal etwas weibliche Unterstützung für mich.« Savana lächelt zu Lia. Pablo wirkt wie ein Vater für Savana und Cruz, und da er auch ein alter Freund ihres Vaters ist, ist dieser Gedanke gar nicht so abwegig. »Deine Eltern wären sehr stolz auf dich, auf euch alle. Was haltet ihr davon, wenn ihr mich in nächster Zeit in Kuba besuchen kommt? Hast du Kuba schon mal gesehen, Lia?«

Lia lehnt sich ein wenig zurück, so wie es die anderen auch schon getan haben, das Schokodessert hat ihr den Rest gegeben, sie wird hier wahrscheinlich hinauskugeln müssen. »Nein, leider noch nicht.« Sie ist wirklich schon viel herumgekommen mit Cruz, doch Kuba war noch nicht dabei. »Werden wir vielleicht wirklich machen.« Cruz scheint die Idee auch zu gefallen und Pablo sieht Lia in die Augen. »Du wirst Kuba lieben, Lia, es ...«

Pablo hält ein, als plötzlich drei Männer das Restaurant betreten. Lia hat die Männer noch nie gesehen, sie sind dunkler als sie alle, Lia würde schätzen, sie stammen aus Peru, man sieht ihnen aber sofort an, dass sie zu einer Familia gehören, die Narben, Tattoos und Waffen verraten es. Der Mann in der Mitte trägt ein hinterhältiges Lächeln im Gesicht und als Cruz, Caleb, Dariel, Ian und Pablo sich plötzlich anspannen und gerade hinsetzen, beginnt es in Lias Magen zu rumoren.

Sie sieht zu Cruz, doch sein Blick ist wütend auf die Männer gerichtet. »Was ist ...« Lia versucht nachzufragen, was los ist, doch sie kommt nicht dazu. Die Männer setzen sich ihnen genau gegenüber hin und starren sie offen an.

»Ian, bring die Frauen raus.« Lia sieht, wie Cruz seine Waffe zieht, während er die Anweisung gibt und legt ihre Hand auf seine. »Cruz, wir sollten vielleicht besser alle gehen, nicht dass noch etwas passiert und ....« Lia hat in dem Moment keine Angst, sie hat Panik, sie spürt genau, dass hier gleich etwas Schlimmes passieren kann.

Pablo sieht wütend zu Cruz. »Was zur Hölle denkt sich der Wahnsinnige?« Ian ist schon aufgestanden, Savana und Babsi auch, nur Lia bleibt noch neben Cruz sitzen, Cruz sieht sie nicht an, er behält die Männer genau im Blick, er ist wütend, aber nicht panisch, eher ganz ruhig, zu ruhig. »Schatz, du musst jetzt mit Ian gehen. Ich komme nach. Du musst mir vertrauen, es wird alles gut.« Er wendet sich kurz zu ihr und Lia sieht ihm in die Augen. »Ich möchte nicht, dass dir etwas passiert.« Lia spricht ganz leise, damit nur er sie versteht. Cruz küsst sie. »Wird es nicht. Bis später.« Ian kommt hinter sie und Lia steht auf, auch wenn alles in ihr danach schreit, bei Cruz zu bleiben.

Ian bringt sie hinaus vor die Tür, Lia dreht sich immer wieder um, doch solange sie im Restaurant sind, bewegt sich keiner, das Restaurantpersonal bringt die anderen Gäste hinaus. Sie scheinen zu wissen, was hier gleich passiert. Draußen stehen mehrere Wagen mit Männern, Lias Magen dreht sich um, sie beobachten sie ganz genau, doch sie lassen Ian mit den Frauen gehen.

Lia will sich wieder umwenden und zurückgehen, doch Ian deutet ihr weiterzugehen. »Lia, mach dir keine Sorgen, es ist nur gefährlich, wenn du dabei bist. Cruz ist dann abgelenkt, weil er sich um dich sorgt. Er kommt bald nach.«

Ian bringt sie nicht zu den Autos, sondern schnell um die Ecke, sodass die Männer sie nicht mehr sehen können, dann hält er ein Taxi an und hält dem Mann einen großen Schein entgegen. »Bringen Sie die drei direkt zum Nechas-Anwesen, keinen Stopp, nichts. Ich habe ihr Kennzeichen im Kopf, also los.«

Sie steigen ein und Ian reicht dem Mann den großen Schein, dabei holt er sein Handy heraus, ruft jemanden an und zieht seine Waffe. Als das Taxi startet, sieht Lia, wie Ian mit gezogener Waffe zurückrennt und sieht sich panisch im Taxi nach Savana und Babsi um, die ganz still neben ihr sind. Doch als sie ihnen ins Gesicht sieht, erkennt sie die gleiche Panik auch bei ihnen und besonders Savana ist sehr blass.

In dem Moment weiß sie, dass da gerade etwas Schreckliches passiert. Sie dreht sich um und Tränen steigen ihr in die Augen. »Cruz!« Ihre Stimme ist nicht mehr als ein Flüstern und Savana nimmt ihre Hand und drückt sie, doch die Schwester von Cruz sieht sie nicht an, vielleicht damit Lia nicht erkennt, was selbst sie für eine Angst um ihn hat.

Erscheint 2018

Anmerkung:

Da ich meine Leser ja mittlerweile auch ein wenig kenne, ahne ich
bereits, dass nach diesem Buch sehr oft die Frage kommen wird: Was ist
mit Lorena und Jomar? Wieso wird darüber so wenig erzählt?
Das hat einen ganz einfachen Grund. Ich möchte den beiden gerne ein
eigenes Buch widmen.
Deswegen schneide ich jetzt die Geschichte immer nur leicht an, damit
ihr nicht zu viel erfahrt und es spannend für euch bleibt. Wann das
Buch zu den beiden herauskommen wird, kann ich aber noch nicht
genau sagen.

Jaliah

Entdecken Sie die ergreifende Welt von Jaliah J. ...

Das Schicksal hat viele Gesichter, es kann Gutes bringen oder sich deinen Plänen in den Weg stellen. Es ist kein Zufall, dass uns manche Menschen begegnen. Wir lernen und wachsen an unserem Schicksal. Es ist keine Frage, ob dich das Schicksal aufsuchen wird, sondern wie du dann damit umgehen wirst.

Für jeden Menschen stellt sich irgendwann die Frage ...

... Glaubst du an das Schicksal?

Belinda verliert durch einen schweren Schicksalsschlag alles, was ihr in ihrem Leben Halt gegeben hat.

In ihrer schwärzesten Stunde findet sie ein paar Fotos und einen angefangenen, aber nie beendeten, Brief. Sie begibt sich auf eine Reise ins Ungewisse, auf die Suche nach einem Teil von ihr, von dem sie niemals geahnt hätte, dass er existiert.

Ihr ganzes Leben ändert sich, ihre Werte und Moralvorstellungen werden auf eine harte Probe gestellt und all dies ist erst der Anfang.

Lesen Sie den ersten Teil der neuen Buchreihe
El Puerto - Der Hafen von Jaliah J.

Entdecken Sie die ergreifende Welt von Jaliah J.

El Puerto - Der Hafen 5 Gefäh

follow me ...

Leserkommentare

„Jaliah schreibt leidenschaftlich und hingebungsvoll. Ich habe schon sehr viele Bücher gelesen, die ich richtig, richtig gut gefunden habe. Aber Jaliahs Story nehme ich ihr voll und ganz ab. Kaufe ihr das ab, was sie schreibt. Man hat bei der Lektüre das Gefühl, live dabei zu sein. Sich mitten im Geschehen zu befinden und man kann sich mit ihren Charakteren identifizieren. Man fiebert mit, will wissen wie es weiter geht und der „Süchtigkeitsfaktor" ist auf jeden Fall vorhanden! ;) Ich kann jedem der eine Reise nach Puerto Rico mit dem Kopf machen möchte, in eine neue Welt eintauchen will, den Zusammenhalt der Gangs und deren Familien spüren, das Buch weiter empfehlen!"

Hope
"Hope/Amal, die Geschichte zwischen einem christlichen Mädchen und einem arabischen Prinzen, war unglaublich mitreißend.
Die Persönlichkeit und das Handeln von Farhan (dem arabischen Prinzen) war mir völlig neu und extrem erfrischend.
Auch die liebenswerte Einführung in die Welt des Islam hat mich berührt.

Jaliah hat die Verbindung zwischen zwei Religionen in Form dieses Buches sehr schön dargestellt!!

Die Geschichte ist mitreißend! Zusammengefasst: Ein tolles Buch mit einer zauberhaften Liebesgeschichte die es sich zu 100% zu lesen lohnt!"